Inspector Bradford trinkt Friesentee

Geboren und aufgewachsen in Ostwestfalen, verbrachte die Deutsch-Britin ihre Kindheit auf einem traditionellen Bauernhof. Nach Kaufmannslehre und Studium der Literatur- und Sprachwissenschaften wurde sie Werbetexterin in München, später Autorin und Teilzeitlehrerin. Marion Griffiths-Karger ist Mutter von zwei erwachsenen Töchtern, lebt mit ihrem Mann bei Hannover – wenn sie nicht gerade die deutschen oder englischen Küsten bereist – und schreibt mit Herz und Liebe Kriminalromane.

MARION GRIFFITHS-KARGER

Inspector Bradford trinkt Friesentee

KÜSTEN KRIMI

emons:

Bibliografische Information der Deutschen Nationalbibliothek
Die Deutsche Nationalbibliothek verzeichnet diese Publikation in der Deutschen Nationalbibliografie; detaillierte bibliografische Daten sind im Internet über http://dnb.d-nb.de abrufbar.

MIX
Papier aus verantwortungsvollen Quellen
FSC® C083411

Umschlagmotiv: fotolia.com/Wilm Ihlenfeld
Umschlaggestaltung: Tobias Doetsch
Gestaltung Innenteil: César Satz & Grafik GmbH, Köln
Lektorat: Dr. Marion Heister
Druck und Bindung: CPI – Clausen & Bosse, Leck
Printed in Germany 2016
Erstausgabe 2015
ISBN 978-3-95451-551-6
Küsten Krimi
Aktualisierte Neuauflage April 2016

Für Lynda und Pete

Prolog

Ihre Zähne schlugen aufeinander. Sie lag im dichten Gras und sah sich suchend um. Sie musste still sein, ganz still. Aber sie schlotterte so. Ob er das hören konnte? Es war dunkel, von irgendwoher leuchtete es schwach. Das Gras unter ihren Armen war kalt und nass. Ihre Beine fühlte sie nicht. Langsam rutschte sie von dem Gras weg.

Erst jetzt bemerkte sie, dass sie halb im Wasser lag. Reflexartig griff sie nach den Grashalmen, doch sie konnte nicht richtig zufassen, denn ihre Hände waren zusammengebunden. Sie rutschte immer tiefer, bis das Wasser über ihrem Kopf zusammenschlug. Von Panik ergriffen versuchte sie, wieder an die Oberfläche zu gelangen, schlug mit ihren zusammengebundenen Armen umher und strampelte mit den Beinen, bis sie wieder auftauchte und keuchend nach Luft rang. Sie erwischte etwas, das im Wasser trieb, und umklammerte es. Eine Planke.

Die Planke hielt sie notdürftig über Wasser. Eine Weile verharrte sie schwer atmend. Warum tat ihre Kehle so weh? Und was baumelte da an ihrem Hals? Von irgendwoher hörte sie eine Stimme. Jemand schimpfte leise. Sonst war nichts zu hören, nur das Plätschern des Wassers.

Sie wollte schreien, aber die Kraft hatte sie verlassen. Ein Röcheln quälte sich aus ihrer Kehle, dem ein leiser Schrei folgte, eher ein Seufzen. Von ferne drang ein Laut zu ihr herüber. Was war das noch? Sie wusste es nicht. Oder nicht mehr? Aber irgendwie war es auch egal, sie war so müde, wollte schlafen.

Die Planke entglitt ihren Händen, und sie sank langsam hinab in die kühle Schwärze, die sie wie ein wohlwollender Freund umfing.

Ostfriesland – Wittmund

Hauptkommissarin Fenja Ehlers ging die Flure des Krankenhauses Wittmund entlang und hielt sich unauffällig die Nase zu, um möglichst wenig von dem unangenehmen Krankenhausgeruch wahrzunehmen. Es war früher Abend, das Geschirr vom Abendessen war bereits abgeräumt, und einige Patienten dämmerten wohl schon im Halbschlaf einer Nacht entgegen, die früh am nächsten Morgen enden würde. Ihre forschen Schritte hallten durch die Gänge. Vielleicht hätte sie ihre Sneakers anziehen sollen, dachte sie noch, bevor sie sachte an eine Tür klopfte und, ohne eine Antwort abzuwarten, eintrat.

Drinnen saß an einem Einzelbett eine Frau in den Vierzigern. Ihr stumpfes dunkelblondes Haar war zerzaust, und vorn auf ihrem weißen T-Shirt prangte ein blassrosa Fleck. Wohl ein Überbleibsel von Tomatensoße, das die Trägerin halbherzig versucht hatte herauszuwaschen. Dafür hatte Fenja Verständnis, ihre Kleidung wies ständig Rückstände von ausgewaschenen Flecken auf. Die Frau starrte Fenja aus großen, umschatteten Augen erwartungsvoll an.

»Gibt es Neuigkeiten?«, fragte sie heiser.

Fenja Ehlers schüttelte den Kopf. »Nein, leider nicht.«

Sie stellte sich an den Rand des Bettes und betrachtete das blasse, von einem Kranz dunkler Haare umgebene Gesicht des jungen Mädchens, das bewegungslos auf dem Kissen lag. Die Augen waren geschlossen, der Atem ging ruhig und gleichmäßig. Mit ihren kaum sechzehn Jahren machte Greta Werft den Eindruck eines friedlich schlafenden Kindes. Doch der Schein trog.

Die Mutter hielt die kleine Hand fest umklammert und drückte sie an ihre Wange. »Die Ärzte wissen nicht, ob sie die Alte sein wird, wenn sie wieder aufwacht, aber sie hoffen es.«

»Sie wird schon wieder«, antwortete Fenja. »Ärzte halten sich in ihren Prognosen immer ein Hintertürchen offen, damit man sie nicht festnageln kann, falls es anders kommt als gedacht.«

Fenja war sich ihrer Sache keineswegs so sicher, wie es den

Anschein hatte, aber sie hatte das Bedürfnis, der Mutter Mut zu machen. Und was sprach dagegen, sich an Strohhalme zu klammern, wenn man sonst nichts hatte zum Klammern? Außerdem wollte sie selbst daran glauben, dass alles gut werden würde. Und wenn sie etwas wollte …

»Ich werde auf jeden Fall hierbleiben und warten. Sie darf unter keinen Umständen allein sein, wenn sie aufwacht«, sagte die Frau leise.

»Ja, da haben Sie sicher recht.« Fenja streichelte sanft die Wange des Mädchens und gab der Mutter einen aufmunternden Klaps auf den Rücken. »Haben Sie jemanden, der Sie ablöst?«

»Ja, meine Schwester ist unterwegs, sie wohnt in Hannover. Wir werden uns abwechseln.«

»Das ist gut, ein vertrautes Gesicht ist wichtig. Wenn sie aufwacht, rufen Sie mich gleich an. Sie haben ja meine Nummer.«

Britta Werft nickte stumm, ohne den Blick vom Gesicht ihrer Tochter zu nehmen.

Fenja, die die Tür bereits geöffnet hatte, drehte sich noch mal um. »Und … keine Bange, wir kriegen den. Ich werde dafür sorgen, und wenn es das Letzte ist, was ich tue.«

Britta Werft sandte der Hauptkommissarin einen zweifelnden Blick nach.

Wenige Minuten später bestieg Fenja ihren alten VW Käfer und knatterte nach Carolinensiel, um sich nach diesem anstrengenden Tag von ihrer Tante Bendine verwöhnen zu lassen. Ein Krabbenbrötchen zu essen und mindestens einen Becher heißen, starken Tee zu trinken.

Der Himmel war wolkenverhangen, und der Wind blies kräftig, wie meistens hier in Ostfriesland. Sie hatte Mühe, ihren ehrwürdigen Oldtimer in der Spur zu halten, und drosselte die Geschwindigkeit etwas. Schnell war das Gefährt ohnehin nicht, auch wenn Fenja des Öfteren die Gäule durchgingen und sie den Gang so heftig einwarf, dass der Wagen kreischend protestierte. Aber ihr grüner Freund mit dem schwarzen Stoffverdeck war nicht nachtragend und tuckerte geduldig weiter die B 461 entlang, bis nach Carolinensiel zur kleinen Pension ihrer Tante.

Sie lenkte den Wagen um das Haus herum zur Garage, die sie bei ihrer Ankunft vor zwei Jahren erst vom Gerümpel jahrzehntelanger Zweckentfremdung hatte befreien müssen, bevor sie sie ihrem grünen Kumpel als Heimstatt hatte zumuten können. Und der Käfer schien zufrieden zu sein mit seiner Unterkunft, denn er schnurrte, seit Fenja hier wohnte, störungsfrei die Straßen Ostfrieslands entlang. Eine längere Reise, wie die vor vier Jahren nach Italien, hatte sie ihm seitdem nicht wieder zumuten wollen. Er hatte danach ein bisschen gehustet, hatte ihr wohl die Fahrt über den Gotthard übel genommen.

Fenja schloss sorgfältig die Garagentür ab. Carolinensiel war zwar nicht gerade eine Hochburg für Autodiebe, aber man konnte nie wissen. Sie ging noch eine Minute in Bendines Garten. Dank der vergangenen warmen Frühlingstage fingen die Rosen bereits jetzt, Ende Mai, an zu blühen und überwucherten den Gartenzaun. Wenn sie in wenigen Wochen alle in voller Blüte standen, würden die Touristen wieder stehen bleiben, um den Garten zu fotografieren und diese Farbenpracht mit nach Hause in ihre Stadtwohnung zu nehmen.

Was Fenja besonders mochte an diesem Garten, war, dass Bendine die Natur wachsen ließ, bevor sie sich mit lenkender Hand ein wenig in ihr Treiben einmischte. Jede Staude hatte ihr Plätzchen an der Sonne, und Bendine sorgte mit fröhlicher Gelassenheit dafür, dass das so blieb. Stutzte Kirschlorbeer und Buchsbaum, wenn sie sich vordrängelten, und ließ sie ansonsten wachsen, wie es ihnen gefiel. In Bendines Garten konnte man auf Entdeckungsreise gehen.

Fenja fragte sich oft, welche Rückschlüsse der Zustand eines Gartens auf das Wesen des Gärtners zuließ und ob es im Leben mancher Menschen genauso geordnet zuging, wie es die sauberen Beete und kunstvoll modellierten Buchsbaumhecken vor ihren Häusern glauben machen wollten. Wo blieb die Neugier auf das, was sich da ohne menschliches Zutun aussäte und heranwuchs? War auch der Alltag leichter zu ertragen, wenn man ihn kontrollierte wie die Pflanzen im Garten? Ihn ordnete, plante und glatt bügelte, bevor sich Vielfalt oder gar Unordnung entwickeln konnten?

Fenja ging in die Küche, wo ihre Tante damit beschäftigt war, Kluntjes in kleine Kristallschälchen zu füllen und diese anschließend auf den Frühstückstischen zu verteilen. Die großen Touristenmassen ließen zwar noch auf sich warten, es war ja erst Ende Mai, aber einige ihrer Stammgäste aus Hannover und Bremen hatten das warme Wetter der letzten zwei Wochen schon zum Wandern und Radfahren genutzt.

»Dinnie!«, rief Fenja, als sie die Küche betrat, die Schlüssel in den alten Küchenschrank legte und ihre Jacke auf den nächstbesten Stuhl warf. »Gibt's Tee?«

Bendine Hinrichs betrat die Küche und kniff ihrer Nichte in die Wange. »Auf dem Flur ist eine Garderobe, hab ich dir doch schon hundert Mal gesagt.«

»Ja, ich weiß«, antwortete Fenja und ließ sich auf die Küchenbank fallen. »Das war ein Tag.«

Ihre Tante brachte die Jacke in den Flur und stellte Fenja einen Becher mit knisterndem Tee hin, den sie mit einem Kluntje und einem Löffel Sahne gefüttert hatte.

Fenja nahm mit geschlossenen Augen einen Schluck und ließ sich dann seufzend zurückfallen.

»Wo ist Nele?«

»Übernachtet heute bei Elsie.«

Nele war gerade sechs Jahre alt geworden und der ganze Sonnenschein ihrer Großmutter, die sie aufzog. Neles Mutter, Fenjas Cousine Stella – der Name war Fenjas Großmutter zeit ihres Lebens ein Dorn im Ohr gewesen –, war bei der Geburt des Kindes gestorben. Niemand hatte gewusst, dass Stella seit ihrer Geburt einen Herzfehler gehabt hatte, der sie dann mit nur achtundzwanzig Jahren das Leben kostete.

Bendine wollte anfangs nichts von dem Kind wissen, immerhin hatte es ihr die einzige Tochter genommen, und Stella hatte den Namen des Vaters nie preisgegeben. »Lasst mich in Ruhe. Ich will das Kind für mich allein, der Vater würde es mir nur wegnehmen wollen.«

Also hatte Fenjas Mutter, die fast zehn Jahre älter war als ihre Schwester Bendine, die kleine Nele zunächst zu sich genommen. Damals lebte Fenjas Vater noch, aber als er keine vier Monate nach

Neles Geburt einem Herzinfarkt erlag, fühlte sich ihre Mutter nicht mehr in der Lage, sich um ihre kleine Nichte zu kümmern. Fenja hatte das Kind genommen, war mit ihm zu Bendine gefahren und war ein paar Tage geblieben. Genauso lange hatte es gedauert, bis die Kleine Bendines Herz erobert hatte. Und so hatte sich alles gefügt. Nele blieb bei ihrer Großmutter und entwickelte sich prächtig.

»Wie geht's dem Mädchen?«, fragte Bendine und rückte ihre Brille gerade.

»Unverändert.«

»Meine Güte.« Bendine ließ sich ächzend auf einen Stuhl sinken und legte ihre Unterarme und ihren ausladenden Busen auf den Tisch. »So was hat's hier an der Küste noch nie gegeben, jedenfalls nicht dass ich wüsste.«

Fenja konnte da nicht mitreden, denn sie lebte erst seit zwei Jahren hier. Dabei war das kleine Apartment bei Tante Bendine ursprünglich nur als Übergangslösung gedacht gewesen, Fenja hatte vorgehabt, sich eine Wohnung in Wittmund zu suchen. Aber sie musste sich eingestehen, dass es äußerst praktisch war, in einer Pension zu wohnen, wo eine liebende Tante dafür sorgte, dass der Kühlschrank gefüllt war, man immer saubere Bettwäsche zur Verfügung hatte und der Wohnort zu einem der schönsten im ganzen Land zählte. Jedenfalls sah Fenja das so. Und die Touristen, die im Sommer Carolinensiel heimsuchten und das Fischerdorf damit zu einem blühenden Ferienort machten, wohl auch.

Und nun hatte sie in einem dieser scheußlichen Fälle zu ermitteln, die sie in ihren Träumen heimsuchten. Obwohl Fenja einiges gewohnt war, denn sie war mehrere Jahre Oberkommissarin in Hamburg gewesen, und dort durfte man nicht gerade zimperlich sein. Aber sie hatte sich mit ihrem Chef angelegt, nachdem sie mit ihm ins Bett gestiegen war.

Ein blöder Fehler, aber sie war selbst schuld. Dummheit wurde immer bestraft. Das hatte sie bereits während ihrer kurzen, aber stürmischen Ehe mit ihrem Sternekoch erfahren müssen, für den Polygamie wohl so etwas wie ein soziales Hilfsprogramm für alleinstehende Frauen bedeutete. Blöderweise hatte sie nichts daraus gelernt und später den Beteuerungen ihres verheirateten Chefs geglaubt, seine Ehe bestünde nur noch auf dem Papier.

Kaum zu glauben, wie naiv sie gewesen war. Seitdem kochte ihr Liebesleben auf Sparflamme. Bis auf einen Urlaubsflirt, den sie sich im letzten Jahr in Südfrankreich geleistet hatte, war sie vorsichtig geworden, was Männer anbelangte. Immerhin, man hatte sie befördert und aufs Land geschickt, wo sie die Leitung eines Ermittlerteams übernehmen sollte. Anfangs hatte sie gehadert und wollte möglichst schnell wieder weg. Nach Hannover vielleicht oder Frankfurt. Auf jeden Fall in eine Großstadt, wo auch mal was passierte. Hier war die Polizei ja fast überflüssig, wenn man mal von gelegentlichen Diebstählen absah und den Schlägereien zwischen Betrunkenen, die sich vor allem im Winter ereigneten, wenn die Einheimischen wieder unter sich waren. Aber wie auch immer, sie war hier und würde das Beste daraus machen.

Es klopfte, und Heini Sammers, Bendines Verehrer, betrat die Küche.

»Moin«, grüßte er mit einem scheelen Blick auf Fenja, die Heini nicht mochte.

Sie hatte nicht wirklich einen Grund dafür, außer dass ihr sein Blick nicht gefiel. Sie fand, er guckte immer so devot. Zu devot, und das war verdächtig, zumal sie das Gefühl hatte, dass er diesen Blick ganz nach Belieben aufsetzen konnte und das längst nicht bei jedem tat. Fenja argwöhnte, dass er es auf Bendines Pension abgesehen hatte. Er schien sich nämlich hier außerordentlich wohlzufühlen, wenn man von der Häufigkeit seiner Besuche ausging und der Art, wie er sich in der Küche breitmachte, wenn er sich unbeobachtet fühlte.

»Moin«, murmelte Fenja und nahm einen tiefen Schluck aus ihrem Teebecher.

»Kommst du?«, fragte Heini, und Fenja sah erst jetzt, dass der Besucher sich fein gemacht hatte. Heute trug er statt seiner schwarzen Jeans und dem Fischerhemd, das immer über seinem ausladenden Bauch spannte, eine abenteuerliche Kreation aus grüner Hose und fliederfarbenem Jackett. Fenja kniff die Augen zusammen.

»So was sollte verboten werden, davon kriegt man ja Augenkrebs«, murmelte sie halblaut und fing sich einen strengen Blick von ihrer Tante ein.

»Geh schon mal vor, Hein«, sagte Bendine sicherheitshalber, »ich komm gleich nach.«

Dann wandte sie sich an ihre Nichte. »Wieso bist du immer so zickig zu ihm? Der hat's auch nicht leicht. Steht den ganzen Tag in seinem Kiosk und muss seiner Frau das ganze Geld abdrücken.«

»Nicht seiner Frau, seinen Kindern. Wenn man fünf davon in die Welt setzt, muss man damit rechnen, dass das teuer wird.«

»Trotzdem, er ist fleißig und freundlich, was hast du bloß gegen ihn?«

»Ich weiß auch nicht«, sagte Fenja und gähnte. »Berufskrankheit, er guckt mir zu vorsichtig. Gibt's was zu essen?«

Ihre Tante stand auf. »Ja, im Kühlschrank sind Krabben, kannst dir ja Rührei dazu machen. Ich muss jetzt los, Lore hat Geburtstag und macht ein gemeinsames Abendbrot mit ihrem schnöseligen Sohn und seiner Familie. Wir sollen kommen und ihr helfen.«

»Bei der Vorbereitung?«

»Nein, bei dem Streit, den sie mit Sicherheit wieder mit dieser Trine von Schwiegertochter vom Zaun brechen wird.«

»Na dann viel Spaß.«

Fenja trank ihren Tee aus und erhob sich, um den Kühlschrank zu plündern. Eigentlich hatte sie in ihrem Apartment eine komplett eingerichtete Küche, aber sie kochte lieber in Bendines. Sie mochte den wuchtigen Küchenschrank aus Kiefernholz und die alte viereckige Spüle vor dem Fenster, das zum Garten ging. Auch die regelmäßigen Treffen mit Fenjas Kochgruppe fanden immer in Bendines Küche statt. Bisher waren sie nur zu viert.

Frieder, der einzige Mann in der Truppe, war damit ziemlich glücklich, aber seine Schwester Lotte und Marlene, Fenjas Freundin aus dem Fitnessclub, wurden nicht müde, sich um männlichen Zuwachs zu bemühen. Bisher allerdings ohne Erfolg.

***

Die Dinge entwickelten sich nicht zu seinen Gunsten, was eigentlich unverständlich war. Seine Informationen waren doch zuverlässig gewesen. Aber er musste abwarten. Abwarten und Tee trinken, das konnte er, hatte er schon immer gekonnt. Und er musste einen Umschlag zur Post bringen. Es war ja kaum zu glauben, dass man heute noch Informationen auf Papier austauschte, aber damit ging er auf Nummer sicher, und Computern gegenüber hatte er sich immer ein gesundes Misstrauen bewahrt.

Das war auch nötig, er hatte einfach zu viel zu verbergen. Aber davon wusste niemand außer ihm selbst. Dieses Wissen war exklusiv, und das würde es auch bleiben, solange er auf der Hut war. Darin hatte er Übung, und bisher war es ihm immer gelungen, die Dinge zu seinem Vorteil zu manipulieren. Allerdings war das Gespräch, das er vorhin geführt hatte, nicht dazu angetan, seinen Optimismus zu stärken. Da musste etwas geschehen, und wenn das schiefging, war er am Arsch.

Und dann die Sache mit dem Mädchen. Anscheinend war sie noch am Leben. Da musste er am Ball bleiben. In der Harle hatten sie sie gefunden, wo sie sich an einem Stück Holz festgeklammert hatte, bevor sie versunken war und diese Frau sie herausgezogen hatte. Das hatten die Leute erzählt. Jetzt lag sie im Koma. Ob sie wieder aufwachen würde, war fraglich. Sonst wusste man nichts.

Die Dämmerung war bereits hereingebrochen, es war kühl, aber der Wind hatte etwas nachgelassen. Einige Touristen waren noch unterwegs. Vorwiegend ältere Menschen bummelten nach Harlesiel und wieder zurück. Das war unter normalen Umständen ein beliebter Verdauungsspaziergang und ein ruhiger obendrein. Im Moment allerdings konnte er einem auch auf den Magen schlagen, wenn man von sensiblem Gemüt war. Wenn nicht, ersparte man sich damit vielleicht den abendlichen Krimi.

In der Nähe der Schleuse konnte man immer noch das blauweiße Absperrband der Polizei bestaunen und sich anschließend in der wohligen Sicherheit seiner vier Wände mit einem steifen Grog – der ging auch im Frühling – vor den Fernseher setzen.

Er machte sich auf den Heimweg. Genau das würde er jetzt auch tun. Sich mit einem steifen Grog vor den Fernseher setzen. Hoffentlich ließen sie ihn in Ruhe. Und dann musste er schnellstens diesen Brief aufgeben, und um die Sache mit dem Mädchen musste er sich auch noch kümmern.

***

Um halb zehn Uhr am nächsten Morgen saß Fenja an ihrem Schreibtisch im Wittmunder Kommissariat und telefonierte mit Dr. Sichtmann, Gretas Arzt.

»Das Mädchen war keine Jungfrau mehr, und es hat eindeutig eine Penetration stattgefunden, allerdings kann ich nicht sagen, ob gewaltsam oder nicht. Könnte auch sein, dass es einvernehmlicher, wenn auch heftiger Geschlechtsverkehr war, möglicherweise stand das Mädchen auch unter Drogen. Das muss die Blutprobe ergeben. Spermareste hab ich nicht gefunden, also wurde ein Kondom benutzt.« Dr. Sichtmann sprach ruhig und gelassen, als ginge es hier nicht um ein Verbrechen, sondern um ein wissenschaftliches Referat. »Außerdem ist sie gewürgt worden. Sie hat Striemen am Hals, allerdings nicht sehr tief, sonst keine Verletzungen. Was sich da genau abgespielt hat, kann ich nicht sagen. Aber das wird sie Ihnen ja vielleicht alles selbst erzählen können, wenn oder … falls sie aufwacht.«

»Wie meinen Sie das?«

»Genau wie ich's gesagt habe.«

»Könnten Sie ein bisschen konkreter werden?«

»Nein.«

Typisch, dachte Fenja, nachdem sie aufgelegt hatte. Gleich darauf rief sie Anke Ravens im Labor an.

»So weit bin ich doch noch nicht«, verteidigte sich Ravens beleidigt.

»Ist ja gut, ich wollte nur wissen, ob Sie die Blutprobe schon ausgewertet haben.«

»Nein, haben wir nicht. Aber wir haben ja auch gerade erst angefangen. Vielleicht gedulden Sie sich einfach, bis wir fertig sind.«

Fenja legte auf und fluchte leise. »Kann doch nicht so schwierig sein, mal eine Blutprobe zu analysieren.«

»Was hast du gesagt?« Oberkommissar Jannes Tiedemann, der

mit seinem Vollbart und den struppigen, etwas zu langen Haaren aussah wie ein alter Seebär, war gerade eingetreten und schloss geräuschvoll die Tür.

»Nichts von Bedeutung. Hast du angeklopft?«

»Ja klar.«

»Hab ich ›Herein‹ gesagt?«

»Ja klar.«

»Okay«, seufzte Fenja. Dieser Logik hatte sie nichts entgegenzusetzen. »Wo ist Geert?«

Tiedemann sah auf die Uhr. »Ich dachte, er wäre schon hier. Gibt's irgendwas Neues?«

»Nein, weißt du was?«

»Nee.«

»Meine Güte, ist das hier eine Quizsendung oder was? Setz dich und erzähl mir, wie weit du bist.«

Tiedemann zog die Schulter hoch und setzte sich auf die Schreibtischkante. »Ja, wie ich schon gesagt hab. Es gibt nichts Neues. Ich hab gestern Abend noch die Datenbanken gecheckt, hab aber nichts Verwertbares gefunden. Es gab zwar einige Sexualdelikte in der Gegend, aber die Täter sitzen entweder alle noch oder sind weggezogen. Allerdings das mit dem Gummiband … Da gab es mal einen Fall in Hamburg, vor sechs Jahren. Der Kerl sitzt aber auch noch.«

Fenja stützte die Stirn in die Hände. »Jetzt erzähl mir nicht, dass es sich hier um einen Nachahmungstäter handelt.«

»Eher nicht, dieses Detail wurde nämlich damals nicht öffentlich gemacht.« Tiedemann schüttelte den Kopf. »Meine Güte, worauf solche Typen so stehen. Und was die für 'ne Phantasie haben, da käm ich gar nicht drauf.«

»Ist auch besser so.« Fenja sah ihn streng an. »Es könnte immerhin sein, dass es jemand ist, der mit dem damaligen Täter eine Zelle geteilt hat und mittlerweile entlassen ist. Überprüf das und finde raus, wo diese Typen sich jetzt aufhalten. Auch, ob davon jemand Freigänger ist.«

Es klopfte, und gleich darauf betrat Geert Frenzen das Büro. »'tschuldigung, meine Tochter hat Durchfall und die ganze Nacht geschrien. Hab verschlafen.«

»Okay«, erwiderte Fenja ungeduldig, »hast du was rausgefunden über das Gummiband?«

»Ja und nein. Einerseits ist es ganz normales weißes Gummiband, kann man überall kaufen. Meine Großmutter hat so was in den Schlüpferbund gezogen, wenn das alte Band ausgeleiert war und der Liebestöter immer runtergerutscht ist …« Er zwinkerte Jannes Tiedemann zu, und die beiden kicherten vor sich hin, was Fenja ärgerte.

»Das ist nicht witzig, Leute«, ermahnte sie die beiden, »was weiter?«

»Na ja, es war mehrfach um ihren Hals geschlungen, und der Kerl konnte nach Bedarf zuziehen.«

»Aber wieso ein Gummiband?«

»Vielleicht, weil der Typ ein mieser Sadist ist?«, schlug Frenzen vor. »Vielleicht kursiert ja so was auch gerade im Internet. Ich mach mich mal schlau.«

»Tu das.« Fenja kaute auf ihrem Kugelschreiber herum. »Was ist mit dem Klebeband, mit dem sie gefesselt war? Ich nehme an, das kann man auch überall kaufen?«

»Genau. Haben die im Labor noch nichts gefunden?«

»Bisher nicht.« Fenja lehnte sich zurück. »Was ist mit dem Boot?«

»Tja, das ist auch so eine Sache. Ich habe den Inhaber ausfindig gemacht, aber der ist momentan nicht in Carolinensiel. Wohnt zwar dort, arbeitet aber in Jever und war zur Tatzeit in Wilhelmshaven auf einer Tagung. Er ist Rechtsanwalt.«

»Auch das noch«, stöhnte Fenja. »Hast du ihn herbestellt?«

»Ja klar, er kommt heute Mittag.«

»Na gut«, Fenja stand auf und warf den Kugelschreiber auf den Schreibtisch, »ich fasse zusammen: Greta Werft, knapp sechzehn Jahre alt, wird am frühen Sonntagmorgen um kurz nach vier Uhr von einer Anwohnerin gefunden, die ihren magenkranken, würgenden Hund vor die Tür lässt. Der Hund rennt zum Harleufer, verschwindet im Gebüsch und jault, was die Frau stutzig macht. Sie folgt dem Tier und sieht, wie etwas Helles, das wie ein menschlicher Körper aussieht, in der Harle versinkt. Sie packt zu und zieht das Mädchen aus dem Wasser. Meiner Meinung nach hat die Frau einen Orden verdient. Gibt nicht viele Leute, die so entschlossen handeln.«

»Allerdings.« Frenzen und Tiedemann nickten Zustimmung.

»Also«, fuhr Fenja fort. »Das Mädchen ist unbekleidet, völlig unterkühlt und atmet nicht. Glücklicherweise ist die Frau, die sie aus dem Wasser gezogen hat, Krankenschwester und kann sie reanimieren. Um ihren Hals hängt dieses Gummiband. Möglicherweise ist sie auf einem der dort liegenden Boote oder auf dem Campingplatz oder auch in einem der Häuser der angrenzenden Siedlung gewesen. Dort ist sie wahrscheinlich vergewaltigt und vielleicht auch unter Drogen gesetzt worden. Dann ist ihr die Flucht gelungen, und sie ist irgendwie in der Harle gelandet.«

Fenja, die die ganze Zeit in dem kleinen Büro auf und ab gegangen war, während ihre Teamkollegen auf dem Schreibtisch beziehungsweise dem Besucherstuhl hockten, blieb stehen und schnupperte.

»Einer von euch beiden muss gestern ins Knoblauchfass gefallen sein«, sagte sie und öffnete das Fenster.

»Also ich nicht«, sagte Tiedemann, und Frenzen zog den Kopf ein.

»Egal.« Fenja fuhr fort. »Auf einem der nächstliegenden Boote wurde einer ihrer Schuhe gefunden. Nur einer, die anderen Kleidungsstücke fehlen, auch der Hund hat auf dem Boot nichts weiter gefunden. Wie der Schuh dort hingekommen ist und ob die junge Frau von dort aus im Wasser gelandet ist, konnte bisher nicht geklärt werden. Dass das Mädchen noch am Leben ist, grenzt an ein Wunder. Laut ihrer Mutter war sie am Samstagabend auf einer Party, die von der Gesamtschule Wittmund in Harlesiel am Yachthafen veranstaltet wurde.«

Fenja schwieg einen Moment und betrachtete Tiedemann, der hingebungsvoll mit dem kleinen Modell-VW Käfer spielte, der auf Fenjas Schreibtisch stand. Nach ein paar Sekunden blickte Tiedemann mit verträumtem Lächeln auf. Das Lächeln rutschte allerdings in den Keller, als er sich ertappt fühlte.

»Ich höre genau zu …«, sagte er, »… Party am Yachthafen, Harlesiel.«

»Manchmal komm ich mir vor wie in der Schule, und ich bin

die Lehrerin«, murmelte Fenja. »Also … gegen elf Uhr haben die anwesenden Lehrer die Party aufgelöst, und die meisten Schüler sind von ihren Eltern abgeholt worden. Der verantwortliche Lehrer, Barne Ahlers, hat um kurz nach halb zwölf als Letzter den Platz am Hafen verlassen. Alle Schüler waren um diese Zeit bereits fort. Er hat den Grill und ein paar Kartons in sein Auto geladen und ist weggefahren. Zeugen: keine. Die beiden anderen Lehrer haben mehrere Schülerinnen nach Hause gebracht. Greta ist zuletzt gegen halb elf bei ihren Schulkameradinnen gesehen worden. Die bisherigen Befragungen der Schüler und Schülerinnen haben keine Anhaltspunkte ergeben. Nach deren Aussagen war Greta so wie immer gewesen, falls sie sie überhaupt wahrgenommen hatten. Die jungen Männer, die wir bisher befragt haben, haben ein Alibi. Sie waren auf der Party ständig in Gesellschaft und anschließend zu Hause.«

»Was ist denn eigentlich mit der Mutter?«, unterbrach Frenzen Fenjas Monolog.

»Tja, Gretas Mutter ist auch keine große Hilfe. Sie konnte ebenfalls keine verwertbaren Informationen beisteuern. Anscheinend wollte Greta nach der Party bei ihrer Freundin übernachten. Jedenfalls hat sie das ihrer Mutter erzählt, die mit ihrer Arbeit bei einem Orthopäden in Jever und mit der Erziehung ihrer Tochter offensichtlich vollkommen überfordert ist. Weder weiß sie genau, was Greta tagsüber treibt, noch kennt sie ihre Freunde. Sie ist froh, dass sie in der Schule halbwegs mitkommt und sonst keine Schwierigkeiten macht. Ihre Mutter beschreibt sie als lieb und anhänglich, etwas kindlich. Dass sie einen Freund hat, glaubt sie nicht. Der Vater lebt mit seiner neuen Familie in Ingolstadt und wollte nicht mal herkommen, als er von der Vergewaltigung seiner Tochter erfahren hat. Schöner Vater ist das. Jedenfalls ist das alles, was wir bisher in Erfahrung bringen konnten, und das ist verdammt noch mal nicht genug.«

Fenja ließ sich wieder auf ihren Stuhl fallen. »Irgendwer ist dort an der Harle unterwegs gewesen, vielleicht war sie sogar verabredet. Was ist eigentlich mit Gretas Computer und ihrem Handy?«

»Da arbeitet Gesa noch dran«, antwortete Tiedemann, »auf

ihrem Computer hat sie bis jetzt nichts Verdächtiges gefunden, und ihr Handy haben wir noch nicht geortet, liegt wahrscheinlich auch in der Harle im Schlick, und die Kontakte mit ihrer Nummer werden noch gecheckt. Sind etliche, meint Gesa. Das dauert.«

»Da hab ich sowieso wenig Hoffnung«, murmelte Fenja, »solche kaputten Typen kommunizieren nur über nicht registrierte Handys. Wäre ja auch zu schön … Wir müssen auf jeden Fall auch in Betracht ziehen, dass sie sich persönlich mit ihrem Vergewaltiger verabredet hat.«

»Vielleicht war's ein Tourist«, überlegte Frenzen.

»Vielleicht«, meinte Fenja gedankenverloren, »wir brauchen eine Liste der Bootseigner, auch der Gastlieger, und müssen alle Hotels und Pensionen in der Umgebung abklappern, und vor allen Dingen den Campingplatz, den Wohnmobil-Stellplatz und die Siedlung. Außerdem …«, sie drehte kleine Kreise mit dem Stuhl, »… sollten wir die Partybesucher noch mal alle befragen. Vielleicht hat sie jemand weggehen sehen, ohne sich was dabei zu denken. Oder … irgendwer lügt.«

»Das glaube ich nicht«, Jannes Tiedemann schüttelte zweifelnd den Kopf. »Die waren ja alle zusammen und obendrein echt geschockt. Kann mir nicht vorstellen, dass die so gut schauspielern können.«

»Du würdest dich wundern«, murmelte Fenja und stand auf. »Manche Leute können lügen, wie andere Butterbrot essen, egal, wie alt sie sind. Ich werde jetzt ins Krankenhaus fahren. Mal sehen, wie's Greta geht. Ich hab immer noch die Hoffnung, dass sie uns selbst den entscheidenden Hinweis geben kann. Ihr sprecht mit dem Hafenmeister und kümmert euch um die Liste der Bootseigner. Dann fragt ihr in den Hotels und Pensionen und vor allem auf dem Campingplatz nach, wer seit Samstag abgereist ist. So ein Campingwagen ist ja bestens geeignet, um sich damit schnellstens aus dem Staub zu machen. Kann gut sein, dass Greta freiwillig mitgegangen ist. Vielleicht hatte sie was getrunken, dann ist die Sache eskaliert, und der Täter musste sie schnellstens loswerden, hat sie in die Harle geworfen und ist abgehauen.«

»Aber eigentlich ist das doch dumm. Wieso hat er sie nicht im Wagen mitgenommen und irgendwo im Wald vergraben?«, fragte Tiedemann.

»Weil er keine Zeit hatte«, mutmaßte Frenzen, »oder keinen Spaten, oder er hat einfach nur in Panik gehandelt und wollte sie so schnell wie möglich loswerden. Aber ich glaube nicht, dass sie vom Campingplatz gekommen ist. Dann müsste sie ganz schön weit gelaufen sein, bestimmt dreihundert Meter. Und sie war nackt.«

»Und wenn sie auf der Flucht war?« Tiedemann tätschelte seinen Vollbart.

»Dann hätte sie doch um Hilfe rufen können.«

»Vielleicht hat sie sich geschämt.«

»Wir werden es herausfinden«, sagte Fenja. »Ich bin gegen ein Uhr wieder hier, dann ist hoffentlich dieser Rechtsanwalt zur Stelle.«

Sie machte sich auf den Weg und verpasste den jungen Mann, der gleich darauf aufgeregt das Kommissariat betrat, nur um wenige Minuten.

Gretas Zustand war stabil, aber sie lag noch immer im Koma. Fenja war zur Schule gefahren, um sich mit Barne Ahlers, dem Lehrer, zu unterhalten.

Vor dem Haupteingang wartete ein großer, schlanker Mittdreißiger mit vollem dunklen Haar, Dreitagebart und blauen Augen auf sie. Er trug Jeans und Sportschuhe. Bestimmt Sportlehrer, bei der Figur, fuhr es Fenja durch den Kopf. Und bestimmt der Schwarm aller Schülerinnen.

»Kommen Sie, wir gehen ein bisschen spazieren. Ich hab gerade eine Freistunde und muss mich bewegen. Der Schock sitzt uns allen noch in den Knochen.«

»Das kann ich mir vorstellen«, sagte Fenja. »Könnten wir noch mal gemeinsam den Abend der Party durchgehen?«

»Aber das habe ich doch gestern schon mit einem Ihrer Beamten gemacht. Ich kann Ihnen wirklich gar nichts sagen, hab mir schon den Kopf zerbrochen und mir Vorwürfe gemacht. Das tun meine Kolleginnen übrigens auch, obwohl sie nichts dafür können. Das sind Jugendliche, die können Sie nicht ständig unter Kontrolle halten, sind ja keine Babys mehr.«

»Das verstehe ich, niemand beschuldigt Sie. Können Sie mir noch mal schildern, wie sich der Abend abgespielt hat?«

Ahlers steckte die Hände in die Taschen und schnaufte. »Ganz ehrlich, ich hab fast den ganzen Abend am Grill gestanden und mich mit den Jungs über unser bevorstehendes Fußballturnier mit den Schulmannschaften aus Emden und Aurich unterhalten. Die Mädchen interessiert das nicht so, jedenfalls waren kaum welche da, es sei denn, sie haben sich ein Würstchen geholt. Da müssen Sie meine Kolleginnen fragen. Ich kann mich nicht erinnern, Greta überhaupt gesehen zu haben.«

»Wie ist sie so? Als Schülerin, meine ich.«

Ahlers sah sie verblüfft an. »Wie meinen Sie das? Im Sportunterricht? In dieser Klasse unterrichte ich nur Sport, und da ist Greta … na, sagen wir mal, nicht besonders ehrgeizig.«

»Was unterrichten Sie sonst noch?«

»Mathematik.«

»Mein Lieblingsfach«, murmelte Fenja.

»Wirklich?«

»War'n Witz. Ich hab's gehasst.«

»Aha.«

»Und Greta, welche Fächer mag sie besonders?«

Ahlers zuckte die Achseln. »Sie ist im sprachlichen Bereich bei Mareike Lüders. Die kann Ihnen da bestimmt weiterhelfen.«

»Wann haben Sie den Platz am Hafen verlassen?«

Ahlers seufzte. »Es muss gegen Mitternacht gewesen sein, vielleicht auch etwas eher. Müssen wir das wirklich noch mal alles durchkauen?«

»Ja. Ist Ihnen irgendwas aufgefallen? War jemand unterwegs? Vielleicht bei den Booten? Haben Sie irgendwas gehört?«

Ahlers schüttelte den Kopf. »Nein, beim besten Willen nicht, ich habe aber auch nicht drauf geachtet. Man erwartet schließlich nicht, dass sich da irgendwo ein Frauenschänder rumtreibt … Ich jedenfalls nicht.«

Sie gingen schweigend einige Schritte die Straße hinunter. Der Frühling zeigte sich von seiner angenehmsten Seite: wärmende

Sonnenstrahlen aus einem blauen Himmel, gemischt mit einer angemessenen Portion Wind. Plötzlich blieb Ahlers stehen.

»Wobei … Wenn ich's mir recht überlege. Da war was am Campingplatz. Das hatte ich ganz vergessen. Und eigentlich hatte ich's mehr gehört als gesehen.«

»Was? Was war am Campingplatz?«, fragte Fenja aufgeregt.

Er sah sie an. »Also … wie Sie sich das vorstellen! Da war für einen kurzen Moment laute Musik. Ich hatte mich noch gewundert, weil die Kids ja alle schon weg waren. Aber es war nur ganz kurz, dann war's wieder still. So als wenn sich irgendwo jemand mit irgendwem um den Lautstärkeregler prügelt. Eigentlich gar nichts Besonderes, deshalb hatte ich auch nicht mehr dran gedacht.« Er überlegte einen Moment. »Vielleicht hätte ich es gar nicht erwähnen sollen.«

Er ging weiter.

»Wo genau kam die Musik her? Wissen Sie das noch?«

»Ich sag doch, irgendwo vom Campingplatz. Ich hab nicht weiter drauf geachtet.«

»Um wie viel Uhr war das?«

»Na kurz bevor ich abgefahren bin.«

»Und mehr können Sie dazu nicht sagen? Denken Sie genau nach.«

»Hören Sie«, er blieb wieder stehen, »es tut mir wirklich furchtbar leid, was da passiert ist, und wenn ich irgendwas tun kann, damit Sie diesen Kerl zu fassen kriegen, dann werde ich das ganz gewiss tun. Aber ich kann Ihnen nichts weiter sagen, außer Sie wollen, dass ich mir was aus den Fingern sauge.«

Fenja schwieg und fragte sich, ob Barne Ahlers ahnte, dass er für sie zu den Verdächtigen zählte. Es kam schon mal vor, dass sich Schülerinnen besonders für einen ihrer Lehrer begeistern konnten. Vielleicht hatte sie ihn bedrängt, und er hatte zugegriffen. Aber dieser Kerl machte nicht den Eindruck, als wäre er sexuell unterfordert.

»Sie wissen nicht zufällig, ob Greta einen Freund hatte? Oder ob es einen Jungen gab, der in sie verliebt war?«

Eine heikle Frage, das wusste Fenja, aber sie musste sie stellen.

Barne Ahlers verzog den Mund. »Erstens weiß ich davon

nichts, und zweitens, wenn ich es wüsste, würde ich es bestimmt nicht der Polizei auf die Nase binden und einen Schüler einem solchen Verdacht aussetzen. Wofür halten Sie mich?«

»Für einen verantwortungsbewussten Lehrer, der nicht möchte, dass sich so etwas wiederholt.«

Er drehte sich abrupt um. »Ich muss zurück, die nächste Stunde fängt bald an.«

Fenja folgte. »Das passt ja, dann können Sie mich gleich mit Mareike Lüders bekannt machen.«

Sie gingen ohne ein weiteres Wort zur Schule zurück, wo Fenja sich ins Schulbüro begab, um auf Mareike Lüders zu warten, mit der sie zehn Minuten später in der Mensa saß. Frau Lüders war über fünfzig, dürr und nervös und strapazierte Fenjas Nerven, weil sie ständig losheulte und ihr obendrein nichts Interessantes zu erzählen hatte. Sie war bei der Party nicht dabei gewesen, was sie zutiefst bedauerte, denn sie hätte diese Tragödie womöglich verhindern können. Nach ihren Worten war Greta ein durchschnittlich begabtes und durchschnittlich hübsches Mädchen, das sich durchschnittlich kleidete und mit durchschnittlich begabten und durchschnittlich hübschen Freunden herumhing.

Fenja ließ sich den Namen ihrer besten Freundin geben und unterhielt sich dann noch mit den beiden Lehrerinnen, die ebenfalls auf der Party gewesen waren, genauso erschüttert waren wie die Kollegin Lüders und genauso wenig zu erzählen hatten.

Danach ließ sie sich von Frau Börne, der Direktorin, zum Klassenraum von Amrei Wilken, Gretas bester Freundin, führen. Frau Börne hatte zunächst Amreis Mutter in ihrem Büro angerufen, um ihr Einverständnis zu dieser Unterredung einzuholen.

»Sie glauben gar nicht, wie empfindlich manche Eltern sind, wenn es um die Kinder geht«, sagte sie entschuldigend, führte Fenja zwei Treppen hinauf und einen endlosen Flur entlang, an dessen Ende sie endlich an eine Tür klopfte.

Eine Minute später begrüßte Fenja ein sehr großes, sehr schlankes dunkelhaariges Mädchen. Fenja konnte kaum glauben, dass sie erst sechzehn Lenze zählte. Sie trug die allgemeine Schüleruniform. Jeans und ein enges, kurzes T-Shirt, das ihren gepushten Busen zur Geltung brachte. Die Direktorin machte die beiden miteinander bekannt und verabschiedete sich dann.

Amrei reichte Fenja die Hand und sah sie neugierig an. »Sind Sie Kommissarin?«

»Ja, bin ich.«

»Geil«, flüsterte Amrei, und ihre Augen glitzerten.

»Äh, wollen wir ein paar Schritte gehen, dann spricht sich's besser.«

»Klar«, sagte Amrei und warf ihre schwarzen Haare zurück, die nicht optimal mit ihrem hellen Teint harmonierten.

»Du bist Gretas beste Freundin, stimmt das?«

»Ja, schon seit der Grundschule.«

Die beiden schlenderten ruhig den Gang entlang und sprachen leise. Fenja musste leicht zu der Schülerin aufblicken.

»Greta hatte ihrer Mutter gesagt, dass sie bei dir übernachten würde, nicht wahr?«

»Ja, aber das stimmte nicht. Wir hatten das überhaupt nicht abgemacht.«

»Du weißt nicht, bei wem sie wirklich übernachten wollte?«

»Nein, ich wusste ja nicht mal, dass sie überhaupt woanders schlafen wollte.«

»Hat Greta einen Freund?«

»Also einen Freund hat sie nicht, jedenfalls nicht im Moment. Sie war mal mit Timo zusammen, Timo Harms, aber der ist vor zwei Monaten weggezogen, nach Hamburg. Sie wollte ihn mal besuchen, hat sie gesagt, aber ehrlich gesagt, ich glaub nicht, dass Timo noch was von ihr will. Der hat schon 'ne andere, hat mir Sören erzählt. Sören ist Timos Freund.«

»Aha«, sagte Fenja, die langsam zu der Überzeugung kam, dass die kleine unschuldige Greta vielleicht gar nicht so unschuldig war. »Ihr wart doch bestimmt bei der Party zusammen. Kannst du mir erzählen, was Greta an diesem Abend gemacht hat und vor allem, wann du sie zuletzt gesehen hast?«

»Ja, also, auf der Fete war ich die meiste Zeit mit meinem Freund Boje zusammen bei Herrn Ahlers. Boje ist in der Fußball-AG, und wir haben mit den anderen Spielern rumgehangen. Wo Greta war, weiß ich eigentlich gar nicht. Ich hab nur kurz mit ihr gesprochen, ganz am Anfang, und wo sie dann abgeblieben ist, davon hab ich keine Ahnung.« Amrei verschränkte ihre Arme, als wolle sie einen Angriff abwehren. »Ich kann doch auch nichts dafür, wenn sie sich nicht für Fußball interessiert.«

»Natürlich nicht, klar«, bestätigte Fenja eilig. »War Greta an dem Abend anders als sonst? Hat sie etwas gesagt, das uns helfen könnte? Wollte sie sich mit jemandem treffen, oder hatte sie vielleicht kürzlich jemanden kennengelernt?«

»Also ... Ich weiß gar nicht, ob ich das sagen soll.« Amrei blieb einen Moment stehen und blickte auf ihre Turnschuhe. »Aber ja«, antwortete Fenja, »du willst doch sicherlich, dass wir den Kerl kriegen, der das getan hat.«

»Natürlich, aber ... ich musste ihr versprechen, es keinem zu verraten, vor allem nicht ihrer Mutter. Aber jetzt, na ja, sie meinte, der Typ wäre ein echter Kracher und es dürfte niemand was von ihrem Verhältnis erfahren. Genau das hat sie gesagt: *Verhältnis* ... Tz.« Amrei verzog leicht den Mund, wurde aber gleich wieder ernst.

»Wieso durfte keiner was davon erfahren?«

»Also ... vielleicht war der Typ verheiratet.«

»Hat sie das gesagt?«

»Nein.«

»Hat sie einen Namen genannt? Hast du eine Ahnung, wen sie gemeint hat?«

»Nein, tut mir echt leid. Aber ehrlich gesagt, ich hab's auch nicht so ganz ernst genommen. Greta erzählt öfter mal so Sachen, die dann gar nicht stimmen. Eigentlich ist sie ziemlich schüchtern.«

»Was für Sachen zum Beispiel?«

»Also, muss ich Ihnen das jetzt echt erzählen? Das ist doch unfair.«

Fenja lächelte. »Deine Diskretion in Ehren, aber für mich ist es wichtig, zu wissen, was für ein Mensch Greta ist. Wie sie handelt, zu wem sie sich hingezogen fühlt, was sie für Wünsche hat.«

»Na ja, ich bin sicher, dass sie noch Jungfrau ist ... war? Sie ist ein bisschen naiv, hat aber immer so getan, als hätte sie voll die Ahnung.«

Sie waren am Ende des Flurs angekommen, wendeten und gingen wieder zurück.

»Glauben Sie, Sie kriegen den?«

»Ich hoffe es. Kannst du mir sonst noch etwas Nützliches sagen? Mit wem war sie gern zusammen?«

»Na, wir sind halt 'ne Clique, wollen Sie die alle verhören?«

»Nein, befragen würd ich sie gern. Wir befragen jeden, der uns möglicherweise weiterhelfen kann. Könntest du mir ihre Namen aufschreiben?«

»Echt jetzt?« Amrei blieb wieder stehen.

»Ja, bitte, hier ist meine Karte. Schick mir doch einfach eine Mail. Wahrscheinlich finden wir sie auch in ihrem Computer, aber es würde unsere Arbeit erheblich verkürzen.«

»Okay«, sagte Amrei. »Kann ich Sie was fragen?«

Fenja, die sich schon abgewandt hatte, drehte sich noch mal um. »Natürlich.«

»Wie … wie ist das so, Kommissarin zu sein? Wie im Fernsehen?«

Fenja lächelte breit und nickte langsam. »Ein bisschen«, antwortete sie und ging.

Als Fenja gegen halb zwei im Kommissariat ihr Büro betrat, war sie hungrig und schlecht gelaunt. Sie rief Tiedemann und Frenzen an und informierte sie über Ahlers' Aussage. Vielleicht konnten sie ja jemanden ausfindig machen, der wusste, woher die laute Musik gekommen war. Womöglich hatte da jemand ein anderes Geräusch übertönen wollen. Vom Labor gab es keine Nachricht, und Kommissarin Gesa Münte war immer noch mit dem Computer und den Handyverbindungen von Greta Werft beschäftigt.

Um kurz vor zwei betrat ein Mann mit einem wütenden Gesicht das Kommissariat und wünschte den »zuständigen ermittelnden Beamten für diese Vergewaltigung oder was auch immer« zu sprechen. Fenja holte ihn am Eingang ab und führte ihn in ihr Büro.

Der Mann hieß Dr. Walter Petersen, war Anwalt für Scheidungsrecht und fühlte sich ungerecht behandelt. Schließlich hatte jemand einen Schuh – den Schuh eines potenziellen Mordopfers! – auf sein Boot geworfen und ihm damit jede Menge Scherereien bereitet. Man hatte seine Kajüte aufgebrochen und alles durchwühlt, obwohl er mit dieser Sache rein gar nichts zu tun hatte. Herr Dr. Petersen behielt sich rechtliche Schritte vor.

Als Fenja endlich zu Wort kam, hatte sie fast vergessen, was sie hatte fragen wollen. »Herr Dr. Petersen … äh, wo waren Sie denn in der Nacht von Samstag auf Sonntag?«

»In Wilhelmshaven auf einer Tagung, das habe ich Ihren Mitarbeitern schon gesagt, und es gibt jede Menge Zeugen.«

»Wird dort auch nachts getagt?«

»Nein, aber ich war trotzdem dort im Hotel. Hab am Sonntagmorgen ausgecheckt. Können Sie alles nachprüfen.«

»Ja, das sagten Sie schon«, antwortete Fenja und lächelte. »Nur der Form halber: War jemand in der Nacht bei Ihnen?«

»Nein!«

Also kein Alibi, dachte Fenja. Von Carolinensiel bis Wilhelmshaven brauchte man höchstens eine Dreiviertelstunde. Aber diese Rechnung behielt sie vorerst für sich.

»Hat außer Ihnen noch jemand einen Schlüssel für die Kajüte?«

»Wollen Sie mir jetzt ernsthaft erzählen, dass dieses Mädchen auf meinem Boot …?«

»Wir werten die Spuren noch aus, aber ausschließen können wir das natürlich nicht.«

»Oh Gott, dann werde ich es wohl verkaufen müssen.« Dr. Petersen legte theatralisch seine Hand an die Stirn.

»Schlüssel?«, hakte Fenja nach.

»Nein, außer mir hat niemand einen Schlüssel für die Kajüte. Und falls sich jemand unrechtmäßig eine Kopie des Schlüssels verschafft haben sollte, dann weiß ich davon nichts.«

Fenja sah Petersen forschend an. »Können Sie sich vorstellen, wie der Schuh auf Ihr Boot gekommen ist?«

»Ja, das sage ich doch! Den muss jemand draufgeworfen haben. Kann ja auch schon länger da liegen. Ich war seit mindestens zwei Wochen nicht mehr auf dem Boot. Entweder ist das ein Dumme-Jungen-Streich und irgendwer hat den Schuh am Ufer gefunden und auf mein Boot geworfen, oder jemand … wahrscheinlich derjenige, der sich an dem Mädchen vergriffen hat – wollte eine falsche Spur legen.«

»Aber warum gerade Ihr Boot?«

»Weil es in der Nähe war!« Petersen kniff die Augen zusammen. »Man hat mir gesagt, dass Sie das Mädchen ganz in der Nähe gefunden haben. Stimmt doch, oder?«

»Wer hat Ihnen das gesagt?«

»Na, das wissen ja nun wirklich alle im Ort.«

Fenja seufzte. In einem kleinen Ort wie diesem ließ sich wirklich nichts geheim halten. Alle wussten über alles Bescheid. Bloß den Täter, den hatte natürlich wieder niemand gesehen!

»Ist Ihnen auf Ihrem Boot irgendetwas aufgefallen? War etwas anders als sonst, fehlte etwas?«

»O ja«, entgegnete Petersen patzig, »Sie meinen wahrscheinlich die Unordnung und dieses komische Pulver, das Ihre Leute überall verteilt haben! Das ist mir allerdings aufgefallen. Haben Sie eigentlich die Besitzer der anderen Boote auch so schikaniert?«

Natürlich überprüften sie auch die anderen Boote, aber Fenja hatte nicht die Absicht, hier irgendwelche Fragen zu beantworten. Sie stand auf.

»Vielen Dank, Herr Petersen, Sie lassen bitte noch Ihre Fingerabdrücke nehmen, dann können Sie gehen.« Sie gab sich alle Mühe, höflich zu bleiben. »Falls Ihnen noch etwas einfällt, das uns weiterhelfen könnte, lassen Sie es mich wissen.«

»Was tut man nicht alles.« Petersen erhob sich abrupt, deutete eine Verbeugung an, sagte »Guten Tag« und verließ ohne ein weiteres Wort das Büro.

Als Fenja zehn Minuten später in der Kantine saß und sich ein Fischbrötchen und eine Diätcola gönnte, kam Gesa Münte an ihren Tisch. Gesa, die eigentlich eher auf einen Laufsteg passte als in die Kantine der Kripo Wittmund, kämpfte ständig mit ihrem Untergewicht und reagierte empfindlich bis kreuzwütend, wenn sie jemand zum Essen ermutigte. Das hatte Tiedemann, der seine dralle Figur für das Maß aller Dinge hielt, bereits an Gesas erstem Arbeitstag erfahren müssen. Seitdem waren die Kollegen gewarnt und verkniffen sich jeden Kommentar zu ihrer Modelfigur.

Gesa stellte ihren Teller, auf dem ein Berg Kartoffelsalat neben einer großzügigen Portion Backfisch thronte, auf den Tisch und setzte sich.

»Hast du was gefunden?«, fragte Fenja und hörte auf zu kauen. Eine Gurkenscheibe löste sich aus dem Brötchen und fiel auf ihre Jeans, aber sie beachtete es nicht.

»Nein, ich telefoniere noch die Nummern ab, und in ihrem Computer finde ich nichts Außergewöhnliches, ich würde sagen deshalb, weil es nichts gibt. Aber Geert hat eine Aktennotiz gefunden über diesen Lehrer, Barne Ahlers.«

»Was für eine Aktennotiz?«, fragte Fenja.

»Vor fünf Jahren gab es in Bremen eine Anzeige gegen ihn. Er soll eine Schülerin sexuell belästigt haben. Ich hab's dir auf den Tisch gelegt.« Gesa zerpflückte ihren Backfisch und beträufelte sein Innenleben großzügig mit Zitronensaft.

»Wie bitte?« Fenja hätte sich beinahe verschluckt. »Und das erfahre ich erst jetzt?«

»Ich war ja noch nicht fertig«, verteidigte sich Gesa. »Er ist nicht erkennungsdienstlich behandelt. Die Schülerin hat die Anzeige nämlich noch am selben Tag zurückgezogen, nachdem einer der Ermittler ein bisschen genauer nachgehakt hatte. Da hat sie zugegeben, dass es nur ein Racheakt wegen einer schlechten Mathenote war. Die sogenannte Belästigung soll nämlich zu einem Zeitpunkt stattgefunden haben, als Ahlers nachweislich wegen einer Sportverletzung beim Arzt war. Da hat das Mädchen sich ordentlich reingeritten. Sie und ihre Eltern haben sich in aller Form bei Ahlers entschuldigt, woraufhin er darauf verzichtet hat, das Mädchen anzuzeigen. Sie hat dann die Schule gewechselt, und er hat sich versetzen lassen. Ich hab dir den Bericht auf den Schreibtisch gelegt, aber wenn du mich fragst, das hat nichts mit unserem Fall zu tun. Ein Typ wie Ahlers muss sich doch nicht an Schulmädchen vergreifen. Oder?«

Fenja kaute gedankenverloren. »Wer weiß das schon? Allerdings laufen Lehrer, die mit pubertierenden Mädchen zu tun haben, ständig Gefahr, wegen sexueller Delikte, ob nun erfunden oder real, in Verruf zu geraten. Da haben's die Kerle wirklich nicht leicht.«

Gesa guckte ein bisschen empört. »Die Frauen haben's ja wohl auch nicht leicht, was sexuelle Übergriffe anbelangt.«

»Natürlich nicht. Ich werde mich mit dem zuständigen Ermittler unterhalten. Gibt's sonst noch was?«

»Ja … ich frage mich, was wir wegen dieser Vermisstenmeldung unternehmen. Ob wir überhaupt schon was unternehmen, angesichts der Umstände …«

Fenja legte ihr Brötchen auf den Teller, suchte nach einer Serviette, die sie nicht fand, und tupfte vorsichtig mit dem Handballen ihre Mundwinkel ab.

»Wovon sprichst du? Welche Vermisstenmeldung?«

Gesa vergaß ihren Kartoffelsalat. »Hast du es noch nicht gehört? Heute Morgen ist Jorit Krohn im Kommissariat gewesen und hat eine Vermisstenanzeige aufgegeben. Seine Mutter ist seit gestern verschwunden.«

»Du meinst, Gerit Krohn ist verschwunden? *Die* Gerit Krohn?«

»Ja.«

»Wann war der Sohn da?«

»Heute Morgen, kurz nachdem du weg warst.«

»Wieso hat mich niemand angerufen?«

»Na, Haberle meinte, wir sollten wenigstens die vierundzwanzig Stunden abwarten, der Sohn ist sich nicht mal sicher, seit wann sie weg ist. Er vermisst sie erst seit heute Morgen, weil sie ihre Verabredung nicht eingehalten hat. Außerdem wäre sie die ganze Nacht nicht zu Hause gewesen und sei nicht zu erreichen. Das sei ganz untypisch für sie.«

»Das gibt's doch nicht«, polterte Fenja, »da wird ein Mädchen halb tot aus der Harle gefischt, und dann wird Gerit Krohn vermisst. Eine Frau, der ganze Straßenzüge in Wittmund gehören und halb Wangerooge, die obendrein nur einen Katzensprung vom Fundort des Mädchens entfernt wohnt, und Kriminalrat Haberle meint, wir sollten abwarten. Kommt denn keiner auf den Gedanken, dass die beiden Dinge zusammenhängen könnten?«

Gesa zog den Kopf ein. »Ja, ich kann ja auch nichts dafür.«

Fenja stieß hart die Luft aus und sprang auf. »Wer hat das aufgenommen?«

»Jan … der hat aber heute Nachmittag keinen Dienst.«

»Das werde ich mir sofort ansehen. Von wegen abwarten«, murmelte sie.

Plötzlich hatte sie keinen Hunger mehr und stapfte ohne ihr Mittagessen zurück in ihr Büro, wo sie den Computer hochfuhr und sofort zum Telefonhörer griff. Nach nur einem Klingeln war Jorit Krohn am Telefon.

»Ja? Haben Sie was rausgefunden?«, fragte er, als Fenja sich gemeldet hatte.

»Nein, tut mir leid, ich wollte mich gern persönlich mit Ihnen unterhalten. Können wir uns treffen?«

»Natürlich, wollen Sie herkommen?«

»Ja, ich bin in spätestens einer Stunde bei Ihnen.«

Fenja legte auf und griff nach der Aktennotiz über Barne Ahlers.

Sie hatte Glück und erreichte Lothar Vogeler, den zuständigen Beamten, in seinem Büro in Bremen.

»Oh ja, daran kann ich mich noch sehr gut erinnern«, schrie der Bremer Kollege in den Hörer, sodass Fenja vor Schreck zusammenzuckte und den Hörer auf den Tisch legte. »Das war ein ziemliches Früchtchen«, fuhr Vogeler in unverminderter Lautstärke fort, »hat uns eine Menge unnötiger Arbeit verursacht. Und wie die sich angezogen hat – das war die blanke Provokation. Man wusste echt nicht, wo man hingucken sollte, ohne sich strafbar zu machen. Ich kenne diese Sorte Mädchen aus eigener Erfahrung.«

»Ah ja?«, fragte Fenja, die argwöhnte, dass ihr Kollege etwas übertrieb.

Der schien ihre Zweifel zu spüren. »Ja, Sie können's mir ruhig glauben. Weiß auch nicht, was die Weiber an Bullen so toll finden.«

Das fragte Fenja sich im Stillen auch. »Und Sie sind sicher, dass an der Sache nichts dran war?«

»Natürlich, als ich ein bisschen nachgebohrt habe, ist sie eingeknickt und hat zugegeben, dass sie dem Ahlers eins auswischen wollte, angeblich weil er sie ungerecht benotet hatte. Aber wenn Sie mich fragen, war das kaum der Grund. Das Mädchen war einfach verknallt – war sie übrigens nicht die Einzige, wie man so hörte. Jedenfalls hat das eine ihrer ›Freundinnen‹«, Vogeler betonte das Wort, als wäre es eine Beleidigung, »so ausgesagt. Und außerdem haben wir ihr ja nachgewiesen, dass sie gelogen hat. Ahlers hatte ein feuerfestes Alibi, war an dem Tag gar nicht in der Schule gewesen.«

»Vielleicht hat sie sich ja im Tag geirrt, kann schon mal passieren, wenn man von seinem Lehrer genötigt wird«, gab Fenja zu bedenken.

»Nee, sie ist ja nach ihrer eigenen Aussage direkt, nachdem ihr Lehrer ihr unters Röckchen gefasst haben soll, zur Polizei gegangen und hat eine Menge Krokodilstränen vergossen. Wenn man schon jemanden ohne Grund anzeigt, sollte man sich eine halbwegs plausible Geschichte ausdenken, aber … die Dame war nicht gerade mit Weisheit gesegnet. Sieht man auch an der Mathenote.«

Fenja verkniff sich einen Kommentar, bedankte sich bei Vogeler und legte auf. Das Gespräch hatte sie nicht weitergebracht. Sie traute Typen wie Vogeler nicht recht. Wenn er seine Befragungen genauso durchführte, wie er telefonierte, konnte sie sich lebhaft vorstellen, dass die Leute ›einknickten‹, wie er das nannte. Und sie hatte das Gefühl, er war einer dieser enttäuschten Ermittler, die sich für unwiderstehlich hielten, es aber nicht waren und demzufolge nicht viel für Frauen übrighatten. Allerdings wusste sie auch, dass Teenager sich gerne mal in einen attraktiven Lehrer verguckten, da war sie selbst keine Ausnahme gewesen, aber es gehörte schon eine gehörige Portion Bösartigkeit und auch Dummheit dazu, einen Mann grundlos anzuzeigen. Das Mädchen war entweder wirklich nicht besonders clever oder hatte ein geradezu monströses Selbstvertrauen, das davon ausging, dass ihr jeder einen solchen Vorwurf sofort abkaufen würde.

Wie dem auch sei, sie hatte die Anzeige zurückgezogen. Und das Alibi war anscheinend wasserdicht. Es lag nichts gegen Ahlers vor.

Die Krohn'sche Villa lag, von einem großzügigen Garten umgeben, nicht weit vom Museumshafen in Carolinensiel entfernt. Fenja fuhr durch das herrschaftliche Tor die lange Hortensienallee entlang zu dem weitläufigen zweistöckigen, üppig mit Efeu bewachsenen Gebäude. Ein Gärtner zog mit einem fahrbaren Mäher schnurgerade, breite Linien über den Rasen.

Jorit Krohn erschien in der Haustür, noch bevor Fenja ausgestiegen war. Das Knattern des Käfers hatte sie wohl schon angekündigt.

Krohn reichte Fenja die Hand und bat sie herein. Sie war erstaunt, der Mann war bereits fünfundzwanzig Jahre alt, sah aber wie ein Teenager aus. Sein Benehmen allerdings war alles andere als jugendlich. Er führte sie in ein großzügiges, modern eingerichtetes Wohnzimmer und bat sie, Platz zu nehmen.

Polstermöbel aus cremefarbenem Leder gruppierten sich um einen Couchtisch aus hellem Holz. Der Fußboden war mit dunklem Parkett ausgelegt. An den Wänden hingen Aquarelle mit Motiven verschiedener Küsten. Der Stil war ähnlich, sodass Fenja vermutete, dass sie von demselben Künstler stammten. Sie setzte sich vorsichtig auf das helle Sofa und versuchte, den Fleck auf ihrer Jeans zu ignorieren.

»Haben Sie schon etwas in die Wege geleitet, um meine Mutter zu finden?«, fragte Jorit Krohn und ließ sich Fenja gegenüber nieder.

Fenja räusperte sich. »Noch nicht. In den meisten Fällen tauchen die Vermissten nach einiger Zeit von selbst wieder auf …«

»Aber doch nicht in diesem Fall! Das hab ich Ihrem Kollegen heute Morgen schon gesagt. Der wollte mich auch hinhalten. Meine Mutter hält Verabredungen entweder ein, oder sie gibt mir Bescheid. Das ist eine Übereinkunft zwischen uns, das erwartet sie von mir auch.«

»Und auf ihrem Handy ist sie nicht zu erreichen?«

»Nein, das habe ich doch heute Morgen auch schon gesagt. Ich habe mehrfach versucht, sie zu erreichen. Das Handy ist ausgeschaltet, das ist auch nicht ihre Art. Sie hat ihr Handy immer an.«

»Wann haben Sie Ihre Mutter zuletzt gesehen?«

»Vorgestern Nachmittag, da war sie in ihrem Zimmer und hat gelesen. Ich bin dann zu einem Freund nach Wittmund gefahren und erst heute Vormittag zurückgekommen. Da war sie nicht zu Hause.«

»Dann wissen Sie nicht genau, wie lange sie schon weg ist?«

»Nein, aber sie war heute Morgen um sechs nicht in ihrem Zimmer, und ihr Bett war unberührt. Das hat mir unsere Putzfrau gesagt, die arbeitet immer so früh. Und die hat sich gewundert, dass die Tür zum Zimmer meiner Mutter offen stand. Normalerweise schläft sie bis neun oder noch länger.«

»Hat Ihre Mutter irgendetwas gesagt, ob sie noch wegwollte, zum Beispiel?«

»Nein, sie hatte mich gebeten, am Sonntagabend ein Abendessen mit unserem Geschäftsführer in Wittmund wahrzunehmen. Ich werde in diesem Herbst mein Studium abschließen und mich dann zunehmend in die Firmengeschäfte einarbeiten, meine Mutter hat daran kein Interesse. Bisher macht das unser Herr Dr. Seilbach, aber der will demnächst nach Oldenburg, die Kanzlei seines verstorbenen Vaters übernehmen.«

»Ihr Vater …«, begann Fenja und wurde sofort unterbrochen.

»Meinen Vater hab ich nie kennengelernt.« Krohn kaute auf seiner Unterlippe. »Ich weiß ja nicht, ob ich das überhaupt erwähnen soll, aber der Freund meiner Mutter, Jim Brendon, er ist Amerikaner, er hat seine eigenen Räume neben denen meiner Mutter, ist ebenfalls verschwunden. Das heißt, ich hab ihn nicht mehr gesehen, seit ich heute Vormittag aus Wittmund zurückgekommen bin. Und seine Sachen sind weg.«

»Aber er war heute Morgen noch da?«

»Allerdings. Er hat mich ja zu Ihnen geschickt, weil meine Mutter nicht in ihrem Zimmer war.«

»Hat er gesagt, wann er Ihre Mutter zuletzt gesehen hat?«

»Nein«, Krohn dachte einen Moment nach, »jedenfalls kann ich mich nicht erinnern.«

Fenja überlegte. »Wieso ist er nicht mit zum Kommissariat gekommen?«

»Er hat gesagt, er sei ja kein Verwandter. Die beiden sind schon einige Jahre zusammen, aber nicht verheiratet. Jim ist auch ziemlich viel unterwegs, hat eine Firma in Hamburg. Er kommt aus Boston, ist oft nicht hier.«

»Haben Sie seine Handynummer?«

»Äh, nein, die hat meine Mutter.«

»Dann werden wir sie schon herausfinden«, antwortete Fenja. »Kann ich mir das Zimmer Ihrer Mutter mal ansehen?«

»Natürlich, kommen Sie.«

Krohn führte sie durch die Eingangshalle zu einer breiten Marmortreppe, die in die obere Etage führte.

Das Zimmer von Gerit Krohn war das Zimmer einer Romantikerin. Weich fließende pastellfarbene Vorhänge vor einem großen Fenster mit einer phantastischen Aussicht auf die weiten Felder und den Deich. Dahinter konnte man das Wattenmeer erahnen, über dem ein blauer Himmel strahlte. Fenja schnappte nach Luft und ließ dann den Blick durch den in zartem Apricot und Creme gehaltenen Raum wandern. Es gab eine großzügige helle Schrankwand mit einem Flachbildfernseher. An den Wänden hingen Gemälde von Küstenlandschaften, ähnlich denen im Wohnzimmer. Neben dem reich mit Kissen bestückten Sofa stand ein Tisch, auf dem sich diverse Zeitschriften stapelten. Ganz oben lag ein aufgeschlagenes psychologisches Magazin.

Fenja warf einen Blick darauf, um zu sehen, was Gerit Krohn gerade gelesen hatte. »Was wir fühlen wollen,« stand über einem ausführlichen Artikel. Interessant, dachte Fenja, dass man etwas fühlen *wollte,* war ihr neu. Sie selbst erwischte sich eher dabei, dass sie etwas *nicht* fühlen wollte. Angst, zum Beispiel, oder Ärger. Vor allem Ärger.

Sie ging zum Fenster, vor dem ein moderner Kiefernschreibtisch stand, auf dessen Platte ein einsames Tablet lag. Sonst hatte der Schreibtisch bemerkenswert wenig über die Besitzerin zu erzählen. Die Utensilien, ein Locher, eine Schale mit mehreren Kugelschreibern und eine Tiffany-Lampe, schienen reine Deko zu sein. Alles war peinlich sauber, wirkte unbenutzt.

»Ihr Schlafzimmer ist nebenan«, sagte Jorit Krohn.

Fenja öffnete eine Tür, die in einen geräumigen Schlafraum führte, den ein großes Bett dominierte. Krohn folgte ihr.

»Das Bett war, wie gesagt, heute Morgen unbenutzt. Und von ihren Sachen fehlt auch nichts, außer das, was sie vorgestern Nachmittag getragen hat, und ihre Handtasche.«

»Ist der Wagen noch da?«

»Ja, steht in der Garage.«

»Dann ist sie zu Fuß unterwegs oder mit dem Fahrrad.«

»Zu Fuß, sie hasst Fahrrad fahren bei dem Wind hier.«

»Könnte sie nicht bei einer Freundin sein?«

»Nein, ich hab schon überall angerufen. Die haben sie alle gestern und heute nicht gesehen. Und die Krankenhäuser hab ich auch schon alle abtelefoniert, da ist sie auch nirgends.«

Fenja warf einen Blick in den riesigen Kleiderschrank und fragte sich, ob man bei der Unmenge an Kleidungsstücken überhaupt feststellen konnte, ob irgendetwas fehlte.

»Ihre Koffer sind alle da?«

»Ja, zumindest sagt das die Putzfrau, Heide Spengler. Sie kommt jeden zweiten Vormittag, soweit ich weiß. Heute Morgen war sie auch da. Ist jetzt zu Hause, wohnt in Altharlingersiel.« Krohn fuhr sich durch die Haare. »Meinen Sie … ihr ist was zugestoßen?«

Fenja wusste nicht recht, was sie sagen sollte. »Es ist zumindest nicht auszuschließen. Wir werden zuerst ihr Handy orten, aber vielleicht ist es ja auch ein Missverständnis, und die Sache ist ganz harmlos.« Fenja ging zur Tür. »Könnte ich jetzt noch einen Blick in das Zimmer von diesem Jim Brendon werfen?«

Krohn ging voran zum Ende des Flurs und öffnete eine Tür, die in einen nüchtern eingerichteten, großen Schlafraum mit angrenzendem Bad führte.

»Das ist das Gästezimmer.«

Fenja betrat den Raum und wunderte sich. Hier schien derzeit niemand zu wohnen. Alles war aufgeräumt und machte einen unpersönlichen Eindruck. Krohn öffnete den Kleiderschrank, der leer war, ebenso wie das Badezimmer.

»Er ist wohl wieder unterwegs. Wundert mich eigentlich«, murmelte Krohn leise.

»Anscheinend hat die Putzfrau hier heute Morgen schon sauber gemacht«, sagte Fenja. »Ich brauche ihre Adresse. Seit wann sind Brendon und Ihre Mutter zusammen?«

»Seit ein paar Jahren, ich weiß es gar nicht so genau. Ich war ja die letzten Jahre meistens in Bremen an der Uni, aber ich glaube, sie haben sich in dem Jahr kennengelernt, als ich in Amerika war. Das war vor acht Jahren.«

»Verstehen Sie sich gut mit ihm?«

Krohn zuckte mit den Schultern. »Na ja, schon. Er ist nett. Ich hab ihn ehrlich gesagt nicht oft gesehen. Er war ja nicht immer hier, wenn ich mal grad hier war.«

»Was ist das für eine Firma in Hamburg?«

Krohn wand sich. »Ehrlich gesagt … ich hab keine Ahnung. Er hat mal was von Windparks erzählt, das ist alles, was ich weiß.«

Fenja wunderte sich im Stillen. Diese Familie wusste nicht viel voneinander. »Haben Sie eine Adresse von ihm in Boston? Wir müssen ihn ausfindig machen.«

»Da müsste ich suchen. Ich hab keine, aber meine Mutter bestimmt.«

»Gut, rufen Sie mich an. Das Tablet Ihrer Mutter nehme ich mit, vielleicht finden wir sie da. Außerdem schicke ich ein Team von der Spurensicherung her.«

Krohn nickte stumm, sein Kinn zitterte. Er war wohl doch noch nicht so erwachsen, wie es den Anschein hatte.

Als sie aus der Haustür trat, stoppte gerade ein weißer Mercedes älteren Baujahrs neben ihrem Käfer. Ein Mann und eine Frau, beide in den Vierzigern, stiegen aus. Der Mann musterte interessiert Fenjas Oldtimer.

Jorit Krohn, der hinter Fenja gestanden hatte, lief an ihr vorbei und fiel zuerst der Frau, dann dem Mann in die Arme.

»Wie gut, dass ihr kommt«, sagte er, und Fenja hatte das Gefühl, dass der Junge gleich anfangen würde zu weinen.

»Was erzählst du da?«, fragte die Frau bestürzt. »Gerit ist weg? Hab ich das richtig verstanden?«

Krohn blickte zu Boden und antwortete nicht. Fenja ergriff die Initiative und stellte sich vor.

»Fenja Ehlers, Kripo Wittmund. Darf ich fragen, wer Sie sind?«

»Kripo? Also ist es wahr?« Die Frau sah Fenja an. »Ich bin Gerits Cousine Antje Barthel, und das ist mein Mann Enno. Wir … wir sind so schnell wie möglich gekommen. Was ist denn eigentlich passiert?«

»Mutter war heute Nacht nicht zu Hause und ist auch nicht zu unserer Verabredung gekommen. Ihr Bett ist unbenutzt, das

Auto ist da, und von ihren Sachen fehlt nichts … soweit ich weiß.« Krohn rührte mit dem Fuß auf den Fliesen herum.

»Na, da werden wir doch nicht das Schlimmste annehmen.« Enno Barthel klopfte Krohn auf die Schulter. »Vielleicht ist sie mit Jim unterwegs.«

»Wann haben Sie denn Frau Krohn zuletzt gesehen?« Fenja blickte von Barthel zu seiner Frau.

»Also, ich hab sie schon länger nicht gesehen«, begann Enno Barthel und rieb sich das Kinn, »seit unserem Fischessen nicht mehr.«

»Wann war denn das?«, wollte Fenja wissen.

»Vor zwei Wochen«, antwortete Antje Barthel, »also, ich hab sie vor drei Tagen zuletzt gesehen. Da waren wir zusammen in Emden, haben meine Mutter besucht, sie ist die Schwester von Gerits Mutter, aber die ist vor drei Jahren gestorben. Das hat meine Mutter sehr mitgenommen … Na ja, seitdem kümmern wir, Gerit und ich, uns um sie. Wir sind eigentlich wie Schwestern, deswegen …« Sie kramte ein Taschentuch aus ihrer Windjacke und putzte sich die Nase. »Wo ist denn eigentlich Jim? Haben Sie schon mit ihm gesprochen?«

»Jim ist auch weg«, sagte Jorit unwillig.

»Wirklich? Vielleicht sind sie ja zusammen unterwegs? Jim ist doch andauernd woanders«, sagte Antje Barthel.

»Das glaube ich auch.« Enno Barthel, der die ganze Zeit ungläubig von einem zum anderen gestarrt hatte, steckte locker die Hände in seine Jeanstaschen. »Was soll denn da passiert sein? Sie ist mit Jim unterwegs, und die beiden sind eben … irgendwo versackt. Man muss doch nicht gleich das Schlimmste annehmen.«

»Das hätte sie mir doch gesagt«, widersprach Jorit. »Außerdem hat Jim mich heute Morgen selbst zur Polizei geschickt. Und jetzt ist er auch weg.«

»Das ist ja merkwürdig«, murmelte Antje Barthel.

Fenja zog ihre Jacke enger um die Schultern, der Wind blies jetzt heftiger, und dunkle Wolken trieben über den Himmel.

»Hat einer von Ihnen zufällig die Handynummer von diesem Jim, oder wissen Sie, wo er sich aufhält? Gibt es noch eine andere Adresse?«

Enno und Antje sahen sich an und schüttelten dann einvernehmlich die Köpfe.

»Also, nee«, begann Enno, »das ist ja eigentlich peinlich, aber wir haben keine Handynummer und keine Adresse … wozu auch? Der Kontakt geht eigentlich immer über Gerit.« Er warf Jorit einen fragenden Blick zu. »Aber du hast doch sicher die Nummer.«

Jorit wand sich, sagte aber nichts.

»Was wissen Sie sonst von ihm?«

»Also, er ist ein sehr netter Mensch, mehr kann ich eigentlich gar nicht sagen«, murmelte Antje Barthel, und ihr Mann kratzte sich am Kopf.

»Tja«, sagte er, »so ein bisschen rumspinnen tut er schon … Amerikaner halt.«

»Wie meinen Sie das?«

»Na ja, ich finde, er ist so'n bisschen abgehoben. Philosophiert rum, redet über Bilder und Bücher. Thomas Mann und so. Und vom Watt ist er auch total begeistert. Hätte er noch nirgendwo gesehen, hat er gesagt.«

Fenja fragte sich, wie viele Amerikaner wohl Thomas Mann kannten. Das musste ein besonderer Amerikaner sein.

»Und er fotografiert gern«, sagte Antje Barthel, »das ist seine große Leidenschaft. Vor allem das Meer und alles, was damit zusammenhängt.«

»Haben Sie Fotos?«

Wieder ein hilfloser Blick in die Runde. »Äh, ja, er hat von uns mal Porträtfotos gemacht. Wollen Sie die sehen?«

»Ja, alle Bilder, die Sie von ihm haben. Was wissen Sie sonst noch, wo haben die beiden sich kennengelernt?«

»Auf einer Kreuzfahrt im Mittelmeer, soweit ich weiß«, sagte Antje Barthel. »Und dann ist er zu Besuch gekommen, und die beiden haben eine Beziehung aufgebaut. Das heißt, es ist immer nur eine Beziehung auf Zeit. Jim kommt … wie soll ich sagen … immer nur mehr oder weniger zu Besuch hierher. Bleibt ein paar Wochen, manchmal auch zwei, drei Monate, und dann ist er wieder weg.«

»Hat Frau Krohn ihn nie besucht?«

»Soweit ich weiß, nicht.« Antje Barthel spielte mit ihrem Ehering. »Ich hab sie ein paarmal gefragt, ob sie ihn nicht mal in Amerika besuchen will, aber sie hat dann immer nur gemeint: ›Die Zeit ist noch nicht reif.‹ Jim hat wohl Probleme mit seinen Eltern. Die Mutter ist depressiv, und der Vater kümmert sich nicht um seine Frau. Lebt nur für seine Musik, war früher Musiker. Deswegen muss Jim auch oft weg, immer wenn seine Mutter wieder eine schlechte Phase hat. Das hat mir Gerit mal erzählt. Ehrlich gesagt, ich find das ja ziemlich lächerlich, hab das Gefühl, dass Jim sie hinhält, aber … was kann ich da machen?«

»Spricht er gut Deutsch?«

»Nicht so besonders, aber wir sprechen ja alle Englisch.« Antje Barthel knetete ihre Hände. »Könnte … Sie glauben doch nicht, dass … Gerit irgendwo festgehalten wird? Ich meine, da war doch gerade diese Geschichte mit dem Mädchen … Gerit ist hoffentlich nicht auch so einem … in die Hände gefallen.«

»Das kann ich nicht sagen«, antwortete Fenja und gab Antje Barthel ihre Karte, die sie gleich an ihren Mann weiterreichte. »Darf ich Sie bitten, es mir mitzuteilen, falls Ihnen noch was einfallen sollte, das uns weiterhelfen könnte?«

»Ja, natürlich.« Enno Barthel studierte interessiert die Karte. »Hauptkommissarin …«, las er und warf Fenja einen ernsten Blick zu. »Sie meinen doch nicht wirklich, dass ihr was zugestoßen ist?«

»Halten Sie das für so unwahrscheinlich?«

»Nein … ja, eigentlich schon. Wer sollte denn Gerit was tun? Allerdings …«

»Was?«, hakte Fenja nach.

»Na ja … komisch ist das schon, sie wollte mich nämlich gestern Abend noch anrufen, wegen eines Darlehens. Hat sie aber nicht gemacht, und ich hab sie nicht erreicht.«

»Wann haben Sie sie angerufen?«

»Na gestern Abend und heute Morgen auch noch mal, aber erfolglos.«

»Was ist das für ein Darlehen?«

»Na ja«, Barthel zierte sich ein wenig, »Darlehen ist vielleicht nicht der richtige Ausdruck. Aber Gerit unterstützt mich manchmal ein bisschen. Das Geschäft mit Oldtimern ist nicht immer einfach.«

»Welches Geschäft ist das schon?«, erwiderte Fenja.

»Komm«, Antje Barthel nahm ihren Neffen am Arm, »ich mach uns erst mal einen Tee, und dann überlegen wir in Ruhe, wo sie sein könnte. Vielleicht meldet sie sich ja auch zwischenzeitlich.« Sie blickte Fenja an. »War das dann erst mal alles, oder gibt's noch Fragen?«

Fenja schüttelte den Kopf und verabschiedete sich. Enno Barthel umrundete ihren Käfer.

»Wie alt ist denn das gute Stück?«, wollte er wissen.

»Enno, wir haben jetzt wirklich andere Sorgen«, ermahnte ihn seine Frau.

»Baujahr vierundsiebzig«, antwortete Fenja, die sich widerwillig über das Interesse an ihrem grünen Kumpel freute. Wie konnte man nur so eitel sein?

Sie sah sich noch einmal nach dem Gärtner um, der unbeirrt auf dem Rasen seine Bahnen zog. Sie ging ihm entgegen und bedeutete ihm, den Motor auszuschalten. Der Mann, ein gedrungener Endvierziger mit hängenden Mundwinkeln, schien nicht begeistert von der Unterbrechung. Widerstrebend schaltete er den Motor aus, zog seine Baseballkappe ins Gesicht und legte seufzend die Hände aufs Lenkrad.

Fenja zeigte ihm ihren Ausweis und fragte nach seinem Namen. Er guckte sie misstrauisch an und stellte sich als Hauke Wilhelm vor.

»Waren Sie vorgestern auch hier?«, fragte Fenja.

»Wieso wollen Sie das wissen?«

Fenja stemmte die Hände in die Hüften. »Also, waren Sie?«

»Samstags bin ich meistens hier.«

»Haben Sie mit Frau Krohn gesprochen oder sie am Samstag gesehen?«

Wilhelm zog wieder an seiner Schirmmütze und schien zu überlegen. »Nee, die kriegen so kleine Leute wie ich selten zu sehen. Wozu auch? Ich hab hier freie Hand.« Er wies auf den weitläufigen Rasen und den angrenzenden Staudengarten.

»Weiß selber, was zu tun ist.«

»Wie lange sind Sie hier schon beschäftigt?«

»Ooch, so'n paar Monate.«

»Kennen Sie Jim Brendon?«

»Nee.«

Fenja fragte sich, ob die Einsilbigkeit des Mannes einen besonderen Grund hatte.

»Wissen Sie überhaupt, von wem ich rede?«

»Joo, der Freund von Frau Krohn.«

»Haben Sie mal mit ihm gesprochen?«

»Nee, kann ich jetzt weitermachen?« Er hatte die Hand bereits wieder am Anlasser.

Fenja drehte sich um und ließ ihn stehen. Hinter ihr sprang augenblicklich der Motor wieder an. Männer und ihre Spielzeuge, dachte sie und schloss ihren Wagen auf.

Auf dem Rückweg nach Wittmund machte sich ein mulmiges Gefühl in ihrer Bauchgegend breit, obwohl es noch nicht wirklich einen Grund dafür gab. Da war eine Frau in den besten Jahren über Nacht nicht zu Hause gewesen. Nun ja, das sollte vorkommen.

Trotzdem war das Ganze merkwürdig. Eine verantwortungsbewusste Frau – und Fenja hatte keinen Grund, Gerit Krohn nicht für eine solche zu halten – haute doch nicht einfach ab, ohne irgendwem ein Wort zu sagen. Und wieso schickte dieser Brendon den Sohn seiner Geliebten zur Polizei, um eine Vermisstenanzeige aufzugeben, und machte sich dann aus dem Staub? Entweder wusste er etwas, oder er hatte etwas zu verbergen. Oder er war gar nicht freiwillig verschwunden. Aber wo waren dann all seine persönlichen Sachen? Und wieso wusste niemand wirklich etwas von ihm?

Der Mann war immerhin seit mehreren Jahren mit Gerit Krohn liiert, okay, ziemlich locker liiert, so hatte es zumindest den Anschein, aber er schien Wert auf Diskretion zu legen. Warum auch immer. Vielleicht war er ja so was wie ein Heiratsschwindler, immerhin war Gerit Krohn äußerst betucht.

Und dann diese Frage von Antje Barthel, ob das alles etwas mit Greta zu tun hatte. Wusste sie etwas? Hatte sie Angst? Auch Fenja glaubte nicht, dass Gerit Krohns Verschwinden und der Überfall auf Greta Werft innerhalb so kurzer Zeit und in einem beschaulichen Ort wie Carolinensiel, in dem sonst nichts passierte, ein Zufall war. Womöglich hatte dieser Brendon Greta gekannt, vielleicht war er sogar der, den sie suchten. Warum sollte sich jemand sonst so bedeckt halten und so plötzlich verschwinden? Was ging hier vor?

Fenja drückte energisch das Gaspedal durch und erhöhte die Geschwindigkeit auf lautstarke neunzig Kilometer pro Stunde. Sie würde das schon alles herausbekommen.

Eastbourne – Südengland – einige Tage später

Mark Bradford lag auf seiner Matratze und schlief wie ein Stein. Seine vollen dunklen Haare waren dank der Kurzhaarfrisur in einwandfreiem Zustand, was man vom Rest des erst vor wenigen Tagen zum Detective Chief Inspector beförderten Polizisten nicht gerade behaupten konnte. Er lag auf dem Bauch und schnarchte leise. Den Anzug, den er sich zur Feier des Tages gekauft hatte, trug er immer noch, was seine Mutter zu einer ihrer mörderischen Tiraden veranlasst hätte, wäre sie Zeugin dieses Frevels geworden.

Aber glücklicherweise war Olivia Bradford weit weg in Bristol und beglückte seine Schwester Linda und deren vierköpfige Familie mit ihrer Anwesenheit. Das war nämlich eine von Oma Olivias Lieblingsbeschäftigungen, ihre Kinder und Kindeskinder tatkräftig und kompetent auf ihrem Lebensweg zu begleiten und zu unterstützen. Tatkräftig hieß, sie ersparte ihrem Nachwuchs die Ausgaben für eine Putzfrau, und kompetent war sie als Lebens- und Erziehungsberaterin. Und dass die Familie ihrer Fähigkeiten bedurfte, stand außer Frage. Das zumindest war ihre eigene Überzeugung. Wie hätte ihr Sohn es sonst im zarten Alter von neununddreißig Jahren zum Chief Inspector bringen können? Dass dieser Umstand eher seiner Ausdauer und seiner erstaunlichen Beobachtungsgabe geschuldet war, kam ihr nicht in den Sinn.

An diesem Samstagmorgen Anfang Juni, Mark Bradfords erstem Samstagmorgen als Chief Inspector, klingelte sein Handy um halb neun und bewies damit eine gewisse Rücksichtnahme auf seinen Zustand. Es dauerte eine Weile, bis er das Telefon aus seiner Hosentasche gefischt hatte und das Gespräch entgegennehmen konnte.

Es war die Einsatzzentrale in Eastbourne. Auf einem Felsvorsprung an den Klippen des Beachy Head hatte ein Segler eine Leiche entdeckt.

»Okay«, murmelte Bradford mit geschlossenen Augen. »Schicken Sie mir einen Wagen, ich brauch zwanzig Minuten.« Als er sich mühsam von seiner Matratze in Richtung Badezimmer quälte, merkte er, dass die zwanzig Minuten reichlich knapp bemessen waren. Sein Schädel dröhnte, und übel war ihm auch. Gestern Abend hatten sie im Horse and Hen zusammengesessen und einige – er wusste nicht mehr wie viele – Pints Newcastle Brown getrunken. Als die Bedienung immer wieder irgendwas Deutsches in kleine Gläser gegossen hatte – er hatte keine Ahnung, was es gewesen war, dunkel konnte er sich an ein Geweih auf der Flasche erinnern –, war der geplante Umtrunk in ein Gelage ausgeartet.

Er duschte, zog seine Jeans und die zerknautschte Anzugjacke an und setzte den Wasserkocher in Gang. Heute Morgen war Tee angesagt, nach guter alter englischer Sitte. Bei dem Gedanken an Kaffee drehte sich ihm der Magen um. Er warf einen kurzen Blick auf die Umzugskartons, die sich in seiner Küche und dem angrenzenden Wohnzimmer stapelten und darauf warteten, ausgepackt zu werden und sein neues Zuhause zu seinem Heim zu machen. Das musste warten. Er hatte bewusst eine kleine Wohnung gewählt, damit seine Mutter sich nicht dauerhaft bei ihm einnistete. Und bei der Matratze würde es vorerst auch bleiben, denn seine Mutter würde weder darauf noch auf der Wohnzimmercouch schlafen, die zugegebenermaßen auch nicht wirklich als Liegestatt geeignet war. Irgendwie hatte er wohl auch diesen Kauf mit gewissen Hintergedanken getätigt.

Langsam trank er seinen Tee und massierte mit Daumen und Mittelfinger seine Schläfen. Irgendwo musste er noch Kopfschmerztabletten haben, aber er hatte weder Zeit noch Lust, in dem Chaos, das zurzeit in seiner Wohnung herrschte, danach zu suchen. Er fand es ärgerlich, dass er überhaupt gerufen wurde. Ärgerlich und merkwürdig. Eine Leiche am Beachy Head war nun wirklich keine Seltenheit. Die Klippen an diesem Küstenstreifen waren für Selbstmörder offensichtlich ein besonders erstrebenswerter Ort, um sich aus diesem Leben in ein anderes zu befördern. Das mochte zum Teil daran liegen, dass man in den letzten Minuten seines Lebens eine wahrhaftig grandiose Aussicht auf das Meer und die Küste genießen konnte, bevor man sich über den Rand der Klippen mehr als einhundertsechzig Meter hinab in den sicheren Tod stürzte.

Nicht umsonst patrouillierten dort regelmäßig Seelsorger, um vielleicht den einen oder anderen Lebensmüden von seinem Vorhaben abzubringen. Außerdem gab es eine Telefonzelle, von der aus man Tag und Nacht die Seelsorger erreichen konnte. So jedenfalls hieß es auf einem Schild, das direkt neben der Zelle stand.

Es klingelte. Bradford zuckte zusammen, kippte seinen Tee hinunter und spülte seine Tasse um. Als er vom ersten Stock durch das helle Treppenhaus nach unten ging, fragte er sich, was an diesem Selbstmord wohl nicht stimmte.

Zwanzig Minuten später stand er auf den Klippen und genoss für einen Moment den Blick aufs Meer, bevor er zu der Gruppe von Coast Guards hinüberging, die den Leichnam geborgen hatten und nun bedenklich nah am Abgrund um eine Bahre herumstanden. Zwei von ihnen sammelten ihre Gerätschaften wieder ein, denn die Leiche hatte auf einem Felsvorsprung, etwa zwanzig Meter über dem Geröll am Fuß der Klippen, gelegen, und das machte die Bergung kompliziert und für die Guards nicht ungefährlich. Der Tote musste mit Hilfe einer Bahre an einer Seilwinde die Klippen hinaufbefördert werden.

Der Wind blies heftig über das Plateau, und Bradford fühlte sich unwohl. Nicht nur, weil er verkatert war, sondern weil er sich so nah am Abgrund nun mal unwohl fühlte.

Zielstrebig ging er zur Bahre und hockte sich hin.

»Also, warum bin ich hier?«, fragte er Dave Faredill, den Dienstältesten der Guards, den er vor fünfzehn Jahren bei seinem ersten Einsatz als Sergeant kennengelernt hatte.

Faredill tippte sich an die Stirn. »Tja, Sir, ich bin mir nicht sicher, ob's richtig war, Sie zu holen, aber … schauen Sie selbst.«

Er öffnete den Reißverschluss des Leichensackes. Bradford drehte sich schon wieder der Magen um, als er den zertrümmerten Körper sah. Warum mussten die Leute immer gleich Kleinholz aus sich machen? Konnte man sein Lebenslicht nicht ein bisschen ästhetischer ausblasen, wenn es denn unbedingt sein musste? Er schluckte die Übelkeit hinunter und ließ den Blick über den Körper wandern. Ein Mann, Alter Mitte bis

Ende fünfzig, leger gekleidet, Jeans, hellblauer leichter Pullover und schwarze Outdoorjacke. So viel konnte Bradford erkennen. Offensichtlich war der Mann mit der rechten Schulter und dem Arm an den Felsen entlanggeschrammt, denn dort zeigten sich die schlimmsten Verletzungen. Es sah aus, als hätte der Mann sich im letzten Augenblick irgendwo festhalten wollen. Nicht gerade typisch für einen Selbstmörder.

»Was soll denn das sein?«, fragte Bradford und blickte auf die Brust des Toten.

»Das haben wir uns auch gefragt«, sagte Faredill. »Sieht aus wie die Reste einer Kamera.«

»Haben Sie unten nichts gefunden?«

»Nein, wir haben aber auch nicht gesucht.«

»Wer ist runtergegangen?«

Faredill winkte einen Mann mittleren Alters heran. »Frank, komm doch mal her.« Und an Bradford gewandt: »Frank Walters, der ist eigentlich gründlich.«

Bradford stand auf und stellte sich Walters vor. »Haben Sie alle Habseligkeiten des Toten eingesammelt?«

»Ja, klar, mach ich doch immer. Zumindest das, was ich sehe. Aber der Felsvorsprung ist nicht so groß, vielleicht vier Quadratmeter. Wenn er was verloren hat, liegt's wahrscheinlich unten im Geröll. Oder, wenn wir Pech haben, im Meer. Sowieso ein Wunder, dass er nicht ganz unten gelandet ist.«

»Wir müssen noch mal runter, und wir brauchen ein Boot«, sagte Bradford und sah sich um. Wo zum Teufel blieb sein Sergeant?

»Wie bitte? Wieso denn das?« Walters guckte irritiert, aber Bradford telefonierte bereits. »Wir brauchen hier die Spurensicherung – jemanden, der schwindelfrei ist. Gibt es keinen Zugang vom Meer aus?«, fragte er an Faredill gewandt, das Smartphone immer noch am Ohr.

»Schwierig, da raufzuklettern.«

»Die ganze Mannschaft zum Beachy Head«, kommandierte Bradford in sein Smartphone. »Ich warte hier. Ach ja, und bringt mir ein Sandwich mit und einen Kaffee.« Er drückte das Gespräch weg und seufzte. Er brauchte unbedingt etwas zu essen.

»Wieso geht jemand zu den Klippen, um sich hinunterzustürzen, und nimmt dabei seine Kamera mit?«

»Jedenfalls nicht, um Erinnerungsfotos zu schießen«, gluckste Faredill und wurde dann gleich wieder ernst. »Ich meine, ich find das auch komisch. Und dann die Abschürfungen an den Armen und den Händen. Der wollte sich doch festhalten.«

»Sieht so aus. Haben Sie eine Brieftasche gefunden?«

»O ja, hätt ich fast vergessen.« Faredill griff in seine Jackentasche und übergab Bradford eine dünne schwarze Brieftasche. Darin befanden sich eine Visa Card und etwa sechzig Pfund in Banknoten. Kein Pass, kein Führerschein. Die Kreditkarte lautete auf den Namen Anthony Bexley.

»Bexley«, sagte Bradford, »könnte der etwas mit den Bexleys auf Lessington Park in Beecock zu tun haben?«

»Gut möglich. Ich kenne hier in der Gegend sonst keine Bexleys. Und ich lebe schon hier, seit ich auf der Welt bin.«

»Sir!« Bradford sah auf und blickte seinem Sergeant Phil Buckley entgegen, der – seinem zerknautschten Gesicht und dem grünlichen Teint nach zu urteilen – in noch schlechterem Zustand aufgewacht war als sein Chief Inspector. Im Schlepptau hatte er eine junge Frau.

»Tut mir leid, ich … musste erst mein Auto holen, stand noch am Horse and Hen«, entschuldigte sich Buckley atemlos und wischte sich eine dunkle Locke aus der Stirn. »Äh, das ist DC Gwyneth Sutton, hat heute ihren ersten Tag.«

»Ja klar«, brummte Bradford, nickte der jungen Frau zu, die ihn anstarrte, als wäre er ein Alien, und übergab Buckley die Brieftasche. »Hier, finden Sie heraus, wer genau das ist und wo er wohnt … gewohnt hat.«

Dann machte er sich daran, systematisch alle Taschen des Toten zu durchsuchen. Als die Spurensicherung eintraf, hatte er etwas gefunden, das den vagen Verdacht, bei diesem Selbstmord könne jemand nachgeholfen haben, zur traurigen Gewissheit werden ließ.

Der Kaffee hatte ihm nicht gutgetan. Er hätte bei Tee bleiben sollen.

»Sir!« Sergeant Buckley kam langsam auf ihn zu. »Williams hat mir gerade ein Foto geschickt, ist zwar aus einer Zeitung, aber Bexley ist gut zu erkennen. Es besteht kein Zweifel, dass er's ist. Sehen Sie sich das Bild an.« Buckley hielt Bradford sein Smartphone hin.

Er betrachtete das Foto.

»Also doch«, murmelte er und drückte Buckley seinen halb vollen Kaffeebecher in die Hand. Der blickte naserümpfend zur Seite.

»Also, dann wollen wir mal. Sie fahren.« Dann winkte er DC Sutton heran, die etwas hilflos herumstand. Schlechte Nachrichten überbrachte Bradford lieber mit weiblicher Unterstützung.

»Oh, äh …«, Buckley wand sich, »mit meinem Wagen?«

»Warum nicht?«, erwiderte Bradford.

Er fuhr nicht gern im Polizeiwagen vor, hatte immer das Gefühl, dass bei Menschen, die einen Streifenwagen sahen, eine Art Reflex einsetzte. Ein Reflex, der ihnen Vorsicht signalisierte, bei dem, was sie sagten oder besser verschweigen sollten. Es würde zwar etwas eng werden, zu dritt in Buckleys Kleinwagen, aber sie würden nicht lange brauchen. Vor allem nicht bei Buckleys Fahrweise.

Beecock war ein idyllisches Dorf in der Nähe von Eastbourne. Es war ein beliebtes Ziel für Touristen, die in den South Downs wanderten und hier in einem der zahlreichen B&Bs logierten. Beecock verfügte über alles, was ein englisches Küstendorf zu einem Anziehungspunkt für Urlauber machte: eine winzige Kirche, die ein kleiner Friedhof umgab, auf dem alte Grabsteine friedlich verwitterten, einen Tearoom, der außerhalb der Saison hauptsächlich von den wenigen Mitgliedern des regionalen Women's Institutes genutzt wurde, von diesen aber regelmäßig und ausgiebig, einen Pub mit dem Namen The Foxhole Inn, der den jüngeren Dorfbewohnern als Treffpunkt diente, und einen Supermarkt, der gerade groß genug war, um diese Bezeichnung zu verdienen.

Das Besondere an Beecock war jedoch zweifelsfrei das Herrenhaus Lessington Park, das sich inmitten seiner ausgedehnten Ländereien an einen kleinen Hügel landeinwärts schmiegte. Es war aus dem gleichen Gestein erbaut wie die Häuser im Dorf, allerdings sehr viel großzügiger, wenn auch angenehm schmucklos. Der Besitzer, David Bexley, lebte jedoch nicht mehr von Ackerbau und Viehzucht, sondern von einer gut gehenden Gärtnereikette, deren Filialen sich mittlerweile über ganz Sussex und Kent verteilten und die er von seinen Feldern und Gewächshäusern auf Lessington Park belieferte.

David Bexley lebte mit seiner Frau Anne, seiner verwitweten Mutter Violet und seinem Sohn Basil im Herrenhaus, während sein Bruder Anthony mit seiner Tochter Emma und seinem Schwiegersohn Steve Morgan das Cottage Greenley Field bewohnte, das frühere Pförtnerhaus von Lessington Park.

Als DCI Bradford aus dem aufgemotzten Mini seines Sergeants kletterte, warf er einen bewundernden Blick in den weitläufigen englischen Garten, der sich seitlich des Herrenhauses erstreckte. Ein makelloser Rasenteppich wurde wohldosiert von kleinen Baumgruppen und Rhododendren unterbrochen, die sich in einem gepflegten, weitgehend naturbelassenen Teich spiegelten, dessen Wasser in der Sonne glitzerte. Es war herrlich anzusehen, und Bradford atmete tief ein, versuchte, diese Idylle mit allen Sinnen in sich aufzunehmen.

»Mann, so 'nen Garten hätt ich auch gern«, platzte Buckley in Bradfords meditative Sekunden und erinnerte ihn an die undankbare Aufgabe, die sie hergeführt hatte. Detective Constable Gwyneth Sutton stand etwas abseits, schien die Schönheit der Umgebung nicht recht genießen zu können. Vielleicht war er zu voreilig gewesen, dachte Bradford, der erst jetzt realisierte, wie jung Constable Sutton war. Hoffentlich war sie der Sache gewachsen. Buckley würde ihm keine Hilfe sein, das wusste er aus Erfahrung. Er trampelte in Trauerhaushalten herum wie ein Schaf im Veilchenbeet. Machte alles noch schlimmer.

»Überlassen Sie das Reden mir«, ermahnte Bradford seinen Sergeant und nickte Sutton aufmunternd zu. Sie gingen vom Parkplatz, der zur Gärtnerei gehörte, zu dem kleinen Cottage hinüber, das sich in die weitläufigen, leicht hügeligen Obstplantagen und Blumenfelder hineinkuschelte. Die Beamten traten durch das kleine Gartentor, das sich lautlos öffnete und schloss.

Buckley betätigte den Türklopfer aus Messing. Während sie warteten, bewunderten sie den blühenden Staudengarten und das gepflegte Cottage. Weiß getünchte Wände mit dezentem, vertikal verlaufendem Fachwerk, weiße Sprossenfenster hinter üppig mit Petunien und Geranien bepflanzten Blumenkästen. Von irgendwoher plätscherte es leise. Seitlich der grün gestrichenen Holztür kletterten Rosenranken das Mauerwerk empor.

Hier hatte offensichtlich jemand ein großes Bedürfnis nach Nestwärme, fuhr es Bradford durch den Kopf. Bestimmt die Frau des Hauses. Er musste an Laura denken und stellte sich vor, wie sie sich in ihrer New Yorker Wohnung einen dieser Creme-Cafés mixte. Laura hatte eine Schwäche für alles Amerikanische, ausgenommen Burger jeglicher Art. Sie fand Fleischesser barbarisch.

»Scheint keiner da zu sein«, meldete sich Buckley nach einem erneuten Versuch mit dem Türklopfer zu Wort. »Vielleicht sind sie in der Gärtnerei oder im Herrenhaus.«

»Gehen wir«, sagte Bradford, und die drei marschierten die knapp zweihundert Meter an blühenden Kirschbäumen und einem Gewächshaus vorbei zum Herrenhaus hinüber. Bradford zog an einem altmodischen Strang, was ein ebenso altmodisches Glockengeläut verursachte. Er fühlte sich wie ein Statist in einem alten Film. Buckley gluckste albern vor sich hin. Bradford blickte ihn warnend an.

»Verzeihung, Sir.« Der Sergeant räusperte sich und verschränkte die Hände hinter dem Rücken. Das sollte wohl seriös wirken.

In diesem Moment wurde die schwere Tür geöffnet, und eine junge Frau in Gummistiefeln und einem grünen Kittel über Jeans und T-Shirt musterte sie skeptisch.

»Oh«, sagte Buckley, der wohl einen Butler im Cut erwartet hatte. Bradford holte eilig seinen Ausweis hervor und stellte sich und seine Begleitung vor.

Die junge Frau strich sich eine blonde Strähne, die sich aus ihrem Pferdeschwanz gelöst hatte, hinters Ohr und schluckte. »Ja?«

Bradford fragte: »Dürfen wir reinkommen?«

»O Gott, ist was passiert? Sagen Sie schon!«

Bradford ergriff den Arm der jungen Frau und schob sie ins Haus. »Können wir uns irgendwo hinsetzen?«

Die junge Frau führte die Besucher in einen kleinen Salon, der sich an die beeindruckende Eingangshalle anschloss, und setzte sich in einen der antiken Polstersessel, die sich um einen Kamin gruppierten. Das sah ja hier wirklich aus wie in einer alten Schmonzette, dachte Bradford und nahm ebenfalls Platz.

»Sie sind bestimmt Emma Bexley, nicht wahr?«, begann er.

»Ja.«

»Ich fürchte, wir haben eine schlechte Nachricht. Ihr Vater ist heute Morgen tot aufgefunden worden.«

Emma Bexley sank in sich zusammen. »O Gott, was ist passiert, hatte er einen Unfall?«

»Das untersuchen wir noch«, wich Bradford aus.

Er war der Meinung, die Angehörigen von Ermordeten erfuhren früh genug davon, dass ein Familienmitglied absichtlich durch einen anderen Menschen den Tod gefunden hatte. Er zog es vor, nicht mit der Tür ins Haus zu fallen. Die Todesnachricht war für den Anfang schockierend genug.

»Er ist offensichtlich von den Klippen am Beachy Head gestürzt.«

Emma Bexley schluckte. »Am Beachy Head? Wie soll denn das passiert sein? Sind Klippen weggebrochen oder was?«

Bradford, der sich auf dem antiken, unbequemen Sofa niedergelassen hatte, nahm interessiert zur Kenntnis, dass die junge Frau keinen Gedanken an die Möglichkeit verschwendete, ihr Vater habe sich in selbstmörderischer Absicht die Klippen hinabgestürzt.

»Sie glauben also nicht, dass Ihr Vater sich umgebracht haben könnte?«

Emma Bexley riss die Augen auf. »Wie bitte? Selbstmord? Mein Vater?« Sie wies mit dem Zeigefinger auf ihre Brust. »Nie im Leben! Ich meine … Beachy Head hat ihn fasziniert. Und auch, dass da so viele runterspringen, aber … doch nicht er!« Sie blickte gedankenverloren in den kalten Kamin. »Er hat da gerne fotografiert.«

Die junge Frau schluchzte. Constable Sutton ging zu ihr und legte die Hand auf ihre Schulter.

»Ist Ihr Mann zu Hause?«, fragte Bradford. »Oder Ihr Onkel?«

»Nein, mein Onkel musste nach Eastbourne zu einer Besprechung, und meine Großmutter hat sich hingelegt, sie wohnt im oberen Stockwerk.« Emma Bexley fischte ein Taschentuch aus ihrer Schürzentasche und wischte sich über die Augen. »Mein Mann ist in Eastbourne, in seinem Geschäft. Ich muss ihn anrufen.« Sie griff in die andere Schürzentasche und zog ihr Smartphone hervor. Nachdem sie ihrem Mann schluchzend eine Nachricht auf der Voicebox hinterlassen hatte, blickte sie Bradford fragend an. »Wo ist mein Vater jetzt? Ich möchte ihn sehen.«

»Das muss noch warten.« Bradford räusperte sich. »Ihr Vater ist im Moment in der Rechtsmedizin in Eastbourne, wo er obduziert werden soll.«

»Aber wieso denn obduziert? Sie sagten doch, er ist abgestürzt.«

»Schon. Die Frage ist, wieso ist er abgestürzt? Es gibt nichts, was auf einen Unfall hindeutet, und … ein Selbstmord ist ebenfalls unwahrscheinlich, das haben Sie ja eben bestätigt.«

Emma Bexley starrte ihn an. Ihre hellgrauen umschatteten Augen wirkten unnatürlich groß. »Sie meinen … jemand …« Sie schüttelte heftig den Kopf. »Nein, das glaub ich nicht. Wer sollte denn …?«

Bradford kramte seinen Notizblock hervor. »›Verschwinde von hier oder es passiert was‹. Das stand auf einem Zettel, den wir in der Jackentasche Ihres Vaters gefunden haben. Es war ein ganz altmodischer anonymer Brief, aus Buchstaben zusammengeklebt. Entweder er hat ihn mit der Post erhalten, oder jemand hat ihn Ihrem Vater zugesteckt. Leider haben wir keinen Umschlag gefunden. Können Sie sich vorstellen, woher dieser Brief kommen könnte?«

Emma Bexley streckte verblüfft die Hand aus. »Zeigen Sie ihn mir.«

»Das geht im Moment nicht, er wird kriminaltechnisch untersucht. Haben Sie eine Ahnung, wer den Brief verfasst haben könnte?«

»Natürlich nicht. Wer sollte denn so was machen? Mein Vater …«, sie fing wieder an zu schluchzen. »Mein Vater war zwar ein bisschen … exzentrisch, aber er hat wirklich keiner Menschenseele was getan. War eben Künstler. Hat gemalt und fotografiert und … Entschuldigung!«

Sie sprang auf und lief aus dem Zimmer. Die drei Polizisten sahen sich verblüfft an.

»Wir warten«, sagte Bradford.

Es dauerte keine zehn Minuten, bis Emma Bexley in Begleitung einer älteren, teuer gekleideten Dame wieder im Zimmer auftauchte.

»Das ist meine Großmutter, Ms Violet Bexley«, stellte Emma die schlanke, fast dünne Frau mit dem weißen sorgfältig frisierten Haar vor. Ihre Gesichtsfarbe war erschreckend blass. Sie sah aus wie ein Zombie. Bradford erhob sich und stellte sich und die Beamten ebenfalls vor. Die alte Dame ließ sich erschöpft in einen der Sessel fallen und umklammerte mit ihren dürren Händen die Armlehnen.

»Sie sagten, mein Sohn ist tot?« Ihre Stimme war dunkel, heiser und … es schwang etwas darin mit, das Bradford irritierte. Sie zitterte kein bisschen, obwohl die Frau sichtlich um Haltung rang.

»Ja, es tut mir leid«, antwortete er leise.

Violet Bexley atmete schwer und presste die schmalen Lippen aufeinander.

Ihre Enkelin legte den Arm um sie. »Ist schon gut, Oma«, flüsterte sie. »Ich bin ja da.«

Bradford betrachtete die beiden Frauen stumm. Die Szenerie war unwirklich. Etwas passte nicht. Er warf Buckley, der neben Constable Sutton am Kamin von einem Fuß auf den anderen trat, einen Blick zu. Der runzelte verständnislos die Stirn, woraufhin Sutton ihren Notizblock zückte. Bradford nahm sich vor, die junge Frau in Zukunft im Auge zu behalten. Sie reagierte schnell. Jedenfalls schneller als Buckley.

Bradford räusperte sich. »Ich kann verstehen, wenn Sie jetzt in Ruhe gelassen werden möchten, aber es gibt einige Unklarheiten in Bezug auf den Tod Ihres Sohnes. Glauben Sie, Sie könnten ein paar Fragen beantworten?«

»Was für Unklarheiten?« Die Frage kam barsch, wie ein Befehl.

Bradford war sicher, dass die Frau es gewohnt war, Befehle zu erteilen, und ausgiebig davon Gebrauch machte.

»Es besteht die Möglichkeit, dass ein Fremdverschulden vorliegt. Das heißt, jemand könnte Ihren Sohn von den Klippen gestoßen haben.«

Erstaunlicherweise wirkte Bradfords Aussage, dass es sich hier um Mord handeln könnte, auf die Mutter des Opfers nicht annähernd so schockierend wie auf die Tochter. Das erlebte er zum ersten Mal.

»Wer?«

»Tja, das versuchen wir gerade herauszufinden. Vielleicht können Sie uns helfen.«

Die alte Frau stand abrupt auf. Jetzt zitterte sie. »Das ist völlig absurd. Wie soll ich Ihnen helfen? Tun Sie Ihre Arbeit. Mein Sohn hat mich an seinem Leben nicht teilhaben lassen. Ich weiß nicht, was er in den letzten fünfundzwanzig Jahren getrieben hat. Und … ich glaube, ich will es auch nicht wissen.«

»Aber Granny.« Emma hielt den Arm ihrer Großmutter umklammert und schluchzte. »Dad ist tot. Womöglich hat ihn jemand umgebracht. Ist dir das denn ganz egal?«

Violet Bexley klopfte ihrer Enkeltochter sachte auf die Hand. »Nein Liebes, natürlich nicht«, sagte sie erstaunlich sanft und nickte Bradford zu. »Mein Sohn war ein Nichtsnutz, aber er war mein Sohn. Finden Sie den, der das getan hat.«

Sie streichelte zärtlich die Wange ihrer Enkelin und verließ den Raum, ohne die beiden Polizisten am Kamin überhaupt zur Kenntnis genommen zu haben.

In diesem Moment surrte ein Handy. Emma Bexley ergriff es so hastig, dass es ihr beinah aus der Hand geglitten wäre.

»Steve? Dad ist tot! Komm nach Hause!«

Sie drückte das Gespräch weg und brach in Tränen aus.

***

Erin Roberts schob das Backblech in die Röhre und klappte die Ofentür zu. Sie musste sich beeilen, wenn sie bis um drei Uhr, wenn die ersten Touristen zum Tee kommen würden, fertig werden wollte. Die Sache mit ihrem Vater hatte sie zurückgeworfen. Er hatte heute wieder einen besonders schlechten Tag.

Um kurz vor sieben, als sie gerade für Freya das Frühstück vorbereitete, hatte Doris Martin, ihre Nachbarin, den alten Mann nach Hause gebracht. Er war im Schlafanzug an ihrem Küchenfenster vorbeigegangen, hatte sie gesagt. Und sie war ihm bis zum Friedhof gefolgt. Vielleicht wollte er ja nur das Grab seiner Frau besuchen, und es gab kein Gesetz, das es verbot, im Pyjama auf dem Friedhof umherzuwandeln. Er hatte dann wohl die Orientierung verloren und sich von Doris widerspruchslos nach Hause bringen lassen.

Erin hatte sofort die Pflegerin Elly Gerald angerufen, die auch wenige Minuten später zur Stelle war. Leider hatte ihr Vater sich standhaft jede Einmischung in seinen Lebenswandel verbeten und sich bockig in den Sessel vor den Fernseher gesetzt, wo er immer noch hockte. Erin wollte ihm eine Decke und Tee bringen, was er ebenfalls heldenhaft verweigert hatte. Elly Gerald war unverrichteter Dinge wieder gegangen, und Erin musste sehen, wie sie mit dem alten Mann zurechtkam.

Freya, ihre Tochter, war ihr keine Hilfe. Die hatte genug mit ihrem eigenen Leben zu tun, das sich hauptsächlich um Jungs und Motorräder drehte, was bei ihrer Mutter nicht gut ankam. Erin war nicht spießig, jedenfalls fand sie selbst sich ziemlich aufgeschlossen. Aber sie hatte nun mal ein schlechtes Gefühl dabei, wenn ein soeben der Pubertät entwachsener Lederjackenträger mit durchlöcherter Unterlippe ihr einziges Kind als Maskottchen bei seinen Motorradrennen mitnahm.

Glücklicherweise funktionierte der Dorffunk einwandfrei, besser als Twitter oder Facebook oder was es da sonst noch so gab, und sie hatte gerade noch rechtzeitig davon erfahren, um das Schlimmste zu verhindern. Leider hatte sie ihrer Tochter mit einem Anruf bei der Polizei drohen müssen, was diese ihr bisher nicht verziehen hatte. »Du machst mein Leben kaputt!«, hatte sie geschrien und sich tagelang auf ihr Zimmer verkrochen.

Erin fand, dass ihr Vater und ihre Tochter wunderbar zusammenpassten. Jeder tat, was er wollte, und ließ den anderen das auch tun. Sie selbst war die Einzige, die sich ständig anpasste und die die anderen daran hindern musste, das zu tun, was sie wollten. Sie hätte nicht übel Lust, den Spieß mal umzudrehen. Alles laufen zu lassen und ganz spontan das zu tun, was ihr gerade in den Sinn kam.

Andererseits, was wollte sie denn eigentlich? Sie war sich nicht mal sicher über ihre eigenen Wünsche, war eigentlich ganz zufrieden mit dem, was sie tat.

Manchmal versuchte sie sich vorzustellen, wie es wohl sein mochte, eine intakte Familie zu haben. Einen Mann, der einem half, den Lebensunterhalt zu verdienen. Den man um Rat fragen konnte und der einem manchmal die Erziehungsarbeit abnahm, sodass man selbst nicht immer der Bösewicht war. In der Beziehung war sie bisher eindeutig zu kurz gekommen.

Michael, Freyas Erzeuger, war als Vater ein totaler Versager gewesen. Erin wollte es sich zwar nicht eingestehen, aber irgendwie erinnerte er sie an Freyas Lederjackenfreund. Und als Ehemann war er für Erin sowieso nie in Frage gekommen. In den ersten Jahren hatte er wenigstens noch Unterhalt für seine Tochter gezahlt. Unregelmäßig zwar, aber immerhin. Aber seit über acht Jahren war er aus ihrem Leben verschwunden. Auch gut. Erin hatte sich damit abgefunden, dass sie sich und ihr Kind würde allein durchbringen müssen.

Früher, als ihre Mutter noch gelebt hatte, war alles noch einfacher gewesen. Erin hatte in Eastbourne in einem Hotel an der Rezeption gearbeitet, und ihre Mutter hatte sich um Freya gekümmert. Dann war beim Vater Alzheimer diagnostiziert worden, und die Mutter hatte sich auch um ihn gekümmert. Bis sie eines Morgens tot im Bett gelegen hatte.

Erin hatte ihre Arbeit im Hotel aufgegeben, eine Anzahlung auf das kleine Fachwerkhaus mit dem Tearoom geleistet und die Verantwortung für den Vater übernommen, dessen Zustand sich nach dem Tod seiner Frau noch einmal rapide verschlechterte. Anfangs hatte Erin ihm jeden Tag aufs Neue erklärt, dass Helen gestorben war, aber mit der Zeit vergaß ihr Vater, dass es die Mutter gegeben hatte. Jedenfalls an den meisten Tagen. Heute war einer dieser anderen Tage, an denen er sich erinnerte und dann in dumpfem Starrsinn dem Schicksal die Gefolgschaft verweigerte.

Erin seufzte und legte weiße Tischdecken mit dezentem Blumenmuster auf die kleinen quadratischen Tische. Urlaub wäre schön. Zwei Wochen lang mal selbst Touristin sein und nicht bloß immer den anderen beim Ferienmachen zusehen müssen. Irgendwo hingehen und eine Zeit lang nur für sich selbst verantwortlich sein. Das war es, was sie liebend gern tun würde.

Aber daran war nicht zu denken. Die Eieruhr klingelte, die Scones mussten aus dem Ofen, und dann mussten noch mal zwei Bleche voll gebacken werden. Oder vielleicht nur eins, damit nicht so viele übrig blieben wie gestern. Scones schmeckten nur ganz frisch. Nach einem Tag konnte man damit Fensterscheiben einwerfen. Sie selbst mochte die Dinger eigentlich nicht, fand sie zu weich und bröselig. Und erst mit Rosinen! Aber die Touristen waren verrückt danach. Der nachmittägliche Cream-Tea mit Scones, Sahnebutter und Erdbeermarmelade war ein absoluter Hit.

Und dann war der Käsekuchen an der Reihe. Sie backte eine Hälfte mit, die andere ohne Rosinen. Außerdem servierte sie Apple Crumble und Mince Pie, und denjenigen, die deftige Nahrung bevorzugten, bot sie Sausage Rolls und Sandwiches mit Rote-Bete-Pesto und Cheddar an.

Sie sah auf die Uhr. Halb zwölf. Zeit, zu öffnen. Sie schloss die Tür auf und warf einen Blick auf die Straße. Es war bemerkenswert ruhig für einen freundlichen Samstagmittag Anfang Juni. Vor dem Tesco am Ende der Straße standen ein paar Frauen zusammen.

Anne Carpenter, die einen kleinen Buchladen schräg gegenüber von Erins Teestube führte, putzte gerade ihr Schaufenster. Die beiden winkten sich zu. Der Himmel war mit weißen Wölkchen übersät, die ein milchiges Sonnenlicht in den Straßen verteilten. Es war warm und windstill, eine seltsame Stimmung lag auf dem Dorf.

Sie ging wieder hinein, um nach ihrem Vater zu sehen. Vielleicht hatte er ja lange genug geschmollt und würde sich zu einer Tasse Tee und etwas Porridge überreden lassen. Erin wollte gerade den Gastraum verlassen, als das Windspiel an der

Eingangstür klingelte und Daisy Henderson, die Vorsitzende vom örtlichen Women's Institute, und Harriet Bolton-Smythe, die Frau des Vicars, in die Gaststube stürmten. Daisy Henderson, eine wohlgenährte Mittfünfzigerin mit streichholzkurzem weißen Haar schnappte nach Luft und griff sich an die Kehle, während Harriet Bolton-Smythe – das genaue Gegenteil ihrer Freundin, zumindest, was Figur und Frisur betraf – auf einen Stuhl sank.

»Meine Güte, ist was passiert?«, fragte Erin erschrocken.

»Stellen Sie sich vor, meine Liebe«, schnaufte Daisy Henderson und schüttelte den Kopf, sodass ihre langen Perlmuttohrringe hin- und herpendelten, »Anthony Bexley hat sich von den Klippen gestürzt.«

Erin verstand nicht sofort. »Wie … von den Klippen gestürzt?«

»Na, meine Güte … runtergesprungen eben.« Daisy Henderson machte eine Handbewegung, als wolle sie kopfüber ins Meer springen, und ließ sich dann neben ihrer Freundin auf einen Stuhl sinken.

»Wirklich? Woher wissen Sie das?«

»Na, Roger war eben auf Lessington Park, um ein paar Säcke von dieser hervorragenden Blumenerde zu kaufen … Sie wissen schon, die, bei der die Petunien so dankbar und ausgiebig blühen …«

»Ja, ja«, erwiderte Erin ungeduldig, sie wollte nicht über Blumenerde reden. »Was war los auf Lessington Park?«

»Na ja, also Roger hat gesehen, wie zwei Männer und eine Frau – die sich umgesehen haben, als wären sie Privatdetektive – zuerst zum Cottage gegangen sind und dann zum Herrenhaus. Und nach einer Weile ist Linus, der Gärtner, auch ins Herrenhaus gegangen, weil er Emma nach diesem neuen Pflanzenschutzmittel fragen wollte … aber ist ja auch egal. Jedenfalls kam Linus zurück und war weiß wie die Wand, hat Roger gesagt, und dann hat er erzählt, dass die drei Leute Polizisten waren und dass man Anthony unten bei den Klippen gefunden hat. Tot!«

Daisy Henderson schnaufte vor Anstrengung, nahm sich einen der Scones von dem Teller, den Erin unvorsichtigerweise auf dem Tisch abgestellt hatte, und biss herzhaft hinein.

»Und es war bestimmt Selbstmord«, mischte sich Harriet Bolton-Smythe schüchtern ein. »Am Beachy Head bringen sich doch immer so viele Leute um.«

Das stimmte allerdings. Soweit Erin wusste, gab es auf der Erde nicht viele Orte, wo sich mehr Menschen freiwillig aus diesem Leben verabschiedeten. Die Golden Gate Bridge in San Francisco war wohl auch einer davon. Aber Anthony Bexley und Selbstmord? Das konnte Erin sich einfach nicht vorstellen.

»Aber … weiß man denn genau, dass es Selbstmord war, vielleicht war es ja auch ein Unfall? Mr Anthony ist doch oft bei den Klippen unterwegs gewesen, wegen der Fotomotive.«

»Dann muss er aber schon sehr betrunken gewesen sein.« Daisy Henderson schob sich den Rest des Scones in den Mund.

»Daisy!«, ermahnte Harriet Bolton-Smythe ihre Freundin. »So was kannst du doch nicht behaupten.«

»Ich behaupte gar nichts«, erwiderte Daisy Henderson kauend, »aber es ist ja wohl kein Geheimnis, dass Mr Anthony gern mal einen über den Durst getrunken hat.«

»Das heißt ja nicht, dass er betrunken war, als er … runtergefallen ist.«

»Na, in nüchternem Zustand hält man sich ja wohl fern vom Abgrund. Also wird er wohl freiwillig gesprungen sein.«

Harriet Bolton-Smythe schüttelte sich. »Mein Gott, allein bei der Vorstellung wird mir schon schwindelig.«

»Erin!« Die drei Frauen schraken zusammen, als Peter Roberts im Schlafanzug die Gaststube betrat. Daisy Henderson grinste, und Harriet Bolton-Smythe stand auf und grüßte freundlich.

»Wer sind Sie denn?«, blaffte Roberts, und wandte sich dann an seine Tochter: »Ich hab Hunger.«

Harriet Bolton-Smythe zuckte zusammen und setzte sich wieder, während Daisy Henderson, die einige Sekunden lang den Teller mit den Scones fixiert hatte, sich noch einen genehmigte. Erin entschuldigte sich und führte ihren Vater wieder zu seinem Sessel.

»Ich bring dir gleich dein Porridge. Bleib hier sitzen, bis ich wiederkomme.« Sie sprach laut und deutlich, damit ihr Vater sie ernst nahm. Dann ging sie in den Gastraum zurück, um eine

Schüssel zu holen, Elly Gerald anzurufen und Daisy Henderson daran zu hindern, ihren Scones-Vorrat weiter zu dezimieren.

***

Nachdem DCI Bradford sich am Polizeipräsidium in Eastbourne wieder aus dem Mini seines Sergeants gequält hatte, besprach er sich kurz mit seinem väterlichen Vorgesetzten, Chief Constable Henry Walker, der mit seiner Beurteilung wesentlich zu Bradfords Beförderung beigetragen hatte. Danach beorderte er seine Mitarbeiter, zu denen auch Detective Constable Gwyneth Sutton gehörte, die angesichts der Aussicht, weiterhin mit DCI Bradford zusammenzuarbeiten, aus allen Knopflöchern strahlte, in den Besprechungsraum. Weiterhin gehörten noch Detective Constable Quentin Riley, Police Constable Tristan Bush und natürlich Sergeant Phil Buckley zum Team.

Bradford hatte sein neues, größeres Büro noch nicht bezogen, allerdings stapelten sich in seinem alten bereits die Kartons. Er war noch nicht dazu gekommen, seine Unterlagen umzusortieren. Das würde er einstweilen verschieben, was ihm durchaus gelegen kam. Er hatte mit dem Umzug in seine neue Wohnung noch genug zu tun. Er nahm die Kartons vom Tisch und fuhr seinen Computer hoch, um die Posteingänge zu kontrollieren. Es waren hauptsächlich Glückwünsche zu seiner Beförderung, deren Beantwortung warten musste. Dann ging er in den Besprechungsraum, wo seine Mannschaft bereits vollzählig versammelt war. An der Magnettafel hingen Fotos von der Leiche, von dem anonymen Brief, den Überresten von Bexleys Kamera und vom Fundort.

Bradford zog geräuschvoll einen Stuhl hervor und ließ sich darauffallen.

»So, Leute, dann sammeln wir mal.« Er warf DC Sutton einen aufmunternden Blick zu. »Können Sie kurz zusammenfassen?«

DC Sutton errötete und stand auf.

»Sie können sitzen bleiben«, sagte Bradford, lehnte sich zurück und lächelte.

Sutton errötete noch mehr und setzte sich wieder. »Ja, also, der Tote heißt Anthony Bexley …«

»Das wissen wir ja nun schon«, unterbrach sie Buckley gereizt. Anscheinend war er beleidigt, weil sein Chef ihm so eine Anfängerin vorzog.

Bradford blickte ihn warnend an.

»Weiter«, sagte er ruhig.

»Ja, also, die Todesursache ist klar, der Sturz eben. Der genaue Todeszeitpunkt wird noch ermittelt, wahrscheinlich gegen Mitternacht. Der Tote ist wohl gerne an den Klippen spazieren gegangen, um zu fotografieren. Offensichtlich war das auch der Grund, warum er sich überhaupt am Beachy Head aufgehalten hat, denn er hatte eine Kamera dabei, als er stürzte. Eine ziemlich teure Spiegelreflexkamera mit einem monströsen Teleobjektiv, beides ist leider völlig demoliert. Die Forensik versucht, den Speicherchip unbeschädigt herauszuholen und auszuwerten. Am Fundort der Leiche wird noch nach weiteren Beweismitteln gesucht, bisher allerdings ohne Erfolg. Ein Handy haben wir ebenfalls noch nicht gefunden, und oben auf den Klippen konnten keine Fußspuren sichergestellt werden. Auffällig an der Leiche sind Abschürfungen an den Unterarmen und Händen, die vermuten lassen, dass der Tote noch versucht hat, sich festzuhalten, was einen Selbstmord unwahrscheinlich macht. Es sei denn, er hat im letzten Augenblick Angst bekommen. Unklar ist ebenfalls, wie der Tote zum Beachy Head gekommen ist, denn auf dem Parkplatz stand kein Fahrzeug, das ihm zugeordnet werden konnte. Entweder er hat den Bus genommen, jemand hat ihn im Wagen mitgenommen, oder er ist die knapp fünf Meilen zu Fuß gegangen.«

Buckley stieß einen Seufzer aus, aber Sutton reckte ärgerlich das Kinn. Sie hatte wohl nicht die Absicht, sich weiter vom Sergeant verunsichern zu lassen.

»In der Jackentasche des Toten befand sich ein anonymer Drohbrief ohne Umschlag mit dem Wortlaut …«, Sutton konsultierte ihr Notizbuch. »›Verschwinde von hier oder es passiert was‹. Die Worte waren aus einer Zeitung ausgeschnitten und auf normales Druckerpapier aufgeklebt worden. Ergebnisse von der Forensik stehen noch aus.«

Sutton schnappte nach Luft, und Bradford fand, es war an der Zeit, die junge Frau zu erlösen.

»Danke, das ist wohl vorerst alles, was wir haben.« Er warf einen Blick in die Runde. »Was halten Sie davon?«

Verlegenes Schweigen, dann traute sich PC Bush. »Na ja, irgendwem muss der Tote auf die Füße getreten sein.«

»Vielleicht war der Brief ja gar nicht an ihn gerichtet, und er hat ihn irgendwo gefunden.« Das war Buckley.

»Wo findet man so einen Brief? Und warum sollte er ihn behalten?« Bradford sah den Sergeant erwartungsvoll an.

»Das … weiß ich nicht, überall vermutlich.«

»Könnte sein«, sagte Bradford, »dazu werden uns die Fingerabdrücke, wenn wir welche finden, hoffentlich mehr erzählen.«

»Vielleicht hat er ihn ja auch selbst zusammengeklebt und wollte ihn an eine bestimmte Person weitergeben.«

Alle schauten zuerst verwundert auf Sutton, die nur gemurmelt hatte, dann auf Bradford, der sich nicht wunderte und diese Möglichkeit auch schon bedacht hatte.

»An wen zum Beispiel?«, fragte er.

»Vielleicht wurde er erpresst.«

Buckley rutschte unruhig auf seinem Stuhl herum. »Das ist aber reine Spekulation.«

Bradford ignorierte den Sergeant. »Warum hat er ihn dann nachts um die Zeit noch in der Tasche gehabt? Man sollte doch meinen, dass er ihn schnellstmöglich an den Mann – oder die Frau – bringen wollte.«

»Genau«, mischte Buckley mit, »wer will sich schon mit einem selbst verfassten Erpresserbrief erwischen lassen.«

»Vielleicht hat derjenige Bexley ja von den Klippen gestoßen, bevor er ihm den Brief geben konnte.«

Sutton blickte Buckley herausfordernd an. Der klappte den Mund auf, um eine scharfsinnige Bemerkung zu machen. Leider fiel ihm keine ein, und er klappte ihn wieder zu.

Bradford registrierte diese Zwistigkeiten mit Missfallen. Die Mitglieder des Teams mussten miteinander arbeiten, um konstruktiv zu sein, und nicht gegeneinander. Da hatten Eifersüchteleien und Profilneurosen keinen Platz. Er würde sich Buckley mal vorknöpfen. Aber in einem Punkt hatte Buckley recht. Alles, was sie im Moment hatten, waren Mutmaßungen und Spekulationen.

Sie mussten die Obduktion und die Ergebnisse aus der Forensik abwarten.

»Das sind alles Möglichkeiten, die wir in Betracht ziehen müssen. Bemerkenswert ist auch dieses Teleobjektiv. Was hat der Mann fotografiert? Vielleicht sogar den Mörder?«

»Das wäre doch geil.« Sergeant Buckley zupfte mit den Fingernägeln an seinem Dreitagebart herum, was Bradford jedes Mal das Zahnfleisch zusammenzog. »Ein Opfer, das seinen Mörder vor dem Mord fotografiert. Zu schön, um wahr zu sein. Aber ich finde, wir sollten einen Suizid oder Unfall auch nicht ausschließen. Es könnte doch trotz allem sein, dass er lebensmüde oder einfach nur unvorsichtig war und runtergefallen ist. Vielleicht war er ja betrunken.«

»Gegen einen Suizid spricht die Kamera und gegen einen Unfall der Drohbrief«, entgegnete Bradford, der feststellte, dass Buckley sich wieder den Weg des geringsten Widerstandes aussuchte: Selbstmord, Unfall oder ein Foto des Mörders in der Kamera des Opfers. »Hundertprozentig ausschließen können wir natürlich nichts«, fuhr er fort, »aber den Todesfall zu den Akten legen, weil es möglicherweise ein Unfall oder Selbstmord war, das können wir auch nicht, oder wollten Sie das vorschlagen, Sergeant?«

»Nein«, Buckley zupfte jetzt geradezu exzessiv, »ich wollte es nur … nicht ganz ausschließen.«

»Dann sind wir uns ja einig.« Bradford blickte in die Runde. »Wir werden im Umfeld des Toten nach einem möglichen Motiv suchen müssen. Das heißt, es stehen eine Menge Befragungen an. Ich habe ein Team der Spurensicherung bereits zum Cottage geschickt und eine Handyortung auf den Weg gebracht. Sobald die Ergebnisse da sind, kümmern Sie sich um die Gespräche, die Bexley geführt hat, auch um die im Festnetz.« Er nickte PC Bush und DC Riley zu. »Sie, Buckley, kümmern sich um die Angestellten auf Lessington Park, und Sutton, Sie kommen mit mir. Wir nehmen uns den Rest der Familie vor. Noch irgendwelche Fragen?«

DC Sutton strahlte, Buckley schnitt eine Grimasse.

David Bexley, der Besitzer von Lessington Park und Bruder des Toten, empfing die beiden Polizisten in seinem Büro. Eine ältere, mürrische Frau, die wohl zum Personal gehörte, hatte ihnen die Tür geöffnet, mit zusammengekniffenen Augen Bradfords Ausweis kontrolliert und die beiden Ermittler dann durch die großzügige Empfangshalle und ein kleines, unbesetztes Vorzimmer mit einem Schreibtisch und Aktenschränken in das Büro ihres Brötchengebers geführt. Der Raum war geräumig und modern eingerichtet. Es gab einen runden hellen Holztisch, um den sich acht passende Stühle gruppierten. An den Wänden standen Aktenschränke und ein offenes Bücherregal. Bradford registrierte Henry Fielding, Dickens und Edgar Wallace. Der mit Papieren und Aktenordnern übersäte Schreibtisch des Hausherrn war allerdings ein antikes Schmuckstück aus glänzendem dunkelroten Holz. Bradford tippte auf Mahagoni. Auf einem übergroßen Computerbildschirm leuchteten verschiedenfarbige Zahlenreihen.

David Bexley war ein gepflegter, schlanker Mann in den Fünfzigern. Volles graues Haar fiel ihm in die Stirn, die hellen Augen blickten den Besuchern offen, aber auch wachsam entgegen. Als er aufstand, knöpfte Bexley seine dunkle Anzugjacke zu und bat die beiden Besucher an den runden Tisch.

»Kann ich Ihnen etwas anbieten? Tee? Kaffee? Wasser?«

Bradford lehnte dankend ab, Sutton tat es ihm gleich.

»Vielen Dank, Ms Foster«, sagte Bexley dann zu der mürrischen Frau, die sich schweigend zurückzog.

»Sie meint es nicht so, wie sie guckt«, erklärte Bexley die schlechte Laune der Frau, »aber sie arbeitet schon, seit ich denken kann, in unserem Haus und hat sehr an Tony gehangen.«

Sie setzten sich an den Tisch, Bradford mit dem Rücken zum Fenster. Bexley saß ihm gegenüber.

»Haben Sie sonst noch Personal?«, fragte er.

»Ja natürlich, Ms Debenham, meine Sekretärin, hat sich für heute krankgemeldet. Das alles hat sie wohl ziemlich mitgenommen. Dann haben wir noch eine Köchin, Ms Belmont, und Ms Shilman, die Putzfrau, sie kommt jeden Vormittag. Es ist ein großes Haus.« Bexley lächelte, als wolle er sich für diese Tatsache entschuldigen.

»Ihre Frau ist im Ausland?«, lenkte Bradford von dem großen Haus ab.

Bexleys Lächeln erstarb. »Ja, sie … hält sich im Frühjahr meistens auf Madeira auf, wir haben dort ein Ferienhaus.«

»Sie meinen, sie ist schon seit Längerem dort?«

»Äh, ja, um genau zu sein, seit zwei Monaten.« Bexley stand auf und ging zu seinem Schreibtisch, wo er eine Schublade öffnete und eine Flasche herauszog.

»Sie erlauben …?« Er hielt den Polizisten kurz die Flasche hin und goss sich dann einen kräftigen Schluck in ein Wasserglas, das er in einem Zug leerte. Dann kam er zurück und setzte sich wieder. »Sie müssen entschuldigen, aber … diese Sache mit meinem Bruder … Sagen Sie, was ist denn da genau passiert? Meine Nichte sagte, irgendetwas stimmt nicht. Glauben Sie wirklich, dass er … ermordet worden ist?«

»Halten Sie das für möglich?«, fragte Bradford seinerseits. Er hatte nicht die Absicht, sich die Gesprächsführung aus der Hand nehmen zu lassen.

David Bexley reagierte zurückhaltend. »Ich kann mir nicht vorstellen, wer dazu fähig wäre. Andererseits … Ich weiß auch nicht, mit wem mein Bruder … sich so umgeben hat.«

»Wann haben Sie ihn denn zuletzt gesehen?«

»Das war vorgestern, hier in meinem Büro.«

»Worüber haben Sie gesprochen?«

Bexley zögerte und warf einen Blick Richtung Schreibtisch, sehnte sich wohl nach einem weiteren Schluck aus der Flasche. Bradford wunderte sich. Bexley machte nicht den Eindruck eines Alkoholikers. Der Tod seines Bruders hatte offensichtlich einen ziemlichen Schock bei ihm ausgelöst. Aber Bexley beherrschte sich und blieb sitzen.

»Über Geld, er wollte sich Geld leihen – wie üblich. Tony hatte immer Probleme damit, sein Konto im Plus zu halten, obwohl er umsonst in Greenley Field gewohnt hat. Ich habe ihn und seine Tochter vor acht Jahren aufgenommen. Meine Schwägerin ist damals gestorben, Krebs. Emma hat sehr darunter gelitten, aber meine Mutter hat sich um sie gekümmert. Tony … war nicht gerade ein verantwortungsvoller Vater. Verzeihen Sie, ich sollte nicht so über meinen toten Bruder reden, aber so war er nun mal.«

Jetzt stand Bexley doch auf, um sich noch mal aus der Flasche in seinem Schreibtisch zu bedienen. Bradford erkannte das Etikett, es war Wodka.

»Und, haben Sie ihm Geld gegeben?«

Bexley stellte entschlossen die Flasche in den Schreibtisch.

»Nein, diesmal nicht«, sagte er leise. »Haben Sie eine Ahnung, was das alles kostet?« Er machte eine Handbewegung, die wohl sein eigenes Imperium betreffen sollte, aber genauso gut auch das gesamte Königreich hätte umfassen können. »Haben Sie eine Ahnung, wie hoch die Steuerlast eines solchen Besitzes ist?«

»Durchaus«, antwortete Bradford, der sich schon gewundert hatte, dass Lessington Park noch immer in Privatbesitz war und der Besitzer es nicht dem National Trust übergeben hatte, der sich unter anderem dem Erhalt britischer Herrenhäuser verschrieben hatte.

»Mein Vater hatte schon vor vielen Jahren damit begonnen, die Gärtnerei aufzubauen und den gesamten westlichen Flügel des Hauses mit Mietwohnungen auszubauen.«

Bexley war ans Fenster getreten, das einen wunderschönen Ausblick auf den Garten bot. Bradford wurde das Gefühl nicht los, dass Bexley diese Rede schon oft gehalten hatte.

»Das ist unser aller Lebensunterhalt, die Gärtnerei und die Mieteinnahmen.« Bexley setzte sich wieder an seinen Schreibtisch. »Glauben Sie ja nicht, dass wir hier auf großem Fuß leben können, bei all den Kosten.«

»Was war mit dem Erbe Ihres Bruders?«

»Gute Frage.« Bexley verzog den Mund. »Mein Bruder hat beim Tod unseres Vaters vor fünfzehn Jahren achthunderttausend Pfund kassiert. Ich habe diesen Moloch hier«, wieder die Handbewegung, »der fast mehr kostet, als er einbringt.«

»Wo ist das Erbe Ihres Bruders geblieben?«

»Wieder eine gute Frage.« Bexley beugte sich vor und sah Bradford fest an. »Was glauben Sie, wie oft ich sie mir gestellt habe – und ihm.«

»Und?«

»Er hat es verprasst! Reisen, er war andauernd unterwegs, hat sich mit Geldanlagen verzockt. Fragen Sie nicht, wo. Hat er nie erzählt, wird wohl seine Gründe gehabt haben. Und, was er nicht an der Börse verpulvert hat, das hat er in Alkohol oder sonst was investiert.« Bexley lachte auf. »Er hatte sogar mal einen Weinberg, weiß nicht, wo, vor etlichen Jahren. Ist aber nichts draus geworden. Aus seinen Projekten ist nie was geworden.« Bexley schwieg einen Moment und fuhr dann leise fort. »Ich … ich hab ihm fast immer ausgeholfen, aber … ich hatte endgültig die Nase voll davon, ihm seine Ausschweifungen und Süchte zu finanzieren!« Er ballte die Hand zur Faust, als wollte er sich selbst von dem überzeugen, was er sagte.

Bradford warf Sutton, die neben ihm saß und vor lauter Ehrfurcht bisher kein Wort gesagt hatte, einen ermunternden Blick zu. Sie musste lernen, keine Angst vor Persönlichkeiten wie David Bexley zu haben und auch unangenehme Fragen zu stellen.

DC Sutton hatte aufmerksam zugehört und richtete sich ein wenig auf.

»Wo Sie von Süchten sprechen. War Ihr Bruder möglicherweise in Drogengeschäfte verwickelt?«, fragte sie.

David Bexley betrachtete die junge Polizistin einen Moment lang ausdruckslos. Bradford schwieg, beobachtete Sutton, die dem Blick des Herrn von Lessington Park standhielt. Er erwartete eine heftige Erwiderung. Männer wie Bexley mochten es erfahrungsgemäß nicht, wenn man ihren Familienmitgliedern dunkle Geschäfte unterstellte. Aber er zuckte nur mit den Schultern.

»Wissen Sie … bei Tony war alles möglich.«

»Erzählen Sie ein bisschen von ihm, wie hat er seine Tage verbracht?«, fragte Bradford.

Bexley lehnte sich zurück und knöpfte sein Jackett auf. »Also, da bin ich überfragt. Ich sagte ja schon, dass er viel unterwegs war und fotografiert hat. Gemalt hat er auch.« Er stieß ein kurzes Lachen aus. »Hielt sich für einen Künstler, bloß wegen der paar Kunst-Semester in Oxford. Manchmal hat er auf Hochzeiten und auf unseren Festen fotografiert. War aber alles nichts, womit man Geld verdienen konnte.«

»Hatte er im Dorf Freunde oder Leute, mit denen er gern

zusammen war? Können Sie Namen nennen, die uns weiterhelfen?«

»Wie ich schon sagte, ich hab keine Ahnung, mit wem mein Bruder befreundet war und was er getrieben hat. Fragen Sie Emma.« Er stand auf und wies mit der Hand auf seinen Schreibtisch. »Sie sehen, ich hab noch eine Menge zu tun, besonders, da Ms Debenham nicht da ist. Und bevor Sie fragen, sie hat nichts mit dem Kaufhaus zu tun.«

Sutton wartete, bis Bradford aufstand, und schloss sich ihm dann an.

»Selbstverständlich«, sagte der Inspector, »und ... nur der Form halber: Wo waren Sie vergangene Nacht gegen Mitternacht?«

»Ja, das müssen Sie wohl fragen«, erwiderte Bexley, »aber mit einem Alibi kann ich leider nicht dienen, denn ich war zu Hause und hab gearbeitet, allein, da meine Frau, wie ich schon sagte, im Ausland ist.«

»Was ist mit Ihrem Sohn?«

Das Gesicht des Hausherrn verdunkelte sich. »Basil ist ebenfalls nicht da. Er studiert noch.«

»Wie alt ist Ihr Sohn?«

Bradford fand, dass Sutton an Schneid gewann.

»Tja«, Bexley legte die Hände hinter dem Rücken zusammen, »ich denke, das tut nichts zur Sache.«

Bradford konnte sich ein Grinsen nicht verkneifen. Er hatte bereits gehört, dass Basil Bexley nicht gerade mit Fleiß und Ehrgeiz von sich reden machte, und er wusste auch, was er seit wann studierte, aber er wollte wissen, wie der Vater zu seinem Sohn und dem, was er tat, stand.

»Was studiert er?«

»Das tut wohl ebenfalls nichts zur Sache.«

»Überlassen Sie die Beurteilung, was in einem ungeklärten Todesfall etwas zur Sache tut, bitte uns«, knurrte Bradford. »Also.«

Bexley verschränkte die Arme vor der Brust. »Basil studiert Philosophie in Brighton.«

»Aha. Ich nehme an, er ist zurzeit dort.«

»Das nehme ich auch an. Aber er fragt mich nicht mehr um Erlaubnis, wenn er verreisen will.«

»Danke«, sagte Bradford, »wir finden allein raus.«

Die beiden verabschiedeten sich und gingen.

Als die schwere Haustür hinter ihnen ins Schloss fiel, wandte Sutton sich an ihren Chef.

»Hier stimmt das Sprichwort«, sagte sie, als sie sich langsam auf den Weg zum Cottage machten.

»Welches Sprichwort?«

»Es ist nicht alles Gold, was glänzt.«

Bradford lächelte. »Da ist was dran. Aber ich glaube nicht, dass er so arm ist, wie er uns glauben machen will.«

Steve Morgan, Tony Bexleys Schwiegersohn, öffnete die Tür mit wütendem Gesichtsausdruck.

»Ja?«, sagte er und musterte die beiden Ermittler misstrauisch.

Bradford stellte sich und seine Begleitung vor und hielt dem jungen Mann seinen Ausweis unter die Nase.

»Oh«, Morgan wischte sich mit einer Hand übers Gesicht. Mit der anderen bat er die beiden ins Haus.

In dem kleinen Wohnzimmer kauerte Emma Bexley mit angewinkelten Knien und roten Augen auf dem Sofa. Als die beiden Polizisten eintraten, stand sie zögernd auf.

»Sie müssen entschuldigen«, flüsterte sie, »ich kann es immer noch nicht fassen. Und die Leute lassen uns nicht in Ruhe. Andauernd steht jemand vor der Tür zum Kondolieren.« Sie fing an zu weinen, und ihr Mann setzte sich neben sie und legte den Arm um ihre Schultern. Er guckte immer noch wütend.

»Das ist eine ganz dumme Sache«, quetschte er hervor. Bradford fand die Wahl des Adjektivs bemerkenswert, und der junge Mann schien sich dessen plötzlich bewusst zu werden. »Ich meine, es ist natürlich ganz entsetzlich, aber ich habe heute einen ganz wichtigen Auftrag in der Stadt … wir haben einen Cateringservice … und ich kann Emma doch jetzt nicht allein lassen. Aber Mr Bexley hat wohl auch einen wichtigen Termin«, sagte er etwas lauter, »obwohl der es bestimmt nicht so nötig hat wie wir.«

Das war also der Grund für die schlechte Laune des Mannes, ein wichtiger Auftrag. Nicht etwa die Tatsache, dass der Vater seiner Frau auf scheußliche Weise den Tod gefunden hatte.

»Steve, sei doch nicht so. Onkel David ist immer sehr großzügig, und ich hab dir gesagt, du kannst mich allein lassen, ich werde Erin anrufen. Sie wird bestimmt kommen.«

»Aber vorher hätte ich noch ein paar Fragen an Sie«, sagte Bradford und setzte sich unaufgefordert auf einen der geblümten Sessel. Sutton blieb in der Tür stehen und sah sich aufmerksam um.

»An mich? Wieso denn das? Wir sind wohl eher diejenigen, die einen Haufen Fragen haben.«

»Wir können Ihnen noch nicht mehr sagen, als Ihre Frau weiß. Ihr Schwiegervater ist von den Klippen gestürzt.«

»Und Sie meinen, jemand hat ihn runtergeschubst. Das hat Emma bereits gesagt.« Er beugte sich vor und fixierte Bradford. »Soll ich Ihnen was verraten? Würde mich nicht wundern.«

Emma Bexley fing an zu weinen.

»Tut mir leid, Schatz, aber so ist es einfach.«

»Anscheinend hatten Sie kein besonders gutes Verhältnis zu Ihrem Schwiegervater. Wieso nicht?« Bradford kramte ein Kissen, das mit dem gleichen Stoff bezogen war wie der Sessel, hinter seinem Rücken hervor und legte es auf seine Knie.

»Na ja, mein Schwiegervater war …« Steve Morgan warf seiner Frau verstohlen einen Blick zu. »Also er … er hat sich nur um sich selbst gekümmert, alle anderen waren ihm total egal. Er hat für keinen einen Finger gerührt und immer nur das getan, was er wollte.« Er tätschelte seiner Frau das Knie, aber Emma Bexley schien sich beruhigt zu haben. Sie nickte unmerklich.

»Das ist richtig«, sagte sie dann bestimmt, »aber er war auch lustig und … hat niemandem in sein Leben reingeredet.«

»Weil es ihm völlig gleichgültig war, was die anderen … oder du gemacht oder gefühlt haben«, erklärte Morgan. »Aber ja, er hat uns wenigstens in Ruhe gelassen.«

»Haben Sie eine Vorstellung, wer einen Grund gehabt haben könnte, ihn umzubringen?«

»Ich … ich meine … wir«, er machte eine Handbewegung, die seine Frau mit einschloss, »wissen nicht, was er so getrieben hat.«

»Aber er hat doch hier bei Ihnen im Haus gewohnt, oder nicht?«

»Auf dem Papier ja, aber er war meistens unterwegs. Ich hab keine Ahnung, wo, und Emma auch nicht. Oder doch?« Er sah seine Frau fragend an, und die schüttelte den Kopf.

Steve Morgan rang die Hände. »Wenn das dann alles wäre. Ich müsste wirklich nach Eastbourne. Vielleicht solltest du zu Granny gehen. Ich bleibe nur so lange, bis alles läuft, und komme dann sofort zurück. Aber du weißt, Basil hat uns empfohlen …«

»Natürlich, ich weiß, wie wichtig das ist«, stimmte Emma zu. Morgan blickte Bradford entschuldigend an. »Es ist eine Hochzeit mit über hundert Personen … Ich würde viel lieber hierbleiben, aber wenn da was nicht klappt, das spricht sich rum … so groß ist Eastbourne nicht.«

Bradford stand auf. »Natürlich, können Sie uns noch sagen, wo Sie in der letzten Nacht gegen Mitternacht waren?« Die beiden sahen von Bradford zu Sutton, die immer noch vor dem Kamin stand.

»Tz«, sagte Morgan, »ist ja wie im Krimi hier, also ich war die halbe Nacht in meinem Geschäft, hatte eine Menge vorzubereiten.«

»Waren Sie allein?«

»Nein«, er zögerte, »Jacky, die Köchin, war da, aber nicht bis Mitternacht, vielleicht bis zehn. Ich hab dann noch Gläser in ein paar Kartons verpackt.«

Emma Bexley sah Bradford böse an. »Ich war zu Hause, im Bett. Allein, falls Sie das wirklich auch wissen wollen.«

Sutton notierte sich den Namen der Köchin und die Telefonnummer.

»Wenn es Ihnen nichts ausmacht, würden wir uns noch gern im Zimmer Ihres Vaters umsehen.«

Emma Bexley runzelte die Stirn. »Aber das haben Ihre Leute doch heute Mittag schon auseinandergenommen.« Sie seufzte und winkte ab. »Aber bitte, machen Sie, was Sie wollen.«

Das Zimmer von Anthony Bexley war in seiner Nüchternheit quasi ein Gegenentwurf zu der ansonsten überladen wirkenden Einrichtung im übrigen Cottage. Und Steve Morgan hatte offensichtlich die Wahrheit gesagt, das geräumige Zimmer wirkte unbewohnt. Das Bett war unberührt. Im Kleiderschrank befanden sich Jeans, Hemden und ein paar Pullover in dunklen Farben und ein blauer Anzug. Alles war gepflegt und säuberlich gefaltet oder ordentlich auf Kleiderbügeln aufgehängt. Die junge Frau hatte offensichtlich gut für ihren Vater gesorgt, zumindest, was seine Garderobe anbelangte. In einem Bücherregal standen sauber aufgereiht eine Ausgabe von Shakespeares Dramen, Sternes Sentimental Journey in einem kostbaren Einband und einige Taschenbücher, unter anderem von P. G. Wodehouse und Tom Sharpe.

Eine ungewöhnliche Sammlung, fand Bradford. Neben dem Regal hing ein Gemälde aus bunten geografischen Formen. Kandinsky, glaubte Bradford, aber sicher war er sich nicht. Es gab so gut wie keine persönlichen Dinge im Raum. Auf dem Schreibtisch stand in einem dunklen Rahmen das Bild einer jungen, lachenden Frau, wahrscheinlich Bexleys verstorbene Frau.

Die Büroutensilien, wie Locher, Hefter, eine Schale mit Büroklammern und ein wertvoller Füller, waren akkurat oberhalb der ledernen Schreibunterlage angeordnet. Alles wirkte wie für einen Katalog dekoriert. Unverkennbar die Handschrift von Emma Bexley, allerdings in minimalistischer Ausführung.

In diesem Zimmer gab es keinerlei Schmuck. Alles war funktional und nüchtern. Bradford hob die Schreibtischunterlage an, darunter war alles leer. Wenn etwas da gewesen war, hatten die Kollegen von der Spurensicherung es mitgenommen. Allerdings hatten sie keinen Computer gefunden. Bradford fragte sich, wo Bexley ihn aufbewahrte. Dass ein leidenschaftlicher Fotograf weder Handy noch Computer besaß, glaubte er keine Sekunde lang.

»Was halten Sie von dem jungen Mann?«, fragte Bradford, als sie später im Dienstwagen zurückfuhren.

»Ungewöhnlich gut aussehend.«

»Allerdings. Glauben Sie, er hat was mit der Köchin?«

»Möglich, man müsste sie sich mal ansehen.« DC Sutton grinste breit. »Soll ich das machen?«

»Ja, morgen.« Bradford sah auf die Uhr. »Für heute ist Feierabend.« Er schwieg einen Moment. »Und das Cottage?«, fragte er dann. »Wie schätzen Sie die junge Frau ein?«

»Ich weiß nicht so recht«, Sutton legte einen höheren Gang ein, »man könnte sie glatt für ein Hausmütterchen halten, wenn man bedenkt, wie das Cottage eingerichtet ist. Mit all dem Plüsch und dem ganzen Nippes. Die Wohnung meiner Großmutter sah auch so aus. Na ja, in etwa jedenfalls.«

***

Im Grunde war es ganz einfach gewesen. Ein schneller Stoß … und schwups, war's passiert. Er war dem Abgrund selbst ziemlich nahe gekommen. Das musste er bedenken … falls es sich noch mal ergeben würde. Auf die Balance achten und darauf, wo man hintrat, erst recht, wenn es dunkel war.

Eigentlich war er selbst schuld gewesen, hatte ihm ja direkt eine Steilvorlage geliefert. Beachy Head bei Vollmond. Blödsinn! Jetzt konnte er sich die Klippen von unten ansehen – oder besser könnte, wenn er noch leben würde. Aber die Dunkelheit hatte eben auch ihre Vorteile.

Um die Zeit traute sich normalerweise niemand mehr hierher. Es sei denn einer von diesen potenziellen Selbstmördern oder ein Psychoheini, der einen potenziellen Selbstmörder retten wollte. Wieso ließen sie sie nicht springen? Gehörte ganz schön viel Mut dazu.

Ein Schauer lief ihm über den Rücken, wenn er an die letzten Sekunden seines Opfers dachte. Er hatte noch versucht sich festzuhalten. Und dann dieser Blick! Im Bruchteil einer Sekunde hatte sich ihm die Wahrheit offenbart. Erstaunen, Erkenntnis, Angst und zum Schluss das Flehen.

Diesen Blick würde er wohl niemals vergessen. Aber tat es ihm leid? Nein. Er hatte sich das selbst zuzuschreiben. Wäre er nicht so … na ja, jetzt war es sowieso egal.

Leider hatte dieser Mistkerl ihm doch tatsächlich noch ein Schnippchen geschlagen und den Brief in der Tasche gehabt. Verdammtes Pech! Doch das würde ihn nicht davon abhalten, seinen Plan durchzuziehen.

Er war noch nicht fertig.

***

Die Neuigkeit vom Tod Anthony Bexleys hatte im Dorf mittlerweile die Runde gemacht. In Erins Teestube war jeder Platz besetzt, weniger von Touristen, sondern vor allem von den Dörflern, die sich natürlich unbedingt über diese skandalöse Begebenheit austauschen mussten, und wo ging das besser als in guter Gesellschaft bei einer heißen Tasse Tee und vielleicht einem Stück von Erins köstlichem Käsekuchen. Und später, am Abend, konnte man dann im Foxhole Inn bei einem Pint in seinen Betrachtungen und Mutmaßungen fortfahren.

Es gab zwar eine Menge Leute, die sich von den Klippen stürzten – das war für die Bewohner von Beecock weiß Gott nichts Besonderes mehr –, aber einer von ihnen? Nein, das war noch nie da gewesen. Zumindest konnte sich niemand daran erinnern. Und außerdem … es ging das Gerücht, dass es gar kein Selbstmord war und auch kein Unfall, sondern viel schlimmer. Aber bislang war das böse Wort, an das alle dachten, noch nicht ausgesprochen worden.

Irgendjemand musste … vielleicht hatte da wer … nein, das war doch völlig ausgeschlossen. Und dann die Emma, das arme Mädchen. Wie fühlte man sich denn, wenn der Vater … na ja. Aber seltsam war das schon … der Tony, der war ja doch ein komischer Mensch gewesen. Oder eigentlich gar nicht so komisch. Man konnte eher sagen, er war ein Nichtsnutz und Faulpelz gewesen – wenn auch ein sehr charmanter. Und deswegen hatte bei seinem Tod doch bestimmt niemand … nachgeholfen. Oder?

So und ähnlich ging es leise von Tisch zu Tisch.

Erin hatte alle Hände voll zu tun, denn die Gäste konsumierten, was das Zeug hielt. Doris, ihre Nachbarin, die manchmal aushalf, wuchtete ihren schweren Körper mit erstaunlicher Geschmeidigkeit zwischen den Stühlen hindurch und balancierte dabei ein Tablett mit Teekanne, Tassen und Gebäck vor sich her. Erin dachte oft, dass Doris eine echte Attraktion war, die nicht unwesentlich zur Popularität ihrer Teestube beitrug. Und Doris liebte es, sich inmitten von Menschen zu bewegen. Sie wollte kein Geld, aber Erin bestand darauf, ihr zumindest ein Taschengeld zu zahlen, das Doris dann gleich wieder in Scones oder Käsekuchen umsetzte.

Erin stellte sich hinter den Tresen. Die Stimmung war gut, keine Frage, niemand schien sonderlich traurig zu sein über die Tatsache, dass Anthony Bexley das Zeitliche gesegnet hatte. Sie goss heißes Wasser in ein Porzellankännchen, stülpte einen gehäkelten Kannenwärmer darüber – die Touristen waren immer völlig hingerissen von ihren selbst gehäkelten Kannenwärmern – und stellte das Kännchen auf ein Tablett und das Tablett auf den Tresen. Der Raum brummte vor Behaglichkeit, von draußen schickte die spätnachmittägliche Sonne jetzt helle Strahlen durch die Fenster. Erin spülte einige Tassen und Teller per Hand, der Nachschub wurde knapp, und die Spülmaschine war in Betrieb.

Plötzlich wurden die Stimmen leiser, und im nächsten Moment bimmelte das Windspiel, und Annie Crane betrat den Tearoom. Die Gespräche verstummten für einen Moment und kamen dann langsam wieder in Gang. Annie Crane stand an der Tür und blickte Erin aus großen dunklen Augen an. Ihr sonst gepflegtes feuerrotes Haar war zu einem unordentlichen Pferdeschwanz zusammengebunden. Sie zog den Kopf ein und sah sich unsicher um. Erin wischte sich die Hände an ihrer weißen Schürze ab, ging eilig auf Annie zu und führte sie durch den Raum nach hinten in ihre Privaträume, wo ihr Vater hoffentlich noch vor dem Fernseher saß. Sie drückte sie in einen Sessel.

»Warte hier, ich komme gleich, dann können wir reden.« Annie nickte mit zusammengepressten Lippen, fingerte ein Taschentuch aus ihrer Jackentasche und schluchzte hinein.

Als Erin wieder in den Gastraum trat, hoben die Gäste neugierig die Köpfe. Glücklicherweise brach Doris in diesem Moment in vielleicht unpassendes, aber schallendes Gelächter aus, was die Situation entspannte. Doris lachte sehr ansteckend, dazu brauchte es nicht mal einen besonderen Anlass. Erin war ihrer Nachbarin und mütterlichen Freundin sehr dankbar.

In einer halben Stunde würde sie schließen. Dann würden die Gäste nach Hause gehen, sich ihr Dinner einverleiben, und danach würden viele von Ihnen sich schick machen und sich im Foxhole Inn wieder treffen. Einige würden vielleicht auch dort ihr Dinner einnehmen. Vorrangig diejenigen, welche dort einquartiert waren und keine Wahl hatten.

Im Pub kochte nämlich Dylan Morris, ein Walliser und Liebhaber scharfer indischer Gewürze, was er in seiner Küche ungeniert auslebte. Sein Lebensgefährte und Teilhaber, Brian Star, der für die Getränke zuständig war, war ein eher feingeistiger, hochsensibler Mensch, der seinen Freund zwar immer wieder ermahnte, doch mit dem scharfen Currypulver etwas zurückhaltender zu sein, damit aber auf taube Ohren stieß. Aber so schlimm fand er das Ganze nicht, denn der Curryverbrauch seines Freundes heizte den Getränkeverzehr und somit den Umsatz des Paares ordentlich an. Man konnte fast sagen, ohne Dylan und seinen Curry würde Brian sich an der Theke ziemlich langweilen.

Um kurz nach sieben, Erin hatte Doris und die Gäste verabschiedet, saß sie mit Annie allein in der Teestube. Annie war vier Jahre älter als Erin, und die beiden waren befreundet, seit Annie vor drei Jahren bei Erin aufgetaucht war und sie gebeten – nein eher aufgefordert – hatte, dem kleinen Frauenchor, Piccolo, beizutreten, den sie in Beecock auf die Beine gestellt hatte und der mittlerweile stolze zwölf Mitglieder zählte. Sie gaben ab und zu Konzerte in der heimischen Kapelle, und einmal waren sie sogar in Eastbourne auf einer Wohltätigkeitsveranstaltung zugunsten mittelloser Alleinerziehender aufgetreten.

»Was soll ich nur machen?« Annie schluchzte und kippte den guten schottischen Whisky, den Erin ihr hingestellt hatte, in einem Zug hinunter.

»Ja, wie, was sollst du machen? Wie meinst du das?«

»Jetzt, wo Anthony tot ist …«

»Aber ich dachte, das mit euch war längst vorbei.«

»War es ja auch, aber …«

»Was, aber?«

»Ich … ich hab ihm Geld geliehen. Viel Geld. Er hat gesagt, er hat ein todsicheres Geschäft, und wir würden beide reich werden, aber er müsste eben vorher investieren.«

Erin schürzte die Lippen. »Annie, du hast doch diesem Typ hoffentlich nicht dein ganzes Erbe hinterhergeworfen? Ich hab dir gesagt, du sollst dein Geld …«

»Ja … ich weiß ja, aber … er war so sicher.«

»Der war immer sicher«, schnaufte Erin, »wie viel hast du ihm gegeben?«

Annie wand sich. »Zwanzigtausend Pfund.«

Erin sperrte den Mund auf, goss sich dann einen doppelten Whisky ein, kippte ihn hinunter und verzog das Gesicht. »Du hast hoffentlich eine Quittung.«

Annie biss sich auf die Lippen, starrte auf ihre Knie und schüttelte den Kopf.

Erin schlug sich mit der flachen Hand an die Stirn. »Shit! Und was nun?«

Annie brach wieder in Tränen aus. »Ich weiß es nicht.«

»Hat er gesagt, was er damit vorhatte?«

Erneutes Kopfschütteln. »Aber er wollte es investieren, und ich würde mit Sicherheit fünftausend dabei gewinnen. Wahrscheinlich sogar mehr.«

»Tatsächlich.« Erin konnte sich den ironischen Unterton nicht verkneifen.

Annie packte ihre Freundin bei den Schultern und schüttelte sie. »Was soll ich denn jetzt bloß machen? Das war mein ganzes Geld!«

Erin konnte nicht leugnen, dass sie relativ wenig Mitleid mit ihrer Freundin hatte, registrierte aber, dass manche dummen Sprüche stimmten. Liebe machte wirklich blind.

Sie hörte, wie jemand durch die Hintertür eintrat.

»Freya! Bist du das?«, rief sie in Richtung Wohnzimmer.

Ein gedehntes »Jaaa« kam zurück.

»Sieh mal nach Großvater!«

»Okay.« Freya betrat die Teestube. »Er sitzt vor der Glotze wie immer. Hey, Annie.« Sie winkte der Freundin ihrer Mutter zu und riss den Kühlschrank auf. »Gibt's noch Kuchen?«

»Nimm dir bitte einen Teller«, sagte Erin mechanisch.

Freya verdrehte die Augen und antwortete nicht, nahm ein Messer, schnitt sich ein Stück vom Käsekuchen ab, nahm es in die Hand und biss ab.

»Ist irgendwas?«, fragte sie kauend.

Normalerweise war Erin froh, wenn sie ihre Tochter mal zu

sehen bekam und die dann auch noch mit ihr sprach, aber der Moment war denkbar ungünstig.

»Nein«, antwortete sie kurz.

Freya zuckte mit den Schultern und verschwand.

»Bin nachher noch weg!«, rief sie ihrer Mutter aus der Ferne zu.

»Wohin und mit wem?«, hätte Erin normalerweise gefragt, aber sie hatte gerade nicht die Kraft dazu. In diesem Moment klingelte ihr Handy.

Erin sah auf das Display und stand auf.

»Hallo, Emma, tut mir leid, dass ich mich noch nicht gemeldet habe, ich wollte morgen vorbeikommen, wenn dir das recht ist …« Sie hörte einen Moment zu und sah Annie an. »Wenn du meinst, natürlich, ich rufe Elly Gerald an …« Sie beendete das Gespräch und setzte sich wieder zu Annie, die sich einen zweiten Whisky eingeschenkt hatte.

»Das war Emma, sie möchte, dass ich komme. Steve muss dringend in die Stadt, und sie macht sich Sorgen um ihre Großmutter.«

»Wieso kümmert sich der edle David Bexley nicht um seine Mutter und Nichte? Oder seine eigene hirnlose Brut, der reiche Erbe, der doch schon Professor sein müsste, wenn man die Anzahl seiner Studiensemester bedenkt«, murrte Annie.

»Es ist schon erstaunlich, wie klar du manche Dinge sehen kannst und wie naiv du andererseits deinen eigenen Gefühlen vertraust und blindlings ins Verderben stolperst. Oder gibst du hier nur die Worte von deinem geliebten Anthony wieder?«

Annie sah ihre Freundin an. In ihren Augen glitzerten Tränen. »Sei nicht so. Ich hab ihn geliebt.«

»Ja, ich weiß.«

Erin drückte Annies Hand. Dann nahm sie ihr Handy und rief Elly Gerald an, die versprach, zu kommen. Erin war dankbar, dass Elly Gerald, frühere Krankenschwester und seit einem Vierteljahrhundert Witwe, so wenig Interesse daran hatte, abends auszugehen. Stattdessen stockte sie ihre Rente damit auf, hin und wieder auf Erins Vater aufzupassen. Glücklicherweise war sie trotz ihrer achtundsiebzig Jahre sehr rüstig und ließ sich von dem alten Mann, der zuweilen recht eigenwillig auftrat, nicht einschüchtern.

Annie stellte ihr Glas ab, ohne getrunken zu haben. »Meinst du«, sie druckste herum, »meinst du, du könntest … wenn du schon mal da bist …?«

Erin starrte ihre Freundin an. »Was? Emma fragen, ob sie dir die zwanzigtausend zurückgibt, jetzt, wo ihr Vater tot ist?«

»Nein, nein, natürlich nicht«, schniefte Annie, und Erin wusste, dass Annie genau das hatte sagen wollen. Sie hatte plötzlich keine Lust mehr, sich die Leidensmiene ihrer Freundin anzusehen.

»Ich muss jetzt gehen, wenn du willst, kannst du noch ein bisschen hierbleiben, bis Ms Gerald kommt.«

Sie ging ins Wohnzimmer, wo ihr Vater sorgfältig die Efeutriebe verknotete, die aus einem Topf vom Sideboard herunterrankten.

Ostfriesland – Wittmund – am selben Tag

»Sie ist schon mehrere Tage tot, so viel ist sicher«, sagte Manfred Friedrichsen.

»Natürlich«, entgegnete Fenja naserümpfend. »Wahrscheinlich seit sie verschwunden ist, und das ist schon fast eine Woche her.«

»Todesursache ist wahrscheinlich die Kopfwunde, aber vielleicht ist sie auch ertrunken, das kann ich noch nicht sagen.«

Der Rechtsmediziner riss sich den Mundschutz vom Gesicht und atmete tief ein. Es war früh am Morgen, noch nicht mal sieben Uhr, und vor gut einer halben Stunde hatte ausgerechnet Lore Berglin, Bendines Freundin, die Leiche in der Harle treiben sehen und fast einen Herzinfarkt bekommen. Jetzt saß sie bei Bendine in der Pension und ließ sich mit Tee bewirten.

Fenja war sofort benachrichtigt worden und hatte sich direkt zum Fundort der Leiche begeben.

»Können Sie schon etwas zur Tatwaffe sagen?« Sie hätte sich wärmer anziehen sollen, dachte sie und zog die Schultern hoch. War heute kein Wetter für Bluse und Jeansjacke, aber sie hatte in der Eile irgendetwas gegriffen und sah dementsprechend zerknittert aus.

»Nur, dass es ein stumpfer Gegenstand war«, antwortete Friedrichsen und klappte seinen Koffer zu.

Fenja seufzte. Sie war wütend, konnte aber nicht sagen, wieso. Wahrscheinlich deshalb, weil sie in den letzten Tagen keine relevanten Ergebnisse erzielt hatten. Trotz einer groß angelegten Suchaktion war Gerit Krohn nicht gefunden worden. Na ja, hier war die Antwort, warum das so gewesen war. Die Leiche war an der Taille mit einem Seil umschlungen, das an einem Ende gerissen war. Offensichtlich hatte man den Leichnam mit irgendetwas beschwert. Es waren bereits Taucher unterwegs, um herauszufinden, womit. Allerdings war es unwahrscheinlich, dass sie in dem Schlick schnell fündig würden.

Die Leiche war vollständig bekleidet und bis auf die Kopfwunde unversehrt, zumindest, soweit Fenja das beurteilen konnte.

Sie hatte nicht so genau hingesehen, das war etwas, das sie gern Friedrichsen überließ. Wie auch immer, dachte sie, sie konnte hier nichts mehr tun, und außerdem war es schweinekalt. Sie würde erst mal zurückgehen zu Bendine, sich einen heißen Tee genehmigen und ein paar Worte mit Lore sprechen.

Als sie wenige Minuten später die Pension ihrer Tante betrat, war der Frühstücksraum voller Menschen, die sich angeregt unterhielten. Heini war auch da. Er saß an dem kleinen Zweiertisch neben dem Tresen, der für das Personal – sprich Tante Bendine – gedacht war, und warf diesen scheelen Blick durch den Raum.

Wieso war der nicht in seinem Kiosk und verkaufte Krabbenbrötchen, fragte sich Fenja.

»Da ist ja meine Nichte!«, rief ihre Tante, die mit Lore und zwei anderen älteren Damen an einem Tisch neben Heinis saß, ihr entgegen und winkte sie heran.

Fenja hatte schon eine halbe Drehung gemacht, um sich schnellstmöglich aus dem Staub zu machen, überlegte es sich aber anders. Sie sollte die Gelegenheit nutzen und den anwesenden Herrschaften mal auf den Zahn fühlen. Es waren hauptsächlich ältere Ehepaare. Für einen Badeurlaub mit Kindern war es noch zu früh und zu kalt. Spazierengehen war aber auch schon zu dieser Jahreszeit und bei steifer Brise möglich. Sie ging zu ihrer Tante, setzte sich auf den Tresen und warf einen Blick in die Runde.

»Darf ich mal um Ruhe bitten!«, rief sie, und das Gemurmel erstarb augenblicklich. Viele neugierige Gesichter, die meisten unter einem mehr oder weniger üppigen grauen Haarschopf, wandten sich ihr zu.

»Ich nehme an, Sie haben alle gehört, dass Gerit Krohn endlich gefunden worden ist, wenn auch leider anders als erwartet«, fügte Fenja mehr zu sich selbst hinzu. »Falls jemand von Ihnen eine Aussage machen kann, die uns bei unseren Ermittlungen hilft, dann kommen Sie bitte ins Kommissariat nach Wittmund. Sie können aber auch jetzt gleich mit mir sprechen.«

Fenja sah sich erwartungsvoll um und wurde im Gegenzug erwartungsvoll angesehen. Dann stand Lore, die Heldin der Stunde, auf und kniff Fenja in den Arm.

»Sie sollten sich mal diesen windigen Ausländer-Freund von der Frau Krohn vornehmen, diesen Brender oder wie der heißt. Das ist ein ganz Ausgefuchster, hab ich schon immer gesagt. Mal ist er hier, dann ist er wieder für Wochen verschwunden. Und dann hat er immer diesen komischen Blick.« Lore schüttelte kryptisch den Kopf. »Man weiß nie, was der denkt.« Sie blickte Zustimmung heischend umher. Einige nickten.

»Das stimmt«, sagte eine Dame mittleren Alters.

Bendine zog sachte an Fenjas Jacke und stellte die Frau als Henrike Haven vor. »Sie wohnt am Museumshafen, sie muss es wissen.«

»Aha«, antwortete Fenja, »was meinen Sie denn genau? Glauben Sie, dass dieser Brendon etwas mit dem Tod von Frau Krohn zu tun hat?«

Die Frau ruderte sofort zurück. »Um Himmels willen, das will ich damit nicht gesagt haben, aber … ist doch komisch mit dem Kerl. Sagt, er ist Amerikaner, aber spricht nie über seine Heimat. Was weiß man denn von dem?« Zustimmendes Raunen und neugierige Blicke im Raum.

Fenja stöhnte innerlich. Das Kapitel Jim Brendon war für sie ein enormes Ärgernis. Sie hatten nicht den Hauch einer Spur von diesem Menschen. Weder gab es eine Firma in Hamburg unter diesem Namen noch sonst irgendwo in Deutschland. Sie hatten alle Passagierlisten aller möglichen Fluglinien seit Gerit Krohns Verschwinden untersucht. Der Name Jim Brendon stand auf keiner davon. Er hatte nirgendwo Geld abgehoben, kein Zugticket gebucht und sich auch keinen Leihwagen genommen.

Die einzige verdächtige Handynummer von Gerit Krohns Smartphone, das sie bisher nicht hatten orten können, wahrscheinlich deshalb, weil es in der Harle im Schlick lag, gehörte zu einem Prepaidhandy. Das Handy war auf den Namen Jim Brendon mit einer Bostoner Phantasieadresse angemeldet und offensichtlich von seinem Besitzer am Tag seines Verschwindens außer Betrieb gesetzt worden. Die Anrufe der letzten drei Monate waren von Carolinensiel, Harlesiel, Hamburg, Kiel, Sorrent und Korfu aus geführt worden, und zwar immer nur mit Gerit Krohn.

Das deutete darauf hin, dass dieser Brendon mehrere Handys besaß. Weitere Daten konnten sie nicht eruieren.

Das Hilfegesuch an die Bostoner Polizei hatte bisher nichts Konkretes ergeben. Es gab dort eine ganze Menge Jim Brendons, aber ein Mann wie auf dem Foto war nicht dabei. Auch in den sozialen Netzwerken war dieser Mensch nicht aufzufinden.

Im Grunde konnte sie das gar nicht fassen. In einer Zeit, wo jeder alles von allen wusste, wo Geheimdienste sogar die Telefone von Ministern und hohen Staatsbeamten abhörten, konnten sie diesen Menschen nicht ausfindig machen! Entweder war dieser Mann ein Mörder und hielt sich sehr gut versteckt, oder er war ebenfalls tot. Auf jeden Fall hatte er nirgendwo eine Spur hinterlassen, was schon mehr als verdächtig war.

Und für Fenja war Jim Brendon der Hauptverdächtige, sowohl was den Mord an Gerit Krohn anging als auch die Vergewaltigung von Greta Werft. Zumindest könnte er Licht in diese Angelegenheiten bringen, denn er hatte Jorit Krohn zur Polizei geschickt, um eine Vermisstenanzeige aufzugeben. Wieso? Und wie sollte sie es herausbekommen, wenn sie diesen Kerl nicht fanden?

»Heini!«, rief plötzlich jemand. »Du hast den doch ganz gut gekannt. Weißt du denn gar nix?«

Fenja sah sich neugierig nach Heini um, der rot geworden war und seinen Kopf zwischen die Schultern schob. Das war ja interessant, da wusste dieser Schleimer etwas von dem ominösen Verschwundenen. Na, den würde sie sich gleich mal vorknöpfen.

Sie wollte die Angelegenheit nicht in aller Öffentlichkeit vertiefen, bedankte sich und bat die Anwesenden, die irgendetwas über den Verbleib von Jim Brendon wussten oder sonstige Informationen hatten, die bei der Aufklärung des Todes von Gerit Krohn nützlich sein könnten, sich unbedingt im Kommissariat zu melden. Sie sprang vom Tresen und peilte Heini Sammers an.

»Am besten, Sie kommen mit, hier ist es zu voll«, sagte sie leise und wies mit dem Kopf in Richtung Küche.

Eine halbe Minute später stand sie erwartungsvoll am Küchentisch ihrer Tante und betrachtete den Mann, der sich zögerlich auf den vorderen Rand eines der Küchenstühle setzte. Als er saß, kniff er die Knie zusammen und legte die gefalteten Hände in seinen Schoß. Er machte den Eindruck eines braven Schülers, der seine Vokabeln nicht gelernt hatte und nun die Strafpredigt seines Lehrers erwartete.

Fenja räusperte sich. »Also, was wissen Sie über Jim Brendon?«

»Ganz ehrlich«, antwortete Heini, »nicht mehr als alle anderen. Aber ich glaube, er war oft auf Reisen. Da hat er auch Frau Krohn kennengelernt. Wenn ich ihn richtig verstanden habe. Der hat ja nicht so gut Deutsch gesprochen, und ich kann kein Amerikanisch.«

»Was für Reisen? Wohin?«

Heini zog wieder die Schultern hoch. Sehr hoch, fand Fenja. Sie hatte keine Ahnung gehabt, dass man seine Ohren mit den Schultern bedecken konnte.

»Also ehrlich, das hat er nun nicht gesagt. Ich glaub, die Frau Krohn hat er auf einem Schiff kennengelernt.«

»Auf einem Kreuzfahrtschiff?«

Heini sah Fenja schräg an. »Ja, ich glaube. 'n Fischerboot sicher nich.« Er griente wie ein schlechter Comedian.

Meine Güte, dachte Fenja, entweder war dieser Mann tatsächlich unglaublich dämlich, oder er tat nur so. Und sympathisch war er definitiv nicht. Sie fragte sich, was ihre Tante an dem fand.

»Ist hier alles in Ordnung?«

Fenja wandte den Kopf zur Tür, von wo Bendine sie misstrauisch beäugte.

»Ja, klar«, antwortete sie. »Könntest du uns noch einen Moment allein lassen? Wir haben's gleich.«

»Jaa … Das geht schon«, antwortete Bendine bedächtig und warf ihrem Freund einen Blick zu. Dann drehte sie langsam bei und ging zurück in den Frühstücksraum, aus dem lebhaftes Gemurmel bis in die Küche drang.

»Also«, fuhr Fenja fort und sah Heini streng an, »was hat dieser Brendon Ihnen erzählt, und woher kennen Sie ihn?«

»Ich … ich«, Heini stellte die Hacken nach außen, was ihm einen züchtigen Anblick verlieh, »er hat sich im Hafen mal zu mir gesetzt, wollte wissen, wie das Fischen so ist.«

»Wie? Wie das Fischen so ist?«

»Na, ob das Spaß macht und so, glaub ich jedenfalls.«

Fenja zog die Augenbrauen hoch. »Wollen Sie mich auf den Arm nehmen?«

»Nee, ganz ehrlich.« Heini klopfte mit den Händen auf seine Oberschenkel. »Der wollte auch damit anfangen … glaub ich. Und dann wollte er mich fotografieren.«

»Fotografieren?«

»Ja, was weiß ich denn! Kann ja auch nix dafür, wenn der so komisch redet!«

Fenja dachte nach und sah plötzlich ein wenig klarer, glaubte sie wenigstens.

»Sagen Sie … hat dieser Brendon oft fotografiert? Auch hier am Hafen?«

»Ja, ich glaub schon, er hatte jedenfalls immer ein Riesending von Kamera dabei.«

Fenja blickte aus dem Küchenfenster auf die Straße und sah, wie einige Touristen im Vorbeigehen neugierig das Haus musterten.

»Was wissen Sie sonst noch über den Mann?«

Heini schüttelte in einem Winkel von hundertachtzig Grad den Kopf. »Echt überhaupt gar nix.«

»Na gut, das war's vorerst.« Sie ließ Sammers einfach sitzen, ging zur Garage, sprang in ihren grünen Kumpel und knatterte los.

Als sie bei der Krohn'schen Villa ankam, standen mehrere Leute mit Kameras vor dem Eingangstor herum. Seit dem Verschwinden von Gerit Krohn hielten sich dort mehr oder weniger ständig Reporter auf. Fenja schnaubte leise vor sich hin. Na, die hatten ja nun endlich etwas Neues zu berichten. Gerit Krohn war nicht mehr verschwunden, sondern tot.

Antje Barthel öffnete ihr mit geröteten Augen die Tür. »Kommen Sie, wir haben es schon gehört. Ist … Stimmt es wirklich?«

Fenja wunderte sich nicht mehr darüber, wie schnell die Buschtrommeln funktionierten.

»Ja, leider ist es dieses Mal nicht gut ausgegangen«, sagte sie bedauernd. Sie spielte darauf an, dass Vermisste in den meisten Fällen gesund wiederauftauchten.

Antje Barthel bat sie ins Wohnzimmer, wo Jorit Krohn und Enno auf dem Sofa saßen und dumpf vor sich hin brüteten. Am Fenster stand ein elegant gekleideter, attraktiver Mann mittleren Alters. Antje Barthel stellte ihn als Dr. Ludwig Seilbach, Geschäftsführer und Freund der Familie Krohn, vor. Fenja hatte ihn noch nicht kennengelernt.

Sie schüttelte allen die Hand und setzte sich dann langsam in einen der Ledersessel. »Es tut mir wirklich furchtbar leid, was da passiert ist, und wir werden alles tun, um den … Schuldigen zu finden.«

»Also ist sie tatsächlich ermordet worden?«, flüsterte Jorit Krohn fassungslos. »Meine Mutter ist ermordet worden«, wiederholte er, warf die Hände vors Gesicht und schluchzte. »Das kann doch nicht wahr sein!«

Enno Barthel, der neben dem jungen Mann saß, wusste wohl nicht recht, wie er auf diesen Ausbruch reagieren sollte, und klopfte ihm dann unbeholfen auf den Rücken. Antje Barthel setzte sich neben ihren Neffen, legte den Arm um seine Schultern und wischte sich eine Träne aus dem Gesicht. Dann schien Krohn sich zu fassen. Er nahm die Hände vom Gesicht und sah Fenja an.

»Stimmt es, dass man sie in der Harle versenkt hat?«

Fenja nickte. »Ja, aber sie hat nicht gelitten.«

»Wie ist sie gestorben?«, fragte Krohn leise. Das Sprechen schien ihn zu entspannen.

»Wir wissen es noch nicht genau, das wird die Obduktion klären.« Fenja hoffte, dass die Kopfwunde den Tod schnell herbeigeführt hatte. Auf jeden Fall besser, als jämmerlich zu ertrinken. Obwohl man ja wohl nichts vom Ertrinken mitbekam, wenn man bewusstlos war.

»Wir müssen Jim finden«, sagte Enno Barthel plötzlich. »Wieso ist er weg?« Dabei sah er seine Frau fragend an.

»Wenn ich das wüsste«, seufzte die.

»Wir konnten ihn bis jetzt in Boston nicht ausfindig machen. Die Adresse, unter der er sein Handy angemeldet hatte, gibt es in Boston nicht.«

Dieser Aussage folgte verblüfftes Schweigen. Enno fasste sich als Erster.

»Wie meinen Sie das, es gibt die Adresse nicht? Hat er eine falsche Adresse angegeben?«

»Wahrscheinlich.«

»Das glaube ich nicht«, sagte Antje Barthel im Brustton der Überzeugung. Jorit Krohn schüttelte den Kopf. Nur Dr. Seilbach zeigte keinerlei Reaktion.

»Außerdem«, fuhr Fenja fort, »hat auch kein Jim Brendon das Land in den letzten zwei Wochen verlassen. Zumindest nicht per Flugzeug oder Schiff. Hatte er ein Auto?«

»Nein, also ich hab ihn nie Auto fahren sehen. Du?« Antje Barthel warf ihrem Mann, der schweigend, mit ungläubigem Gesichtsausdruck dasaß, einen Blick zu.

»Nein, ich glaub, der kann nicht Auto fahren. Gerit ist ja auch immer gefahren.«

Fenja dachte einen Moment nach. Das war ja eine seltsame Beziehung gewesen. Aber es gab nun mal auch seltsame Beziehungen, und irgendwie musste ja jeder nach seiner eigenen Fasson glücklich werden. Sie wandte sich zu Dr. Seilbach um, der die ganze Zeit wortlos aus dem Fenster gestarrt hatte.

»Was ist mit Ihnen? Haben Sie eine Ahnung, was mit Frau Krohn passiert sein könnte? Und was wissen Sie von diesem Brendon?«

Dr. Seilbach stand immer noch vor dem Fenster, die Hände in den Taschen seiner Anzughose vergraben, und sah hinaus in den üppig blühenden Garten, in dem eine kleine Fontäne ihr Wasser auf weiße Kiesel ergoss. Er wandte sich der kleinen Gruppe zu und nahm seine Hornbrille ab.

»Nein, was Frau Krohn angeht, da kann ich Ihnen nicht helfen, das habe ich auch Ihrem Kollegen vor ein paar Tagen schon gesagt. Aber dieser Brendon …« Er zögerte einen Moment. »Es würde mich nicht wundern, wenn er eine falsche Adresse angegeben hätte. Ich glaube, er hat Gerit … Frau Krohn ausgenommen.«

»Woher wissen Sie das?«, fragten Fenja und Antje Barthel gleichzeitig.

»Ich habe mehrmals gesehen, wie sie ihm einen Umschlag zugesteckt hat.«

»Na und?« Antje Barthel schien irritiert. »Das heißt doch

nichts. Woher wollen Sie wissen, was drin war in diesen Umschlägen?«

»Das weiß ich nicht, ich hab's nur gesagt. Gerit ist tot, der Kerl ist mal wieder verschwunden, und alles, was wir von ihm haben, ist eine falsche Adresse. Ist doch merkwürdig, oder?«

Allerdings war das merkwürdig, fand Fenja, und verdächtig. Wenn Gerit Krohn diesem Mann Geld gegeben hatte, dann würden Sie das schon herausfinden. Sie mussten sich einen genauen Überblick über Gerit Krohns Konten verschaffen. Und sie mussten endlich diesen Mann finden.

Im Kommissariat wurde sie bereits erwartet. Jan Heineke machte sie auf zwei Gäste aufmerksam, die seit zwanzig Minuten auf sie warteten. Fenja staunte nicht schlecht, als sie Barne Ahlers mit einem jungen, nein, mit einem sehr jungen Mann, im Flur sitzen sah. Merkwürdigerweise machte ihr Herz einen Hüpfer, als sie den gut aussehenden Lehrer neben diesem verpickelten Teenager erblickte. Was hatte das nun wieder zu bedeuten? Aber sie würde das nicht vertiefen und bat die beiden in ihr Büro, wo der Junge auf dem Besucherstuhl Platz nahm und Ahlers sich schützend hinter ihn stellte.

»Was kann ich denn für Sie tun?«, begann Fenja und kam sich vor wie ihr Hausarzt, der genau denselben Spruch losließ, wenn sie vor seinem Schreibtisch saß. Vielleicht war der junge Mann vor ihrem Tisch jetzt genauso nervös wie sie im Sprechzimmer von Dr. Fleiderer.

Fenja hatte eine ausgeprägte Phobie gegen alles, was auch nur entfernt mit Arztpraxen zu tun hatte. Na ja, sie bekam nicht gerade Panikattacken, aber sie mochte sie nicht, diese Sammelbecken von Viren und Bakterien, von Krankheit und Gebrechen.

Barne Ahlers ergriff das Wort. »Das ist Sören Freymund. Er möchte Ihnen etwas erzählen.« Dabei stupste er den Jungen sanft an die Schulter.

Der knetete mit gesenktem Blick seine Hände und sah Fenja misstrauisch an. Sie schenkte dem Jungen ihr liebenswürdigstes Lächeln und wartete geduldig.

»Ja, also … stimmt das, dass Greta immer noch im Koma liegt?«, begann er vorsichtig.

»Leider ja«, antwortete Fenja. »Was wollten Sie mir denn erzählen?«

»Äh … okay, ja, ich weiß ja nicht, ob ich jetzt 'ne blöde Petze bin, aber wenn Greta … Wir waren mal ein bisschen zusammen …«

Fenja verkniff sich ein Grinsen. Sollte sie den Jungen jetzt wirklich fragen, was sie unter ›ein bisschen zusammen‹ verstehen sollte? Sie entschied sich dagegen. Vorerst.

»Ja … und?«

»Na, sie hat mir gesagt, dass wir uns treffen könnten. Auf einem Boot, das keiner mehr benutzt.«

»Und … habt ihr euch getroffen?« Fenja war automatisch zum Du übergegangen. Sören wirkte auf sie wie ein Hilfesuchender, und das Du war einfach persönlicher.

»Nein, ich bin jetzt mit Frauke zusammen«, der Junge schien um einige Zentimeter zu wachsen, »und das mit Greta ist aus. Sie … sie hatte aber gesagt, dass sie sich da schon mal mit jemandem getroffen hätte und dass sie einen Schlüssel hat.«

Fenja versuchte, sich ihre Erregung nicht anmerken zu lassen. »Weißt du, welches Boot sie meinte?«

Der Junge schrumpfte wieder. »Ja, also … das weiß ich nicht. Hat sie nicht gesagt.«

»Und gezeigt hat sie's dir auch nicht?«

»Nein, wir … hatten ja keine Gelegenheit mehr.«

»Wann hat sie dir das vorgeschlagen?«

»Weiß ich nicht mehr genau, ist bestimmt schon ein paar Wochen her. Da war's noch ziemlich kalt.«

»Sag mal, wieso hast du das denn nicht schon viel früher gemeldet?«

Auf diese Frage schien Barne Ahlers nur gewartet zu haben. »Weil er davon ausgegangen war, dass Greta eine Aussage machen würde, und dann hat er erfahren, dass sie immer noch im Koma liegt, und ist zu mir gekommen. Und voilà, da sind wir. Ist das Grund genug?«

Fenja staunte. Na, das war mal ein loyaler Lehrer. So was gab es also nicht nur in billigen Fernsehserien.

»Natürlich«, antwortete sie schmunzelnd und fragte sich gleichzeitig, ob Barne Ahlers so aggressiv reagierte, weil er aufgrund seiner Erfahrung eine allgemeine Aversion gegen die Polizei hatte oder weil er sie persönlich nicht mochte.

»Ich danke Ihnen beiden, dass Sie gekommen sind«, sagte sie betont höflich. »Das hilft uns vielleicht weiter.«

Sie stand auf und reichte zunächst Sören, der ebenfalls aufgesprungen war, die Hand und dann Ahlers, der sie ergriff und dann zu Fenjas Freude ihr Lächeln erwiderte.

»Das hoffen wir«, sagte er, nickte dem Jungen zu, und die beiden verließen das Büro.

Fenja sah den beiden einige Sekunden hinterher, steckte dann die Hände in die Hosentaschen und überlegte, was als Nächstes zu tun war. Sie griff zum Telefon.

Zuerst den Polizisten anrufen, der Gretas Zimmer bewachte. Sie glaubte zwar nicht, dass sich dort etwas ereignet hatte, das hätte man ihr mitgeteilt, aber sie wollte auch sichergehen, dass die Bewachung lückenlos war, solange der Täter noch frei herumlief. Dann musste sie mit Haberle das weitere Vorgehen im Fall Gerit Krohn erörtern.

Auf dem Weg zu Haberles Büro kam ihr ein aufgeregter Tiedemann entgegen, der mit einer Aktenmappe herumwedelte.

»Also«, rief er, noch bevor er Fenja erreicht hatte, »ich hab was gefunden! Gerit Krohn hatte selbst ein Boot, schon seit der Steinzeit, meinte dieser Dr. Seilbach. Ich hab ihn gleich angerufen und gefragt, was er davon weiß.«

»Und wieso hat er davon bisher nichts gesagt?«, polterte Fenja.

»Weil er es vergessen hatte und sie es seines Wissens verkauft hatte. Hat sie auch, allerdings erst vor ein paar Wochen. Der Käufer«, Tiedemann warf einen Blick in die Unterlagen, »ein gewisser Ole Strelow aus Aurich, hat auch ihren Liegeplatz übernommen.«

»Habt ihr ihn überprüft?«

»Noch nicht, er ist ja erst der sechsundachtzigste auf der Liste«, nörgelte Tiedemann. »Allerdings hab ich mir den Kaufvertrag vorgenommen.«

Er grinste, als hätte er den Heiligen Gral gefunden, und machte eine seiner bedeutungsvollen Pausen, die Fenja immer zur Weißglut brachten, aber sie riss sich zusammen und wartete geduldig, bis ihr Oberkommissar endlich die Katze aus dem Sack lassen würde.

»Dreimal darfst du raten, wer den Verkauf über die Bühne gebracht hat?«

»Sag nicht Petersen.«

»Ebenjener.«

Jetzt grinste auch Fenja. »Hochinteressant. Wieso hat der gute Mann uns nichts davon gesagt?«

»Tja, das sollten wir ihn vielleicht mal fragen.«

»Und ob«, antwortete Fenja. »Setz dich mit diesem Strelow in Verbindung und besorg dir die Schlüssel von dem Boot. Ich nehme an, es hat eine Kajüte?«

»Nehme ich auch an.«

»Gut, dann los.«

Tiedemann drehte sich auf dem Absatz um und ging zielstrebig zurück zu seinem Schreibtisch.

»Liebe Frau Ehlers.« Jens Haberle war ein Mensch, der nur selten die Fassung verlor, es sei denn, man servierte ihm ein warmes Bier. Möglicherweise waren seine bayerischen Gene, die ihm sein Vater mitgegeben hatte, der Grund dafür. Seiner Mutter, einer stoischen Ostfriesin, verdankte er wohl seine Ausgeglichenheit.

»Liebe Frau Ehlers«, wiederholte er, lehnte sich gemütlich in seinem Schreibtischstuhl zurück und strich liebevoll seinen Schlips auf dem ausladenden Bauch glatt, »Sie wissen, ich habe vollstes Vertrauen in Ihr Urteilsvermögen. Nur sorgen Sie dafür, dass Ihre Leute mit den Fakten nicht hausieren gehen. Die Presse ist ganz wild auf Neuigkeiten.« Fenja legte den Kopf schief und fragte sich, wie Haberle zu dieser Erkenntnis gekommen war. »Und wenn Sie meinen, Sie müssen diesem Anwalt noch mal auf den Zahn fühlen, dann bestellen Sie ihn her, aber seien Sie nicht so draufgängerisch. Der ist ziemlich auf Draht, hat mich eine Menge Geld gekostet.« Den letzten Satz hatte er nur vor sich hin gemurmelt, aber Fenja wusste, dass Haberle von seiner

Scheidung sprach, die ziemlich teuer für ihn geworden war. »Und mich halten Sie am besten ganz aus der Sache raus. Der bringt es fertig und unterstellt mir noch, ihn aus reiner Schikane zu befragen.«

»Natürlich«, schnaubte Fenja und überlegte, was er damit meinte, sie solle nicht so »draufgängerisch« sein. Sollte sie Petersen mit Samthandschuhen anfassen, bloß, weil der Haberle über den Tisch gezogen hatte? Sie wurde wütend. »Wir haben Grund genug, ihn zu befragen. Da ist erstens Gretas Schuh, der auf seinem Boot gelegen hat, dann hat das Mädchen sich offensichtlich schon vor Wochen mit jemandem auf einem Boot getroffen. Womöglich hat sie ihn dort verloren. Außerdem haben wir sie ganz in der Nähe seines Bootes gefunden. Obendrein ist er einer von Gerit Krohns Anwälten.«

»Aber wenn ich das richtig sehe, haben Sie bis jetzt keine Spur von Greta Werft auf seinem Boot gefunden.«

»Das bedeutet ja nicht, dass sie nicht da war. Aber Petersen ist nicht ehrlich. Wir haben mittlerweile herausgefunden, dass Gerit Krohn selbst ein Boot hatte, das sie vor vier Wochen verkauft hat, und Petersen hat diesen Verkauf gemanagt, ohne es mit einem Wort zu erwähnen. Das muss alles nichts bedeuten, ich weiß, aber immerhin ist es ein Zusammenhang, und es ist der einzige, den wir haben.«

»Was ist denn eigentlich mit diesem Amerikaner? Haben Sie da etwas Neues?«

»Nein, aber Amerika ist ein großes Land, dauert, bis die alle Dateien durchkämmt haben.«

»Gut, gut, dann machen Sie nur.«

Fenja verließ Haberles Büro und gab Gesa Münte den Auftrag, Petersen ins Kommissariat zu bestellen.

***

Er kam einfach nicht weiter. Sie lebte immer noch. Wenigstens schlief sie, aber wie lange noch? Zwar ging das Gerücht, dass ihre Chance, aufzuwachen, mit jedem Tag schlechter wurde, und womöglich würde sie sich dann an nichts erinnern. Vielleicht war sie ja doch lange genug unter Wasser gewesen und ihr Gehirn dauerhaft geschädigt. Aber konnte er sich darauf verlassen?

Nein, er wollte sich nicht darauf verlassen. Mehrmals hatte er versucht, an sie heranzukommen, aber es war wohl immer jemand bei ihr. Und dann musste er irgendwie an diesem dämlichen Polizisten vorbei, der vor ihrer Tür saß und seine Nase ständig in eine bunte Illustrierte steckte. Den würde er schon überlisten, seine Tarnung war einwandfrei.

Eigentlich dürfte es kein Problem sein. Es würde schnell gehen, sie war ja schon weggetreten. Reingehen, ihr ein Kissen aufs Gesicht drücken und dann wieder verschwinden. Er musste sie nur ein paar Minuten allein erwischen.

Darüber musste er noch ein bisschen nachdenken. Ihm würde schon etwas einfallen.

Auf jeden Fall musste sie sterben.

Eastbourne – am selben Tag

Gwyneth Sutton saß in ihrem kleinen Reihenhaus in Eastbourne, das ihre Eltern, die ihren Hauptwohnsitz nach Spanien verlegt hatten, ihr überlassen hatten. Die Einrichtung war noch nicht hundertprozentig nach ihrem Geschmack, aber das würde sich ändern. Vorerst musste sie noch mit der alten, zusammengeschusterten Küche ihrer Mutter leben und mit der kalten Ledergarnitur im Wohnzimmer.

Okay, das Sofa war groß und bequem, und man konnte zur Not auch darauf schlafen, aber Gwyneth hasste Leder. Sie fand es ungemütlich und hatte die Couch mit allerlei Kissen und Decken drapiert. Sie hatte eine Tiefkühlpizza in den Ofen geschoben, sich einen Rotwein eingegossen und den Fernseher angestellt. Die Stimmen gaben ihr das Gefühl, nicht allein zu sein, und der Bildschirm war so groß, dass man der Illusion verfallen konnte, es bewegten sich tatsächlich Menschen im Raum. Sie saß inmitten der Plüschberge auf ihrem Sofa und träumte.

Heute Morgen war ihre Welt noch völlig in Ordnung gewesen. Sie hatte sich auf ihren neuen Job gefreut, den sie heute, an einem Samstag, angetreten hatte. Ihr Vater hatte ihr immer wieder eingebläut, nur nicht an einem Montag irgendwo neu anzufangen. Montage waren überall schreckliche Tage. Alle waren mehr oder weniger schlecht gelaunt, weil eine arbeitsreiche Woche vor ihnen lag. Natürlich hatte ihr Vater nicht bedacht, dass es im Polizeidienst keine klassische Fünf-Tage-Woche gab, aber sie hatte trotzdem auf seinen Rat gehört und sich einen Samstag als ersten Tag in ihrem neuen Umfeld ausgesucht.

Und was für ein Tag war das gewesen! Sie war mit DCI Bradford … Sutton zog genießerisch die Luft ein und nahm einen Schluck von ihrem Merlot … unterwegs gewesen, um einen ungeklärten Todesfall zu untersuchen. Okay, DS Buckley war auch dabei gewesen. Sie rümpfte die Nase. Am Anfang war er sehr nett gewesen, aber dann, als Bradford sie unter seine Fittiche genommen hatte … man könnte fast auf die Idee kommen, Buckley wäre eifersüchtig auf sie. Und das würde ihr mehr als gefallen.

Bradford war so jung und schon Detective Chief Inspector. Und nicht nur das, er sah aus wie einem Jungmädchentraum entsprungen, und man munkelte, dass seine Beziehung bröckelte. Die Frau, mit der er bisher zusammengelebt hatte, war nach New York gegangen. Vorübergehend, für zwei Jahre, hieß es, zumindest vorerst. Na, das konnte ja nicht gut gehen. Nicht bei einem Mann wie Bradford, das war klar.

Aber was hatte sie davon? Er würde sich ihr bestimmt nicht nähern, so schön war sie auch wieder nicht, obwohl … Ach, das waren dumme Gedanken. Sie hatte gerade ihren ersten Arbeitstag bei der Eastbourne-Police hinter sich gebracht und spielte schon mit dem Gedanken, sich den Chef zu angeln. Was dachte sie denn? Dass bei Bradford Notstand herrschte?

So ein Quatsch. Sie standen wahrscheinlich schon Schlange, und sie, DC Sutton, Polizistin am unteren Ende der Nahrungskette, machte sich Hoffnungen.

Sie stellte ihr Glas auf den Tisch und stand auf, um nach der Pizza zu sehen, als ihr Smartphone summte. Oh Gott, es war der Chef, sie schnappte nach Luft.

»Ja, Sutton«, meldete sie sich betont forsch und lauschte. »Ja, Sir, wie Sie meinen. Ich … beeile mich.« Mit einem Lächeln beendete sie das Gespräch. Dann warf sie die Faust in die Luft und frohlockte: »Ja!«

Sie stellte den Herd aus, überlegte noch, ob sie etwas Make-up auflegen sollte, entschied sich dann aber dagegen. Ihr Chef würde es nicht honorieren, wenn sie zu spät, aber dafür aufgestylt bei ihm aufkreuzen würde.

Es war Samstagabend, hatte er gesagt, und das halbe Dorf würde im Pub sein, da wurde viel erzählt, und es gab eine Menge zu erfahren. Eine gute Gelegenheit, sich dort umzusehen.

Sie griff nach ihrer neuen Jeans und einer figurbetonten weißen Bluse, zog einen schwarzen Blazer darüber und verließ eilig das Haus.

Im Pub herrschte – wie für einen Samstagabend nicht anders zu erwarten – reger Betrieb. Das Foxhole Inn hatte mehrere Gästezimmer, von denen die Hälfte belegt war. Die meisten der Übernachtungsgäste nahmen ihr Dinner auch im Pub ein, die übrigen Gäste waren Einheimische. Vielleicht hatten sich heute sogar einige Dörfler hierher verirrt, die sich sonst am Wochenende lieber in Eastbourne oder Brighton amüsierten. Als Bradford und Sutton eintraten, traf sie der eine oder andere forschende Blick. Im Dorf wohnten sie nicht, und wie Wanderer sahen sie auch nicht aus.

Die beiden blickten sich um, es gab keinen freien Tisch mehr, also machten sie es sich an der Theke bequem. Bradford bestellte Bier, Sutton Cola. Brian Star, der emsig die Zapfhähne bediente, musterte die beiden Fremden aus den Augenwinkeln. Vor allem Bradford weckte offensichtlich sein Interesse. Er stellte den beiden ihre Getränke hin. Der Inspector griff nach seinem Pint und prostete dem Wirt zu.

Er wusste selbst nicht recht, ob das, was er hier tat, sinnvoll war, aber er wollte herausfinden, was dieser Bexley für ein Mensch gewesen war. Und an einem Samstagabend im Pub saßen die Zungen lockerer als in seinem Büro in der Polizeistation.

»Sie sind doch der, der den Tod vom armen Anthony untersucht, oder?« Brian Star wischte so heftig über die Theke, als wäre das eine Fitnessübung, und zwinkerte Bradford zu.

»Allerdings«, antwortete der und leckte sich die Lippen. »Haben Sie ihn gekannt?«

»Natürlich, der war hier Stammgast, war fast jeden Samstag hier, wenn er im Dorf war, und hat sich zum Bier einladen lassen.«

»Tatsächlich? Von wem? Von Ihnen?«

Star lachte auf. »Ha, das fehlte noch, dass ich als Wirt hier die Lokalrunden schmeiße.«

Ein junger Mann brachte zwei leere Gläser zurück, gab eine Bestellung auf und musterte Constable Sutton anzüglich.

»Na, wer war denn so großzügig und hat Anthony Bexley sein Bier bezahlt?«

Star bediente den Gast und wandte sich dann grinsend an den

Inspector. »Hauptsächlich Frauen, bei denen hatte Tony echt einen Stein im Brett. Da gab's hier schon manches Mal Ärger mit Kerlen, denen Tony ein Geweih aufgesetzt hat.«

»Ach, wissen Sie da jemand Bestimmten?«

Star stutzte. »Also, da bin ich jetzt überfragt, waren meistens Touristen.«

Bradford war fest davon überzeugt, dass der Wirt haargenau wusste, wie viele und welche Ehemänner von Tony Bexley gehörnt worden waren. Er würde es schon noch herauskriegen.

»Und die Frauen?«

»Na, die haben ihn angehimmelt, keine Ahnung, wieso. Da, sehen Sie, das war eine von ihnen.« Er wies auf eine schlanke Frau in den Dreißigern, die eben hereingekommen war. Ihre roten langen Locken hatte sie zu einem strengen Pferdeschwanz zusammengezwängt.

»Das ist Annie, Annie Crane. Sie war mal mit Tony zusammen.« Die Frau grüßte in Richtung Theke und sah sich verwirrt um. Sie schien jemanden zu suchen. »Hat sogar ziemlich lange gehalten die Sache, für Tonys Verhältnisse«, fuhr Star fort, »waren bestimmt zwei, drei Jahre.«

Bradford gab Sutton ein Zeichen, woraufhin sie ihre Cola nahm und die Frau ansprach. Die zuckte zusammen, ließ sich dann aber bereitwillig von der jungen Polizistin zu einem kleinen Stehtisch führen, der eben frei geworden war.

Die Stimmen im Pub wurden lauter und die Schlange am Tresen länger. Aus der Küche drang intensiver Currygeruch in die Gaststube. Bradford betrachtete die Gesichter der Gäste. Es waren alle Generationen vertreten. An einem größeren Tisch saßen drei ältere Paare zusammen, die Frauen gepflegt, mit sorgsam onduliertem Haar, elegant gekleidet, die Männer, nicht weniger gepflegt, trugen helle Anzugjacken. Die Anzahl der jüngeren Leute vergrößerte sich ständig. Es wurde zunehmend unruhig im Pub.

»Hier ist nachher noch Disco«, sagte der Wirt entschuldigend und reichte zwei Pints über die Theke.

Bradford nickte und beobachtete die zwei Frauen drüben am Stehtisch. Die Rothaarige hatte sich mit einem Bier versorgt und hatte offensichtlich Vertrauen zu Sutton gefasst, denn sie redete anscheinend pausenlos auf den Constable ein. Ab und zu wischte sie sich eine Träne aus dem Gesicht.

Bradford wollte schon sein Bier austrinken und gehen, als die Tür aufging und ein Mann Anfang dreißig den Pub betrat. Der Mann war glatzköpfig, ein Diamant glitzerte in seinem Ohr. Er trug Jeans und eine Leinenjacke, in die er noch hineinwachsen musste. So hätte das seine Mutter ausgedrückt, fuhr es Bradford durch den Kopf.

Der Mann fuhr sich über den Schädel und ließ den Blick durch den Pub wandern. An der rothaarigen Frau blieb er hängen. Die Ankunft des Mannes hatte die Stimmung deutlich gedämpft. Die Leute sprachen leiser, der eine oder andere Blick flog dem Mann zu.

»Das ist Dorian«, raunte ihm der Wirt zu, »arbeitet für David Bexley.«

»Dorian?«, fragte Bradford ungläubig.

»Ja, Dorian Lake, seine Mutter hatte wohl eine Vorliebe für Oscar Wilde, ich übrigens auch.« Star zwinkerte Bradford zu.

»Tatsächlich«, antwortete der, »und was ist so Besonderes an diesem Dorian?«

»Na, er hat sich mit Tony geprügelt – oder vielmehr, er hat Tony *ver*prügelt.«

»Aha«, Bradford wunderte sich, wie bereitwillig der Wirt über seine Gäste plauderte. Das kannte er ganz anders, die meisten Wirte waren zugeknöpft wie die Strickjacke seines Großvaters bei auflandigem Wind. Sie wollten sich ihre Gäste nicht vergraulen.

»Und wieso hat Dorian Tony verprügelt?«

»Weiber, was sonst? Tony hat sich seine Lizzy geklaut. Jedenfalls hat Dorian das so ausgelegt. Aber im Vertrauen … die Lizzy ist ihm eher davongelaufen, geizig, wie der ist. Hängt sich den ganzen Abend an einem halben Pint auf, und das Wort Trinkgeld existiert nicht in dem seinen Wortschatz.«

»Aha«, sagte Bradford, der nun auch wusste, wieso der Wirt auf einen Gast wie Dorian Lake verzichten konnte.

»Wann war das?«

»Keine Ahnung, ist schon ein paar Monate her.« Star wandte sich wieder seinen Zapfhähnen zu.

Bradford nahm Blickkontakt mit Constable Sutton auf, die den Gast ebenfalls misstrauisch beäugte, was wohl auch daran lag, dass die Rothaarige und er sich sekundenlang anglotzten. Dorian machte zögerlich einen Schritt Richtung Theke, aber als er Bradford sah, schien er plötzlich seine Meinung zu ändern, blieb stehen, zögerte erneut, drehte sich um und verließ den Pub wieder. Bradford beschloss, sich kurz mit dem eiligen Gast zu unterhalten, gab Sutton ein Zeichen und folgte Dorian Lake hinaus.

Draußen dunkelte es bereits, und eine einsame Laterne warf ihr fahles Licht auf den kleinen Innenhof. Einige Gäste saßen rauchend an rustikalen Holztischen. Es war ziemlich kühl geworden. Bradford ging auf die Straße und hielt Ausschau nach Lake. Sutton tauchte hinter ihm auf.

»Was ist mit dem Kerl?«

»Er hat vor ein paar Monaten unseren Toten verprügelt. Hat mir der Wirt erzählt.«

»Ach.«

»Ja, endlich mal ein mitteilungsfreudiger Wirt.«

Sie gingen die Straße entlang und folgten Lake in einen kleinen Seitenweg, der zum Kirchhof führte. »Mr Lake«, rief Bradford dem Davoneilenden hinterher. Der beschleunigte zunächst seine Schritte, blieb dann aber stehen und drehte sich um.

»Was wollen Sie von mir?« Seine Stimme schnitt durch die friedliche Abendluft. Der Mann schien schlechte Laune zu haben.

»Nur ein paar Fragen«, sagte Bradford, während er gefolgt von Sutton auf den Mann zuging und ihm seinen Ausweis entgegenhielt.

Lake blinzelte und streichelte seine Glatze. Im Licht der Laterne wirkte er weicher, als seine Stimme vermuten ließ.

»Sie haben sicherlich schon von dem Todesfall gehört«, begann Bradford und wurde sofort unterbrochen.

»Ja, klar. Anthony Bexley hat den Löffel abgegeben. Was hab ich damit zu tun?«

»Sie hatten eine Auseinandersetzung mit ihm, haben ihn verprügelt.«

»Ja und? Ist schon ewig her. Außerdem, was kann ich dafür, wenn er die Klippen runterspringt?«

»Worum ging es bei der Auseinandersetzung?«

»Ich wüsste nicht, was Sie das anginge.« Lake machte Anstalten zu gehen.

»Es gibt ein paar Unklarheiten im Zusammenhang mit Mr Bexleys Tod. Wenn Sie hier nicht antworten wollen, können wir Sie auch vorladen, ist Ihnen das lieber?«, fragte Bradford ruhig.

Lake grinste frech. »Und wenn ich nicht komme?«

»O bitte«, seufzte Bradford. »Worum ging es bei der Auseinandersetzung?«

Lake wackelte mit dem Kopf wie ein Halbstarker. »Er hatte sich an meiner Süßen vergriffen.«

Bradford musterte sein Gegenüber einen Moment schweigend. Der Kerl war in den Dreißigern und benahm sich wie ein pubertierender Rüpel.

»Sie arbeiten auf Lessington Park?«

»Ja, fahre einen der Lkw.«

»Wo waren Sie gestern Nacht gegen Mitternacht?«

»In Eastbourne unterwegs.«

»Zeugen?«

»Keine Ahnung, suchen Sie sich doch welche! Um die Zeit laufen ja genug Leute auf der Straße rum.«

»Also keine.«

Lake spuckte auf die Erde. »Ich sagte doch: mehr als genug«, schrie er dann. »Ich geh jetzt!«

Bradford und Sutton sahen sich an. Vom Pub her ertönte lautes Gelächter.

»Um den müssen wir uns noch mal kümmern«, sagte Bradford, während sie zurück zum Auto gingen. »Was hat die Frau erzählt?«

Constable Sutton verdrehte die Augen.

»Das war ein Treffer. Sie hatte tatsächlich ein Verhältnis mit Anthony Bexley, der sich vor ein paar Monaten von ihr getrennt hatte. Aber vor ein paar Tagen ist er wieder zu ihr zurückgekommen, hat sie gesagt. O Mann, wenn Liebe wirklich den Verstand ausschaltet, dann war die Frau dem Kerl total verfallen. Sie hat ihm wohl Geld geliehen. Wie viel hat sie nicht gesagt, aber ich glaube, es war nicht wenig, so verzweifelt, wie die war.«

Sutton öffnete den Wagen, und die beiden stiegen ein.

»Wir müssen die Konten des Toten überprüfen. Wieso hat der überall versucht, sich Geld zu beschaffen? Bei seiner früheren Freundin, bei seinem Bruder … wer weiß, vielleicht gibt's noch mehr Leute in Beecock, denen er etwas schuldete.«

***

Als Erin am Abend bei ihrer Freundin Emma eintraf, saß sie bei ihrer Großmutter im Wohnzimmer. Erin hatte es zuerst im Cottage versucht und war dann zum Herrenhaus hinübergegangen, wo Brenda Foster mit ihrer obligatorisch schlechten Laune ihr die Tür öffnete und sie nach oben in die Wohnung von Violet Bexley begleitete. Die beiden Frauen saßen schweigend beieinander, die eine trauerte um ihren Vater, die andere um ihren Sohn. Wobei Erin, die Emma umarmte und Violet Bexley schweigend die Hand gab, sich bei Letzterer, die stumm in ihrem Sessel vor dem Kamin saß, nicht wirklich willkommen fühlte.

Es war warm im Raum, zu warm, fand Erin, denn im Kamin brannte ein Feuer, als wäre draußen statt eines milden Abends im Juni strenger Winter. Doch Großmutter und Enkelin schienen der Wärme zu bedürfen, denn Emma zitterte und weinte leise in sich hinein. Sie zog Erin neben sich auf das kostbar bezogene Sofa.

»Möchtest du Tee?«, fragte sie und wischte sich über die Augen.

Erin verneinte, sie fühlte sich in Gegenwart der alten Dame nicht wohl und wollte keine Umstände machen. Außerdem hatte sie heute schon genug Tee getrunken.

»Es tut mir so leid«, sagte sie und drückte Emmas Hand.

»Ja, es ist schrecklich, ich meine … Dad hat sich doch nie im Leben umgebracht, und dass ein anderer das getan haben könnte, das kann ich einfach nicht glauben. Es muss ein Unfall gewesen sein.«

»Ja, das glaube ich auch«, antwortete Erin, die sich allerdings noch keine Meinung zu dem Ganzen gebildet hatte.

Emma rückte näher an ihre Freundin heran. »Der Inspector hat gesagt, Dad hatte einen Brief in der Tasche. So einen … du weißt schon … anonymen Brief.«

»Ja, ich hab davon gehört. Was stand denn genau drin?«

»›Wenn du nicht verschwindest, passiert was‹ … oder so ähnlich.«

»Aha.« Erin überlegte einen Moment. »Das hört sich ja wie eine Drohung an. Wohin sollte denn dein Dad verschwinden? Hast du eine Ahnung?«

Sie sprachen leise, aber Erin war fest davon überzeugt, dass Violet Bexley jedes Wort mitbekam. Sie war zwar schon über siebzig, aber kein bisschen debil.

Emma fing wieder an zu weinen. »Natürlich nicht, wo denkst du hin! Ich rätsele ja schon die ganze Zeit, aber Dad hat nie über irgendwas gesprochen. Zumindest nicht mit mir.« Sie warf ihrer Großmutter, die still und bewegungslos in ihrem Stuhl saß, einen scheuen Blick zu. »Granny, hast du denn gar keine Vorstellung, was da vor sich ging?«

Violet Bexley, die in eine unbekannte Ferne starrte, wandte langsam den Blick und sah ihre Enkelin an, als nähme sie sie erst jetzt richtig wahr. Dann stand sie auf, ging zu ihr hin, tätschelte ihre Wange und lächelte seltsam.

»Es hat angefangen«, sagte sie und wandte sich zum Gehen.

»Was hat angefangen, Granny?«

Violet Bexley wandte sich um. »Ich bin erschöpft und werde ein Schlafmittel nehmen und möchte nicht gestört werden.«

»Granny!« Emma sprang auf. »Du wirst doch keine Dummheiten machen?«, rief sie angstvoll.

»Mein liebes Kind, ich werde dich doch jetzt nicht mit alldem alleinlassen, falls es das ist, wovor du Angst hast.«

Emma stand auf und umarmte ihre Großmutter. »Versprochen?«

»Versprochen, aber lass mich jetzt schlafen. Ich bin eine alte Frau und brauche Ruhe, sonst halte ich am Ende nicht durch.«

»Natürlich, Granny.« Emma küsste ihre Großmutter zärtlich auf die Stirn.

Dann brachen die beiden Frauen auf und saßen wenig später im Cottage beisammen. Erin hatte Emma zu einem Glas Rotwein überredet.

»Was … was wird denn im Dorf so geredet?«, fragte sie und stellte zwei Gläser auf den Tisch.

Erin, die den Korkenzieher in den Flaschenhals drehte, zuckte mit den Schultern. »Na, die machen sich so ihre Gedanken, natürlich auch, was es mit dem Brief auf sich haben könnte.«

Erin goss ein und setzte sich neben ihre Freundin.

Emma fummelte unschlüssig an ihrem Taschentuch herum. Es schien, als wollte sie etwas sagen, könnte sich aber nicht recht entschließen.

»Weißt du irgendwas?«, versuchte Erin, ihr auf die Sprünge zu helfen.

Emma nahm ihr Glas und betrachtete die funkelnde Flüssigkeit.

»Ich weiß nicht, ob ich was weiß. Aber …«, sie blickte Erin beschwörend an, »du musst mir versprechen, das für dich zu behalten!«

Erin zuckte zurück. »Na ja, werd ich schon, wenn's keinem schadet.«

»Das weiß ich ja eben nicht!«

»Wenn du das nicht weißt, woher soll ich es dann wissen?«

Emma wand sich, musste ihr Wissen aber wohl loswerden. »Vor ein paar Tagen … Ich weiß nicht mehr, wann genau, da hatten Onkel David und Dad einen furchtbaren Streit. Sie waren in Onkel Davids Büro, und ich habe ihn noch nie so wütend erlebt. Das hat mir richtig Angst gemacht.«

»Na ja, unter Geschwistern streitet man sich schon mal, oder?« Erin nahm einen Schluck von dem wirklich exquisiten Merlot. Emma hatte Zugang zum Weinkeller des Herrenhauses. Das war einer der Gründe, warum Erin ihre Freundin so gerne besuchte.

»Ja, aber …«, Emma flüsterte jetzt, »Onkel David hat Dad einen Halunken genannt, und dass er damit nicht durchkäme und es … *bereuen* würde.« Emma kaute auf ihrem Daumennagel herum und sah ihre Freundin lauernd an. »Was soll ich denn jetzt bloß machen?«

Erin stellte ihr Glas ab. »Wie meinst du das, was sollst du jetzt machen?«

»Na, das ist doch das, was in dem Brief stand! Oder wenigstens so ähnlich.«

»Ja und? Meinst du, dein Onkel schreibt seinem Bruder einen anonymen Drohbrief? Nie im Leben. Außerdem hatte er es ihm ja schon gesagt, brauchte es also nicht mehr zu schreiben, oder?«

Erin war von ihrer Argumentation ziemlich begeistert und belohnte sich mit einem Schluck Wein. Emma dachte einen Moment nach.

»Du meinst also … ich muss es dem Inspector nicht sagen?«

»Wieso denn? Die suchen jemanden, der deinen Dad umge…«, Erin räusperte sich, »entschuldige, der … was mit dem Tod von deinem Dad zu tun hat. Na ja, und da ist dein Onkel David ja wohl der Falsche.«

Emma nahm sich ein Kissen und drückte es mit beiden Armen gegen ihre Brust.

»Ja, ich denke, du hast recht.« Sie vergrub ihr Gesicht im Kissen und sah Erin dann an. »Weißt du, es wäre schrecklich für mich, wenn ich der Polizei etwas sagen würde, das Onkel David irgendwie … in ein schlechtes Licht rückt. Er war immer großzügig und … eigentlich hab ich mich mit ihm immer besser verstanden als mit Dad. Der war ja auch nie da!«

»Natürlich, mach dir darüber keine Gedanken, das ist doch Aufgabe der Polizei, herauszufinden, was es mit diesem … Todesfall auf sich hat. Du kümmerst dich jetzt erst mal um dich und um deine Großmutter, der Rest wird sich finden.«

Emma schluchzte auf. »Ja, du hast recht. Es ist gut, dass du hier bist. Weißt du, Steve wäre ja geblieben, aber … ich wollte nicht, dass er meinetwegen diesen Auftrag nicht erfüllen kann.«

»Ist schon klar. Soll ich bleiben, bis er kommt?«

Emma schien beruhigt. »Nein, wir trinken jetzt aus, und dann kannst du nach Hause fahren, ich komm schon allein klar, bis Steve kommt. Wer ist bei deinem Vater?«

»Ms Gerald.« Erin seufzte. »Ich fürchte, auf die Dauer muss ich mir was anderes einfallen lassen. Dad wird zunehmend … frech. Und ich weiß nicht, wie lange sich Ms Gerald das noch gefallen lässt. Glücklicherweise ist sie selbst auch nicht auf den Mund gefallen. Ich glaube, Harriet Bolton-Smythe hätte schon längst heulend das Weite gesucht.«

Die beiden Frauen kicherten ein wenig herum, und als Erin sich auf den Heimweg machte, hatte sie das Gefühl, ihre Freundin zumindest ein bisschen beruhigt zu haben.

***

Den restlichen Samstagabend verbrachte Bradford damit, seine Umzugskartons – zumindest einige davon – auszuräumen und seine neue Wohnung einzurichten. Seine Mutter hatte drei Mal versucht, ihn zu erreichen, und ihm eine Nachricht auf die Voicebox gesprochen.

»Wieso meldest du dich denn nicht, Junge? Jetzt, wo du Chief Inspector bist, müsstest du doch selbst entscheiden können, wann du wen anrufst. Also melde dich und erzähl mir von deinem ersten Fall als DCI.«

Bradford hatte der Versuchung widerstanden, seine Mutter darüber aufzuklären, dass er Wichtigeres zu tun hatte, als ihr Bericht zu erstatten, und hatte ihre Anrufe ignoriert. Vielleicht war sie dann beleidigt genug, um ihn in Ruhe zu lassen. Zumindest für kurze Zeit.

Was ihm viel mehr Kopfzerbrechen bereitete, war, wie er mit seiner Beziehung zu Laura umgehen sollte, wobei er nicht mal wusste, ob sie überhaupt noch so etwas wie eine Beziehung hatten. Er faltete einen Karton zusammen, dem er soeben einige Töpfe, die Bratpfanne und sein Geschirr entnommen hatte, und warf ihn in die Diele. Dann ging er zurück in die Küche, stellte den Wasserkessel an und löffelte Pulverkaffee in den Kaffeebereiter.

Als Laura die Stelle in der Kanzlei in New York angenommen hatte, war er zunächst wie vor den Kopf gestoßen gewesen. Immerhin hatten sie schon mal von Heirat gesprochen. Obwohl er selbst, was eine Ehe anbelangte, ein gebranntes Kind war. Vor fünf Jahren hatten Deb und er sich scheiden lassen. Elijah war damals vier Jahre alt gewesen, und Bradford hatte unter der Trennung von seinem Sohn sehr gelitten, viel mehr als unter der Trennung von Deb. Obwohl er zugeben musste, dass er kein besonders aufmerksamer Vater gewesen war. Im Gegenteil, er hatte seinen Jungen kaum gesehen, als er noch Gelegenheit dazu hatte.

Jetzt lebte Elija bei seiner Mutter und ihrem zweiten Mann in einem Nest in Cornwall, und er bekam ihn höchstens zwei Mal im Jahr zu sehen. Er musste sich allerdings eingestehen, dass er selbst daran nicht ganz unschuldig war. Deb nervte ihn ständig damit, sich mehr um seinen Sohn zu kümmern, aber irgendwie kam er einfach nicht dazu.

Das letzte Mal hatten sie Weihnachten zusammen in Cornwall verbracht. Laura hatte sich ebenfalls bereit erklärt, an dem Familientreffen teilzunehmen. Bradford dachte mit Schaudern an diese Tage zurück. Er und Laura hatten sich in einem Hotel einquartiert und die Weihnachtstage bei seiner Exfrau, ihrem neuen Mann Tom und dessen Familie zugebracht. Wobei Toms Eltern das Treffen argwöhnisch und Bradfords Anwesenheit noch argwöhnischer begleitet hatten.

Seitdem hatte er seinen Sohn nicht mehr gesehen. Und nun war Laura ebenfalls fort. Vielleicht sollte er sie anrufen. Aber wie spät war es jetzt eigentlich in New York? Er goss Wasser auf das Kaffeepulver.

Im Grunde machte er sich etwas vor. Laura hatte ihn verlassen. Ihre Karriere als Anwältin war ihr wichtiger gewesen. Er konnte sich gut an das Funkeln in ihren Augen erinnern, als ihr Chef ihr das Angebot unterbreitet hatte. Ihm war sofort klar gewesen, dass sie nicht ablehnen würde. »Zwei Jahre. Nur zwei Jahre«, hatte sie gesagt. »Das schaffen wir.«

Aber zwei Jahre waren eine lange Zeit, vor allem für Laura mit ihrer Sprunghaftigkeit. Er selbst würde es vielleicht schaffen – sicher war er da nicht –, aber Laura? Seit zwei Monaten war sie nun fort.

Anfangs hatten sie alle zwei Tage miteinander gesprochen. Mittlerweile nur noch einmal pro Woche, und auch dann war sie fahrig, als sei sie mit den Gedanken woanders. Sie war nicht mehr ganz bei ihm, so wie früher, das hatte er längst verstanden.

Er nahm den Stempel des Kaffeebereiters, schob damit das

Pulver hinunter und goss sich eine Tasse ein. Wenigstens hatte er diese Wohnung gefunden, nachdem Laura ihre Wohnung aufgegeben hatte und er ausgezogen war. Er hatte sich bei ihr nie so richtig zu Hause gefühlt, weil es ganz und gar ihre Wohnung gewesen war, eine weibliche durch und durch. Zu viele Kerzen, zu viel Stoff. Er liebte klare Linien und Minimalismus in der Ausstattung. Die meisten Frauen – zu denen seine Mutter bedauerlicherweise nicht gehörte – fanden das ungemütlich.

Er ging in den Raum, der künftig sein Wohnzimmer sein würde. Von hier aus konnte er das Meer sehen und bei geöffnetem Fenster auch riechen. Und wenn er die Augen schloss, konnte er die Wellen hören, die leise an den Strand schlugen. Aber vielleicht war das auch nur Einbildung. Er warf ein paar Bücher und Baumwolltaschen, die mit Zeitschriften, alten Fotos und sonstigem Papier gefüllt waren, vom Sofa und schaltete den Fernseher ein. Das einzige Gerät, das seinen Platz im Raum schon gefunden hatte.

Irgendwo klingelte es. Er hatte das Gefühl, es war ein wichtiges Geräusch, ließ es aber noch nicht zu. Aber das Klingeln hörte nicht auf, und plötzlich zuckte er zusammen. Er musste eingeschlafen sein. Fahrig stand er auf und suchte nach seinem Handy. Es lag in der Küche.

»Ja, was ist denn?« Er wusste selbst nicht, wieso er so verärgert reagierte. Dann war er plötzlich hellwach. »Ach«, murmelte er und: »Ich komme.«

Als DCI Bradford auf dem Parkplatz eintraf, war der Krankenwagen bereits wieder abgefahren.

»Ganz offensichtlich ein Überfall, Sir«, sagte der diensthabende Police Constable und tippte sich an die Stirn. »Aber unter diesen Umständen dachte ich, es wäre angebracht, Sie zu informieren.«

»Das war ein sehr guter Gedanke, Constable. Wie heißen Sie?«

»Brown, Sir, Edward Brown.«

»Ich werde Sie lobend erwähnen, Constable Brown, und jetzt erzählen Sie mir, was hier passiert ist.«

»Tja, also, wir erhielten einen Anruf von einer ziemlich hysterischen Person, Emma Bexley, und sie sagte, dass ihr Mann nicht nach Hause gekommen wäre … und auf ihre Anrufe nicht reagiert.«

»Um welche Zeit war das?«

»Gegen halb drei.«

»Gut, weiter.«

»Na also, zuerst haben wir gedacht, der wird sich einen schönen Abend machen, was soll die Aufregung, und dann hat die Frau gesagt, also eigentlich geschrien, dass heute ihr Vater ermordet worden sei, und wir sollten uns *gefälligst* bewegen. Na ja, in dem Fall sollten wir vielleicht mal nachhaken, kann ja nicht schaden, haben wir uns überlegt. Ms Bexley sagte dann, dass er auf einer Hochzeitsfeier sein müsste, wo er mit seiner Firma für die Speisen und Getränke zuständig wäre. Also haben wir bei der Hochzeitsfeier nachgefragt, da war er aber nicht mehr, und sind dann zu seiner Firmenadresse gefahren, wo wir ihn dann hier auf dem Parkplatz gefunden haben.«

»Ist er schwer verletzt?«

»Na ja, irgendwer hat ihm ziemlich eins über den Schädel gehauen. Der Notarzt wusste nicht, ob er durchkommt.«

»Hat er irgendwas gesagt?«

»Nein, Sir, er war bewusstlos.«

»Sonst irgendwelche Auffälligkeiten?«

»Nein, also, Zeugen gibt es bisher keine. Ist aber auch kein Wunder, der Parkplatz hier ist ja nur spärlich beleuchtet. Da kann jeder Hampelmann … Entschuldigung, Sir, da kann jeder kommen und fahren, ohne gesehen zu werden. Anscheinend hatte das Opfer die Räumlichkeiten der Firma verlassen und ist dann hier überfallen worden. Ob etwas gestohlen wurde, können wir noch nicht sagen. Seine Brieftasche hatte der Mann jedenfalls noch in seiner Hosentasche. Sieht nicht so aus, als hätte die jemand durchwühlt. Kreditkarten und ungefähr fünfundachtzig Pfund in Bargeld sind noch da.«

Bradford bedankte sich bei dem Constable und rief die Spurensicherung an. Dann setzte er sich ins Auto und fuhr ins Krankenhaus.

Er fand Emma Bexley mit ihrem Onkel im Wartezimmer vor dem OP. David Bexley sah aus, als wäre er noch gar nicht im Bett gewesen, dabei war es kurz vor vier Uhr morgens. Er trug eine Jeans mit Bügelfalte – was Bradford irritierte – und ein leichtes, bemerkenswert faltenfreies Leinensakko.

Bradford grüßte kurz und ließ sich auf einen der Stühle im Warteraum fallen. Seltsamerweise fühlte er sich in Gegenwart dieses immer gepflegten Mannes unwohl. Er selbst hatte sich seine helle Lederjacke übergeworfen und trug noch die Kleidungsstücke, in denen er vor ein paar Stunden eingenickt war. Emma Bexley sah ihm mit verweinten Augen entgegen.

»Haben Sie jemanden festgenommen?«, fragte sie und klammerte sich am Arm ihres Onkels fest.

»Nein, die Spurensicherung ist noch vor Ort.«

»Was ist denn nur los?«, jammerte die junge Frau. »Zuerst mein Vater und jetzt mein Mann.« Sie weinte still in sich hinein.

David Bexley klopfte ihr beruhigend auf die Schulter. »Er wird's schon schaffen, alles wird gut.«

Bradford wunderte sich immer wieder, dass die Menschen in solchen Situationen stets die gleichen Plattitüden losließen. Leere Worthülsen, die nichts bedeuteten, weil niemand wusste, ob alles gut werden würde.

»Wann haben Sie zuletzt mit Ihrem Mann gesprochen?«, fragte Bradford, der sich nichts sehnlicher wünschte als noch ein paar Stunden Schlaf.

»Heute Abend, als er sich von mir verabschiedet hat.« Emma Bexley putzte sich geräuschvoll die Nase. »Das war gegen sieben oder so. Er musste doch weg. Und dann, als er um zwei Uhr immer noch nicht zu Hause war – so lange bleibt er sonst nie. Wenn das Essen gelaufen ist, wird er eigentlich nicht mehr gebraucht. Den Rest machen dann die Angestellten … Na ja, da hab ich versucht, ihn auf dem Handy zu erreichen, aber er hat nicht geantwortet. Und dann hab ich's in der Firma versucht, aber da war auch niemand, also hab ich Willie angerufen, der vertritt Steve, wenn der nicht kann. Aber der war schon zu Hause und meinte, Steve wäre schon vor einer Weile nach Hause gefahren. Und da hab ich's mit der Angst gekriegt und hab die Polizei angerufen. Gott sei Dank, wenn die ihn nicht gefunden hätten, dann wäre er jetzt wohl nicht mehr am Leben.«

Sie verbarg ihr Gesicht in den Händen.

In diesem Moment öffnete sich die Tür vom OP, und zwei Leute in grünen Kitteln kamen heraus. Der Ältere der beiden lächelte.

»Glück gehabt. Er wird noch ein paar Tage ziemliche Kopfschmerzen haben, aber er wird's überleben, denke ich.«

»O Gott sei Dank!« Emma Bexley war aufgesprungen und umarmte den Arzt stürmisch. »Kann ich zu ihm?«

»Ja, er liegt noch auf der Intensivstation. Und wundern Sie sich nicht, wenn er Sie nicht sofort erkennt. Kopfverletzungen haben oft eine vorübergehende Amnesie zur Folge.«

Zum ersten Mal sah Bradford Emma Bexley lächeln. »Das ist egal, er wird sich schon erinnern, wenn er nur lebt.«

»Ich komme mit«, sagte David Bexley, und eine Schwester, die hinzugetreten war, führte die beiden durch die Schwingtüren zur Intensivstation.

»Können Sie mir sagen, was dem jungen Mann passiert ist?« Bradford hielt dem Arzt seinen Ausweis hin, den dieser ausgiebig studierte, bevor er Auskunft gab.

»Er hat eine Kopfwunde, die wir genäht haben, und eine schwere Gehirnerschütterung. Glücklicherweise haben wir ihn früh genug im OP gehabt, sonst wäre er womöglich verblutet. Aber, wie gesagt, er hat Glück gehabt.«

»Was könnte die Wunde verursacht haben?«

»Ich nehme an, jemand hat ihm mit einem harten Gegenstand eins übergebraten. Vielleicht mit einer Eisenstange. Wenn's nicht so klischeehaft wäre, würde ich vermuten, es war ein Nudelholz.«

Der Chirurg schüttelte sich vor Lachen, und sein Adlatus, der hinter ihm stand, schüttelte sich ebenfalls.

»Gab es irgendwelche Rückstände in der Wunde, die Rückschlüsse auf die Tatwaffe zulassen?«

»Nein, ich hab nichts gefunden, bin aber auch kein Rechtsmediziner. Allerdings nicht weniger genau. Ich schnipple ja an lebendem Material herum, nicht an Leichen wie Ihre Kollegen.«

»Wann kann ich mit ihm sprechen?«

»In den nächsten Stunden werden Sie nichts Sinnvolles aus ihm rausbekommen, fürchte ich«, erwiderte der Arzt und sah auf die

Uhr. »Und jetzt entschuldigen Sie mich bitte, ich hab Feierabend. Die weitere Behandlung übernimmt mein Kollege.« Er deutete auf seinen Adlatus, der ergeben nickte.

Auch gut, dachte Bradford, dann würde er jetzt den versäumten Schlaf nachholen und sich anschließend mit Steve Morgan unterhalten, der ihm dann hoffentlich etwas erzählen konnte.

Wittmund – Ostfriesland – einen Tag zuvor

Fenja war mit der Liste der Bootseigner beschäftigt und hatte gerade das Gefühl, auf etwas Wichtiges gestoßen zu sein, als vor ihrer Tür Stimmen laut wurden und gleich darauf jemand polternd an ihre Tür klopfte.

»Ja«, rief Fenja unwirsch.

Der Gedanke war ihr entwischt. Die Tür wurde aufgerissen, und ein wütender Dr. Walter Petersen kam herein.

»Was fällt Ihnen ein, mich schon wieder hierherzubestellen? Wissen Sie, wie mein Terminkalender aussieht?«, schäumte er.

Gesa Münte gestikulierte entschuldigend hinter seinem Rücken. »Geert ist gleich da«, sagte sie und verschwand.

»Wahrscheinlich genau wie meiner«, erwiderte Fenja, die es löblich fand, dass Herr Dr. Petersen auch am Samstag arbeitete. »Setzen Sie sich. Wir warten noch auf meinen Kollegen, er müsste jeden Moment kommen.«

Fenja warf Petersen verstohlen einen Blick zu, während sie sich an ihrer Schreibtischschublade zu schaffen machte. Sie fragte sich, wieso dieser Mann so zornig reagierte. Traf hier der Spruch zu, wonach Angriff die beste Verteidigung war? Aber vielleicht war er auch einfach nur ein eitler Pfau, der sich aufplusterte. Andererseits, wenn er absolut nichts zu verbergen hatte, müsste er das Ganze doch gelassener sehen können.

Frenzen betrat das Büro.

»Tut mir leid, dass ich zu spät bin«, sagte er, bevor er Petersen höflich begrüßte und sich dann neben Fenja an den Schreibtisch setzte.

Petersen sah demonstrativ auf die Uhr und blickte dann lauernd von einem zur anderen.

»Herr Dr. Petersen«, begann Fenja, »Sie sind Anwalt von Frau Krohn gewesen. Können Sie uns sagen, worin genau Sie Frau Krohn vertreten haben?«

Petersen drehte den Kopf ein wenig zur Seite, hielt aber Fenjas Blick fest. »Ist das irgendwie von Bedeutung?«

»Alle Fragen, die wir stellen, sind von Bedeutung, oder glauben Sie, wir machen das hier zum Spaß?«

Petersen schwieg eine Weile. Dann räusperte er sich. »Ich habe einige Kapitalanlagen für sie verwaltet.«

»Aha, interessant. Ist das nicht eher die Aufgabe von Vermögensverwaltern oder Banken? Ich dachte immer, Anwälte seien für rechtliche Fragen zuständig.«

Petersen verschränkte die Arme und räusperte sich wieder. »Frau Krohn … Gerit und ich … waren befreundet, früher auch mal mehr. Aber das ist lange her.«

»Wie lange?«

Fenja konnte sich nicht vorstellen, dass sich irgendeine Frau für diesen steifen Advokaten interessieren könnte. Schon gar nicht eine schöne Frau wie Gerit Krohn, die obendrein noch ein achtstelliges Bankkonto hatte. Die konnte doch bestimmt jeden haben, na ja nicht jeden, aber fast.

»Ich weiß nicht, bestimmt fünfzehn Jahre.«

»Sie sind geschieden, nicht wahr?«

»Ich wüsste nicht, was das mit Gerit zu tun hat.«

»Ihre Frau war sehr viel jünger als Sie, sechzehn Jahre.«

Petersen stand auf. »Was wollen Sie denn damit sagen?«

»Setzen Sie sich wieder hin.« Frenzen war ebenfalls aufgestanden.

Der Mann war ein Choleriker, stellte Fenja fest. Gut möglich, dass er unter Druck die Nerven verlor.

Petersen setzte sich wieder.

»Meine geschiedene Frau geht Sie nichts an. Nur so viel: Ihr Alter hat einfach keine Rolle gespielt. Jedenfalls nicht für Tanja und mich.« Er lehnte sich in seinem Sessel zurück und rückte seinen Schlips zurecht. »Aber für alle anderen schon, für ihre Freundinnen und Familie. Die haben sie so weit gebracht, dass sie die Scheidung eingereicht hat.« Er blickte abrupt auf. »Aber das ist jetzt vier Jahre her. Spielt keine Rolle mehr.«

»Sie waren nur drei Jahre verheiratet. Da hat sie ihre Meinung aber schnell geändert.«

Petersen blitzte Fenja an. »Können wir jetzt mal zur Sache kommen? Warum bin ich hier?«

»Wie viele Schlüssel gibt es zu Ihrem Boot?«

»Das habe ich Ihnen doch schon gesagt: einen. Meinen.«

»Wie lange gehört Ihnen das Boot schon?«

»Pf, muss ich nachdenken, sind bestimmt schon fünfzehn, sechzehn Jahre.«

»Hatte Ihre Frau auch einen Schlüssel?«

»Nein.«

»Das wissen Sie noch so genau?«

»Ja.« Er stand wieder auf. »Kann ich jetzt endlich gehen? Auf mich warten jede Menge Akten.«

»Nein«, sagte Fenja kurz angebunden, legte ihre Unterarme auf den Tisch, faltete die Hände und sah Petersen streng an. »Wieso haben Sie uns nicht gesagt, dass Frau Krohn ein Boot hatte? Ist Ihnen nicht der Gedanke gekommen, dass das für uns interessant sein könnte, nachdem wir ein halb totes Mädchen aus der Harle gefischt haben und Frau Krohn fast zur selben Zeit verschwunden ist?«

Petersen zuckte zusammen, hatte sich aber schnell wieder unter Kontrolle und setzte sich.

»Ach das«, sagte er und winkte ab. »Da hab ich gar nicht mehr dran gedacht, nach dieser Aufregung.«

Fenja legte den Kopf schräg und sah Petersen unverwandt an.

»Sie müssen uns für sehr dumm halten, Herr Doktor.« Dann sprang sie auf und schlug auf den Tisch. »Sie haben den Kaufvertrag aufgesetzt und den Verkauf über die Bühne gebracht. Und das ist keine vier Wochen her!«

Petersen fuhr derart zusammen und wich so heftig zurück, dass er beinahe mitsamt dem Stuhl hintenübergekippt wäre, was eine deftige verbale Attacke gegen die Polizei im Allgemeinen und Hauptkommissarin Ehlers im Besonderen nach sich zog.

Fenja wartete mit verschränkten Armen, bis Petersens Anfall vorüber war. »Also? Warum haben Sie das für sich behalten, wenn Sie nichts zu verbergen haben?«

Petersen zog für einen Moment den Kopf ein, fing sich aber schnell. »Ich habe Ihnen absolut nichts zu sagen.«

Fenja blitzte ihn an und beugte sich dann über den Tisch, sodass sie Petersen ganz nahe kam.

»Wenn wir auf diesem Boot eine Spur von Greta Werft finden, dann sind Sie dran, wegen Behinderung der Ermittlungen.«

Sie sprang auf und verließ, gefolgt von Frenzen, den Raum.

Der Liegeplatz von Gerit Krohns Segelyacht lag nahe der Friedrichsschleuse vor Harlesiel. Die Yacht war ein luxuriös eingerichtetes Exemplar mit geräumiger Kajüte.

Fenja hatte der Spurensicherung das Feld überlassen und betrachtete den obligatorischen Menschenauflauf, der sich wie immer bei solchen Aktionen um die Polizeiabsperrung herum angesammelt hatte. Sie erkannte auch Heini Sammers, der sich aber hinter einem beleibten Touristen mit Sonnenhut und Shorts versteckte.

Merkwürdig, dachte sie, was macht der jetzt hier? Sie wollte sich schon auf den Weg machen, um das gleich zu klären, als Heini sich unauffällig verdrückte. Auch gut, dachte Fenja, dann eben zuerst der neue Yachtbesitzer.

Ole Strelow war in heller Aufregung binnen einer knappen Stunde aus Aurich angereist, damit seine kostbare Neuerwerbung durch die Polizei keinen Schaden nahm. Jetzt stand er neben Fenja am Steg und rang jammernd die Hände.

»Wenn ich das gewusst hätte … Niemals hätte ich mir das Boot gekauft.«

Fenja nahm ihre Sonnenbrille ab und musterte Strelow. Er war ein kleiner, dürrer Mann, sah nicht aus wie ein begeisterter Naturbursche und Segler, der viel Zeit an der frischen Luft verbrachte.

»Und Sie haben das Boot noch nicht betreten, sagen Sie? Merkwürdig, man kauft doch kein Boot, ohne es sich vorher anzusehen.«

Strelow stutzte. »Nein, ich mein … natürlich habe ich es mir vorher angesehen. Was ich sagen wollte, war, dass ich es seit dem Kauf noch nicht benutzt habe … nicht benutzen konnte, weil ich … im Ausland war … in Österreich.«

»Sie kaufen sich ein teures Boot und reisen dann in die Berge?«

»Ich war am Wolfgangsee«, erwiderte Strelow trotzig, »und wollte das Boot später holen.«

»Aha«, sagte Fenja, die ihm nicht glaubte. Sie hatte einen ganz anderen Verdacht, aber den würde sie vorerst für sich behalten.

»Fanden Sie es denn gar nicht merkwürdig, dass Frau Krohn so kurz nachdem Sie ihr Boot gekauft hatten, verschwunden war?«

Strelow stand kerzengerade. Sein Scheitel reichte Fenja bis zur Nasenspitze.

»Nein, warum denn?«

»Haben Sie Frau Krohn persönlich kennengelernt?«

»Nein, den Verkauf hat Herr Dr. Petersen abgewickelt.«

Fenja stellte verblüfft fest, dass ihr Gegenüber zu wachsen schien, aber sie widerstand der Versuchung, den Grund herauszufinden und auf Strelows Füße zu blicken.

»Wann hat Dr. Petersen Ihnen die Schlüssel für die Yacht übergeben?«

»*Einen* Schlüssel, ich hab nur einen bekommen. Den hat er mir vor drei Wochen zusammen mit dem Vertrag gebracht.«

»Haben Sie ihn jemandem gegeben, oder könnte ihn sich jemand genommen haben?«

Strelow wurde langsam wieder kleiner. »Ich hab den Schlüssel keinem Menschen gegeben, und genommen hat ihn sich auch keiner. Wer sollte das tun? Ich wohne allein.« Er sprach, als würde er einen Eid leisten. Fenja wartete fast darauf, dass er die Hand aufs Herz legte wie ein Kapitän auf seinem sinkenden Schiff.

In diesem Moment kam Lamprecht von der Spusi in seinem weißen Overall an Deck des Bootes, schwang sich auf den Steg und zog sich die Kapuze vom Kopf. Fenja ging ihm entgegen. »Seid ihr fertig?«, fragte sie leise, damit Strelow, der hinter ihr den Hals reckte, nicht alles mitbekam. »Habt ihr was gefunden?«

»Noch nicht ganz, zu Frage eins«, antwortete Lamprecht, »und gefunden haben wir Blutspuren.«

Fenjas Herz schlug höher. »Viele?«

Lamprecht zog sich jetzt auch die Handschuhe aus. »Nur ein paar Tropfen, aber der Radius, in dem sie verteilt sind, weist darauf hin, dass jemand geschlagen wurde. Es ist auf jeden Fall nicht getropft wie aus einer Schnittwunde oder bei Nasenbluten. Außerdem hat jemand gründlich sauber gemacht. Natürlich nicht sauber genug – glücklicherweise. Ich gehe davon aus, dass Gerit Krohn hier auf dem Boot ermordet worden ist. Allerdings konnten wir kaum Kleidung oder sonstige Utensilien finden, die darauf hindeuten, dass das Boot überhaupt noch benutzt wurde.«

»Was ist mit Fingerabdrücken?«

»Sieht nicht so gut aus. Wie gesagt, jemand hat gründlich geputzt.«

»Hm.« Fenja überlegte.

Laut Obduktionsbericht hatte Gerit Krohn noch gelebt, als sie ins Wasser geworfen und versenkt wurde. Die Kopfwunde war nicht tödlich gewesen. Fenja hoffte nur, dass die Ermordete zumindest nicht mehr bemerkt hatte, dass sie sterben würde. Ertrinken war ein schrecklicher Tod, Fenja schnappte automatisch nach Luft, wenn sie nur daran dachte. Sie beschloss, das Boot später zu inspizieren, und wandte sich zu Strelow um.

»Sie melden sich bitte im Kommissariat in Wittmund, geben Ihre Aussage zu Protokoll und lassen Ihre Fingerabdrücke nehmen.«

»Fingerabdrücke? Wieso Fingerabdrücke? Ich habe mit der Sache nichts zu tun!«, kreischte Strelow und warf dann einen vorsichtigen Blick über seine Schulter zu den Zuschauern jenseits der Absperrung.

»Wir brauchen sie zum Abgleich. Kein Grund, sich aufzuregen«, blaffte Fenja und ließ die beiden Männer stehen, um zu Jorit Krohn zu fahren. Es war doch merkwürdig, dass hier niemand das Boot erwähnt hatte.

Jorit Krohn saß mit Dr. Seilbach an dessen Schreibtisch in seinem hellen modernen Büro in Jever. Von hier aus leitete er das Krohn'sche Imperium aus Immobilien, Containerschiffen, Aktienanteilen und einem kleinen Souvenir- und Nippesladen im Norden.

Als sie die beiden dort sitzen sah, bekam Fenja den Eindruck, dass es sich um einen Lehrer handelte, der seinem Schüler eine schwierige Algebra-Aufgabe erklärte. Jedenfalls machte der Junge genauso ein Gesicht, wie Fenja es immer gemacht hatte und immer noch machen würde, wenn sie sich mathematische Kompliziertheiten erklären lassen müsste.

Dr. Seilbach erhob sich, nahm Fenjas Hand und deutete einen Handkuss an. Das wirkte etwas antiquiert, aber Fenja hatte etwas übrig für Leute mit gutem Betragen. Jorit blieb sitzen.

Dr. Seilbach wies auf eine Sitzgruppe aus schwarzen Ledersesseln.

»Wollen wir uns nicht setzen?«, sagte er und warf Jorit einen Blick zu. »Kommst du?«, fragte er, woraufhin sich der junge Mann langsam zu den beiden gesellte. »Es ist schwer, Jorit hat jetzt eine große Verantwortung zu übernehmen.«

Der junge Mann schluckte und wandte seinen Blick zum Fenster, das Aussicht auf die spiegelnden Türme der Brauerei bot.

»Möchten Sie einen Tee oder Kaffee?«

Fenja lehnte dankend ab und wandte sich dann an Jorit. »Sie erben den größten Teil des Vermögens, nicht wahr?«

»Ja«, Jorit nickte, »eigentlich alles bis auf die Hunderttausend für Jim und eine unbedeutende monatliche Summe für Antje und ihre Mutter. Dann hat sie noch ein paar Angestellte bedacht und diverse Wohltätigkeitsorganisationen.«

Fenja, die die Einzelheiten des Testamentes bereits kannte, fand es ziemlich dekadent, eine lebenslange monatliche Unterstützung von fünftausend Euro als unbedeutend zu bezeichnen.

»Wurde Enno Barthel auch bedacht?«

Dr. Seilbach kicherte. »Nein, Gerit hat Enno zu Lebzeiten großzügig unterstützt, hat ihm geholfen, seinen Oldtimerhandel aufzubauen. Er wusste, dass er im Testament leer ausgehen würde. Also, wenn Sie nach einem Mörder suchen, dann finden Sie Jim Brendon. Enno hätte lebend mehr von Gerit profitiert, und das wusste er auch genau.«

»Was ist mit dem Boot? Warum haben Sie es nicht erwähnt?«

Seilbach wunderte sich. »Dass das überhaupt noch dort lag. Ich dachte, sie hätte es längst verkauft.«

»Das hatte sie, aber erst kurz vor ihrem Verschwinden. Warum wollte sie es verkaufen?«

»Nun, sie ist seit Jahren nicht mehr gesegelt, hatte seit einem Unfall auf See eine panische Angst vor Wasser. Das ist auf ihrer letzten Kreuzfahrt passiert. Sie hatten irgendwo angelegt, ich glaube, es war Amalfi. Da ist eins der Boote, das sie an Land bringen sollte, umgekippt, und sie war völlig in Panik, weil sie keine Schwimmweste getragen hatte. Ein weiteres Boot hat die gekenterten Insassen dann aufgenommen. Auf dieser Reise hat sie dann auch Jim Brendon kennengelernt.« Seilbach machte keinen Hehl aus seiner Abneigung gegen den Geliebten seiner toten Chefin. »Wenn Sie mich fragen, dann … sollten Sie diesen Kerl schleunigst finden.«

»Das versuchen wir, es ist schwieriger, als wir dachten. Warum mögen Sie ihn nicht?«

»Wie ich schon sagte, ich glaube, er hat sich nur wegen des Geldes an Gerit gehalten. Ist gekommen und gegangen, wann es ihm gefiel, und hat nichts von sich preisgegeben. Ich habe mich einmal mit ihm unterhalten, habe versucht herauszufinden, was er eigentlich genau machte, ob er Familie hatte und wohin er immer verschwand, wenn er mal wieder weg war. Und er war oft weg. Aber er hat nichts von sich erzählt. Oder nur ganz unwichtige Dinge, dass er das Wattenmeer mag und so weiter. Man konnte fast meinen, er wollte anonym bleiben. Warum auch immer.«

Fenja nickte und fixierte Jorit, der, den Blick gesenkt, mit der Hand über die lederne Sessellehne strich.

»Wie ist Ihr Verhältnis zum Freund Ihrer Mutter?«

Jorit Krohn wischte sich verstohlen eine Träne aus dem Augenwinkel. »Ich … wir haben ihn gemocht, meine Mutter und ich. Er ist nett.« Bei diesen Worten warf er Dr. Seilbach einen bösen Blick zu. »Und dass er nur wegen des Geldes mit Mutter zusammen war, glaube ich nicht. Ja, er war manchmal knapp bei Kasse, aber er hat nie um Geld gebeten!«

»Woher weißt du das?«, wollte Seilbach wissen. »Hat deine Mutter das gesagt?«

»Ja!« Jorit sprang auf und ging zum Fenster.

Allerdings glaubte Fenja nicht, dass Gerit Krohn mit ihrem Sohn darüber gesprochen hatte, ob ihr Geliebter Geld von ihr bekam oder darum bat. Sie war eher geneigt, Jorit Krohns heftige Reaktion dahin gehend zu deuten, dass er sich die Freundschaft zu Brendon nicht durch Dr. Seilbachs Antipathie kaputt machen lassen wollte. Wobei sie sich auch fragte, ob diese Antipathie womöglich auch auf Eifersucht beruhte. Allerdings, dass Brendon etwas zu verheimlichen hatte, daran gab es keinen Zweifel. Warum hätte er sonst eine falsche Adresse angeben sollen?

Krohn setzte sich wieder hin. »Ich vermisse ihn, ich hoffe, er kommt zu … zur Beerdigung.«

Dr. Seilbach betrachtete den Jungen schweigend. »Ach Junge«, sagte er dann, »du bist zu gutgläubig. Das kannst du dir in deiner Stellung nicht erlauben.«

»Ach ja?« Krohn benahm sich wie ein störrisches Kind. »Und in welcher Stellung kann man sich das bitte erlauben?«

Seilbach schwieg, und Fenja nahm interessiert zur Kenntnis, dass der Anwalt hier anscheinend die Vaterrolle übernommen hatte.

Fenja kam auf den Grund ihres Besuchs zurück.

»Wissen Sie, ob das Boot vor dem Verkauf noch benutzt wurde?«

»Nicht, soweit ich weiß.«

»Warum wurde Dr. Petersen mit dem Verkauf beauftragt?«

Seilbach wandte ihr langsam das Gesicht zu. »Wurde er denn beauftragt?«

»Er sagt Ja.«

Seilbach schnaubte. »Was heißt das schon?«

»Sie scheinen auch Dr. Petersen nicht zu mögen.«

»Nein«, entgegnete Seilbach, ohne zu zögern.

»Wieso nicht?«

»Wie soll ich sagen … persönliche Aversion?«

Fenja verkniff sich ein Lächeln. Das konnte sie sogar nachempfinden, aber das reichte ihr nicht als Antwort. »Könnten Sie bitte konkreter werden?«

»Nein.«

Fenja nahm dieses Nein, dem keine Begründung folgte, verblüfft zur Kenntnis. Was nicht hieß, dass sie sich damit zufriedengeben würde. Ganz bestimmt nicht, aber vorerst beschloss sie, es so hinzunehmen.

»Na gut. Wissen Sie, wie viele Schlüssel es gibt und wo sie sind? Der Käufer hat nur einen bekommen.«

Seilbach breitete die Arme aus. »Tut mir leid, mit dem Boot hab ich nie etwas zu tun gehabt.«

»Also«, mischte Jorit sich unvermutet ein, »ich glaube, Jim hatte einen. Jedenfalls damals noch.«

»Sonst noch jemand?«

Allgemeines Schulterzucken.

»Okay.« Fenja stand auf. Das war ja zum Aus-der-Haut-Fahren! Diese Leute hatten so viel Geld und so viele Güter, dass sie den Überblick darüber verloren. Oder den Überblick für sich behielten.

»Es ist ziemlich wahrscheinlich, dass Ihre Mutter auf dem Boot ihrem Mörder begegnet ist«, sagte sie an Krohn gewandt.

Seilbach stand ebenfalls auf. »Sind Sie sicher?«, fragte er leise. »Aber was sollte sie denn noch auf dem Boot gewollt haben?«

»Das frage ich Sie.«

»Vielleicht wollte sie einfach noch mal nachsehen, ob auch alles ausgeräumt war.«

»Vielleicht«, antwortete Fenja.

Jorit Krohn sagte gar nichts und blickte zu Boden. Fenja verabschiedete sich.

Wenig später klappte sie das Verdeck ihres Käfers auf und warf sich hinter das Steuer. Sie mussten herausfinden, was auf diesem Boot geschehen war und wann. Und sie musste herausfinden, warum Seilbach Petersen nicht mochte. Und warum er diesen Jim Brendon nicht mochte. Und sie mussten verdammt noch mal diesen Brendon endlich finden! Es war an der Zeit, Interpol einzuschalten.

Und dann war da noch diese Sache mit der Bootseigner-Liste. Irgendwas nagte in ihrem Gedächtnis und versuchte, ihr etwas mitzuteilen, aber sie kam ums Verrecken nicht darauf, was es war. Sie beschloss, sich die Liste noch einmal genau anzusehen.

Dann setzte sie ihre Sonnenbrille auf und knatterte Richtung Carolinensiel, wo ihre Tante hoffentlich eine warme Mahlzeit für sie bereithielt.

Beecock – Sonntag

Als Erin am Sonntagmorgen in ihrer Küche saß und sich eine starke Tasse Tee gönnte, während die Scones im Backofen einen herrlichen Duft verströmten, fragte sie sich immer noch, ob das, was sie gesehen hatte, wirklich merkwürdig war oder ob sie einfach nur nicht mehr in der Lage war, Merkwürdigkeiten von alltäglichen Vorkommnissen zu unterscheiden. Vielleicht war sie ja nur ständig in Alarmbereitschaft und witterte deshalb überall Gefahr.

Bestimmt lag das daran, dass Freya sich mit diesen Motorradrüpeln herumtrieb und wieder mal viel zu spät nach Hause gekommen war. Immerhin, sie war nach Haus gekommen, und zwar heil. Man durfte nicht zu anspruchsvoll sein, hatte die Mutter von Freyas Freundin, Keira, neulich seufzend zu Erin gesagt. Nun ja, Freya lag jetzt im Bett und schlief. Erin hatte nachgesehen, um sicherzugehen, dass ihr Lederjackenfreund sich nicht im Schlafzimmer ihrer Tochter häuslich einrichtete. Aber Freya war allein.

Erin hatte sich an ihr Bett gestellt und ihr Baby betrachtet. Der Mascara war um ihre Augen herum verschmiert und hatte dunkle Flecken auf dem Kissen hinterlassen. Sie lag da mit offenem Mund, und Erin hätte am liebsten ihre Pausbäckchen geküsst. Im Schlaf wirkte sie immer noch wie ein kleines Mädchen. Ihr Töchterchen, das sich in den letzten drei Jahren von einem kleinen Engel in einen hochgewachsenen Kaktus verwandelt hatte.

Erin trank ihren Tee aus und sah nach den Scones. Sie brauchten noch ein paar Minuten, also sollte sie nach ihrem Vater sehen, der heute einen seiner guten Tage hatte. Elly Gerald hatte ihm einen Kirchgang vorgeschlagen. Er hatte genickt und war brav seiner Betreuerin gefolgt, nicht ohne Erin vorher zärtlich in die Wange zu kneifen.

Irgendwann musste Erin sich etwas einfallen lassen, denn wenn sich der Zustand ihres Vaters weiter verschlechterte, konnte sie sich nicht mehr um ihn kümmern. Schließlich musste sie ihren

Lebensunterhalt verdienen, und sie konnte nicht überall gleichzeitig sein.

Sie dachte mit Schaudern an den Morgen zurück, als ihr Dad es sich in den Kopf gesetzt hatte, seiner Tochter und der Enkelin ein gehaltvolles englisches Frühstück zuzubereiten. Dazu gehörten Spiegeleier, Schinken, gebackene Bohnen, Tomaten und Würstchen. Leider war ihm dieser Gedanke um drei Uhr nachts gekommen. Als Erin dann, durch den Lärm aufgeweckt, mit einem Hockeyschläger in die Küche geschlichen war, um den vermeintlichen Eindringling k.o. zu schlagen, konnte sie gerade noch verhindern, dass ihr Vater das brennende Fett in der Bratpfanne mit Wasser löschte und ihr Cottage mitsamt den Bewohnern in Schutt und Asche legte. Immerhin, er hatte seitdem Angst vor dem Herd, und das war ein ungemein beruhigendes Gefühl für Erin, die jetzt immer die Küche abschloss.

Aber diese ganze Sache mit Emmas Vater ging ihr nicht aus dem Kopf. Das war alles sehr seltsam. Tony hatte sich nie und nimmer von den Klippen gestürzt. Weshalb hätte er das tun sollen? Er hatte auf sie nie unglücklich gewirkt, und die Frauen hatten ihn geliebt. Wieso das so gewesen war, konnte Erin sich nicht erklären.

Sie hatte das beständige überhebliche Grinsen des Mannes nicht ausstehen können. Er hatte immer den Eindruck vermittelt, mehr zu wissen als andere. Und soweit sie wusste, war er nie einer geregelten Arbeit nachgegangen, hatte immer in den Tag hineingelebt. Wovon er eigentlich gelebt hatte, wusste Erin ebenso wenig wie die anderen Dorfbewohner.

Emma jedenfalls war immer in Sorge um ihre Finanzen gewesen, bis sie Steve geheiratet hatte, der zwar nicht reich war, aber auch nicht gerade am Hungertuch nagte. Er hatte den Cateringservice seiner Eltern übernommen, und soweit Erin wusste, gingen die Geschäfte gut.

Jedenfalls hatte ein Tony Bexley keinen Grund gehabt, sich von den Klippen zu stürzen. Aber der Gedanke, dass da womöglich jemand nachgeholfen hatte, war schon beunruhigend. Erin zog die Schultern hoch. Aber wieso machte sie sich Gedanken darüber? Sie musste sich um ihre Scones kümmern und einen

Käsekuchen backen. In diesem Moment hämmerte jemand an die Tür. Nanu, dachte Erin, Elly hat doch den Schlüssel.

Sie ging in den Tearoom, wo immer noch heftig geklopft wurde. Es war Annie. Erin öffnete.

»Meine Güte, was gibt es denn so Wichtiges?« Aber Annie ließ ihre Freundin nicht ausreden.

»Stell dir vor!«, japste sie. »Heute Nacht hat jemand Steve überfallen!«

»Wie … Steve Morgan?«, fragte Erin ungläubig.

»Ganz genau. Er ist vor seiner Firma niedergeschlagen worden.«

»O Gott, lebt er noch? Und wie geht's Emma?«

»Er lebt noch, sie haben ihn wohl rechtzeitig gefunden. Emma und Mr Bexley sind bei ihm. Er liegt auf der Intensivstation.«

»Du meine Güte.« Erin fühlte sich schwach und sank auf einen Stuhl. Vielleicht war sie ja doch nicht paranoid. Das, was sie gesehen hatte, kam ihr in den Sinn. Und dann die seltsamen Worte von Emmas Großmutter: *Es hat angefangen.*

***

Bevor Bradford am Montagmorgen zur Polizeistation fuhr, machte er einen Abstecher ins Krankenhaus, wo der diensthabende Arzt ihn nur zögernd zu seinem Patienten vorließ.

»Aber nur ein paar Minuten, bitte. Es geht ihm zwar ganz gut, aber regen Sie ihn nicht auf. Und das wird nicht so einfach sein, glauben Sie mir«, fügte der noch recht junge Arzt gähnend hinzu, »Mr Morgan ist ziemlich wütend.«

»Das wäre ich auch, wenn jemand versucht hätte, mir den Schädel einzuhauen«, antwortete Bradford und betrat das exklusive Einbettzimmer.

Emma Bexley saß neben ihrem Mann auf dem Bett und schälte einen Apfel. Bradford fühlte sich an eine ähnliche Szene mit anderer Besetzung erinnert. Er selbst, frisch operiert nach einer Schussverletzung, und seine Mutter, die zunächst Laura vergrault und ihrem Sohn dann ihre mütterliche Pflege aufgenötigt hatte. Er schüttelte die Erinnerung ab und trat an das Bett.

»Wie geht es Ihnen?«, fragte er, nachdem er beide begrüßt hatte.

Die junge Frau wirkte gelöst und schälte weiter an dem Apfel, während Steve Morgan ihn mit einem Auge verdrossen anblickte. Das andere verdeckte ein dicker Verband.

»Kopfschmerzen. Was glauben Sie?«, murrte Morgan.

»Tut mir leid«, erwiderte Bradford, »könnten Sie mir trotzdem ein paar Fragen beantworten? Je schneller wir die Fakten zusammenhaben, desto eher haben wir eine Chance, den Täter zu finden.«

»Dann stehen die Chancen ja verdammt schlecht. Ich habe nämlich überhaupt nichts gesehen. Ich komm aus der Tür, schließe ab, und auf einmal krieg ich einen Schlag auf den Kopf, und dann wird mir schwarz vor Augen.«

»Haben Sie irgendwas gesehen oder gehört? Vielleicht ein Auto oder Motorrad?«

Morgan schüttelte den Kopf und verzog gleich darauf das Gesicht. »Leider nicht, wie ich schon sagte. Hab aber auch nicht drauf geachtet, wollte bloß nach Hause. Und dann so was.«

Er nahm das Stück Apfel, das seine Frau ihm hinhielt.

»Ist etwas gestohlen worden?«

»Nein«, Morgan kaute mit schmerzverzerrtem Gesicht auf seinem Apfel herum, »in meiner Brieftasche fehlt nichts, und die Schlüssel haben Sie ja gefunden, wenn ich das richtig verstanden habe.«

»Ja, sie werden kriminaltechnisch untersucht, dann bekommen Sie sie zurück. Fehlt in Ihren Betriebsräumen etwas? Möglicherweise ist ja jemand mit den Schlüsseln eingedrungen, bevor die Kollegen vor Ort waren.«

»Mein Mitarbeiter hat nachgesehen, ihm ist nichts aufgefallen.«

»Na gut«, Bradford gab Emma seine Karte, »falls Ihnen noch was einfällt, lassen Sie es mich wissen. O und noch was, sagten Sie nicht, dass Ihr Cousin Ihnen den Auftrag verschafft hätte?«

»Ja, klar, war ja Basils Freund, der geheiratet hat.«

»Basil Bexley war also auch auf der Hochzeit?«

»Natürlich.«

»Wissen Sie, wo er sich derzeit aufhält?«

»Auf Lessington Park, immerhin ist ja mein Vater gestorben, da kann man sich ja wohl mal blicken lassen«, sagte Emma.

Bradford wunderte sich. Hörte er da so etwas wie Missfallen heraus? Er verabschiedete sich und verließ das Zimmer.

Als er in seinem Wagen saß und zur Polizeistation fuhr, fragte er sich, ob es ein Zufall sein konnte, dass innerhalb von zwei Tagen zwei Mitglieder derselben Familie Opfer eines Anschlags wurden. Einer davon hatte mit seinem Leben bezahlt, der andere war mit einer schweren Verletzung davongekommen. Was ihm aber am meisten Kopfzerbrechen bereitete, war, dass die Angelegenheit damit womöglich noch nicht zu Ende war. Würde der Täter wieder zuschlagen? Und wer würde der Nächste sein? Emma Bexley? Und wieso das Ganze? Entweder hatte jemand einen mörderischen Hass auf die Familie Bexley oder sonst einen triftigen Grund, gerade diese beiden Menschen aus dem Weg zu räumen … oder es war wirklich alles nur ein dummer Zufall.

Bradford war kein Mensch, der an Zufälle glaubte. Er bog auf den Parkplatz der Polizeistation ein und sah auf die Uhr. Er brauchte mehr Informationen, bisher stocherte er nur wild im Nebel herum. Wahrscheinlich wurde Bexley gerade obduziert. Hoffentlich waren sie anschließend schlauer.

Zuerst rief er bei der Spurensicherung an.

»Die Leute arbeiten noch dran«, bekam er zu hören. »Bis jetzt aber nichts Verdächtiges in den Anruflisten. Sein Handy – das heißt das, was davon übrig ist – haben wir unten bei den Klippen gefunden, da puzzeln unsere Leute gerade dran, und dito bei der Kamera. Der Speicherchip ist ziemlich lädiert, weiß nicht, was wir da noch rausholen können.«

»Was ist mit seinem Computer?«

»Nichts Weltbewegendes bisher, scheint ihn nicht oft benutzt zu haben. Seine Browserverläufe sind ziemlich übersichtlich. Wetterbericht und so was, wahrscheinlich wegen des Fotografierens, ach ja, er hat sich in ein paar Dating-Foren rumgetrieben, allerdings eher passiv, und für die Börsenkurse hat er sich interessiert. Kann auch sein, dass da einiges gelöscht wurde.«

»Was ist mit den Bankkonten?«

»Constable Bush ist dabei, die Papiere zu durchforsten.«

»Hat der Brief irgendwas hergegeben?«

»Äh, heute ist Montag, die Leute waren alle im Wochenende.«

»Ach so«, sagte Bradford, »das war mir glatt entfallen.«

»Wir melden uns, sobald wir irgendwas gefunden haben.«

»Tun Sie das.« Bradford legte auf und rief die Constables Sutton, Bush und Riley sowie Sergeant Buckley in den Konferenzraum.

Als alle versammelt waren, warf er einen Blick in die Runde. Buckley sah ziemlich mitgenommen aus, seine neue Freundin war wohl sehr anspruchsvoll. Die Constables wirkten frisch und munter, vor allem Sutton.

»Also«, begann Bradford, »wir haben einen zweiten Anschlag auf die Familie. Ob die beiden Fälle etwas miteinander zu tun haben, ist unklar, aber meiner Meinung nach wahrscheinlich. ›Verschwinde von hier oder es passiert was‹. Man sollte doch meinen, dass mit dem Tod desjenigen, dem der Brief galt, genügend passiert ist. Wieso noch der Mordanschlag auf den Schwiegersohn?«

»Vielleicht war das mit Steve Morgan aber auch nur ein ganz normaler Überfall, und der Typ war nur zur falschen Zeit am falschen Ort …«, sagte Buckley. »Ich meine, es kommt ja öfter vor, dass jemand nachts niedergeschlagen wird.«

»Aber dann wird doch was gestohlen«, wandte Sutton ein. »Warum sollte man denn sonst jemanden niederschlagen? Da fallen mir nur persönliche Gründe ein.«

»Genau das ist der springende Punkt.« Bradford stand auf. »Irgendwas kocht hier, und wir müssen schnellstens herausfinden, was es ist, sonst passiert womöglich noch mehr.«

Der DCI wanderte im Raum umher. »Was wir wissen, ist, dass sich Tony Bexley kurz vor seinem Tod bei seinem Bruder Geld leihen wollte und sich von einer früheren Geliebten eine ziemlich hohe Summe geliehen hat. Frage: Warum? Was hatte er vor? Von der Spurensicherung habe ich erfahren, dass er sich zwar für Börsenberichte interessiert hat, aber das war auch nicht neu. Er musste irgendwas geplant haben, und dazu brauchte er offensichtlich eine Menge Geld.«

»Vielleicht hatte er einen Bombentipp beim Pferderennen.«

Constable Bush warb bei Sutton um Zustimmung, die er aber nicht bekam.

»Glaub ich nicht, das hätte er doch früher auch schon machen können, hat er aber nicht. Jedenfalls, wenn ich seiner Exgeliebten, dieser Annie Crane, glauben will. Die hat gesagt, er war zwar immer ziemlich knapp, deswegen hat sie auch meistens die Zeche bezahlt, wenn er sie ausgeführt hat, aber er hat sie nie vorher um so eine Summe angehauen. Wie viel genau das war, wollte sie nicht sagen. Hat sich wohl geschämt, dass sie es ihm gegeben hat, war jedenfalls im unteren fünfstelligen Bereich. Na ja, jetzt hat die Frau jedenfalls ein Problem.«

»Und sie hatte keine Ahnung, was er damit vorhatte?«, wollte Bradford wissen.

»Nein, er hat nur was von ›ganz großer Sache‹ gesagt.«

»Vielleicht Drogen?«, mutmaßte DS Buckley.

»Möglich«, sagte Bradford und sah aus dem Fenster.

Draußen flanierten Touristen vorbei. Sie hatten keine Ahnung von dem, was sich hinter den Kulissen der sonnigsten Stadt des Königreichs abspielte. Bradford beneidete sie um diese Sorglosigkeit.

Er selbst war von einer Unruhe ergriffen, die sich oft einstellte, wenn er in einem Fall so völlig hilflos im Nebel herumtappte. Er hoffte, dass der Fall gelöst würde, bevor der Täter erneut zuschlagen konnte. Auch wenn sein berühmtes Bauchgefühl ihm da wenig Hoffnung machte.

»Oder Morgan und Bexley steckten unter einer Decke.« Gwyneth Sutton spielte gedankenverloren mit ihrem Bleistift. Bradford unterbrach seinen Gang

»Erklären Sie das«, forderte er Constable Sutton auf.

»Na ja, vielleicht galt dieser Brief ja nicht nur Anthony Bexley, sondern auch seinem Schwiegersohn. Ich meine … immerhin ist ja, wie Sie schon sagten, innerhalb von etwas mehr als vierundzwanzig Stunden auf beide ein Anschlag verübt worden. Was, wenn Steve Morgan und Anthony Bexley gemeinsam irgendein krummes Ding geplant hatten?«

»Das kann sein. Und ebenso gut könnte auch die Tochter mit drinhängen«, sagte Constable Riley.

»Aber.« Sergeant Buckley schien damit nicht einverstanden zu sein. »Wir wissen ja nicht mal, ob der Vater wirklich ermordet wurde …«, wandte er ein.

»Ich bin mir da ziemlich sicher, und ganz davon abgesehen ist dieser Überfall auf ihren Mann ein Hinweis darauf.« Bradford wandte sich an Constable Bush. »Wie weit sind Sie mit Bexleys Papieren?«

Constable Bush machte Anstalten, aufzustehen, besann sich dann aber.

»Also. Finanziell sah es für Bexley ziemlich düster aus. Er hatte jede Menge Schulden. Abgehoben hat er meistens bar, keine größeren Summen, dafür aber ziemlich häufig. Bei den Einzahlungen ist es ähnlich: ebenfalls kleine Summen, dafür aber seltener.« Bush grinste, und Buckley lachte schnarchend auf. »Bei den Einzahlungen handelt es sich in den meisten Fällen um Honorare fürs Fotografieren auf Familienfeiern, ab und zu hat er wohl auch mal ein Gemälde verkauft, wenn man den Angaben auf den Kontoauszügen Glauben schenken darf. Von wem die Überweisungen jeweils stammen, muss ich noch rausfinden. Einige Adressen habe ich aber schon. Das werde ich noch kontrollieren. Offensichtlich ist aber, dass er von dem, was sich auf dem Konto abgespielt hat, nicht leben konnte. Entweder hatte er einen heimlichen Geldgeber, oder er hat sich überall durchgeschnorrt.«

»Ja, das würde doch passen«, stimmte Buckley zu. »Er hat doch schon auf Kosten seines Bruders im Cottage gewohnt, und wahrscheinlich hat seine Tochter immer brav den Kühlschrank aufgefüllt.«

»Und der Wirt im Foxhole Inn hat doch auch gesagt, dass immer andere seine Zeche bezahlt hätten«, meinte Sutton.

»Und jetzt plötzlich werden die Summen größer«, murmelte Bradford, »er pumpt seine frühere Freundin an, mit Erfolg, und dann seinen Bruder, erfolglos. Er wird bestimmt noch an anderer Stelle gegraben haben. Ich möchte wissen, bei wem, wie viel und wieso. Und vor allem, wo ist das Geld hin, das er sich von seiner Ex geliehen hat? Was hat er damit gemacht?«

Bradford setzte sich wieder. »Wir müssen uns im Dorf umhören und die Familie noch mal intensiver befragen. Ganz besonders Steve Morgan und Emma Bexley. Sutton und Buckley, das erledigen Sie beide. Riley, Sie befragen vorrangig die Angestellten von diesem Cateringservice und danach weiter die von David Bexley. Und Sie, Bush, versuchen mal rauszubekommen, wie es um die Finanzen von David Bexley steht. Ich kaufe dem seine Armutsbeteuerungen nicht ab. Ich werde mich mal mit dem Bexley-Söhnchen unterhalten, möchte wissen, ob er die Firma von Steve Morgan aus reiner Menschenfreundlichkeit empfiehlt. Ich habe so ein Gefühl, dass die Spannungen zwischen Cottage und Herrenhaus sich nicht nur auf die älteren Bexleys beschränken. Sobald wir neue Ergebnisse von der Spurensicherung und der Obduktion haben, sehen wir weiter.«

Er nickte seinen Leuten zu, und jeder ging seiner Wege.

Zwanzig Minuten später – Bradford hatte sich gerade einen Tee geholt – klingelte sein Telefon. Sergeant Baker von der Forensik. »Sir, wir haben im Nachlass von Bexley einen Schlüssel gefunden, zu dem uns noch das passende Schloss fehlt. Eines ist besonders interessant – die Nummer auf dem Schlüssel ist zerkratzt und unleserlich. Da wollte sich jemand auf keinen Fall in die Karten gucken lassen. Aber wir kriegen das schon raus.«

»Ach.« Bradford nahm einen Schluck Tee, der für seinen Geschmack nicht annähernd stark genug war, dabei hatte er schon auf die Milch verzichtet. »Bleiben Sie dran. Gibt's sonst irgendwas Interessantes?«

»Wie man's nimmt, wir wundern uns nur darüber, dass es eigentlich nichts gibt, was Auskunft darüber geben könnte, wie dieser Mensch gelebt hat. Seinen Computer hat er kaum benutzt, auf ein paar Reiseportalen ist er unterwegs gewesen, für Malerei und Fotografie hat er sich interessiert, da hat er sich in ein paar Foren getummelt, aber alles völlig nichtssagend. Man könnte fast zu dem Schluss kommen, dieser Computer ist die reinste Verarsche – Verzeihung, Sir –, und er hat irgendwo noch einen anderen versteckt, der uns die wirklich interessanten Dinge aus dem Leben von Anthony Bexley erzählen könnte.«

»Hm«, meinte Bradford. »Was ist mit seinem Fotoapparat?«

»Tja, das sieht im Moment schlecht aus, bis jetzt hat er uns noch nichts verraten, aber wir versuchen es weiter.«

»Was ist mit seinen Fotos und Bildern?«

»Alles unverdächtig, Sir, in seinem Malraum im Cottage – er hätte es wohl Atelier genannt, aber egal – also, da gab es viele Landschaftsbilder, vor allem die Klippen hatten es ihm angetan. Er hat hauptsächlich Motive von den Seven Sisters und speziell vom Beachy Head gemalt.«

»Und Fotos?«

»Jede Menge. Hochzeiten, junge Paare, die sich verliebt angaffen, ältere Paare, die sich nicht mehr so … Sie verstehen, was ich meine, Sir. Dann hat er noch auf Dorffesten fotografiert, unter anderem auch in Beecock. Die üblichen Motive, ein Zelt vom Women's Institute mit einer Theke und haufenweise Kuchen, Marmeladen und weiß ich nicht was, und diverse andere Stände, zum Beispiel für Schaffelle und Kaffee und fish and chips und Burger und so weiter und natürlich jede Menge Leute. Leute, die essen, trinken, lachen, sich streiten. Auf einem ist ein Hund zu sehen, der dem Vikar ans Bein pinkelt. Ich nehme an, es ist Prentiss Bolton-Smythe aus Beecock. Im Hintergrund ist der Friedhof von Beecock zu sehen. Den kenne ich, da liegt meine Großtante Theodora. Äh … wollen Sie noch mehr hören, Sir?«

»Das reicht für den Moment, danke. Sammeln Sie die Bilder und legen Sie sie mir auf den Schreibtisch. Ich möchte Sie mir später ansehen. Was ist mit dem Brief?«

»Wie erwartet keine Fingerabdrücke außer vom Opfer. Die Wörter und Buchstaben sind aus einer Zeitung ausgeschnitten. Da hat einer kein Vertrauen zu den elektronischen Medien.«

»Scheint so.«

»Okay, Sir, sonst noch was?«

»Das wär's für den Moment.«

Bradford legte auf. Er bekam immer mehr das Gefühl, dass dieser Anthony Bexley zwei Leben gelebt hatte. Eines für die Öffentlichkeit und eines, von dem nur er selbst wusste und die Menschen, die er davon wissen ließ.

Es klopfte, und Constable Nora Long betrat das Büro. »Hier ist der Bericht von Dr. Random, Sir.«

»Wunderbar, danke.«

Bradford griff nach der Mappe. Allerdings erwartete er nicht, wirklich etwas Neues zu erfahren. Bei Leuten, die einhundertvierzig Meter von einer Klippe stürzen, war die Todesursache ziemlich eindeutig, es sei denn, jemand hatte eine Leiche den Abgrund hinuntergeworfen, aber das schien laut Bericht nicht der Fall gewesen zu sein.

Anthony Bexley war durch den Aufprall gestorben, er hatte keine Drogen konsumiert und sich ein großzügiges Dinner, bestehend aus Steak mit Chips, grünen Bohnen und einem guten Rotwein, einverleibt, bevor er das Zeitliche segnete. Aha, dachte Bradford, das stand auf jeder Speisekarte in jedem Pub des Vereinigten Königreichs. Ansonsten hatte Bexley sich bester Gesundheit erfreut, von einer beginnenden Fettleber mal abgesehen.

»Meine Güte«, murmelte Bradford, »wer hat eigentlich keine Fettleber?«

Er klopfte sich liebevoll auf den flachen Bauch, klappte den Bericht zu und machte sich auf den Weg.

Basil Bexley empfing ihn im Salon. Eine passendere Formulierung fiel Bradford nicht dazu ein, wie Basil Bexley auf Lessington Park Hof hielt. Nur sein Aufzug passte nicht zu einem Möchtegern-Landadligen. Verwaschene Jeans und ein blaues T-Shirt, das schon bessere Tage gesehen hatte. Aber vielleicht war das die Art von Understatement, die Philosophiestudenten weltlichen Dingen gegenüber an den Tag legten. Basil Bexley war zweifellos ein Mann, der das weibliche Geschlecht für sich einnahm. Dunkle Augen, ebenso dunkles volles Haar, das dem schlanken jungen Mann auf die Schultern fiel. Frauen mochten so was. Zumindest nahm Bradford das an.

Bexley bot dem Inspector höflich Platz an und ließ sich dann selbst anmutig auf dem Sofa ihm gegenüber nieder. Auf Bradford wirkte der junge Mann trotz seiner dunklen Kinnpartie fast androgyn.

»Ja, das ist wirklich eine schlimme Sache, zuerst das mit Onkel Anthony und dann das mit Steve. Aber dem geht's ja glücklicherweise wieder ganz gut.«

»Das freut mich«, antwortete Bradford. »Wie ich höre, haben Sie Steve Morgan den Cateringauftrag für die besagte Hochzeit vermittelt.«

»Das stimmt, Steve und ich sind schon seit der Schulzeit befreundet. Da ist es doch selbstverständlich, dass ich ihm eine gute Empfehlung gebe. Emma hat übrigens die Blumenarrangements gemacht. Das macht sie ganz hervorragend.«

Aha, dachte Bradford, er hatte also recht gehabt. Der junge Bexley hatte seinen Freund deshalb empfohlen, weil die Firma seines Vaters ebenfalls davon profitierte. So weit ging die Abneigung gegen weltliche Dinge dann doch nicht. Philosophie hin oder her. Zuerst kam eben das Fressen und dann die Moral. Wo hatte er das noch gelesen?

»Wissen Sie, wann Mr Morgan die Hochzeit verlassen hat?«

»Nein, also da hab ich nun wirklich nicht drauf geachtet. Ich hatte Besseres zu tun, wie Sie sich denken können.«

»Dann ist Ihnen auch nichts aufgefallen? Gab es vielleicht einen Streit? Könnte jemand Mr Morgan gefolgt sein, als er zu seiner Firma gefahren ist?«

Basil Bexley schüttelte den Kopf. »Tut mir wirklich leid, ich kann Ihnen da überhaupt nicht helfen. War auch nicht mehr ganz nüchtern, wie die meisten übrigens.«

»Sie haben also niemanden vermisst?«

»Nein, waren bis zum Schluss alle da, die mir wichtig waren.« Ein feines Lächeln umspielte die Lippen des jungen Mannes.

»Wie lange waren Sie dort?«

»Bis in die frühen Morgenstunden.«

Bradford räusperte sich, die unterschwellige Arroganz seines Gegenübers ärgerte ihn, aber er wollte sich nichts anmerken lassen.

»Sie wissen, dass wir im Todesfall Ihres Onkels von einem Fremdverschulden ausgehen?«

»Allerdings, obwohl ich mir absolut nicht vorstellen kann, wie Sie darauf kommen.«

»Ihr Onkel hatte einen Brief in der Tasche, einen Drohbrief: ›Verschwinde von hier oder es passiert was‹. Haben Sie eine Ahnung, wer Ihrem Onkel so einen Brief geschickt haben könnte?«

Bexley lachte leise. »Das kann doch alles Mögliche bedeuten, vielleicht war's nur ein Scherz. Onkel Tony war zwar … schwierig, aber harmlos.«

Bradford fragte sich, was für diesen jungen Mann harmlos war. Immerhin war sein Onkel die Klippen hinabgestürzt, und sehr wahrscheinlich nicht freiwillig und auch nicht versehentlich.

»Können Sie sich vorstellen, dass er Selbstmord begangen hat?«

»Genauso wenig. Onkel Tony hat sich genau das vom Leben genommen, was er wollte. Und, soweit ich das beurteilen kann, hat es ihm Spaß gemacht. Wieso sollte er sich umbringen?«

»Was genau meinen Sie damit, ›er hat sich genau das vom Leben genommen, was er wollte‹?«

Basil Bexley stützte den Ellbogen auf die Sessellehne, legte das Kinn auf seine Faust und warf dem Inspector einen süffisanten Blick zu.

»Muss ich Ihnen das wirklich erklären?«

»Ich bitte darum«, antwortete Bradford leise.

Er bemühte sich redlich, diesem Schnösel höflich zu begegnen, aber lange würde er das nicht mehr durchhalten.

Bexley schlug die Beine übereinander.

»Tja, wie soll ich Ihnen das erklären? Fangen wir mal damit an, dass ich meinen Onkel nie habe arbeiten sehen. Er selbst würde das wohl ganz anders sehen, wenn er noch leben würde, aber das tut er ja nicht. Seine sogenannte Malerei und das Geknipse würde ich als seine Hobbys bezeichnen, obwohl er selbst sich immer als Künstler gesehen hat. Was noch? Ja, er ist viel unterwegs gewesen. Fragen Sie mich nicht, wo. Ich glaube, er mochte Schiffsreisen. Ich weiß nicht, wie er sein Geld unter die Leute gebracht hat. Seine Frau Lavinia – meine Güte, was für ein Name –«, Bexley verdrehte die Augen, »hat sich um Emma gekümmert, bis sie krank geworden ist. Und dann hat mein Vater ihnen das Cottage zur Verfügung gestellt. Mietfrei, wohlgemerkt.« Bexley hob den Zeigefinger wie ein Lehrer, der etwas besonders Wichtiges zu sagen hat. »Aber ich bin mir sicher, obwohl mein Vater nie darüber gesprochen hat, dass Granny ihn dazu überredet hat. So hat mein Onkel nicht nur sein eigenes Erbe – und das war nicht gering – verjubelt, sondern auch noch an meinem gezehrt.«

»Na, das ist ja nun vorbei«, wandte Bradford ein.

»Nein, Emma und Steve wohnen da immer noch, und solange meine Großmutter lebt, werden sie bestimmt keine Miete zahlen.«

Bradford fragte sich, ob Basil Bexley wirklich nicht bemerkte, dass er ihm soeben ein handfestes Motiv für den Mord an seinem Onkel geliefert hatte.

»Aber«, Bexley wedelte wieder mit dem Zeigefinger herum, und Bradford stellte fest, dass diese Geste überhaupt nicht zu einem knapp Dreißigjährigen passte, »nicht dass Sie jetzt denken, ich hätte Onkel Anthony von den Klippen gestoßen.« Er kicherte bei dieser Vorstellung.

»Wo wir schon dabei sind, wo waren Sie denn in der Nacht von Freitag auf Samstag, so gegen zwölf Uhr?«

»Oh, warten Sie«, Bexley legte die Finger auf die Lippen, »da war ich auf einer Party in Brighton.«

»Dafür gibt's sicher Zeugen?«

»Natürlich, jede Menge. Nun wollen Sie sicher die Namen und Adressen, stimmt's?«

»Genau«, antwortete Bradford kurz. Diese Angelegenheit machte dem Kerl entschieden zu viel Spaß. Entweder er war unschuldig, oder er fühlte sich so sicher wie ein Einäugiger unter Blinden.

»Kann ich sie Ihnen mailen?«

Bradford nickte und erhob sich. »Wir werden das überprüfen.«

»Natürlich tun Sie das, aber … im Grunde könnten Sie es sich sparen.« Bexley erhob sich ebenfalls. »Ich schubse nämlich niemanden über die Klippen. Außerdem mochte ich Onkel Tony, er war witzig und … unkompliziert.«

Bradford, der bereits in der Tür stand, drehte sich noch einmal um.

»Anders als Ihr Vater?«

Bexleys Gesicht verdunkelte sich. Er blieb stehen. »Wenn Sie schon fragen, ja, anders als mein Vater. Der ist solide, pflichtbewusst, ehrgeizig, fleißig … Wollen Sie noch mehr hören?«

»Nein.« Bradford hatte genug gehört und bat darum, zum Büro von Ivy Debenham geführt zu werden.

»Das tut mir leid«, sagte Bexley mit hintergründigem Lächeln. »Unsere Ms Debenham ist noch krankgeschrieben. Das …«, wieder das hintergründige Lächeln, »… war wohl alles zu viel für sie.«

»Was meinen Sie genau?«

»Nichts Bestimmtes. Ich glaube, sie ist morgen wieder da. Guten Tag.«

Bexley junior drehte sich um und verschwand in den Tiefen des weitläufigen Gebäudes.

Als die schwere Tür des Herrenhauses hinter ihm zufiel, seufzte Bradford erleichtert. Wieso war ihm das alles so zuwider? Und wieso hatte er ständig das Gefühl, dass irgendetwas nicht stimmte? Er musste mehr über die Menschen hier erfahren, wie sie zueinander standen, was sie dachten und fühlten. Er brauchte jemanden, der ihm etwas über die Familie erzählen konnte. Eine alte Dame aus dem Dorf wäre passend – so was wie eine Miss Marple von Beecock.

Er lächelte still und genoss noch einen Moment die Schönheit des Gartens, der vor ihm in der Sonne lag. Drüben am Cottage war gerade ein Krankenwagen vorgefahren. Ein Sanitäter und Emma Bexley stiegen aus. Der Sanitäter öffnete die hintere Tür und schob wenig später Steve Morgan, dessen Kopf ein weißer Turban zierte, auf einem Rollstuhl heraus.

Bradford überlegte kurz, sich noch einmal mit den beiden zu unterhalten, verwarf es dann aber wieder. Er hoffte, dass Sutton und Buckley bereits mit ihnen gesprochen und Näheres über Tony Bexleys finanzielle Angelegenheiten herausbekommen hatten. Und vor allem etwas darüber, wie er seine Zeit verbracht hatte.

Irgendwie war dieser Mensch nicht zu fassen.

***

Das war gründlich schiefgegangen. Da musste eine Lösung her. Er hatte eigentlich gedacht, das würde sich von allein erledigen, aber er musste wohl nachhelfen. Auf jeden Fall würde er die Sache zu Ende bringen. Jetzt erst recht.

Und freundlicherweise bekam er Hilfe. Von niemand Geringerem als diesen hysterischen Weibern vom Women's Institute. Sie planten ein Picknick auf Lessington Park und hatten natürlich die Erlaubnis erhalten.

Ein Picknick, bei dem das ganze Dorf zu Gast sein würde. Mitten in der Arena. Wunderbar!

Nur gut, dass sie alle keine Ahnung davon hatten, dass es eine Arena war. Das würde ihm Gelegenheit geben, die Dinge zu regeln. Er würde weiter nach Plan vorgehen.

Diese kleine Panne würde ihn nicht aufhalten.

***

»Aber ich weiß genau, dass ich den Schrank abgeschlossen habe.«

Phoebe Appletons Unterkiefer zitterte, als sie dem anklagenden Blick von Daisy Henderson auswich.

»Und, wo ist das Geld dann geblieben?« Daisy Henderson platzierte ihr massiges Hinterteil so knapp auf dem Rand der schmalen Bank in der St.-George's-Kapelle, dass Harriet Bolton-Smythe unweigerlich die Luft anhielt und erwartete, dass ihre Freundin abrutschen würde, was glücklicherweise nicht passierte.

»Das weiß ich doch nicht.« Phoebe Appleton putzte sich geräuschvoll die Nase und versenkte das Taschentuch dann im Ärmel ihrer übergroßen Strickjacke.

Daisy Henderson hob die Arme zur Kapellendecke, als rufe sie den heiligen George zu Hilfe.

»Meine Güte, das waren fast vierhundert Pfund! Die können doch nicht einfach verschwinden! Du hast wieder nicht richtig aufgepasst!«

»Ich hab sie nicht genommen, und der Schrank war zu, das hab ich doch schon gesagt!« Phoebe schrie fast, sodass Harriet Bolton-Smythe sich bemüßigt fühlte, einzugreifen, was sie nur ungern tat, denn Daisy hatte es nicht gern, wenn jemand ihre Meinung nicht teilte.

»Das wissen wir doch, Phoebe, es war bestimmt nicht deine Schuld. Wir sollten Prentiss danach fragen, vielleicht hat er ja was gesehen.«

Daisy Henderson blickte erneut zur Kapellendecke, diesmal etwas weniger theatralisch.

»Was soll Prentiss denn gesehen haben?« Ihr Tonfall ließ keinen Zweifel daran, dass sie dem Vikar nicht allzu viel zutraute. »Er hätte den Schlüssel lieber besser verstecken und ihn nicht einfach in die Schrankschublade legen sollen. Wozu schließt man dann überhaupt ab?«

Harriet Bolton-Smythe zog verlegen die Schultern hoch. »Normalerweise legt er ihn ja auch in seinen Schreibtisch im Pfarrhaus. Aber es ist hier doch noch nie irgendwas weggekommen. Und normalerweise ist im Schrank ja auch nichts Wertvolles aufbewahrt ...«

»Genau«, Daisy Henderson hob den rechten Zeigefinger, »normalerweise! Kann es sein, dass Prentiss das Geld einfach vergessen hat?«

Die Frau des Vikars wurde noch verlegener und ließ die Frage lieber unbeantwortet. Leider war ihr Mann, was weltliche Dinge wie Geld anbelangte, ziemlich desinteressiert. Deswegen hatte Harriet auch die finanziellen Belange im Pfarrhaus unter ihre Fittiche genommen.

Leider hatte sie sich auch bereit erklärt, die Summe der letzten Spendenaktion des Women's Institutes im Sakristeischrank aufzubewahren, in der Überzeugung, dass niemand die Frechheit besitzen würde, die kleine Schatulle aus der Sakristei zu stehlen. Unglücklicherweise hatte sie der schusseligen Phoebe das Geld übergeben, die es wie besprochen im Schrank deponiert hatte, dann aber dummerweise den Schlüssel ihrem Mann übergeben hatte. Und Harriet hatte nicht mehr daran gedacht, weil sie mit der Planung des jährlichen Dorf-Picknicks auf Lessington Park beschäftigt gewesen war.

»Wir sollten uns auf den Weg machen«, lenkte Harriet Bolton-Smythe von ihrem Mann ab. »Es ist acht Uhr durch, Erin wartet bestimmt schon, und die anderen auch.«

Daisy Henderson erhob sich seufzend.

»Das mit dem Geld könnt ihr ja dann erklären. Ich hab damit nichts zu tun.«

Wenig später betraten sie Erins Tearoom, wo Anne Simmons,

Annie Crane, Julia Brown, mit achtundzwanzig Jahren das jüngste Mitglied, und Holly Dalton, die eine kleine Boutique an der King's Road führte, bereits in eine angeregte Unterhaltung vertieft waren, während Erin und Doris Tee und Sandwiches verteilten. Julia und Holly teilten sich wie immer eine Flasche Bordeaux.

Nachdem die Neuankömmlinge Platz genommen hatten, übernahm es Daisy Henderson, die »lieben Freundinnen« vom Verschwinden der Spendengelder für den Mittagstisch Bedürftiger zu unterrichten. Die Mitteilung wurde mit Bestürzung aufgenommen, und mehrere fragende Blicke trafen Phoebe Appleton, die ein Gesicht zog, als würde sie im nächsten Augenblick in Tränen ausbrechen.

»Wer wusste denn überhaupt, dass das Geld im Sakristeischrank war?«, fragte Julia Brown über das allgemeine Raunen hinweg und schwenkte die Rotweinflasche.

»Ja, wir alle natürlich«, entgegnete Anne Simmons, die ihr volles schwarzes Haar stets zu einem kunstvollen Knoten hochgesteckt trug. Mit ihrer dunklen Hornbrille gab sie das perfekte Bild einer Bibliothekarin ab, auch wenn sie nur eine kleine Bücherei führte, die ebenfalls manchmal vom Spendentopf des WI profitierte.

»Und alle, denen ihr davon erzählt habt«, ergänzte Doris, die mit ihrem Teebecher an der Theke lehnte. »Also praktisch das ganze Dorf.«

Die Frauen debattierten noch eine Weile, bevor Daisy Henderson verkündete, dass dem Dieb oder der Diebin hiermit die Gelegenheit gegeben werde, das Geld heimlich zurückzulegen, was dann keinerlei Konsequenzen nach sich ziehen würde.

Wegen dieser Verkündigung erntete die Vorsitzende heftige Kritik. Man wolle doch nicht andeuten, dass jemand aus ihrem Kreis … Nein, das alles sei doch sicher ein Missverständnis. Natürlich treffe Phoebe eine gewisse Schuld, da sie ja die Verantwortung für den Spendentopf übernommen habe, aber sie habe ja nicht vorsätzlich gehandelt. Phoebe verließ daraufhin schluchzend die Versammlung, was zu weiteren Vorwürfen gegenüber der Vorsitzenden führte.

Daisy zog es daraufhin vor, die allgemeine Aufmerksamkeit auf das bevorstehende Picknick zu lenken, für das noch Planungsbedarf bestehe. Es habe sich noch immer niemand bereit erklärt, für den Aufbau des Zeltes zu sorgen. Und für das Eselrennen beim Mittsommerfest wurden noch Jockeys gebraucht. Daisy bat Harriet, doch im Schaukasten der Kapelle einen Aushang zu machen. Vielleicht fand sich ja noch der eine oder andere Jugendliche bereit, für einen guten Zweck an dem Rennen teilzunehmen. Zwei der fünf Esel waren noch reiterlos. Die Sache mit dem Geld werde sich schon irgendwie regeln.

Die Damen tranken ihren Tee beziehungsweise den Wein, aßen alle Sandwiches bis zum letzten Krümel auf und machten sich dann auf den Heimweg. Jede mit ihren Gedanken beschäftigt, die in der Hauptsache um die Frage nach dem Spendendieb kreisten.

***

Bradford hatte sich den ganzen Abend mit den Fotos beschäftigt, die die Spurensicherung bei Anthony Bexley gefunden hatte. Jetzt lag er in seiner immer noch chaotischen Wohnung auf dem Sofa und kämpfte mit der Fernbedienung, die er entnervt auf den Tisch warf. Er hatte in dem indischen Restaurant um die Ecke ein sehr scharfes Curry zu sich genommen, war dementsprechend durstig und setzte erneut die Mineralwasserflasche an. Dabei hatte er keineswegs das Gefühl, sein Durst würde nachlassen. Wenn er so weitersoff, würde er noch an Wasservergiftung sterben, dachte er. Laura hatte gesagt, so etwas sei tatsächlich möglich. Laura.

Er war sich nicht sicher, ob er sie vermisste oder ob er nur die Nähe einer weiblichen Person vermisste. Nein, er war davon überzeugt, dass Laura ihm fehlte. Ihre Art, sich die dunklen Haare zurückzustreichen, wenn sie in irgendeinem schwarzen Spitzenetwas durch die Wohnung streifte. Ihre Art, zu sprechen, hauptsächlich über ihre Fälle und ihre Mandanten. Es waren fast immer Männer. Das war schon erstaunlich, dachte er, dass es immer Männer waren, über die sie sprach. Und immer mit diesem Lächeln, das er nie hatte deuten können.

Aber wie sollte man auch das Lächeln einer schönen Frau deuten, wenn sie über Männer sprach? Es gab nicht so viele Möglichkeiten, und er war leitender polizeilicher Ermittler. Er sollte in der Lage sein, die richtigen Schlüsse zu ziehen. Aber bei Laura fiel es ihm schwer. Sie hatte ganz offensichtlich keine Sehnsucht nach ihm, sonst würde sie öfter anrufen, und vor allem wäre sie nicht so abwesend, wenn sie mit ihm sprach. Er musste die Zeichen erkennen, und das tat er auch.

Es gab Männer, und Bradford war einer Menge von ihnen begegnet, die die Zeichen nicht erkannten, obwohl sie sich wie eine Diva im Rampenlicht präsentierten. Männer, die rachsüchtig reagierten und gewalttätig wurden. Die der Geliebten eher Schaden zufügten oder sie umbrachten, als sie jemand anderem zu überlassen. Aber war das Liebe? Ja, Eigenliebe war das, und heuchlerisch dazu.

Bradford verachtete nichts so sehr wie Heuchelei, und er machte sich nichts vor. Lauras Liebe zu ihm war Geschichte. Aber wie sah es umgekehrt aus? Er nahm einen Schluck aus der Wasserflasche und überlegte. Er wusste es nicht. Das war schlimmer. Was sollte er tun? Was konnte er tun? Weiteratmen, dachte er, und weiterarbeiten.

Er sprang auf und setzte den Wasserkocher in Gang. Ein Tee zur Abwechslung würde nicht schaden, er beruhigte die Nerven. Nachdenken, das war es, was er tun sollte. Sich Gedanken machen über diesen seltsamen Fall.

Die Fotos, die er sich angesehen hatte, gaben ihm keine Antworten. Sie waren genau das, was ihm angekündigt worden war. Abbilder von Normalität und dörflicher Idylle. Was hatte das mit dem Tod von diesem Bexley zu tun? Was war das überhaupt für ein Mensch gewesen? Keiner, der sich Sorgen um das Wohl seiner Mitmenschen machte, so viel war klar. Und mit irgendwem hatte er sich angelegt. Jemandem, der keinen Spaß verstand und womöglich etwas gegen die ganze Familie hatte.

Er gab einen Pyramiden-Teebeutel in einen Becher und goss sprudelndes Wasser darauf. Unwillkürlich musste er lächeln. Laura hatte sich immer über die Kontinentaleuropäer amüsiert. Wenn man dort in einem guten Lokal Tee bestellte, bekam man eine

Tasse mit heißem Wasser und einen Teebeutel serviert. Bradford war bisher selten im Ausland gewesen, in Paris natürlich und Rom, auf Korfu und noch einer anderen griechischen Insel, er hatte den Namen vergessen. Konnte sich nur noch an einen Kieselstrand erinnern und eine mörderische Hitze. Laura hatte es genossen und war gar nicht mehr rausgekommen aus dem Wasser. Er selbst hatte es vorgezogen, sich im Schatten seines Sonnenschirmes aufzuhalten und sich möglichst wenig zu bewegen.

Er fischte den Beutel aus seinem Becher und ging damit wieder ins Wohnzimmer, wo er einen neuen Versuch mit der Fernbedienung unternahm. Erfolglos, vielleicht sollte er mal neue Batterien besorgen.

Der Tee war stark und tiefschwarz, so wie er ihn mochte. Er lehnte sich zurück und schloss die Augen. Irgendwas stimmte nicht mit dieser Familie, und er musste herausfinden, was es war.

Das waren seine letzten Gedanken, bevor er einschlief.

Ostfriesland – Wittmund – am selben Tag

Fenja brütete über der Liste der Bootseigner in Carolinensiel. Was war es nur, was sie gesehen hatte? Irgendwas in ihrem Hirn hatte angeschlagen wie ein Spürhund, als sie die Liste studierte, aber sie kam ums Verrecken nicht darauf, wieso. Es klopfte, und Geert Frenzen betrat mit wichtiger Miene ihr Büro.

»Gibt's was Neues?«

»Möglicherweise«, antwortete Frenzen und legte einen DIN-A4-Bogen über die Liste, die Fenja soeben studierte. »Das hier hab ich im Computer gefunden. Der Mann hier hat mit diesem Gummiband-Fetischisten Axel Scholler in Hamburg eingesessen. Zwar nicht wegen eines Sexualdeliktes, sondern wegen Betruges und Körperverletzung, aber immerhin. Er ist in Altfunnixsiel gemeldet und seit einem halben Jahr auf Bewährung draußen. Hat einen Halbtagsjob in einer Gärtnerei in Carolinensiel.«

Fenja nahm das Blatt und las es durch. Dann nahm sie die Liste der Bootseigentümer und fuhr mit dem Finger die langen Reihen entlang.

»Da«, sagte sie dann, »das gibt's doch nicht! Der Typ hat ein Boot und einen Liegeplatz an der Harle.« Sie sah Frenzen an, und plötzlich ging ihr ein Licht auf. »Und jetzt weiß ich auch, wo ich diesen Namen schon mal gehört hab.« Sie sprang auf. »Der Mann arbeitet seit ein paar Monaten bei Gerit Krohn. Als Gärtner. Den knöpfen wir uns vor. Du fährst.«

»Mit Vergnügen«, antwortete Frenzen.

Sie trafen Hauke Wilhelm im Garten des Krohn'schen Anwesens an, wo er welke Rhododendronblüten pflückte und in eine Schubkarre warf. Er blickte den beiden Beamten misstrauisch entgegen und wischte sich mit dem Ärmel über die Stirn. Das Wetter zeigte sich von seiner besten Seite, und bis auf wenige weiße Wolkentupfer strahlte der Himmel in seinem schönsten Frühlingsblau.

»Herr Wilhelm, wir kennen uns ja schon, das ist mein Kollege bei der Kripo Wittmund, Kommissar Frenzen.«

Wilhelm schürzte die Lippen und nickte langsam. Seine buschigen Augenbrauen verschwanden fast völlig unter seiner Schirmmütze, die für ihn offensichtlich unverzichtbar war. Fenja hatte das Gefühl, er versteckte sich dahinter. Wahrscheinlich hatte er gute Gründe dafür.

»Herr Wilhelm«, begann Fenja, »wir haben ein paar Fragen an Sie.«

»War mir klar«, murmelte Wilhelm und spuckte ins Gras. Frenzen verzog das Gesicht.

»Sie haben ein Boot, nicht wahr?«

»Ja.«

»Könnten wir es uns mal ansehen?«

»Warum?«

»Warum nicht?«, fragte Fenja.

»Ich hab zu tun«, sagte Wilhelm und machte eine ausschweifende Handbewegung.

»Herr Krohn wird sicher Verständnis haben, wenn Sie uns bei unseren Ermittlungen unterstützen.«

»Welchen Ermittlungen?«

Fenja seufzte. »Herr Wilhelm, machen Sie's uns doch nicht so schwer. Wir können uns natürlich auch gleich mit Ihrem Bewährungshelfer in Verbindung setzen.«

Diese Vorstellung schien Wilhelm nicht zu gefallen.

»Ist ja gut. Weiß zwar nicht, was es da zu gucken gibt, aber bitte.«

Zehn Minuten später standen die drei an der Harle und betrachteten das kleine Boot, das etwa fünfzig Meter von Gerit Krohns Yacht entfernt lag. Es war ein etwa sechs Meter langes und zwei Meter breites Segelboot mit Außenbordmotor und kleiner Kajüte.

»Dürfen wir uns mal umsehen?«, fragte Fenja.

Wilhelm zuckte mit den Schultern und wandte sich ab.

Die Kajüte war klein und vollkommen verdreckt. Auch wenn sie bisher keinen Nachweis dafür hatten, dass Greta Werft auf

Gerit Krohns Boot gewesen war, in dieser Koje hätten sie zu zweit kaum Platz gehabt. Dennoch musste die Spurensicherung her, und Fenja beneidete Lamprecht nicht um seine Aufgabe.

»Ruf die Spurensicherung«, sagte sie zu Frenzen und wandte sich dann an Wilhelm.

»Haben Sie einen Schlüssel zum Boot von Gerit Krohn?«

Der verschränkte die Arme und schüttelte den Kopf. In diesem Moment sah Fenja Jorit Krohn den Uferweg heraufkommen.

»Wo kommt der denn her?«, murmelte sie.

Er musste ihnen gefolgt sein. Krohn schritt eilig auf sie zu, streifte Wilhelm mit einem Blick und baute sich vor Fenja auf.

»Was geht hier vor? Haben Sie neue Erkenntnisse?«

Fenja sah sich um und bemerkte, dass sich immer mehr Menschen an der Promenade ansammelten. Als ob sie spezielle Sensoren dafür hätten, dass sich hier womöglich etwas Besonderes abspielen könnte. Sie sollten von hier verschwinden, dachte sie, nahm Jorit Krohns Arm und ging mit ihm ein paar Schritte.

»Das ist hier eine Zeugenbefragung. Gehen Sie bitte wieder nach Haus.«

»Was hat der mit der Sache zu tun?«, fragte Krohn und deutete mit dem Daumen über seine Schulter auf Wilhelm.

»Gar nichts«, antwortete Fenja und lächelte. »Wie ich schon sagte, eine Zeugenbefragung. Und jetzt gehen Sie bitte.«

Krohn drehte sich um, blickte Wilhelm sekundenlang an und wandte sich ab. Nachdem er ein paar Schritte gegangen war, drehte er sich noch mal um.

»Ich möchte Sie bei uns nicht mehr sehen«, sagte er dann und ging.

»Na klasse«, murmelte Wilhelm und gab einem Kiesel einen Tritt, »woher krieg ich jetzt'n neuen Job?«

»Kommen Sie«, sagte Fenja, »wir gehen jetzt besser.«

»Ich muss mein Fahrrad holen, steht bei Krohns«, sagte Wilhelm knapp.

»Ich begleite Sie, hab noch ein paar Fragen.«

Wilhelm schwieg und marschierte los. Fenja hatte Mühe, ihm zu folgen.

»Sie kennen Axel Scholler?«

Wilhelm antwortete nicht.

»Ich warte.«

»Ja.«

»Hat er mal erzählt, warum er gesessen hat?«

»Mir nich.«

»Hatten Sie Kontakt zu ihm?«

»Nee.«

Langsam reichte es Fenja. »Erzählen Sie keine Märchen! Wir können das nachprüfen.«

»Machen Se doch.«

»Wo waren Sie an dem Wochenende, als Frau Krohn verschwand?«

Wilhelm warf ihr einen Seitenblick zu. »Zu Hause in meiner Wohnung.«

»Wann haben Sie Frau Krohn zuletzt gesehen?«

»Weiß ich nicht mehr.«

»Etwas genauer bitte! Ich kann Sie auch vorladen.«

Sie waren an der Alten Pastorei angelangt. Wilhelm blieb stehen und sah Fenja böse an.

»Ich hab Frau Krohn nur ein einziges Mal gesehen, das war, als ich den Job – der jetzt dank Ihnen weg ist – bekommen hab. Danach nicht mehr. Höchstens von Weitem. Ich weiß nichts von denen und will auch nichts wissen. Ich hab nichts getan. Und jetzt lassen Sie mich in Ruhe.«

Wilhelm drehte ab und ging. Fenja sah ihm nach. Der Kerl war abgebrüht wie ein alter Knastbruder. Wahrscheinlich deshalb, weil er auch einer war. Aber es lag nichts gegen ihn vor. Auch wenn hier einiges dafürsprach, dass Wilhelm in der Sache drinhing. Erstens kannte er den Gummiband-Fetischisten, zweitens hatte er für das Mordopfer gearbeitet, drittens hatte er ein Boot in der Nähe des Tatortes.

Wenn er log und die Nacht hier am Bootshafen zugebracht hatte, dann war er entweder dringend tatverdächtig oder ein potenzieller Zeuge. Sie mussten ihn im Auge behalten. Wenn Sie eine Spur von Greta Werft auf seinem Boot fanden, würden sie ihn festnehmen.

Sie ging zum Steg zurück, wo soeben die Spurensicherung eintraf und sich schon wieder eine erkleckliche Anzahl von Zuschauern eingefunden hatte.

Eastbourne – am nächsten Tag

Bradford erwachte am frühen Morgen und wälzte sich mit einem steifen Nacken vom Sofa. Er musste sich unbedingt abgewöhnen, in seinen Klamotten zu schlafen, und vor allen Dingen sollte er die Nächte lieber im Bett verbringen, auch wenn er neuerdings eine Aversion dagegen hatte. Bett erinnerte ihn an Laura und daran, dass sie nicht mehr da war. Er stellte sich unter die heiße Dusche und nahm sich vor, mit diesem Lotterleben aufzuhören und endlich die Umzugskartons auszupacken.

Als er sich eine knappe Stunde später in der Polizeistation einen Cappuccino, der diesen Namen nur bedingt verdiente, aus dem Kaffeeautomaten holte und in einen Muffin biss, den er sich auf dem Weg besorgt hatte, lief ihm Buckley über den Weg.

»Morgen, Sir.« Er tippte sich an die Stirn und wollte an ihm vorbeirauschen, wohl ebenfalls zum Kaffeeautomaten.

»Äh, Buckley«, Bradford kaute tapfer auf dem trockenen Muffin herum, »kommen Sie bitte gleich in mein Büro.«

Buckley schluckte. »Natürlich, Sir, ich hol mir noch einen Kaffee.«

»Tun Sie das, Sie werden ihn brauchen«, murmelte Bradford bereits im Weggehen.

Als Buckley kurz darauf mit seinem Becher im Büro seines Vorgesetzten auftauchte, war er sichtlich nervös.

»Setzen Sie sich, Buckley, und dann erzählen Sie mir, ob Sie ein Problem mit Constable Sutton haben.«

Buckley saß kerzengerade und errötete. »Aber nein, Sir, wie kommen Sie darauf?«

»Nur eine Frage, aber wenn ich mich irre, freut mich das.« Bradford räusperte sich. »Es ist nämlich wichtig, dass wir in unserem Team optimal zusammenarbeiten, und ich brauche Sie. Alle.«

»Klar, Sir, da gibt's überhaupt kein Problem, Sir«, beeilte sich Buckley zu versichern und stellte seinen Becher auf Bradfords Schreibtisch. »Hat Constable Sutton sich etwa …«

»Natürlich nicht, Buckley. Warum auch?«

Buckley schien vor Erleichterung in sich zusammenzufallen, und Bradford argwöhnte, dass Sutton vielleicht Grund gehabt hätte, sich zu beschweren. Aber er würde das zunächst auf sich beruhen lassen.

»Dann wäre das ja geklärt«, sagte er. »Haben Sie mit Emma Bexley und Steve Morgan gesprochen?«

»Ja, Sir, aber die Tochter weiß erstaunlich wenig über das Leben ihres Vaters, und der Schwiegersohn machte auf mich den Eindruck, als hätte er seinen Schwiegervater nicht wirklich gemocht. Hat was von ›fauler Socke‹ gemurmelt, sich aber zurückgehalten, weil seine Frau dabei war und immer wieder geheult hat.«

»Hat er irgendwas zur finanziellen Situation seines Schwiegervaters gesagt?«

»Nein, außer, dass er sich nicht erklären konnte, wie der sich so ein laues Leben leisten konnte.«

»Und die Tochter?«

»Also, die scheint mir ziemlich naiv zu sein. Nett, aber naiv. Glaubte, dass ihr Vater mit seiner Malerei und dem Fotografieren genug verdient hat. Ihr Mann hat dabei nur die Augen verdreht.«

»Wie kommen denn die beiden so über die Runden?«

»Ganz gut, glaube ich, er verdient nicht schlecht mit seiner Cateringfirma, und sie arbeitet ja bei ihrem Onkel, und die Bezahlung ist nicht schlecht. Außerdem wohnen sie umsonst. Der Onkel ist ziemlich großzügig.«

Bradford knurrte innerlich. »Also wissen wir immer noch nicht, was dieser Kerl eigentlich getrieben hat, wenn er nicht am Beachy Head oder sonst wo unterwegs war oder im Pub gesessen hat oder gemalt hat.«

»Scheint so, obwohl er ja in den letzten Jahren kaum noch in seinem Atelier war, sagt seine Tochter.«

Bradford trommelte mit den Fingern auf seinem Schreibtisch herum, öffnete dann eine Schublade und entnahm ihr einen Stapel Fotos.

»Verteilen Sie das an die Mannschaft. Ich möchte von allen Personen auf diesen Bildern die Namen und Adressen haben. Am besten, Sie versuchen es zuerst beim Vikar und fragen sich langsam durch. Ich werde mich jetzt mal mit Ms Debenham unterhalten.«

Brenda Fosters Laune hatte sich seit seinem ersten Besuch nicht wesentlich oder vielmehr überhaupt nicht gebessert. Sie öffnete ihm genauso mürrisch wie vor drei Tagen und führte ihn ebenso wortkarg ins Vorzimmer, wo Ivy Debenham ihre Computertastatur bearbeitete.

Bradford staunte nicht schlecht, als die Sekretärin aufstand und sich in Jeans, gestreifter Bluse und High Heels präsentierte. In seiner Welt trugen Sekretärinnen dunkle Kostüme oder Hosenanzüge, aber vielleicht war seine Welt ja auch von gestern. Vielleicht hatte sich Laura deshalb von ihm entfernt, schoss es ihm durch den Kopf. Aber der Gedanke verflog so schnell, wie er gekommen war. Jetzt war nicht die Zeit, Beziehungsprobleme zu analysieren.

»Hier ist der Mann von der Polizei«, stellte Brenda Foster ihn vor, woraufhin er seinen Namen nannte und ihr seinen Ausweis hinhielt.

Ivy Debenham setzte ein Lächeln auf, für das man bestimmt jeden Tag üben musste, dachte Bradford.

»Hätten Sie ein paar Minuten Zeit? Ich hab einige Fragen, bei denen Sie mir vielleicht helfen können.«

»Das kann ich mir zwar nicht vorstellen, wobei ich Ihnen helfen soll, aber bitte …« Sie wies auf eine kleine Leder-Sitzgruppe in der Ecke des funktional, aber gemütlich eingerichteten Büroraumes. »Kann ich Ihnen etwas anbieten? Kaffee?«

Bradford lehnte dankend ab und setzte sich. Ivy Debenham, die ihre Lesebrille auf den Kopf geschoben und damit ihre weizenblonde Kurzhaarfrisur ein wenig durcheinandergebracht hatte, ließ sich ihm gegenüber nieder und warf ihm einen lauernden Blick zu.

»Haben Sie Mr Anthony gut gekannt?«

»Gut wäre übertrieben. Er war eben der Bruder meines Chefs.«

»Wann haben Sie ihn zuletzt gesehen?«

»Das war letzte Woche, da war er hier bei Mr David Bexley im Büro.«

»War er öfter hier?«

Ivy Debenham, die kerzengerade, die gefalteten Hände auf die zusammengepressten Knie gelegt, auf dem Rand des Sessels saß, schien sich ein wenig zu entspannen.

»Hin und wieder, aber nicht oft. Er war ja viel auf Reisen.«

»Worum ging es bei den Besuchen, waren sie privat oder geschäftlich?«

Sie verkrampfte sich wieder etwas. »Das weiß ich nicht genau, geschäftlich hatten sie ja nicht viel miteinander zu tun. Ich denke, es werden wohl private Besuche gewesen sein.«

Bradford glaubte keinen Augenblick, dass die Sekretärin nicht haargenau wusste, warum, wie oft und wie lange die beiden Brüder sich getroffen hatten. Entweder sie war loyal, oder sie hatte etwas zu verbergen.

»Bei seinem letzten Besuch hatten die beiden Streit, nicht wahr?«

Ivy Debenham zögerte. »Hat Mr Bexley das gesagt?«

Bradford beantwortete die Frage nicht, er sah sein Gegenüber nur aufmerksam an.

»Also, da müssten Sie Mr Bexley selbst fragen.«

Also doch loyal, dachte Bradford. Fragte sich bloß, wem gegenüber. David oder Anthony? Es bestand kein Grund, weiter auf der Frage herumzureiten, er hatte seine Antwort.

»Wir suchen einen Menschen, der Grund gehabt hätte, Mr Anthony zu töten. Können Sie uns da irgendwie weiterhelfen? Was war der Tote für ein Mensch? Sie werden doch eine Meinung über ihn haben.«

Ivy Debenham senkte den Blick und rang die Hände. Als sie Bradford wieder anblickte, glitzerte es feucht in ihren Augen.

»Wirklich«, sie räusperte sich, »wirklich, dass jemand Mr Anthony umbringen könnte, das … werde ich nie verstehen.« Ihre Stimme zitterte leicht.

»Mochten Sie ihn?«

Ivy Debenham schluckte. »Ja, schon.«

»Wissen Sie etwas darüber, wie Mr Anthony seine Zeit verbracht hat?«

»Na ja, er hat fotografiert und … sehr schöne Bilder gemalt.«

Bradford betrachtete die Sekretärin und nickte versonnen. »Können Sie uns sonst irgendwie weiterhelfen?«

Sie schüttelte den Kopf. »Ich wünschte, ich könnte, das dürfen Sie mir glauben.«

Bradford erhob sich.

»Ich danke Ihnen«, sagte er und verabschiedete sich. Die junge Frau hatte ihm eigentlich gar nichts und doch eine Menge erzählt, dachte er, als er das Haus verließ.

Er beschloss, nach Beecock hinüberzuwandern, um noch ein wenig durch das Dorf zu streifen und sich einen Eindruck von der Stimmung im Ort zu verschaffen.

Wenige Minuten später schlenderte er die King's Road hinunter, blieb vor einer kleinen Boutique stehen und betrachtete die Auslagen. Mode für konsumfreudige Frauen im gesetzten Alter mit stabilem Kontostand. Von drinnen hörte er zwei schrille, aufgeregte Frauenstimmen und eine dunkle, beschwichtigende. Ohne lange zu überlegen, öffnete er die Tür, woraufhin ein harmonisches Glockenspiel erklang und die Blicke der drei Frauen neugierig zur Tür flogen.

Bradford lächelte gewinnend, zückte seinen Ausweis und stellte sich vor.

»Oh, Sie sind der, der die Ermittlungen in diesem schrecklichen Todesfall leitet!«, rief die korpulentere der drei Frauen aus und stellte sich als Daisy Henderson vor. »Das sind Harriet Bolton-Smythe und Holly Dalton.«

Sie wies auf eine elegant gekleidete Frau um die vierzig, offensichtlich die Besitzerin der Boutique, und eine große Hagere mit zugeknöpfter Bluse. Die drei Damen standen an einer Art Tresen, jede ein Glas Cider vor sich, und sahen ihn neugierig an.

»Das stimmt«, erwiderte Bradford und wusste dann nicht recht weiter.

Er konnte oder besser gesagt er wollte die Damen ja nicht offiziell zum Tratschen auffordern. Manche verschlossen sich dann sofort, und er erfuhr gar nichts mehr, obwohl er sicher war, dass die Damen für ihr Leben gern aus dem Nähkästchen plauderten. Und im Grunde war er ihnen dankbar dafür.

Frauen hatten die wundervolle Gabe, sich den Wortlaut einer

Unterhaltung akribisch zu merken und wiederzugeben. Natürlich ging der einen oder anderen schon mal die Phantasie durch, aber im Allgemeinen waren solche Aussagen verlässlich. Männer waren in dieser Hinsicht oft ungeduldig und gaben den Inhalt eines Gesprächs mit ihren eigenen Worten wieder, oder zumindest das, was sie für den Inhalt hielten. Dabei ging schon mal der eine oder andere wichtige Hinweis verloren.

Aber Bradford frohlockte. Diese Daisy Henderson schien genau die Frau zu sein, die er für seine Ermittlungen brauchte.

»Also …«, Daisy Henderson schien über das Zusammentreffen ebenso glücklich zu sein wie er, »das trifft sich ja wirklich gut. Wissen Sie, unser Sammelbehälter ist nämlich gestohlen worden, und es waren fast vierhundert Pfund drin. Ich will ja nichts sagen, aber Phoebe … ich meine Phoebe Appleton, war da wieder etwas vergesslich. Sie hatte die Kasse nämlich in den Sakristeischrank gestellt und dem Vikar nicht Bescheid gegeben, damit er den Schlüssel in Sicherheit bringt. Sie müssen wissen, er bewahrt ihn immer in der Schublade vom Schrank auf. Das ist natürlich völlig leichtsinnig, zuerst die Schranktür abzuschließen und dann den Schlüssel in die nicht verschlossene Schublade vom selben Schrank zu legen.« Sie warf Harriet Bolton-Smythe einen leicht vorwurfsvollen Blick zu, ruderte aber gleich darauf zurück. »Na ja, normalerweise ist ja nichts Wertvolles drin im Schrank, bloß dieses ganze geistliche Zeugs, aber dieses Mal hat Phoebe wirklich den Vogel abgeschossen …«

»Ach«, Bradford hatte Mühe, Daisy Hendersons Ausführungen zu folgen, »da sollten Sie vielleicht Anzeige erstatten. Ich bin für Diebstahl leider nicht zuständig.«

»Ja, natürlich werden wir Anzeige erstatten, nicht wahr, Harriet?«

»Wenn du meinst.« Harriet Bolton-Smythe, die den Ausführungen ihrer Freundin schweigend und etwas gereizt gelauscht hatte, kramte in ihrer Handtasche herum und zog einen Schlüsselbund hervor. »Ich muss mich jetzt verabschieden. Guten Tag allerseits.«

Zwei Sekunden später bimmelte wieder das Glockenspiel, und es war für einen Moment wohltuend still in dem kleinen Raum. Dann räusperte sich Holly Dalton.

»Was kann ich denn für Sie tun, Inspector?«, fragte sie mit einem strahlendem Lächeln, das Daisy Henderson auf die Plätze verwies. Immerhin war sie hier die Hausherrin. »Suchen Sie etwas Bestimmtes? Vielleicht ein Geschenk für Ihre Frau?«

»Nein, vielen Dank, ich wüsste gern, wann Sie Mr Anthony Bexley zuletzt gesehen haben. Wir versuchen, seine letzten Stunden zu rekonstruieren.«

»Und da fragen Sie uns?«, erwiderte Daisy Henderson verwundert. »Da müssen Sie doch die Familie fragen. Wir wissen leider gar nichts über Mr Anthony. Man hat ihn ja kaum gesehen in Beecock, höchstens mal im Pub.«

Bradford fragte sich, ob Daisy Henderson immer automatisch in der Wir-Form sprach, wenn sie von sich selbst redete, als Holly Dalton ihre Besucherin zurechtwies.

»Das stimmt doch nicht, Daisy«, und an Bradford gewandt, »wir wissen zumindest, dass er was mit Annie Crane hatte und sie dann einfach sitzen gelassen hat. Die Arme war todunglücklich …«

»Na also, Annie«, ergriff Daisy Henderson wieder das Wort, »was wird die schon über Anthony Bexley wissen? Gar nichts, die war doch so verschossen, dass sie gar nicht mehr gesehen hat, was das für ein Tunichtgut war.« Sie stocherte mit ihrem Finger auf Bradfords Brust ein. »Da sieht man wieder, dass diese alten Sprichwörter wirklich stimmen. Liebe macht blind. Und jetzt steht sie vor den Trümmern ihrer Träume, das arme Mädchen.« Daisy Henderson beugte sich vor, sodass ihr Gesicht kaum zehn Zentimeter von Bradfords entfernt war. »Sie müssen nämlich wissen, dass sie gehofft hat, er würde sie heiraten. Ha! Da sieht man wieder, wie dumm manche Frauen sind, so einer heiratet doch keine alte Frau wie Annie.«

»Na hör mal, sie ist noch nicht mal vierzig!«, protestierte Holly Dalton.

»Eben«, erwiderte Daisy Henderson, »und ein Kerl wie Anthony Bexley sucht sich nur junges Gemüse.«

»Gab es da jemand Konkretes?«, hakte Bradford nach.

Daisy Henderson nahm einen Schluck Cider und winkte Bradford mit dem Zeigefinger zu sich heran. »Ich hab ihn mal in London gesehen, mit so einer Blutjungen, sag ich Ihnen. Blond, groß, dürr und jung.«

»Wann war denn das?«, fragte Bradford.

»Ach«, Daisy Henderson winkte ab, »ist bestimmt schon zehn Jahre her. Da lebte seine Frau noch.«

»Aha, und im Dorf hat er sich selten aufgehalten?«

»Ja«, mischte sich Holly Dalton ein, die auf dem Tresen Spitzentops zu gleichmäßigen Rechtecken faltete, »zumindest seit dem Tod seiner Frau, die ist an Krebs gestorben, müssen Sie wissen. Das war damals ganz schlimm, vor allem für die Tochter … das arme Kind. Sie hat sehr an ihrer Mutter gehangen.«

»Aber Emma hat sich gefangen«, unterbrach Daisy Henderson, »sie ist ein gutes Mädchen, dekoriert immer unseren Stand, wissen Sie. Sie macht wunderschöne Blumenarrangements.«

»Kennen Sie auch den jungen Bexley? Basil?«

»Natürlich … Um Himmels willen, ich muss meinen Mann abholen, er sitzt seit zwei Stunden bei Dr. Blake und …« Daisy Henderson griff in Windeseile nach ihrer Handtasche, die auf dem Tresen lag, und lief mit wehenden Fahnen davon. Die Glöckchen läuteten hektisch.

»Wissen Sie«, Holly Dalton schob den Stapel Tops an den Rand des Tresens, »Sie sollten sich mit Erin unterhalten. Erin Roberts, ihr gehört die Teestube gegenüber der Kirche. Erin ist für Emma immer so eine Art Mutterersatz gewesen. Sie kennt die Familie besser als alle anderen.«

Bradford bedankte sich und verließ die Boutique, wobei er ganz langsam die Tür öffnete und schloss. Das Glöckchengeläut war einfach zu schön.

Der Tearoom von Erin Roberts lag wie Holly Daltons Boutique an der King's Road. Bradford sah durch eines der Sprossenfenster. Helle Regale an den Wänden, gefüllt mit geblümtem Teegeschirr, diversen Teesorten und kleinen Körbchen mit Tischdecken und Servietten. Er öffnete die Tür, und dieses Mal erklang das zarte Klimpern eines Windspiels. Erin Roberts legte offensichtlich Wert auf leise Töne. Auf den quadratischen Tischen lagen Decken mit dezentem Blumenmuster. Bestimmt Rosen, fuhr es Bradford durch den Kopf. Mit Lavendel. An der Decke baumelten unzählige Teetassen in allen möglichen Farben und Formen.

Wie lange man wohl brauchte, um so viele verschiedene Tassen zu sammeln? Bestimmt mehr als eine Generation. Bradford setzte sich an einen Tisch in der Nähe der Kuchentheke. Eine Frau in den Dreißigern trat durch eine Tür hinter der Theke und kam lächelnd zu seinem Tisch.

»Guten Tag, was kann ich Ihnen bringen?«

»Was können Sie empfehlen?«

Sie zwinkerte. »Sie sehen aus wie jemand, der einen starken Kaffee vertragen könnte.«

»Da könnten Sie recht haben.«

»Ich bringe Ihnen einen. Und ein Stück Käsekuchen.«

»Hört sich gut an.« Sie verschwand hinter der Theke.

Hübsch, dachte Bradford, sogar sehr hübsch. Dunkle, ausdrucksvolle Augen mit kleinen Lachfältchen. Unwillkürlich fragte er sich, wer wohl der Glückliche war, dem das Herz so einer Frau gehörte. Er sah sich im Raum um, drei Tische waren mit Pärchen mittleren Alters besetzt und einer mit vier älteren Damen, die sich leise, aber angeregt unterhielten. Es gab kein Attribut, das die vier als Touristinnen kennzeichnete. Es waren wohl Einheimische, konstatierte Bradford, während die Pärchen durch ihr schweres Schuhwerk einwandfrei als Wanderer zu erkennen waren.

»Bitte sehr«, die hübsche Frau stellte einen Café Crème und einen Teller mit Käsekuchen auf seinen Tisch, »lassen Sie es sich schmecken.«

Das ließ Bradford sich nicht zweimal sagen, obwohl er ein paar herzhafte Sandwiches vorgezogen hätte. Aber Kaffee und Kuchen schmeckten vorzüglich. Nachdem er aufgegessen hatte, bestellte er noch einen Kaffee, und als sie ihn brachte, zeigte er endlich seinen Ausweis und stellte sich vor.

»Sie sind doch Erin Roberts, nicht wahr?« Sie nickte und sah ihn misstrauisch an. »Hätten Sie einen Moment Zeit für mich? Ich ermittle im Todesfall von Anthony Bexley und dem Überfall auf Steve Morgan.«

Sie hielt die leere Tasse und den Teller in der Hand. »Aber, was wollen Sie denn dann von *mir*? Ich weiß doch von dieser ganzen Sache gar nichts.«

Sie wurden unterbrochen, weil ein Pärchen zahlen wollte. Aus der Damenrunde traf ihn hin und wieder ein neugieriger Blick. Dann kam Erin an seinen Tisch zurück und setzte sich.

»Sie sind doch mit Emma Bexley befreundet, wie ich hörte. Vielleicht«, Bradford wusste nicht recht, wie er sich ausdrücken sollte, die Frau an seinem Tisch machte nicht den Eindruck, als würde sie bereitwillig über die Familie ihrer Freundin plaudern, »können Sie sich ja vorstellen, wer Ihrer Freundin oder ihrer Familie schaden möchte.«

Erin verneinte fast augenblicklich. »Darüber habe ich mir schon den Kopf zerbrochen. Ich denke ... der Tod von Emmas Vater war ein Unfall, und der Überfall auf Steve war eben ein Überfall. Vielleicht wollte ihn jemand ausrauben. Das kommt doch häufiger vor.«

»Es wurde aber nichts gestohlen, obwohl er ziemlich viel Bargeld in seiner Börse hatte.«

»Tatsächlich?« Erin Roberts zog die Brauen hoch. »Ja, dann ...«

»Wissen Sie, wie Mr Bexley seine Zeit verbracht hat?«

»Nein, woher soll ich das wissen?«

»Ms Roberts«, Bradford stützte die Ellbogen auf den Tisch und legte sein Kinn auf die gefalteten Hände, »wenn Sie etwas wissen, das uns weiterhelfen könnte, wäre das sehr wichtig. Sie sind nicht illoyal, wenn Sie über Ihre Freundin und ihre Familie reden. Im Gegenteil, vielleicht können Sie Schaden von ihr abwenden, wenn Sie offen sind.«

Er sah Erin tief in die Augen, und sie schien ein wenig in sich zusammenzusinken.

»Wissen Sie«, sagte sie dann leise, »Emma war den Fehlern ihres Vaters gegenüber immer blind. Ich fand ihn ziemlich ... verantwortungslos und egoistisch.«

»Inwiefern?«

»Erin, bekommen wir noch eine Runde Tee?« Eine der Damen aus der Viererrunde schwenkte eine Kanne.

»Entschuldigen Sie.« Erin stand auf.

Bradford seufzte und kontrollierte sein Smartphone. Ein Anruf von Sutton und einer von Baker aus der Technik. Er würde sich später darum kümmern, das Gespräch mit Erin Roberts würde er auf keinen Fall verschieben, sie hatte sowieso zwischendurch schon viel zu viel Zeit zum Nachdenken. Er hoffte, sie würde nicht insgeheim aussortieren, was sie ihm zu erzählen gedachte und was sie lieber verschwieg. Aber Erin schien einen Entschluss gefasst zu haben, als sie sich wieder zu ihm setzte.

»Er war verantwortungslos, weil er sein Erbe und somit das von Emma verschleudert hat, sich nicht um seine Frau gekümmert hat, als sie im Sterben lag, und nicht um Emma, nachdem ihre Mutter gestorben war.«

»Wissen Sie, wofür er sein Geld ausgegeben hat?«

Erin wand sich. »Ich glaube, er ging zum Pferderennen. Hat sich überhaupt gern mit gut betuchten Leuten aufgehalten. Na ja, er war es ja so gewohnt.« Sie lächelte, als wäre das eine Entschuldigung.

»Er hat doch fotografiert und gemalt.«

»Ja, fotografiert hat er eine Menge, hat ihm wohl Spaß gemacht. Aber Geld hat er damit nicht wirklich verdient. Zumindest Emma hat davon nichts gesehen. Glücklicherweise hat sich Mr David Bexley dann um sie gekümmert und ihre Großmutter.«

»Kennen Sie sie näher? Violet Bexley?«

Erin verzog den Mund. »Ms Bexley lebt in ihrer eigenen Welt, und dazu gehöre ich leider nicht. Über Violet Bexley kann ich Ihnen nichts sagen, außer, dass Emma und sie sich sehr zugetan sind.«

»Und Basil?«

In diesem Moment ging die Tür auf, und eine ältere Dame betrat den Tearoom. Sie grüßte Erin und kam an den Tisch.

»Hallo«, erwiderte Erin, »das ist Doris Martin, meine Nachbarin, sie hilft mir ab und zu.«

»Ja, Kindchen, das mach ich doch gerne.« Doris Martin tätschelte Erins Wange und begab sich hinter den Tresen, wo sie eine grasgrüne Schürze von einem Haken hinter der Tür nahm und dann bei den Gästen nach dem Rechten sah.

»Tja, Basil … ähnelt eher seinem Onkel als seinem Vater. Er … hat's nicht so mit Arbeiten. Aber«, sie machte Anstalten, aufzustehen, »ich sehe wirklich nicht, wie Ihnen solche Details über die Familie bei Ihren Ermittlungen weiterhelfen sollten.«

»Das tun sie, glauben Sie mir«, antwortete Bradford, stand nun seinerseits auf und legte seine Karte und eine Zehn-Pfund-Note auf den Tisch. »Stimmt so«, sagte er, »und falls Ihnen noch etwas einfällt, rufen Sie mich an.«

Erin schluckte. »Natürlich«, sagte sie. Er wandte sich ab, aber sie hielt ihn zurück. »Warten Sie, mir fällt da gerade etwas ein.«

»Ja?«

»Violet Bexley, ich weiß nicht, ob das wichtig ist, aber sie hat etwas Merkwürdiges gesagt, nachdem ihr Sohn gestorben war.«

»Alles ist wichtig, nur raus damit.«

»Sie hat gesagt, dass ›es angefangen hat‹ oder so ähnlich.«

»Was meinte sie damit?«

»Ich habe keine Ahnung.«

»Zu wem hat sie das gesagt?«

»Zu niemand Bestimmtem … eigentlich zu sich selbst, aber Emma war dabei.«

»Und weiter nichts, nur ›es hat angefangen‹?«

»Ja, ich bin mir ziemlich sicher.«

»Wusste ihre Enkelin, was sie meinte?«

Erin blickte versonnen an ihm vorbei. »Nein, sie konnte damit offensichtlich genauso wenig anfangen wie ich.«

»Aha.« Bradford lächelte. »Danke. Das hilft uns vielleicht weiter.«

Als Bradford die Tür hinter sich geschlossen hatte, nahm Erin neugierig seine Karte vom Tisch. Doris kam vorbei und tätschelte ihr wieder die Wange.

»Na, wenn das nicht ein hübscher Bengel war.«

Erin fand, dass der Ausdruck *hübscher Bengel* diesem Mann nicht gerecht wurde. Cooler Typ, würde Freya sagen, und Erin fand, das traf es besser. Ein supercooler Typ!

Nachdem er den Tearoom verlassen hatte, blieb Bradford einen Moment vor der Tür stehen, unschlüssig, wie er weiter vorgehen sollte. Dann ging er zielstrebig zum Herrenhaus zurück, wo Brenda Foster ein Gesicht zog, als wolle sie ihm Hausverbot erteilen.

»Ms Bexley fühlt sich nicht wohl«, sagte sie unwirsch und machte keinerlei Anstalten, ihn vorzulassen.

»Fragen Sie sie bitte, sonst müsste sie mich in der Polizeistation aufsuchen, ich glaube nicht, dass sie das möchte.«

Die Haushälterin brummte etwas Unverständliches, ließ ihn in der Vorhalle stehen und watschelte davon. Nach zwei Minuten kam sie zurück und bat ihn in den Salon, den er nun schon kannte. Obwohl er sich von Brenda Fosters schlechter Laune nicht anstecken lassen wollte, empfand er doch so etwas wie Ärger. Er kam sich vor wie ein Bittsteller und wusste nicht, warum. Er brauchte allerdings nicht lange zu warten, bis die Tür geöffnet wurde und Violet Bexley leise eintrat.

Sie trug ein schwarzes Kostüm mit einer weißen Bluse und schwarze Schuhe. Ihr silbernes Haar war perfekt frisiert. Sie war in der Tat eine imposante Erscheinung, die sich keinesfalls gehen ließ. Wenn Brenda Foster nicht gelogen hatte und Violet Bexley sich wirklich nicht wohlfühlte, fragte Bradford sich, wie diese Frau wohl aussah, wenn es ihr gut ging. Aber vielleicht würde das keinen Unterschied machen.

Sie stellte sich grußlos vor den Kamin und bot ihm keinen Platz an.

»Haben Sie etwas über den Tod meines Sohnes herausgefunden?«

»Bis jetzt noch nicht, aber ich hoffe, Sie können mir helfen.«

»Ich sagte bereits, dass ich das nicht kann.«

Bradford ignorierte ihre abweisende Haltung und sprach ruhig weiter. »Kurz nach dem Tod Ihres Sohnes haben Sie zu Ihrer Enkelin gesagt: ›Es hat angefangen.‹ Was haben Sie damit gemeint?«

Zunächst fixierte sie ihn schweigend. »Wie kommen Sie darauf, dass ich das gesagt habe?«, fragte sie dann.

»Haben Sie nicht?«

»Natürlich nicht! Warum sollte ich?«

Bradford musterte die alte Dame verwundert und fragte sich gleichzeitig, ob es Sinn machte, Erin Roberts als Zeugin zu nennen. Er entschied sich dagegen. Violet Bexley würde es sowieso abstreiten. Die Frage war nur: Warum? Was verschwieg sie ihm?

»Wenn das alles war und Sie mir nichts zu sagen haben, würde ich mich jetzt zurückziehen. Ich fühle mich nicht wohl, wie Sie sich denken können«, sagte Violet Bexley in harschem Ton und begab sich zur Tür. »Ms Foster wird Sie hinausführen.«

»Das ist nicht nötig«, antwortete Bradford, »ich kenne den Weg.«

Er beschloss, ein wenig im Garten von Lessington Park spazieren zu gehen und zunächst Constable Sutton anzurufen.

»Sir, gut dass Sie zurückrufen. Sind Sie noch in Beecock?«

»Ja, was gibt's denn?«

»Ich bin mir nicht sicher, ob es etwas mit unseren Fällen zu tun hat, Sir, aber ich habe mich mit den Angestellten vom Gartencenter auf Lessington Park unterhalten. Die meisten kannten Mr Anthony gar nicht, nur Linus Grey, der Gärtner, der ist schon ziemlich lange dort und war wohl ganz gut mit ihm bekannt. Genauer gesagt, er hat ihn gemocht.«

»Ach, das ist ja mal was anderes«, staunte Bradford und schlenderte an dem kleinen Teich vorbei, in dem sich jede Menge Fische tummelten.

»Das dachte ich auch, Sir«, Bradford konnte sie lächeln hören, »also jedenfalls ist Grey seit einem halben Jahr Witwer. Seine Frau war lange krank. Sie hatte vor vier Jahren einen schweren Autounfall und wäre fast ums Leben gekommen, aber man konnte sie retten. Danach saß sie im Rollstuhl und war nicht mehr ansprechbar.«

»Und, was hat das mit unserem Toten zu tun?«

»Ja, das ist das Erstaunliche. Grey sagt, Mr Anthony habe sich damals rührend um ihn gekümmert und versucht, den Unfallfahrer zu finden, der konnte nämlich bis heute nicht ermittelt werden. Hat die Frau auf ihrem Fahrrad über den Haufen gefahren und ist abgehauen. Hat sie einfach liegen lassen. Hätte er – oder sie, kann auch eine Fahrerin gewesen sein – Hilfe gerufen, wäre Ms Grey jetzt vielleicht noch am Leben und all die Jahre vorher kein Wrack gewesen. ’tschuldigung, Sir, aber das waren die Worte von Mr Grey.«

»Interessant, und wieso hat Mr Anthony sich dafür interessiert? Der war doch sonst kein barmherziger Samariter, oder wissen wir bloß nichts davon?«

»Nein, die Aussagen der anderen Angestellten decken sich mit unseren bisherigen Ermittlungen. Sie haben ihn kaum zu Gesicht bekommen.«

»Gut, war sonst noch was?«

»Nein, Sir, ich dachte nur, wenn Sie noch in Beecock sind, wollen Sie vielleicht selbst mit Mr Grey reden.«

»Danke, Sutton, das werde ich.«

Er legte auf und rief Sergeant Baker von der Forensik an, der ihm mitteilte, dass sie einige Bilder von der Kamera des Toten gesichert hätten, die aber leider nichts Bemerkenswertes lieferten. Es waren hauptsächlich Motive von den Klippen.

»… man könnte fast meinen, diese Fotos sind nur Attrappen.«

»Ja«, antwortete Bradford leise, »dieser Mensch führt uns sogar noch als Toter in die Irre. Wer weiß, vielleicht ist auch der Brief nur ein Fake.«

Bradford beendete das Gespräch und machte sich auf den Weg zu den Gewächshäusern.

Linus Grey machte seinem Namen alle Ehre. Sein spärliches Haupthaar war grau und seine Haut ebenfalls. Als wäre das nicht genug, trug er einen grauen Kittel über einem blaugrauen Pullover. Traurige helle Augen musterten Bradford, dessen Stimmung beim Anblick der hängenden Mundwinkel von Linus Grey noch tiefer in den Keller rutschte. Er fragte sich, wie solch ein Mensch Blumen verkaufen konnte. Wahrscheinlich nur für den Friedhof. Trauernde ertrugen diese Leidensmiene womöglich besser als ein lachendes Gesicht.

Grey war gerade dabei, mit einem Schlauch eine Palette mit Geranien zu wässern.

Bradford stellte sich zunächst vor und bat dann um ein kurzes Gespräch. Grey sah Bradford wortlos an, übergab den Schlauch an eine Kollegin und winkte dem Inspector, ihm zu folgen. Sie gingen in einen Nebenraum, wo Grey an einem Liliengesteck weiterarbeitete.

Aha, dachte Bradford, eine Beerdigung, er fragte sich, welche, und wurde unverhofft informiert.

»Die Blumen sind für Mr Anthony«, sagte Grey heiser. »Wann ist denn die Beerdigung?«

»Ich denke, der Leichnam wird morgen freigegeben, den Rest erledigt dann ja die Familie.«

Grey brummte etwas Unverständliches und sortierte die Blüten nach ihrer Größe.

»Sie haben gesagt«, begann Bradford, »dass Mr Anthony sich um Sie gekümmert habe, als Ihre Frau verunglückt war.«

»Das stimmt, er ist damals zu mir gekommen und hat mir zugehört. Wollte mir helfen, diesen Schweinehund zu finden, der meine Frau zum Krüppel gemacht hat. Und jetzt ist sie tot, und ich bin Witwer.«

»Wissen Sie, dass es ein Mann war?«

»Nein. Gar nichts wissen wir. Bis heute nicht.«

»Hatten Sie das Gefühl, dass Mr Anthony etwas wusste?«

Grey sah Bradford verdutzt an. »Nein, woher denn? Dann hätte er mich ja nicht fragen müssen, oder?«

»Was hat er denn genau gefragt?«

»Ob Debbie sich an irgendwas erinnern könnte, aber ... sie war seit dem Unfall ... komplett weggetreten.«

»Hat Mr Anthony sich sonst auch um die Mitarbeiter gekümmert?«

Grey zuckte mit den Schultern und steckte eine Blume in eine Art Styroporschwamm.

»Weiß ich nicht.«

»Hatte er denn etwas herausgefunden über den Unfallfahrer?«

»Nee, das hätte er mir ja gesagt.«

Bradford nickte. »Können Sie sich vorstellen, dass jemand Mr Anthony umbringen würde?«

Grey warf Bradford aus müden Augen einen Blick zu. »In dieser Welt ist alles möglich«, sagte er und nahm eine neue Lilie zur Hand.

Bradford hatte nicht das Gefühl, dass ihn das hier weiterbrachte, und verabschiedete sich. Er hatte das Bedürfnis, mit Chief Constable Walker zu sprechen.

Am Abend begann Bradford endlich damit, seine Wohnung in etwas zu verwandeln, das den Namen Heim verdiente. Er fing damit an, sämtliche Kartons auszupacken und deren Inhalte auf dem Fußboden im Wohnzimmer zu verteilen. Das war unklug, er hätte zuerst den Kleiderschrank aufbauen sollen. Die Kleiderstange, mit der er sich bisher behalf, war zwar nützlich, um Kleiderbügel – wenn man denn genügend hatte – mit Anzügen und Hemden zu bestücken, aber seine T-Shirts und Wäsche stapelten sich immer noch auf dem Sofa und dem Sessel. Er faltete die Kartons zusammen und beschloss, sie vorerst im Hausflur zu lagern.

Womöglich würde sich Lilian Simmington, die in der Wohnung über ihm wohnte, bei der Hausverwaltung beschweren. Sie beschwerte sich oft und gern bei der Hausverwaltung, so viel hatte er schon mitbekommen. Sein Flurnachbar, Sam Falling, ein farbloser Brillenträger in den Fünfzigern, der sich bestimmt gut mit Grey verstehen würde, hatte sich schon mehrmals wegen der Schuhe mit ihr angelegt.

Die Sache war die, dass Sam Falling gerne seine Schuhe auf der Fußmatte abstellte, wenn er von einer seiner Wandertouren in den South Downs zurückkam. Manchmal gesellte sich auch das eine oder andere Paar Straßenschuhe oder Sandalen dazu. Dummerweise war Lilian Simmington an einem trüben Wintermorgen zum Einkaufen aufgebrochen und im Treppenhaus über Sam Fallings »monströse Treter« gestolpert und hatte sich dabei »beinah den Hals gebrochen«. So zumindest hatte Falling Bradford die Angelegenheit geschildert.

»Ha, die sollte mal lieber Licht im Flur machen und nicht immer so schleichen. Dann würde sie auch nicht stolpern. Aber«, Falling hatte demonstrativ in die Richtung von Lilian Simmingtons Wohnung gerufen, »wenn man immer heimlich an Nachbars Tür lauscht, dann kann man schon mal ins Straucheln kommen!«

Nach diesem Gespräch hatte Bradford sich gefragt, wie lange die Simmington ihn wohl in Ruhe lassen würde.

Nachdem Bradford das Teegeschirr aus den Trockentüchern gewickelt und in den Küchenschrank geräumt hatte, beschloss er, den Kleiderschrank aufzubauen. Dazu brauchte er seinen Werkzeugkasten, den er nicht finden konnte. Hatte er den immer noch im Auto? Wahrscheinlich.

Sollte er die Wohnung verlassen, runtergehen, die Straße überqueren, wo sein Auto auf der anderen Seite im Halteverbot parkte, und das Ding heraufholen? Er überlegte einen Moment und entschied sich dagegen. Er würde sich morgen um seinen Kleiderschrank kümmern. Stattdessen nahm er eine Dose Bier aus dem Kühlschrank, lehnte sich an die Spüle und stellte die Dose wieder zurück. Vielleicht sollte er Laura anrufen.

Aber was sollte das bringen? Sie hatte ihn doch schon vergessen. Und er wollte sich auf keinen Fall aufdrängen. Wenn ihm etwas zuwider war, dann Menschen, die sich aufdrängten. Er würde sie nicht anrufen und sich stattdessen lieber konzentrieren. Auf diesen Todesfall, der ihm Rätsel aufgab.

Er hatte sich mit Chief Constable Walker besprochen. Der hatte ihm geraten, sich nicht auf die Mordthese zu »kaprizieren«. Walker liebte es, sich gewählt auszudrücken.

Möglicherweise hatte er sich irreführen lassen, und das Ganze war nur ein Unfall und der Überfall auf den Schwiegersohn einen Tag später ein dummer Zufall. Es gab solche Zufälle, auch wenn Bradford sich schwertat, das zu glauben. Aber alle Indizien, die für ihn auf einen Mord hindeuteten, waren, wenn er ehrlich war, auch anders zu erklären.

Der Mann konnte sich ebenso gut spontan entschlossen haben, zu springen. Das würde die Kamera erklären, und der Brief sprach auch nicht eindeutig dagegen. Sie wussten ja nicht mal genau, ob er überhaupt für den Toten bestimmt gewesen war, auch wenn Bradford fest davon überzeugt war. Und die Abschürfungen konnten auch auf einen Unfall hindeuten. Obendrein waren alle Ermittlungen bisher wenig erhellend gewesen. Es gab keinen weiteren Beweis für einen Mord. Dieser Mensch war einfach zu weit entfernt von allem, was Bradford als soziales Wesen empfand. Sein Computer war so jungfräulich wie ein neugeborenes Lamm, außer Werbung keine E-Mails. Bexley war genauso wenig auf

Facebook wie auf Twitter oder einem anderen Netzwerk unterwegs gewesen.

Anscheinend hatte er den Computer nur benutzt, um online Nachrichten zu lesen, die Wettervorhersage abzufragen oder einzukaufen: Kleidung, Kameras und Zubehör, Bücher über Fotografie. Mit seinem Handy hatte er nur kurze Gespräche mit seiner Familie geführt, hauptsächlich mit seiner Tochter und seinem Bruder, Termine beim Zahnarzt vereinbart – einen Arzt schien er in den letzten Jahren nicht benötigt zu haben – und hin und wieder mit einigen Dorfbewohnern gesprochen, unter anderem auch mit Annie Crane.

Seine Leute hatten jeden Einzelnen befragt, aber sie hatten nicht den kleinsten Hinweis auf ein Mordmotiv erhalten, und Chief Constable Walker wollte den Fall zu den Akten legen. Bradford hatte um Aufschub gebeten. Immerhin hatten sie noch diesen Schlüssel, zu dem sie das passende Schloss suchten. Das war ein Ansatz. Bradford war sicher, dass dieser Schlüssel ihnen die Antworten auf alle Fragen liefern würde.

Sein Handy surrte, und der Name seiner Mutter erschien auf dem Display. Er ignorierte den Anruf, war eben gerade in der Dusche oder im Keller oder tot. Sie sollten ihn alle in Ruhe lassen. Das Handy surrte erbarmungslos, und so viel war klar: Seine Mutter würde alle fünfzehn Minuten bei ihm anklingeln, bis sie ihn am Haken hatte. Er ging ran.

»Junge«, schallte es durch die Stille, »wo warst du denn bloß? Ich denke, du musst immer erreichbar sein!«

»Ja«, knurrte er zurück und etwas leiser, »aber nicht für jeden.«

»Was sagst du?«

»Nichts.«

»Also, hör zu, ich komme in den nächsten Tagen nach Eastbourne und werde dir ein bisschen helfen. Du kommst ja sonst nicht zurecht, wo Laura nicht mehr da ist und du jetzt Chief Inspector bist.«

Bradfords Herzfrequenz stieg. »Mutter, ich bin ja schon fast fertig mit allem …« Weiter kam er nicht.

»… ich werde mir ein B&B-Zimmer nehmen – bei dir ist ja

so ein Durcheinander – und mich um dich kümmern. Also, wir sehen uns.«

Weg war sie.

Bradford schloss die Augen. Das Durcheinander, das seine Mutter bisher davon abhielt, sich gänzlich bei ihm einzunisten – vielleicht tat er sich deshalb so schwer, hier Ordnung zu schaffen, fuhr es ihm durch den Kopf –, dieses wohlgehütete Durcheinander würde sie in kürzester Zeit beseitigt haben und damit Platz schaffen für weitere Invasionen.

Er musste sich dringend was einfallen lassen.

Ostfriesland – Carolinensiel – einen Tag später

Die Sonne war gerade aufgegangen und kündigte einen trüben Tag an. Dunkle Wolken hingen tief am Himmel. Fenja stand an der Harle und starrte fassungslos auf das, was von Hauke Wilhelms Boot übrig geblieben war. Über das, was von Hauke Wilhelm übrig geblieben war, wollte sie sich lieber keine Gedanken machen, jedenfalls vorerst nicht. Das würde sie psychisch überfordern.

Also versuchte sie, sich auf die Fakten zu konzentrieren. Tatsache war, dass Wilhelms Boot in Flammen aufgegangen war und er selbst dabei einen schrecklichen Tod gefunden hatte. Der Geruch war kaum auszuhalten, aber sie hatte Hemmungen, sich die Nase zuzuhalten. Das hätte angesichts dieser Tragödie etwas Hämisches. Stattdessen atmete sie bewusst flach. Das würde sie allerdings nicht mehr lange durchhalten, sonst hatte Friedrichsen hier noch einen Fall. Die kleine Kajüte des Bootes war vollends ausgebrannt. Zwar hatte die Spurensicherung am Tag zuvor ihre Arbeit beendet, aber Ergebnisse lagen noch nicht vor.

Gesa Münte stand neben Fenja und hielt sich ungeniert ein Taschentuch vor die Nase. Im Morgengrauen hatte ein Anwohner die Feuerwehr alarmiert, weil helle Flammen aus dem Boot schlugen. Dass noch jemand in der Kajüte war, hatte niemand gewusst, und selbst wenn, dem Mann hätte niemand mehr helfen können.

Mittlerweile war ganz Carolinensiel nebst Harlesiel und den Bewohnern des Campingplatzes auf den Beinen, um nur ja nichts von diesem Live-Thriller zu verpassen. Die Feuerwehr war wieder abgezogen, und die sterblichen Überreste von Hauke Wilhelm waren abtransportiert worden. Vier Beamte der Schutzpolizei, deren Streifenwagen an der Straße parkten, sorgten dafür, dass niemand, besonders nicht die Pressefotografen, sich durch die Absperrung mogelte, um der Katastrophe möglichst nahe zu kommen. Ein Sachverständiger machte sich noch auf dem Skelett des Bootes zu schaffen, aber Fenja fragte sich, was der Mann in diesem Aschehaufen zu finden gedachte.

Friedrichsen packte kopfschüttelnd seine Sachen zusammen und gesellte sich kurz zu den beiden Kriminalbeamtinnen.

»Schlimme Sache das, wirklich schlimm«, sagte er. »Die Leiche lag in der Koje. Ich nehme an, er war entweder volltrunken, tot oder sonst wie sediert. Wüsste nicht, wie das sonst vor sich gegangen sein soll. Er hätte ja nur aufstehen müssen und raus. Ist er aber nicht.«

Fenja nickte schweigend. »Wann, glauben Sie, haben Sie erste Ergebnisse?«

»Heute Abend, spätestens morgen früh. Ich werde mich sofort darum kümmern.«

»Danke.«

Friedrichsen verabschiedete sich, und Fenja ging widerstrebend ein paar Schritte auf den Trümmerhaufen zu, der einmal ein Segelboot gewesen war.

»Ein Wunder, dass es nicht komplett gesunken ist«, sagte der Sachverständige, nahm irgendetwas vom Boden auf, betrachtete es und ließ es wieder fallen. »Tja, Brandbeschleuniger ist auf jeden Fall im Spiel gewesen, aber ob nun vorsätzlich oder ob es einen technischen Defekt gegeben hat, das kann ich noch nicht sagen.«

»Aber selbst dann müsste ja jemand hier mit einer offenen Flamme hantiert haben, und unser Opfer kann es ja wohl nicht gewesen sein, wenn es in der Koje gelegen hat.«

»Ja, wir können von Glück reden, dass er keine Gasflasche an Bord hatte, sonst … buff!« Er unterstrich seine Schilderung mit theatralischer Gebärde.

Fenja schluckte und wandte sich ab. »Ja, kaum auszudenken«, murmelte sie. »Bitte benachrichtigen Sie mich, sobald Sie was herausgefunden haben.«

»Versteht sich.« Der Mann lächelte doch tatsächlich.

Fenja bedeutete Gesa Münte, die mittlerweile einige Meter vom Wrack entfernt stand, ihr zu folgen. Die nahm erleichtert das Taschentuch aus dem Gesicht und beeilte sich. Doch sie kamen nicht weit, denn ein kleiner Mann mit weißen Socken in Gesundheitssandalen und dazu passendem Jogginganzug, einen kleinen Hund undefinierbarer Rasse im Schlepptau, kam ihnen nach.

»Äh … hallo, Sie da!«, rief er.

Fenja drehte sich um.

»Ja, haben Sie etwas zu sagen?«, fragte sie barsch.

Wenn der Kerl nur neugierig war und nur eine einzige dämliche Frage stellen würde, dann gnade ihm Gott, dachte Fenja. Aber der Kerl schien tatsächlich etwas zu sagen zu haben, er wirkte nicht wie ein aufdringlicher Typ, eher wie jemand, der Menschen mied. Er war mindestens siebzig, aber das konnte täuschen, klein und unscheinbar, wie er war. Der Mann blieb in gehörigem Sicherheitsabstand von den beiden Frauen stehen.

»Äh, ich nehme mal an, Sie sind hier die zuständigen Ermittler…innen. Ich weiß auch nicht, ob es wichtig ist, aber ich denke, ich sag's Ihnen einfach. Normalerweise mische ich mich ja nicht ein, aber gestern Abend, ziemlich spät, ich hab meine Suse noch ausgeführt, da hat sich der Kerl von dem Boot mit jemandem gestritten.«

»Tatsächlich«, sagte Fenja, »mit wem? Können Sie die Person beschreiben?«

Der Mann blinzelte und nahm seinen Hund, der zu seinen Füßen winselte, auf den Arm.

»Ja, meine Gute«, sagte er zärtlich, »ist nicht mehr die Jüngste, meine Suse, müssen Sie wissen.«

Fenja zwang sich zu einem Lächeln und dazu, den Mann nicht zu bedrängen, obwohl sie ihn am liebsten geschüttelt hätte.

»Tja, was passiert denn dann mit dem, wenn ich den jetzt beschreibe?«

»Wir werden ihn fragen, warum er sich mit dem Toten gestritten hat, vielleicht kann er uns ja weiterhelfen.«

»Ach so«, der Mann schien beruhigt, »dann werden Sie ihn nicht gleich einsperren. Ich«, er blickte sich verstohlen um, »möchte nämlich keine Schwierigkeiten bekommen, weil … also der Mann sah aus wie der junge Krohn.«

Der Mann stieß pfeifend die Luft aus, als hätte er soeben ein lange gehütetes Geheimnis preisgegeben und Angst vor den Folgen.

Fenja und Gesa sahen ihn ein paar Sekunden lang schweigend an. Dann räusperte sich Fenja.

»Sind Sie sicher? Wann war denn das? Um wie viel Uhr?«

»Wurde schon dunkel, muss so gegen zehn gewesen sein.«

»Haben Sie gehört, worüber die beiden gestritten haben?«

»Nee, nicht genau.« Die Hündin versuchte sich aus der Umklammerung ihres besorgten Herrchens zu befreien und wurde wieder abgesetzt.

»Ich hab nur gehört, wie der junge Mann zu dem … der da im Boot war, gesagt hat, dass er sich vorsehen soll.«

»Und weiter?«

»Nichts weiter. Mehr hat er nicht gesagt, er ist dann weggegangen. Und den Mann vom Boot hab ich nur brummen hören. Ich glaube, der hat den Jungen nicht so wirklich ernst genommen.«

»Und Sie wissen genau, dass es Jorit Krohn war?«

»Ja … ich mein, eigentlich ist das so ein netter Junge. Aber irgendwas muss der vom Boot ja angestellt haben, sonst hätten sie sich ja nicht gestritten, die beiden.«

»Haben Sie sonst noch etwas beobachtet? Haben Sie eine Vorstellung, wie es zu dem Brand kommen konnte?«

Der Mann schüttelte den Kopf. »Nee, ich bin von der Feuersirene aufgewacht, und Suse hat sich auch nicht gemeldet, aber wir schlafen auch nach hinten raus.«

Die Hündin schnaufte, und Fenja bedankte sich bei ihm. »Könnten Sie mir Ihren Namen sagen und wo Sie wohnen?«

Der Zeuge stellte sich als Frieder Hermes vor und wohnte am Pumphusen, nicht weit vom Liegeplatz des Wracks entfernt. Sie bat den Mann, zum Kommissariat nach Wittmund zu kommen, um seine Aussage zu Protokoll zu geben, was dieser mit gequälter Miene versprach.

Fenja griff noch einmal in den Honigtopf. »Nochmals vielen Dank. Sie haben uns wirklich sehr geholfen.«

Hermes wurde rot und zierte sich ein bisschen. Dann klemmte er sich seine Hündin wieder unter den Arm und ging seines Weges.

Fenja stand vor der unangenehmen Aufgabe, Jorit Krohn zu befragen.

Im Hause Krohn schienen noch alle zu schlafen. Fenja trat von der Haustür zurück und ließ den Blick über die Fassade wandern. Dann klingelte sie erneut. Nach einer halben Minute kam Bewegung auf.

»Ja? Wer ist da?« Das war Jorit Krohn.

»Fenja Ehlers, Kripo Wittmund. Wir müssen mit Ihnen reden.«

Augenblicklich wurde die Tür geöffnet, und Jorit Krohn stand in T-Shirt und Jogginghose vor ihnen.

»Haben Sie was rausgefunden?«, fragte er und versuchte, sein zerzaustes Haar zu ordnen.

»Dürfen wir reinkommen?«

»Oh, ja bitte.« Krohn führte die beiden Frauen ins Wohnzimmer. »Warten Sie, ich sage Ludwig Bescheid.«

Fenja ließ ihn gehen, er würde seinen Anwalt wahrscheinlich brauchen. Obwohl sie sich nicht vorstellen konnte, dass Krohn etwas mit dem Feuer auf Wilhelms Boot zu tun hatte.

Zwei Minuten später betrat Krohn mit einem frischen T-Shirt und Jeans angetan wieder das Wohnzimmer.

»Was haben Sie rausgefunden?«

»Herr Krohn, Sie haben sich gestern Abend mit Hauke Wilhelm vor seinem Boot gestritten. Worum ging es bei dem Streit?«

»Wieso? Also hat er doch was mit dem Tod meiner Mutter zu tun. Haben Sie ihn festgenommen?«

Fenja warf Gesa einen Blick zu. »Nein, er ist nämlich tot.«

»Tot, wieso denn das?«

»Sagen Sie, haben Sie denn von dem Feueralarm heute Morgen nichts mitbekommen?«

»Doch, natürlich, aber Feueralarm gibt's doch öfter. Oder …« Krohn hielt inne und blickte lauernd von einer zur anderen. »Hatte das was mit dem Wilhelm zu tun?«

In diesem Moment betrat Dr. Seilbach das Wohnzimmer. Er trug ebenfalls Jeans und ein dunkelblaues Hemd. Sein üppiges, leicht angegrautes Haupthaar war ordentlich gekämmt.

»Guten Morgen«, sagte er, als würde er sie alle zu einem Vortrag begrüßen, »gibt es Neuigkeiten?«

»Allerdings, Hauke Wilhelm ist heute Nacht auf seinem Boot verbrannt.«

Krohn ließ sich aufs Sofa sinken. Seilbach riss die Augen auf.

»Und … wissen Sie schon, wie es passiert ist? Könnte es Selbstmord gewesen sein?«

»Warum?«

Seilbach zuckte mit den Schultern. »Na, weil er Gerit umgebracht hat und nicht ins Gefängnis wollte.«

Fenja setzte sich nun ebenfalls, Gesa blieb stehen. »Woher wollen Sie wissen, dass er Frau Krohn umgebracht hat?«

»Na, Sie haben ihn doch vorgestern nicht umsonst mitgenommen, oder?«

Fenja fühlte sich mehr als unwohl bei dem Gedanken, dass ihre Ermittlung der Grund für Wilhelms Tod sein könnte.

»Hören Sie, ich habe ausdrücklich gesagt, es handelt sich um eine Zeugenbefragung. Es gibt keinen Beweis dafür, dass Wilhelm der Mörder von Frau Krohn war.« Sie wandte sich an Jorit Krohn. »Was hatten Sie gestern Abend bei Herrn Wilhelm zu suchen?«

»Nichts«, antwortete Krohn, »ich wollte allerdings von ihm wissen, ob er irgendwas über den Tod meiner Mutter weiß, aber er hat nur blöd gegrinst und gesagt, ich soll mich verpissen, was ich dann auch gemacht habe.«

»Wo waren Sie in der letzten Nacht?«

Krohn riss die Augen auf. »Ja hier natürlich, im Bett, wo denn sonst?«

»Können Sie das bezeugen?« Die Frage war an Seilbach gerichtet, der Fenja böse anblitzte.

»Muss ich das? Sagen Sie, was ermitteln Sie hier eigentlich?«

»Beantworten Sie bitte die Frage.«

Seilbach sah Krohn an und schluckte. »Wir haben am späten Abend noch eine Weile zusammen vor dem Fernseher gesessen, vielleicht bis Mitternacht. Jorit ist dann ins Bett gegangen, und ich habe noch ein bisschen gearbeitet. Niemand hat das Haus verlassen.«

»Woher wissen Sie das? Waren Sie die ganze Nacht wach?«

»Natürlich nicht!«, mischte Krohn sich jetzt ein und stand auf. »Sagen Sie, was glauben Sie denn? Dass ich das Boot von diesem Wilhelm angesteckt habe? Sie haben sie ja nicht mehr alle! Als ob ich jemanden umbringen würde!«

»Ich muss Sie jetzt bitten zu gehen«, sagte Seilbach.

»Ja, aber Sie kommen mit«, sagte Fenja zu Krohn, woraufhin dieser den Anwalt verständnislos ansah.

»Muss ich?«

Der Anwalt zögerte zuerst, nickte dann aber. »Morgen bist du wieder hier. Das wird sich alles aufklären. Ich kümmere mich darum.«

Krohn schlug sich mit der Hand vor die Stirn. »Das gibt's doch nicht! Meine Mutter wurde ermordet, und ich werde eingesperrt! Die spinnen doch alle!«

Seilbach nahm Krohns Arm. »Beruhige dich, du machst es nur schlimmer. Jeder weiß, dass du niemandem etwas getan hast. Ich regle das, verlass dich drauf.«

Krohn stand da mit geballten Fäusten und Tränen in den Augen. Fenja konnte nichts dafür, aber sie kam sich schäbig vor. Sie glaubte selbst nicht daran, dass der Junge den Brand gelegt hatte, eher glaubte sie an einen Unfall.

Aber unter den gegebenen Umständen blieb ihr nichts anderes übrig, als den Jungen mitzunehmen. Wenn sie bis morgen kein Geständnis und sonst nichts weiter gegen ihn in der Hand hatten, würden sie ihn gehen lassen, genau, wie Seilbach gesagt hatte.

Eastbourne – am selben Tag

Am Nachmittag des nächsten Tages schlenderte Bradford mit Sergeant Buckley und Constable Sutton über den gepflegten Rasen von Lessington Park, wo ein Picknick stattfand, das die Damen vom örtlichen Women's Institute für einen wohltätigen Zweck organisiert hatten. Daisy Henderson kam mit wehender Stola, die sie über einen weißen Blazer geschwungen hatte, auf die drei Polizisten zu. Mit einer Hand hielt sie den großen Hut fest, der ihr Haupt zierte.

»Mr … Sir … Inspector!«, rief sie, und Bradford blieb stehen. »Haben Sie schon etwas rausgefunden über den Verbleib unserer Kollekte?« Sie schnappte nach Luft und zog ihren Hut fester auf den Kopf. Das Wetter war äußerst großzügig. Die Sonne schien warm aus einem blauen Himmel, aber es wehte ein frischer Wind.

»Nein, haben wir nicht«, antwortete Bradford säuerlich und sparte sich den Hinweis, dass Diebstahl nicht in seinen Zuständigkeitsbereich fiel.

»Nicht, na ja, wir müssen uns wohl damit abfinden, dass das Geld weg ist, wie? Das ist natürlich äußerst bedauerlich.«

»Sagen Sie«, wollte Sutton jetzt wissen, »haben denn die Bexleys nichts dagegen, dass Sie hier ein Picknick veranstalten, wo es doch gerade einen Todesfall in der Familie gibt?«

»Aber nicht doch, Kindchen, es ist ja für einen guten Zweck, und die Familie ist sowieso nicht anwesend. Allerdings haben wir auf die Blaskapelle verzichtet, das war eine Bedingung von Ms Bexley. Und … nun ja, wie Sie sehen, wir haben jede Menge Besucher.«

Das stimmte in der Tat. Bradford argwöhnte, dass der Todesfall das Besucherinteresse noch angekurbelt hatte, was Daisy Henderson, da war er sicher, auch ganz genau wusste.

»Wofür sammeln Sie denn eigentlich?«, fragte Bradford. »Wieder für den Mittagstisch Bedürftiger?«

»Aber nicht doch. Die heutigen Einnahmen sind für die neue Küchenzeile in unserem Gemeindezentrum bestimmt. Haben Sie sich die alte mal angeschaut? Ich kann Ihnen sagen, die ist wirklich zu nichts mehr zu gebrauchen. Das ist eine Zumutung –«

»Aha«, unterbrach Bradford ihren Redefluss, »dann werden wir uns mal ins Gewühl stürzen.«

»Aber natürlich, natürlich … Sie müssen unbedingt die Zitronenmarmelade von Ms Shaffer probieren, die ist absolut köstlich. Sie hat ihren Stand hinter dem Kuchenzelt. Können Sie von hier aus nicht sehen.«

»Danke, das werden wir«, sagte Bradford und folgte Buckley und Sutton, die sich bereits davongemacht hatten.

Sutton begab sich zu dem kleinen Blumenstand, den die Familie Bexley, die durch Abwesenheit glänzte, beigesteuert hatte. Linus Grey stand bewegungslos in seiner blaugrauen Kluft wie ein trauernder Fels hinter einem Tisch voller Blumengestecke und Topfpflanzen. Buckley gesellte sich als Zuschauer zu einem Kricketspiel, und Bradford ging in das große Zelt, in dem Erin Roberts, unterstützt von Holly Dalton und einer traurig dreinblickenden Phoebe Appleton, hinter einer großen Kuchentafel alle Hände voll zu tun hatte, den großen Gästeandrang zu bewältigen. Alles sah nach einer erfolgreichen Mission aus.

Bradford fragte sich gerade, wie viel solche Freiluftpartys wohl einbringen mochten, als Harriet Bolton-Smythe neben ihm auftauchte und aufdringlich mit ihrem Sammelbecher lärmte.

»Das ist ja nett, dass Sie sich an unserer Aktion heute beteiligen«, sagte sie mit hochroten Wangen und hielt ihm den Becher unter die Nase. »Sie wissen, wir haben eine Menge nachzuholen.« Sie wies mit dem Kopf in Phoebe Appletons Richtung.

Bradford zückte sein Portemonnaie und überlegte noch, ob eine Spende von zwei Pfund für die neue Küchenzeile im Gemeindezentrum von Beecock wohl angemessen war, als ein verhaltener Schrei ihn ablenkte. Erin Roberts hatte den Schrei ausgestoßen und stand nun, die Hände vor den Mund geschlagen, hinter der Kuchentheke und schaute auf etwas, das am Boden lag. Bradford war mit wenigen Schritten hinter der Theke, wo Erin Roberts mittlerweile neben einer röchelnden Phoebe Appleton kniete.

Im Nu hatte sich eine Menschentraube vor der Kuchentheke

versammelt, von draußen strömten Menschen herein. Daisy Henderson verschaffte sich mit Hilfe ihrer Ellbogen einen Zugang zur Theke.

»Was ist denn hier passiert?«, japste sie und legte ihre Hand in die Herzgegend.

Bradford hatte bereits den Notarzt angerufen. Mittlerweile boxten sich auch die beiden Sanitäter vom Erste-Hilfe-Wagen durch die Meute der Neugierigen. Von hinten erschallte Gwyneth Suttons Stimme.

»Verlassen Sie bitte das Zelt, wir haben einen Notfall.«

Buckley, der ebenfalls eingetroffen war, packte einige Neugierige bei den Schultern und schob sie unerbittlich zur Seite, was ihm den einen oder anderen verbalen Rüffel eintrug. Zehn Minuten später wurde Phoebe Appleton, mit einer Sauerstoffmaske versorgt, ins Krankenhaus gebracht.

Bradford war dabei, die Besucher, die unmittelbar Zeugen gewesen waren, nach ihren Beobachtungen zu fragen. Man konnte nie wissen. Erin setzte sich erschöpft auf einen der Stühle, die hinter der Theke standen.

»Haben Sie gesehen, was passiert ist?«, fragte Bradford sie, nachdem ein wenig Ruhe eingekehrt war.

Erin rieb sich die Stirn. »Nein, ich habe Kuchen geschnitten, und plötzlich ist sie zusammengesunken.«

»Hat sie irgendwas gesagt, oder gab es Anzeichen, dass es ihr nicht gut ging?«

Erin überlegte. »Ja, sie hat gesagt, dass sie sich nicht wohlfühlte, aber … ich glaube, diese Geschichte mit dem Geld hat ihr ziemlich zugesetzt. Sie fühlte sich wohl verantwortlich.«

Bradford sah sich um. Auf den Tischen standen Teller mit Kuchenresten und halb volle Tassen Tee. Die Menschen waren aus ihrer Mahlzeit herausgerissen worden, und nun hatte wohl niemand mehr Appetit.

»Hatte sie etwas Bestimmtes gegessen oder getrunken, bevor es passierte?«

»Nein, ich hatte ihr ja Tee und Kuchen angeboten, aber sie wollte nicht. Sie fühle sich nicht gut, den ganzen Tag schon nicht, hat sie gesagt.«

»War sie krank?«

»Ich glaube nicht.«

»Wen können wir benachrichtigen? Ihren Mann?«

»Nein, sie ist Witwe, ihre Tochter lebt in Brighton. Daisy hat bestimmt die Adresse.«

»Wir regeln das«, sagte Bradford und gab Buckley die Anweisung, sich darum zu kümmern. Der zog ein Gesicht, denn Daisy Henderson diskutierte lautstark mit Holly Dalton und Harriet Bolton-Smythe darüber, ob man das Picknick abbrechen müsse.

»Das ist doch sicher nicht nötig, nur weil Phoebe Probleme mit dem Kreislauf hat, das ganze Picknick fahren zu lassen ... Es ist doch schließlich für einen guten Zweck«, versuchte sie Harriet Bolton-Smythe zu überzeugen.

Die Frau des Vikars fand das jedoch pietätlos. »... wenn du noch Lust hast zum Feiern, nach allem, was passiert ist, bitte. Ich gehe jetzt auf jeden Fall.«

»Und was machen wir mit dem ganzen Kuchen? An die Schweine verfüttern?«, fragte Holly Dalton.

»Verschenken«, antwortete Harriet Bolton-Smythe, drehte sich abrupt um und ließ die beiden anderen stehen.

Draußen war von Aufbruch jedoch nichts zu spüren. Am Grill hatte sich mittlerweile eine Männerrunde gebildet, die sich bei Bier und Steak prächtig zu unterhalten schien. Von denen hatte niemand Probleme mit der Pietät.

Bradford kniff die Augen zusammen und erkannte Dorian Lake als einen von ihnen. Und neben ihm stand Annie Crane. Die beiden waren in eine ernsthafte Unterhaltung vertieft. Was die sich wohl zu erzählen hatten? Bradford spielte kurz mit dem Gedanken, sie danach zu fragen, war aber sicher, dass er nichts erfahren würde. Diese Annie Crane musste er sich noch mal alleine vornehmen.

Am Abend war klar, dass Phoebe Appleton einen Schlaganfall erlitten, aber dank der schnellen Hilfe überlebt hatte und nach einer angemessenen Reha-Behandlung wahrscheinlich keine bleibenden Schäden davontragen würde. Die Damen vom WI, deren Picknick durch diesen Zwischenfall zwar nicht ganz makellos, aber dennoch mit einem stattlichen finanziellen Erfolg über die Bühne gegangen war, waren erleichtert und verabredeten, der armen Phoebe aus dem Fundus einen Blumenstrauß zukommen zu lassen. Den größten Teil der Spenden hatte zweifelsohne das Barbecue eingebracht, das sich bis in den späten Abend großer Beliebtheit, auch bei den jugendlichen Bewohnern Beecocks, erfreut hatte.

Leider hatte David Bexley das Barbecue nach einer wüsten Schlägerei zwischen zwei Jugendlichen durch die örtliche Polizei beenden lassen. Doch davon erfuhren die Damen des WI erst später, als sie auch von einem weiteren Zwischenfall erfuhren, der die Bewohner von Beecock in eine tiefe Krise stürzen sollte.

In den frühen Morgenstunden des folgenden Tages gellte ein Schrei von den sonnenbeschienenen Hängen des Bexley-Anwesens, flog über die Wipfel der Apfelbäume und die Dächer der Gewächshäuser bis in die stillen Gassen des friedlich schlummernden Dorfes. Die Bewohner rieben sich verwundert die Augen, öffneten die Fenster oder traten auf die Straße, um sich gegenseitig zu vergewissern, dass das, was sie soeben gehört hatten, keine Sinnestäuschung gewesen war.

Wenig später hörte man dann auch die Sirene – oder besser gesagt die Sirenen, die einen Krankenwagen, einen Notarztwagen und einen Streifenwagen ankündigten, die sich an einem Hortensienhain im Garten von Lessington Park, nicht weit vom Teich entfernt, positionierten.

Erin Roberts trat auf die Straße und gesellte sich zu Holly Dalton, die, in einen hellblauen Morgenmantel gehüllt, mit beiden Händen eine Tasse Tee umklammerte und mit dem Vikar gespannt die Vorkommnisse auf dem Landsitz verfolgte.

»Was ist denn da passiert?«, fragte Erin und zog ihre Strickjacke enger um die Schultern.

»Da muss was passiert sein«, stellte Prentiss Bolton-Smythe heiser fest und damit wie so oft seine Scharfsinnigkeit unter Beweis.

»Das war doch eine Frau, die da geschrien hat«, sagte Holly Dalton, »ob Emma etwas zugestoßen ist?«

»Um diese Zeit?« Erin sah auf die Kirchturmuhr. »Es ist gerade mal sechs, was macht sie denn dann schon draußen?«

»Vielleicht ist ja was mit dem Hund?«

»Möglich.« Erin zuckte mit den Schultern.

»Ich sollte mal hinübergehen, vielleicht braucht jemand seelischen Beistand.«

Holly und Erin warfen zuerst dem Vikar, dann einander einen vielsagenden Blick zu. Keine traute sich jedoch, dem Vikar zu sagen, dass er – welche Tragödie sich auch immer auf Lessington Park oder sonst wo abspielen mochte – keineswegs die Person war, die in irgendeiner Weise nützlich sein konnte. Neben seiner gering dosierten Scharfsinnigkeit glänzte er in Krisensituationen entweder mit einstudierten Floskeln oder Sprachlosigkeit.

Der Vikar war jedoch fest entschlossen und trabte in Richtung Herrenhaus davon. Die beiden Frauen sahen ihm nach. Auf der Straße hatte sich mittlerweile eine Traube von Menschen zusammengerottet, einige frisch Erwachte mit zerzaustem Haar, andere bereits mit Wanderschuhen ausgestattet. Für die Touristen sicherlich eine nette Abwechslung, so ein Schrei in der Morgenstunde, dachte Erin.

»Wir werden früh genug erfahren, was los ist«, murmelte sie. »Ich muss mich um Vater kümmern.«

Damit ging sie zurück in ihre kleine Wohnung hinter dem Tearoom, wo ihr Vater auf dem Bett saß und misstrauisch auf seine Pantoffeln starrte.

Sie ließ ihn sitzen und ging in die Küche, um Tee zu kochen und das Frühstück zuzubereiten. Elly Gerald würde sicher gleich kommen. Bestimmt hatte sie den Schrei auch gehört. Erin fühlte sich unwohl. Nach allem, was geschehen war, machte sie sich Sorgen um Emma. Irgendwas stimmte doch da nicht.

Zuerst der mysteriöse Tod ihres Vaters, dann der Überfall auf ihren Mann. Und dann wollte dieser Inspector mit ihr über die Familie sprechen. Was dachte der sich bloß? Dass sie eine Tratschtante war wie Daisy Henderson? Andererseits, der Mann machte nicht den Eindruck, als ob er sich aus dem Gerede von Leuten etwas machte, es sei denn, es brachte ihn der Lösung eines

Rätsels näher. Und hier ging offensichtlich etwas Rätselhaftes, Bedrohliches vor.

Erin musste sich eingestehen, dass sie eine diffuse Angst verspürte. Deshalb hatte sie es ihm ja auch gesagt, was ihr schon die ganze Zeit im Kopf herumgeschwirrt war. Obwohl sie keinesfalls sicher war, dass sie das Richtige getan hatte. Man sprach nicht mit der Polizei über die Familie seiner Freundin, aber, sie wusste nicht, wieso, zu diesem Mann hatte sie Vertrauen, obwohl sie ihn doch gar nicht kannte. Sie war sicher, dass, egal, was sie ihm verriet, er mit dieser Information sorgfältig umgehen würde.

Das Wasser im Kocher bollerte, und sie goss den Tee auf. Wo blieb nur Elly? Erin war ungeduldig, denn heute würde sie ein ernstes Wort mit Freya reden müssen. Sie wusste nur noch nicht, wie sie vorgehen sollte. Dieser Junge, Jay, mit dem sie sich rumtrieb, hatte keinen guten Einfluss auf das Kind. Und in Erins Augen war Freya noch ein Kind, auch wenn sie selbst sich für erwachsen hielt und die Weisheit des Universums als ihren persönlichen Besitz betrachtete. Aber das war wohl normal bei Kindern in diesem Alter.

Erin hatte zum ersten Mal wirklich das Gefühl, mit der Erziehung ihrer Tochter überfordert zu sein. Dabei war es weniger problematisch, wenn Freya herumzickte und mit den Türen knallte. Damit kannte Erin sich ganz gut aus. Sie konnte sich noch gut an ihren eigenen sechzehnten Geburtstag erinnern, als sie in unbegrenztem Zorn – den Grund ihres Zornes hatte sie vergessen – das Schloss ihrer Zimmertür zertrümmert hatte. Sie hatte lange gebraucht, die Kosten für die Reparatur abzustottern, ganz davon abgesehen, dass sie zwei Wochen lang ihre Zimmertür nicht schließen konnte, was noch schlimmer war.

Aber, und das war es, was Erin Sorgen bereitete, seit ein paar Tagen knallten im Haus keine Türen mehr, und Freya hatte sich komplett von ihr entfernt. Wenn sie überhaupt zu Hause war, zog sie sich in ihr Zimmer zurück, nicht mal ihre schrillen Heavy-Metal-CDs brachten das Haus noch zum Beben. Alles war still. Beängstigend still.

Wie die Ruhe vor dem Sturm, fuhr es Erin durch den Kopf, als zur selben Zeit Elly Gerald an die Tür klopfte und das Telefon klingelte. Erin nahm den Hörer ab, öffnete die Tür und nickte Elly zu, die kurz die Hand hob und dann zum Schlafzimmer von Peter Roberts wankte.

»Ja«, meldete sich Erin und blieb wenige Sekunden später abrupt stehen. »Um Himmels willen, ja, ich komme natürlich sofort.« Als sie aufgelegt hatte, stand Elly Gerald bereits mit erwartungsvollem Blick in der Küchentür.

»Ich muss sofort zum Herrenhaus. Es … es ist was passiert«, stotterte sie, drehte sich um und verließ ohne ein weiteres Wort eilig das Haus.

***

DCI Bradford hatte langsam die Nase voll. Chief Constable Walker hatte ihm nahegelegt, den Fall als Selbstmord zu behandeln. So hatte er sich ausgedrückt. Wobei »nahegelegt« durchaus als Euphemismus zu betrachten war. Es war eine Anordnung gewesen, sich nicht länger mit Hirngespinsten aufzuhalten. Denn genau das war es, woran Bradford sich nach Meinung seines Chief Constables festgeklammert hatte: an Hirngespinsten.

Und nun hatten sie den Salat. Seine Intuition hatte Bradford – wie so oft – nicht getrogen. Etwas stimmte nicht mit dieser Familie, und er fragte sich, ob er diesen neuerlichen Mord hätte verhindern können, wenn er schneller gehandelt hätte. Mittlerweile war der Personenschutz, den er für die noch lebenden Bexleys beantragt hatte, genehmigt. Und er hatte Verstärkung erhalten, vielleicht hatte Chief Constable Walker ja ein schlechtes Gewissen.

Bradford hatte seine Leute bereits ausschwirren lassen. Jeder einzelne Besucher des Picknicks sollte befragt werden. Und die Forensik hatte endlich das Schloss gefunden, das zu dem ominösen Schlüssel passte. Es war ein Bankschließfach einer Barclays-Filiale in London. Er würde mit Buckley zur Forensik fahren, sobald er mit der Familie gesprochen hatte.

***

Als Erin das Herrenhaus betrat, wurde sie von eisiger Stille empfangen. Sie wurde ins Wohnzimmer geführt, wo David Bexley mit seiner Nichte Emma und ihrem Mann Steve Morgan in dumpfem Schweigen beisammensaß. Erin ging auf ihre Freundin zu, nahm ihre Hand und setzte sich neben sie auf das Sofa. Sie wusste nicht, was sie sagen sollte, also schwieg sie. Steve Morgan, der neben Emma saß, hatte den Arm um seine Frau gelegt. Er trug noch seinen Schlafanzug, und um seinen Kopf war ein Verband gewickelt, der ihm in die Stirn gerutscht war. Er sah aus, als würde er jeden Moment zusammenbrechen. David Bexley saß gebeugt in einem Sessel und streichelte den Golden Retriever, der still vor seinen Füßen lag.

»Rodney hat sie gefunden«, murmelte er, »sie lag am Teich. Jemand hat ihr den Schädel eingeschlagen.«

Erin schüttelte den Kopf und führte Emmas Hand an ihre Wange. »Es tut mir so leid«, sagte sie leise.

Emma ließ alles geschehen, schloss die Augen und legte den Kopf auf die Schulter ihres Mannes.

»Genau wie bei mir«, sagte Steve leise und stierte vor sich hin, »genau wie bei mir.« Alle standen unter Schock.

In diesem Moment klingelte es, und im Flur wurden gleich darauf Stimmen laut. Wenige Sekunden später betraten der Inspector und seine Mitarbeiterin das Wohnzimmer. Erin seufzte. Der Mann sah hinreißend aus. Die dunklen, kurz geschnittenen Haare harmonierten mit den braunen Augen, und der Schatten um seine Mundpartie machte ihn so was von männlich. Von den breiten Schultern ganz zu schweigen.

Erin konnte sich selbst nicht ausstehen, dass sie in einem Moment wie diesem solche Gedanken haben konnte. Wahrscheinlich war sie schon zu lange allein. Da wurde man wohl egoistisch. Jetzt kam dieses Bild von einem Mann auf sie zu und ergriff die linke Hand ihrer Freundin – die rechte hielt immer noch Erin umschlossen.

»Es tut mir wirklich schrecklich leid, glauben Sie mir.« Das Gleiche wiederholte er bei Steve Morgan und David Bexley, die immerhin ein »Danke« murmelten, während Emma weiterhin schwieg.

Sie weinte nicht mal, das war Erin unheimlich. Die Mitarbeiterin blieb schweigend an der Tür stehen, wahrscheinlich dachte sie, es reichte für sie beide, wenn der Inspector sein Mitgefühl zum Ausdruck brachte. Erin mochte sie für ihre Zurückhaltung. Manche Menschen sprangen einem förmlich ins Gesicht und redeten endlos, wenn es darum ging, ihr Mitgefühl zum Ausdruck zu bringen. Erin fand, dass diese Menschen sich selbst zu wichtig nahmen.

»Sie verstehen vielleicht«, fuhr der Inspector fort, »dass wir möglichst schnell alle Informationen sammeln müssen, um herauszufinden, was in der letzten Nacht geschehen ist.«

»Selbstverständlich.« David Bexley war aufgestanden. »Ich fürchte allerdings, dass wir Ihnen nicht helfen können. Wir haben – aus nachvollziehbaren Gründen – nicht an dem Picknick teilgenommen. Ich weiß nicht mal, wer alles dort war. Bis zu dieser Schlägerei waren wir gestern Abend alle zusammen hier im Zimmer, auch … meine Mutter.« Bexley zögerte, und Erin sah, dass er die Fäuste ballte. »Sie hat sich dann gegen Mitternacht zurückgezogen, und«, er wies auf Emma und Steve, »die beiden sind kurz darauf zum Cottage zurückgegangen. Ich habe noch bis um ein Uhr im Büro gearbeitet, dann bin ich schlafen gegangen.«

Der Inspector warf seiner Mitarbeiterin einen kurzen Blick zu. »Sie haben heute Morgen um kurz nach sechs die Polizei gerufen. Warum sind Sie zum Teich gegangen?«

Bexley wies auf den Hund, der – den Kopf auf seinen Pfoten – immer noch an derselben Stelle lag und traurig von einem zum anderen blickte.

»Ich bin mit Rodney gegen sechs Uhr in den Garten gegangen. Er ist direkt zum Teich gelaufen und kam dann bellend zurück und benahm sich einfach … ungewöhnlich. Da bin ich misstrauisch geworden. Ich dachte, vielleicht … hat er ja ein totes Tier … und dann hab ich sie gefunden. Sie lag im Teich, mit dem Gesicht nach unten. Ihr Haar war ganz blutig. Und dann ist Emma gekommen …« Er war immer leiser geworden und schluchzte plötzlich. Dann rieb er sich abrupt über die Augen. »Das ist alles, was ich Ihnen sagen kann. Wollen Sie sonst noch etwas wissen?«

Der Inspector wandte sich an Steve Morgan, Emma war offensichtlich nicht ansprechbar. »Ist Ihnen letzte Nacht etwas aufgefallen, als Sie auf dem Weg zum Cottage waren? Haben Sie eventuell jemanden gesehen?«

Steve schüttelte langsam den Kopf. »Nein, die Polizei hatte ja den Garten geräumt, da war niemand mehr … jedenfalls hab ich keinen gesehen.« Morgan blickte einen Moment gedankenverloren in die Ferne. Erin bemerkte es, und sie sah, dass auch der Inspector es bemerkte. Morgan fing sich plötzlich. »Wir sind dann direkt ins Bett gegangen. Und da war ich, bis Emma … geschrien hat. Sie steht gern früh auf, und in letzter Zeit hat sie Schlafprobleme.«

Der Inspector streifte Erin mit einem Blick und musterte dann Emma, die immer noch regungslos dasaß: »Ich nehme an, Ihre Frau war die ganze Nacht bei Ihnen?«, fragte er dann mit Blick auf Steve Morgan.

»Natürlich«, antwortete der, »wo soll sie denn sonst gewesen sein?«

»Ich danke Ihnen«, sagte Bradford, gab seiner Mitarbeiterin ein Zeichen, und die beiden verließen leise den Raum.

Erin fühlte sich unwohl und stand ebenfalls auf. »Ich denke, ich lasse euch jetzt mal allein. Vielleicht solltest du für Emma einen Arzt rufen. Das ist wohl alles zu viel für sie.«

»Ja.« Morgan nickte mit geschlossenen Augen. »Das mache ich. Danke, dass du gekommen bist.«

»Natürlich«, sagte Erin und ging.

***

Sergeant Baker von der Forensik stand hinter einem großen Tisch und studierte mit einer Lupe die zahlreichen Fotos, die auf dem Tisch verteilt waren. Sie hatten das Bankschließfach von Anthony Bexley ausfindig gemacht und eine Menge Material gesichert.

»Das ist alles hochinteressant, was wir hier haben«, sagte er und blickte nur kurz auf, als seine Besucher eintraten.

»Na, das will ich doch hoffen«, antwortete Bradford.

Er und Buckley gesellten sich neugierig zu Baker und betrachteten die großformatigen Farbfotografien, die nach Themen sortiert waren. Es gab ein Themenfeld Landschaft, dabei hauptsächlich die Klippen, und es gab Bilder, die Menschen in Alltagssituationen zeigten. Ein verliebtes Paar in einem Pub. Ein streitendes Paar vor einer Kirche. Bradford glaubte, die St. Leonard's Church von Seaford zu erkennen, ein Liebespaar vor einem Segelboot.

»Was ist das denn?«, fragte Buckley und wies auf ein Bild mit blauem Himmel und einer weiten grauen Fläche. In der Ferne sah man Wasser. »Das ist aber nicht Beachy Head. Sieht eher aus wie …«

»Könnte Bridgwater Bay sein«, mutmaßte Sergeant Baker.

Bradford nahm das Bild zur Hand und studierte es genau. »Möglich wär's.« Er schwieg eine Weile und nahm dann ein weiteres.

»Das hier hab ich schon mal gesehen. Seht euch diese Boote an und die Autos …« Er nahm Baker die Lupe aus der Hand und kniff die Augen zusammen. »Wenn ich mich nicht irre«, murmelte er, »sind das hinten an den Autos weiße Nummernschilder. Könnte Deutschland sein.« Er blickte suchend über den Tisch und griff nach einem weiteren Bild. »Da«, sagte er, »wie nennt man diese Dinger? Das ist ganz typisch für die deutsche Küste.«

Die beiden anderen sahen ihn verblüfft an. »Deutsche Küste? Woher wissen Sie das? Waren Sie schon mal da?«

Bradford räusperte sich. »Ich nicht, aber meine Mutter. Die war ganz hingerissen von den Dingern.« Er legte die Bilder auf den Tisch zurück. »Finden Sie raus, wo genau das ist. Was haben wir sonst noch?«

»Eine Menge – alles, was wir vermisst haben.« Baker lächelte verschmitzt. »Computer, drei verschiedene Mobiltelefone und Unterlagen. Jede Menge Unterlagen. Unter anderem über seine Konten und seine Geschäfte. Unsere Leute sind schon bei der Arbeit. Ich hoffe, dass wir in den nächsten Stunden die ersten Ergebnisse haben.«

»Das hoffe ich auch.« Bradford sah auf seine Uhr. »Um zwölf Uhr ist Besprechung.«

In der Rechtsmedizin trafen Bradford und Buckley eine halbe Stunde später mit dem Medical Examiner Dr. Michael Random zusammen. Random war klein und spindeldürr und ein notorischer Nörgler.

»Schon wieder eine Wasserleiche. Und Sie erwarten von mir, dass ich die Ergebnisse so aus dem Ärmel schüttle.« Dabei schlenkerte er mit seinen dünnen Ärmchen, als würde er ein Symphonieorchester dirigieren.

»Genau, wir sind eine Insel, hier gibt's Wasserleichen zuhauf«, sagte Bradford barsch und fragte sich gleichzeitig, ob Körper, die einen Klippensturz von hundertvierzig Metern hinter sich hatten, leichter zu obduzieren waren als Wasserleichen.

Aber er hatte keine Zeit, sich lange mit Randoms Empfindlichkeiten aufzuhalten, ihm lag das Gespräch mit den Bexleys noch schwer im Magen. Die junge Frau war wirklich nicht zu beneiden. Zuerst der Vater und jetzt auch noch die Großmutter, an der Emma Bexley sehr gehangen hatte. Hoffentlich fing sie sich wieder. Heute Morgen hatte sie fast katatonisch gewirkt.

Nachdem Dr. Random Bradford einen bösen Blick zugeworfen hatte, begann er zu dozieren.

»Alles, was ich sage, ist eine vorläufige Einschätzung, also nageln Sie mich nicht fest. Irgendjemand hat der alten Dame eins auf den Schädel gegeben, woraufhin sie ins Wasser gefallen ist. Ob sie lebend reingefallen ist oder der Schlag sofort tödlich war, weiß ich noch nicht, wird sich bei der Obduktion herausstellen. Wahrscheinlich ist sie ertrunken, die Schädelverletzung ist derart, dass sie möglicherweise überlebt hätte, wenn man sie denn aus dem Wasser geholt hätte.«

»Haben Sie eine Vermutung, womit der Schlag ausgeführt worden ist?«

Dr. Random wiegte bedächtig den Kopf. »Tja, schwer zu sagen, war etwas Kantiges, könnte ein Golfschläger gewesen sein.«

Bradford dachte einen Moment nach, während Buckley sich im Hintergrund an seinen Notizen zu schaffen machte. Buckley machte sich immer an irgendetwas zu schaffen, wenn er in der Rechtsmedizin war.

»Sergeant«, kommandierte Bradford, »geben Sie das durch. Die Leute sollen nach einem Golfschläger suchen.«

»Natürlich, Sir.« Buckley fingerte eifrig nach seinem Handy und verließ den Obduktionsraum.

»Wann ist sie gestorben?«

»Nach den Flecken zu urteilen, ist sie wahrscheinlich«, Random hob den rechten Zeigefinger und zog das »wahrscheinlich« in die Länge, »vor etwa zehn bis zwölf Stunden gestorben.«

Bradford sah auf die Uhr. »Das heißt, etwa zwischen Mitternacht und zwei Uhr morgens.«

»Auf jeden Fall nicht vor dreiundzwanzig Uhr.«

»Sonst noch irgendwas?«

»Wird alles in meinem Bericht stehen. Wenn ich fertig bin.«

»Und wann wird das sein?«

»Wenn ich fertig bin«, wiederholte Dr. Random giftig, drehte sich um und verließ mit kleinen, schnellen Schritten den Raum.

Bradford sah ihm verblüfft nach und wandte sich an die junge Frau im weißen Kittel, mit der Random um ein Haar in der Tür zusammengestoßen wäre.

»Was ist denn mit dem los?«, fragte er. »Ist ja fast noch schlimmer als sonst.«

»Allerdings«, schnaubte die Frau. Dann lächelte sie Bradford an und flüsterte hinter vorgehaltener Hand: »Ich glaube, er ist verliebt.«

»Verliebt?« Bradford bezweifelte das. »Wenn einem Verliebtsein die Laune verdirbt, sollte man es lassen«, sagte er grinsend und verabschiedete sich.

Um kurz nach zwölf füllte sich langsam der Besprechungsraum, auf dem Tisch standen eine Kanne Tee und mehrere Becher. Sergeant Baker wedelte mit einigen Papieren herum, als er eintrat, und nickte Bradford zu. Aha, dachte Bradford, das hieß wohl, dass sie noch etwas herausgefunden hatten. Buckley setzte sich zwischen Baker und Riley, wollte wohl Abstand zu Sutton halten.

»Also, Leute«, begann Bradford, als alle saßen, »der Todeszeitpunkt liegt zwischen elf Uhr gestern Abend und zwei Uhr heute Morgen. Sie ist – möglicherweise mit einem Golfschläger – niedergeschlagen worden, in den Teich gefallen und ertrunken.

Das ist die vorläufige Einschätzung der Rechtsmedizin. Konnten am Teich bisher irgendwelche Spuren gesichert werden?«

Constable Riley verneinte. »Fußspuren gibt es überhaupt nicht, weil der Rasen dort so dicht ist. Allerdings ist das Gras zertrampelt, sonst haben wir im Garten nichts gefunden. Und Golfschläger«, Riley räusperte sich, »also Golf spielen tun die da wohl alle«, fügte er umständlich hinzu. »Bis jetzt vermisst keiner einen … äh. Aber wir haben noch nicht alles durchsucht, ist ja ein Riesenhaus.«

»Okay«, sagte Bradford. »Was war das für eine Schlägerei gestern Abend?«

Constable Bush hob zaghaft die Hand. »Das waren zwei Männer aus dem Dorf, der eine heißt Dorian Lake und der andere Walter Sanding. Beide sind im Dorf schon bekannt, trinken gerne und prügeln sich gerne. Ging wohl um eine junge Frau …« Der Constable blätterte nervös in seinen Notizen. Er war wohl von seiner eigenen Wichtigkeit eingeschüchtert. »Elizabeth Crowley, Lizzy nennen sie alle. Na, sie hat die beiden dann wohl nach Hause gefahren.«

»Dorian Lake?« Bradford warf Sutton einen Blick zu. »Den nehmen Sie sich direkt noch mal vor, und diese Lizzy.«

Constable Sutton errötete. »Ja, Sir.«

»Buckley, Sie sprechen mit diesem Sanding, und ich möchte den Namen von jedem Einzelnen, der sich gestern Abend auf dem Grundstück von Lessington Park aufgehalten hat, mit Angaben darüber, wann, wo und wie lange jeder da war.«

Bradford stand auf und ging zu der rückwärtigen Wand, wo die Fotos der Toten angeheftet waren sowie alle Fotos, die sie im Schließfach von Anthony Bexley gefunden hatten.

»Jetzt zu dem geheimnisvollen Leben des Anthony Bexley. Baker, was haben Sie?«

Sergeant Baker wedelte wieder mit seinen Papieren herum. »Also«, begann er, »eine ganze Menge. Dieser Anthony Bexley hatte es faustdick hinter den Ohren. Offensichtlich hat er schon seit Jahren … ich nenne es mal ›Kontakt‹ zu einer Frau in Deutschland.« Er unterbrach sich kurz und lächelte. »Sie haben richtiggelegen mit Ihrer Vermutung, Sir. Und zwar an der Nordseeküste in einem Dorf, heißt Caroleinin…sei…el.« Baker sah fragend in die Runde: »Kann hier jemand Deutsch?« Kollektives Kopfschütteln. »Na gut, also irgendwie so. Jedenfalls haben wir anhand der Unterlagen und der Vorgänge auf seinem Computer feststellen können, dass die finanzielle Situation von Bexley ziemlich desaströs war, um es mal vorsichtig auszudrücken. Er hatte hunderttausend Euro in eine Windkraftfirma investiert, die leider Pleite gemacht hat. Und das Geld ist auf sein Konto bei Barclays von einem Depotkonto der Deutschen Bank überwiesen worden. Die Kontoinhaberin heißt Gerit Krohn.«

»Das könnte der Grund sein, warum er alle Leute angepumpt hat«, warf Bradford ein.

»Also, es kommt noch was«, Baker sah triumphierend in die Runde, »ich hab den Namen einfach mal gegoogelt, und das ist der Clou … Die Frau ist am vergangenen Samstag ermordet aufgefunden worden. Jedenfalls, wenn ich diese Computerübersetzung richtig verstanden habe«, fügte er etwas kleinlaut hinzu.

Dieser Eröffnung folgte staunendes Schweigen. Bradford fing sich als Erster.

»Was wissen wir von der Frau?«

»Nur das, was ich im Internet gefunden habe. Sie heißt Gerit Krohn und war ziemlich wohlhabend, um nicht zu sagen reich.«

»Was ist mit dem Computer und den Handys?«

»Da haben wir leider die PIN-Codes noch nicht geknackt.«

Bradford verschränkte die Arme und lehnte sich gegen die Pinnwand. »Wir brauchen jemanden, der das vernünftig übersetzt. Und wir brauchen ein Rechtshilfeersuchen. Darum kümmere ich mich. Wissen wir, wer in Deutschland in dem Fall ermittelt?«

»Ja«, Baker blätterte in seinen Papieren, »da stand was von Hauptkommissarin Findscha Ihlers … oder so.«

Bradford beauftragte Constable Riley, sich sofort um einen Dolmetscher zu kümmern. »Sobald Sie einen haben, bringen Sie ihn her. Und eruieren Sie die Kontaktdaten von dieser … Kommissarin.«

Riley verschwand. Bradford ging zum nächsten Punkt. »Was haben die Fotos ergeben?«

»Sir«, Buckley meldete sich zu Wort, »da sind wir auf etwas

gestoßen. Eine Studentin aus Beecock, Lydia Hanks heißt sie, hat ganz merkwürdig reagiert, als wir ihr dieses Foto vorgelegt haben.« Er reichte Bradford ein Bild, auf dem ein streitendes Paar vor einem Kirchturm zu sehen war. Im Hintergrund marschierte eine Blaskapelle vorbei, im Vordergrund parkte ein weißer Sportwagen.

Bradford seufzte innerlich. »Hatten Sie einen Grund, es gerade dieser Lydia Hanks vorzulegen, oder war das Zufall?«

»Äh. Nein, Sir, kein Zufall«, Buckley streckte die Schultern, »wir haben das Nummernschild nachgeprüft. Der Wagen gehört ihrem Bruder, Robin. Wir wollten ihn befragen, er ist aber im Moment in London, kommt morgen zurück. Wir haben uns dann erst mal mit seiner Schwester begnügt, und die hat dann gesagt, dass die Frau auf dem Foto die frühere Freundin von Hanks ist und dass er gerade in London ist.«

Bradford lehnte sich zurück und verschränkte die Arme. »Und wie meinen Sie das, sie hat merkwürdig reagiert?«

»Tja.« Buckley warf Sutton einen schnellen Blick zu, und Bradford fand, sie machte ein ärgerliches Gesicht. »Also Constable Sutton meinte, die junge Dame hätte sehr nachdenklich gewirkt, und sie hat sich das Bild eine ganze Weile und sehr aufmerksam angeschaut.«

»Hat sie irgendwas gesagt?«

»Nein, das ist es ja gerade, nur dass es sich um ihren Bruder und seine damalige Freundin handelt.«

Jetzt mischte Sutton sich ein. »Sie hat nicht mal gefragt, warum das so interessant für uns ist. Und es kam … uns so vor, als verheimlichte sie etwas. Sie wirkte nervös, nachdem sie das Foto gesehen hatte.«

Bradford wusste genau, dass Sutton diejenige war, die es bemerkt hatte. Er musste darauf achten, dass er seine Leute nach ihren Fähigkeiten einsetzte. Buckley war womöglich am Computer ein besserer Ermittler.

»Okay, sprechen Sie mit diesem Robin Hanks und auch mit seiner Exfreundin. Setzen Sie sie ein bisschen unter Druck. Wenn nichts dabei herauskommt und Sie haben immer noch das Gefühl, dass etwas nicht stimmt, nehme ich mir die Herrschaften persönlich vor.«

Bei diesen Worten blickte Bradford Sutton etwas länger an, und er hatte das Gefühl, dass sie verstanden hatte. Am liebsten hätte er sie allein mit dieser Aufgabe betraut, er traute ihr einfach mehr zu, wenn es darum ging, Menschen und Situationen einzuschätzen. Trotzdem musste er darauf achten, dass Buckley sich nicht herabgesetzt fühlte. Er wollte keine Disharmonie im Team. Immerhin war Buckley Sergeant und Sutton erst Constable. Obwohl Bradford das genau andersherum entschieden hätte, wenn er es denn hätte entscheiden können. Aber das würde er keinem auf die Nase binden.

»Also«, sagte er abschließend, »denken Sie bei allen Befragungen daran, dass hier offensichtlich jemand die Familie Bexley im Visier hat. Zuerst der Sohn, dann ein Anschlag auf dessen Schwiegersohn und jetzt die Großmutter. Dass die drei Verbrechen nichts miteinander zu tun haben, ist zwar möglich, aber extrem unwahrscheinlich. Allenfalls bei Steve Morgan könnte es sich um einen versuchten Raubüberfall handeln. Wir suchen also noch nach einem Zusammenhang. Da bietet sich wie immer das Testament der Ermordeten an. Bei Anthony Bexley scheint sich die Frage zu erübrigen, er hatte nichts zu vererben außer Schulden. Steve Morgan ist zwar nicht arm, aber auch kein reicher Erblasser, soweit wir wissen. Lessington Park gehört David Bexley, und Erbe ist sein Sohn Basil, beide erfreuen sich noch bester Gesundheit. Stellt sich also die Frage, was Violet Bexley zu vererben hatte, und vor allem, wer erbt. Constable Bush, Sie setzen sich bitte mit dem Anwalt der Familie in Verbindung und finden heraus, ob es ein Testament von Violet Bexley gibt, und vor allem, was drinsteht.« Bush nickte eifrig, und Bradford blickte in die Runde. »Gibt es sonst noch etwas, das alle wissen sollten?«

Alle sahen sich an und schüttelten den Kopf.

»Sieht nicht so aus, Sir«, sagte Buckley.

»Also dann los, jeder weiß, was er zu tun hat.«

Allgemeines Stühlerücken folgte, und jeder machte sich daran, seine Aufgaben zu erledigen. Bradford blieb nachdenklich zurück.

Wittmund – Donnerstagmorgen

In den folgenden Befragungen blieb Jorit Krohn standhaft bei seiner ursprünglichen Aussage, und Fenja glaubte ihm.

Am Vormittag des nächsten Tages stand fest, dass Wilhelm schon tot gewesen war, als das Feuer gelegt wurde. Man hatte ihn im Schlaf überrascht und ihm die Kehle durchgeschnitten. Als Fenja später allein in ihrem Büro saß und grübelte, war für sie sonnenklar, dass Wilhelm etwas gewusst hatte. Er hatte in der Nacht, als Gerit Krohn starb, etwas gesehen und womöglich auch versucht, den Mörder zu erpressen.

Die Hausdurchsuchung in der Krohn'schen Villa hatte nichts Belastendes zutage gefördert. Die Putzfrau hatte vehement gegen die »Machenschaften« der Polizei protestiert und Stein und Bein geschworen, dass der Bestand an Küchenmessern komplett war und sich nirgendwo im Haus auch nur ein Fetzchen blutbefleckter Kleidung befinden würde. Die Beamten waren unverrichteter Dinge wieder abgezogen, worüber Fenja insgeheim froh war. Sie mochte Jorit Krohn und wollte nicht, dass gegen ihn ermittelt wurde. Außerdem hatte der Junge es schwer genug.

Fenja fragte sich, was Wilhelm wohl gesehen haben mochte. Vielleicht hatte er auch zunächst gar keinen Verdacht geschöpft und war sich erst durch die Ermittlungen darüber klar geworden, dass er da womöglich auf eine Goldmine gestoßen war. Sie waren dabei, seine letzten Stunden und Tage zu rekonstruieren. Irgendwann musste er ja mit seinem Mörder Kontakt gehabt haben. Die andere Möglichkeit war, dass der Mörder erst auf ihn aufmerksam geworden war, als sie ihn an seinem Boot befragt hatte. Es hatten mehrere Leute herumgestanden, aber Fenja hatte nicht weiter darauf geachtet, was ihr jetzt bitter leidtat.

Dann kam der befreiende Anruf: Greta Werft war aufgewacht. Fenja machte sich sofort auf den Weg zum Krankenhaus, wo vor dem Eingang ein Mann mit Kamera und eine junge Frau mit Mikrofon herumlungerten. Fenja hatte sie zu spät bemerkt, um sich zum Hintereingang zu verkrümeln. Kaum hatte die Frau mit dem Mikro Fenja erblickt, gab sie dem Kameramann ein Zeichen und stürmte auf sie zu.

»Gibt es Neuigkeiten? Wie geht es dem Mädchen? Ist sie aufgewacht? Haben Sie mittlerweile einen Verdächtigen?«

Fenja winkte ab und eilte an den beiden vorbei, ohne ein Wort zu sagen. Sie ärgerte sich. Wer weiß, was die Presse aus ihrem Besuch hier im Krankenhaus machen würde. Hoffentlich stellten sie keine Mutmaßungen darüber an, ob Greta aufgewacht war.

Als sie den Flur zu Gretas Zimmer entlangging, stand der Beamte auf und lächelte ihr so huldvoll entgegen, als sei es sein Verdienst, dass das Mädchen wach war. Fenja grüßte ihn im Vorbeigehen, klopfte an und trat sofort ein.

Britta Werft saß neben ihrer Tochter im Bett und hielt sie fest umschlungen, während Greta verwirrt und misstrauisch von dem Arzt, der vor dem Bett stand, zu Fenja blickte.

»Kann ich mit ihr sprechen?«, fragte sie leise und suchte im Gesicht des Mädchens nach Hinweisen auf ihren mentalen Zustand.

Britta Werft schüttelte den Kopf, und der Arzt bat Fenja vor die Tür.

»Sie können nicht mit ihr sprechen. Sie ist heute Morgen aufgewacht und noch völlig desorientiert. Gesprochen hat sie noch gar nicht. Wir werden Ihnen Bescheid geben, wenn Sie vernehmungsfähig ist.«

Fenja studierte das Namensschild an seinem Kittel. »Dr. Rossbach«, sagte sie dann etwas ungehalten. »Sie sind sich darüber im Klaren, dass wir nach einem Doppelmörder suchen oder nach zwei Mördern oder, wenn es ganz schlimm kommen sollte, sogar nach zwei Mördern und einem Vergewaltiger.« Fenja schnaubte innerlich. Sie würde diesem eingebildeten Weißkittel bestimmt nicht auf die Nase binden, dass es sich wahrscheinlich um einen einzigen Täter handelte. »Und«, fuhr sie fort, »Sie wissen hoffentlich auch, dass Ihre Patientin in Gefahr schwebt, denn derjenige, der Greta das angetan hat, wird bestimmt nicht darauf warten, dass uns das Opfer seine Identität verrät. Es ist also wirklich wichtig, dass ich mit ihr spreche.«

Dr. Rossbach verzog leicht den Mund. Seine grauen Augen

musterten sie erstaunt. Er war wohl keinen Widerspruch gewöhnt.

»Sie wird Ihnen nichts sagen. Noch nicht. Außerdem laufen Sie Gefahr, dass sie völlig blockiert, wenn Sie in sie dringen. Immerhin ist sie schwer traumatisiert. Außerdem hat die Mutter gebeten, dass ihre Tochter in Ruhe gelassen wird. Zumindest vorerst.«

»Dann werde ich jetzt mal mit der Mutter reden.«

Fenja griff bereits nach der Türklinke, während der Polizist die Ohren spitzte. Doch die Tür wurde von innen geöffnet, und Britta Werft trat heraus. Sie trug eine zerknitterte schwarze Bluse und Jeans und wirkte erschöpft, aber glücklich.

»Hören Sie«, sie sprach sehr leise, »ich bin Ihnen sehr dankbar, aber Greta braucht unbedingt Ruhe. Sie muss sich erholen.« Dabei warf sie Dr. Rossbach einen fast demütigen Blick zu. »Das meinen Sie doch auch, Herr Doktor.«

»Allerdings.«

»Frau Werft«, versuchte es Fenja erneut, wusste dann aber nicht genau, wie viel Wahrheit sie der Frau zumuten konnte, »Frau Werft«, wiederholte sie, »es ist wichtig, dass sie sich erinnert, denn wir wissen nicht, was passiert … wenn der Täter erfährt, dass sein Opfer ihn verraten könnte.«

»Ich weiß, aber ich bin immer bei ihr, und ich werde alles versuchen, dass sie mit mir spricht. Bisher redet sie überhaupt noch nicht. Guckt nur immer hilflos herum.« Die Frau warf Dr. Rossbach einen ebenso hilflosen Blick zu. »Sie … sie wird doch wieder, nicht wahr, Herr Doktor?«

Der Herr Doktor machte ein wichtiges Gesicht. »Wir können hoffen.«

Fenja schnaubte schon wieder. Was hatte das nun wieder zu bedeuten?

»Na gut.« Sie gab klein bei. Vorerst. »Wir warten, aber Sie geben mir unverzüglich Bescheid, wenn sich ihr Zustand verändert! Und Sie dürfen auf keinen Fall darüber reden, dass Greta aufgewacht ist.«

»Natürlich.« Britta Werft wand sich. »Ich … ich hab aber meine Schwester angerufen und es ihr gesagt.«

»Dann rufen Sie sie sofort an und sorgen Sie dafür, dass sie Stillschweigen bewahrt.«

»Ja.« Frau Werft ging zurück ins Zimmer.

Fenja gab dem Polizisten die Anweisung, sich nicht von der Stelle zu bewegen, und verabschiedete sich mit einem kurzen Nicken von dem Weißkittel.

Hoffentlich hielten alle den Mund. Sie hatte kein gutes Gefühl.

Als sie wieder in ihrem Büro saß, informierte sie Haberle über die neue Entwicklung und forderte Unterstützung an und weiteren Personenschutz für Greta Werft, was bewilligt wurde. Die Arbeit wuchs ihnen über den Kopf. Die Befragungen der Bootseigner, Pensionswirte, Hoteliers sowie der Hafen-Anwohner und der Camper war zeitraubend und wenig nutzbringend, aber unerlässlich.

Die Presse im sonst so friedlichen Ostfriesland hatte ein ergiebiges Thema gefunden, das das Sommerloch mehr als befriedigend ausfüllte. Die Untersuchung von Wilhelms ausgebranntem Boot hatte nichts, aber auch gar nichts ergeben, was ihnen weiterhelfen konnte, und auf Gerit Krohns Boot gab es außer von Greta Werft keine verdächtigen Spuren. Zumindest wussten sie jetzt, dass Greta sich auf dem Boot aufgehalten hatte, was Fenjas Theorie stärkte, dass Gerit Krohn den Täter dort überrascht hatte.

Zu allem Übel hatte Interpol auf ihre Anfrage zu Jim Brendon noch keine Informationen geliefert. Es blieb ihnen nichts anderes übrig, als abzuwarten, was bei den weiteren Befragungen und den Computer- und Handyuntersuchungen herauskommen würde.

Frenzen betrat gähnend ihr Büro. Er sah aus, als hätte er die Hauptrolle in einer Tragödie von Shakespeare gespielt. Die wenigen Haare, die sich hinter seiner hohen Stirn türmten, waren ungekämmt. Er war unrasiert, und sein klein kariertes Hemd war zerknittert.

»Hast du etwa im Büro geschlafen?«, fragte Fenja, als er ihr folgte.

Frenzen fuhr sich durch die Haare, was seiner Frisur nicht zum Vorteil gereichte. »Ja, ging nicht anders.«

Fenja grinste. Wie es schien, hatte seine Tochter auch eine Rolle in der nächtlichen Tragödie gespielt. »Gibt's was Neues?«

»Allerdings. Gestern Abend ist eine E-Mail gekommen. Aus England. Ich hab sie mir gerade mal durchgelesen, bin mir aber nicht sicher, ob ich das richtig verstehe. Scheint was mit unserer Ermordeten zu tun zu haben. Sie haben dort wohl auch einen Ermordeten, und wenn du mich fragst, sieht das Bild, das sie mitgeschickt haben, verdammt nach unserem Jim Brendon aus. Kannst du's dir mal ansehen? Du kannst doch so gut Englisch.«

Fenja hatte den Computer bereits angeworfen und ihren Posteingang aufgerufen. Tatsächlich, eine E-Mail aus England mit mehreren Bildern im Anhang.

»Von einem Inspector Bradford, Polizei Eastbourne.« Fenja las die Mail zweimal schweigend und studierte dazwischen das erste Bild, auf dem eindeutig Jim Brendon abgebildet war.

»Das ist ja'n Ding! Danach heißt unser Jim Brendon nicht Jim Brendon, sondern Anthony Bexley, ist nicht Amerikaner, sondern Engländer und ist obendrein am letzten Wochenende ermordet worden. Irgendwer hat ihn wohl von den Klippen an der dortigen Küste geschubst.«

»So ein Arschloch!«, war Frenzens einziger Kommentar.

Fenja sah ihn verständnislos an. »Mörder sind immer Arschlöcher, Geert.«

»Ich meine nicht den Mörder, sondern diesen Brendon, Bexdings oder wie immer er wirklich heißt. Hat sich hier unter falschem Namen und falscher Nationalität ein schönes Leben gemacht, und wir suchen tagelang in Amerika nach ihm!«

»Hat Interpol sich inzwischen gemeldet?«, fragte Fenja.

»Nein, aber wir haben ja auch nicht mehr als ein Foto, Fingerabdrücke, die wahrscheinlich in keiner Datei zu finden sind, und einen verdammten falschen Namen weitergegeben.«

Fenja legte den Zeigefinger an die Lippen. »Er hat bestimmt einen guten Grund gehabt für diese Heimlichtuerei.«

Frenzen ließ sich erschöpft auf einen der Besucherstühle fallen. »Das gibt's doch nicht, dass das keiner gemerkt haben will! Das kriegt man doch mit, ob einer einen falschen Namen angibt.«

»Wodurch? War sein Name auf die Stirn tätowiert?«, fragte

Fenja. »Soweit wir wissen, war er nie länger als sechs bis acht Wochen am Stück hier, und warum sollte man annehmen, dass er einem einen falschen Namen nennt? Davon geht doch kein Mensch aus. Und außerdem wissen wir nicht, was er Gerit Krohn erzählt hat.« Sie blickte bedauernd auf ihren Bildschirm. »Und das werden wir auch nicht mehr erfahren, weil beide tot sind. Wir müssen uns an das halten, was Gerit Krohn den Menschen erzählt hat, die noch leben.«

»Aber … man geht doch mal einkaufen, mit Kreditkarte …«

»Ja und? Wer fragt denn nach, ob der Name, mit dem sich jemand vorstellt, auch der ist, der auf seiner Kreditkarte steht? Oder lässt du dir von deinen Urlaubsbekanntschaften den Pass zeigen, um sicherzugehen, dass sie dir auch den richtigen Namen genannt haben? Okay«, Fenja lenkte ein, »du vielleicht, du bist'n Kriminaler, aber der Durchschnittsmensch erwartet doch so was nicht.« Sie dachte einen Moment nach. »Vor allem nicht, wenn man die Umstände bedenkt, unter denen sich die beiden kennengelernt haben. Gerit Krohn ist mit einem Boot umgekippt und in Panik geraten, und dieser Bexley hat sie unter seine Fittiche genommen. So was verbindet. Außerdem heißt der Typ mit zweitem Vornamen tatsächlich Jim. Und warum er es für besser hielt, anonym zu bleiben, das werden wir schon noch rausfinden. Ich werde diesen Inspector mal anrufen. Wir haben uns bestimmt eine Menge zu erzählen.«

Sie freute sich darauf, ihr Englisch auffrischen zu können. Das war in der Schule ihr Lieblingsfach gewesen. Und das einzige, das ihr später im Leben wirklich gute Dienste erwies. Was nutzten einem die ganzen Kurvendiskussionen in der Mathematik? Wozu gab es schließlich Computer? Das Übersetzen dagegen kriegten die Maschinen nur unzureichend hin. Bis jetzt jedenfalls. Computerprogramme für Intuition und »zwischen den Zeilen lesen« gab es noch nicht.

Unterdessen in Eastbourne …

»Sir, wir haben einen Verdächtigen.« Buckley stand in Bradfords Bürotür und strahlte wie die Leuchtreklame am Piccadilly Circus um Mitternacht.

»Tatsächlich?« Bradford, der eine unerfreuliche Nacht als Folge eines ebenso unerfreulichen Telefonats mit Laura hinter sich hatte, war skeptisch.

»Ja, wir – also Constable Sutton hat sich noch mal mit dieser Lydia Hanks unterhalten. Und sie ist es wohl nicht gewohnt, von der Polizei verhört zu werden …« Ja, wer war das schon, fragte sich Bradford, nur zwielichtige Typen, zu denen Lydia Hanks offensichtlich nicht gehörte. »… jedenfalls ist sie in Tränen ausgebrochen, weil sie doch ihren Bruder nicht verraten wollte.«

»Aha.« Bradford verzog unmerklich den Mund. Buckley war wirklich die personifizierte Umständlichkeit.

»Das Auto, das auf dem Bild zu sehen ist, ist nämlich der alte Karmann Ghia« – er sprach es *Karmän Dscheia* aus – »ihres Bruders Robin, und der sollte eigentlich an diesem Tag in Eastbourne sein und nicht in Seaford.« Buckley pausierte, wohl um seinem Vorgesetzten die Möglichkeit zu geben, diese Neuigkeit zu verdauen.

Bradford schwieg und legte den Kopf schräg. Als Buckley bemerkte, dass auf diese glanzvolle Enthüllung keine Erwiderung seines Chief Inspectors zu erwarten war, fuhr er etwas ernüchtert fort.

»Und das ist deswegen von Bedeutung, weil es auf der Strecke nach Seaford an dem Abend, als das Foto geschossen wurde, einen Unfall mit Personenschaden gegeben hatte, in den ein weißer Wagen involviert war. An dem zerbeulten Fahrrad von dieser Grey sind damals weiße Lackspuren gefunden worden. Und Hanks hatte seiner Schwester gesagt, er sei an dem besagten Abend nach Eastbourne gefahren, was ja in entgegengesetzter Richtung liegt. Und dann hat sie das Foto gesehen, das beweist, dass er an dem Unfallabend mit dem Karmann auf dem Dorffest in Seaford war. Das hat sie stutzig gemacht. Den Wagen hat er kurz danach verkauft. Die Geschädigte bei dem Unfall war die Frau des Gärtners von Lessington Park. Sie erinnern sich, dieser Linus Grey …«

Aha, freute sich Bradford, sie kamen der Sache näher.

»Gut gemacht, Buckley, wo ist dieser Hanks jetzt?«

»In seinem Büro in der Main Street. Er ist Immobilienmakler.«

»Wunderbar.« Bradford stand auf. »Dann werden wir ihm mal einen Besuch abstatten.«

»Darf ich mit?«

Bradford warf Buckley einen verblüfften Blick zu. Hatte er sich gerade verhört, oder war diese Frage wirklich aus dem Munde eines Detective Sergeant gekommen? Buckley wand sich verlegen und gab damit bereits die Antwort.

»Äh, ich meine, ich könnte da viel lernen.«

Bradford räusperte sich. »Das glaube ich auch. Ja, Sie dürfen mit«, sagte er und schüttelte innerlich den Kopf.

Es war ein Wunder, dass Buckley bereits zum Sergeant avanciert war. Bradford nahm an, dass sein Vorgänger, Chief Inspector Leicester, den jungen Mann besonders gemocht und gefördert hatte, und er musste zugeben, dass auch er selbst sich der Begeisterung Buckleys für seinen Beruf nur schwer entziehen konnte.

Manchmal war es eben so, dass Wunsch und Wirklichkeit nicht denselben Weg gingen. Es gab auch jede Menge Schauspieler, die für diesen Beruf nicht besonders geeignet waren.

Als die beiden das Immobilienbüro von Stoke and Bryde betraten, saß der junge Mann, den sie von dem Foto kannten, an einem Schreibtisch vor einer Pinnwand, an der Bilder verschiedener Häuser und Grundstücke hingen. Am Schreibtisch gegenüber saß eine junge Frau, deren Frisur an Amy Winehouse erinnerte, und telefonierte. Bradford glaubte, eine Schrecksekunde in Hanks' Blick wahrgenommen zu haben, als er die beiden Männer auf sich zukommen sah. Aber er hatte sich schnell wieder unter Kontrolle, setzte ein joviales Lächeln auf und kam den beiden entgegen.

»Guten Tag, was kann ich denn für Sie tun?«

Bradford zückte seinen Ausweis und stellte sich und Buckley

vor. Wieder eine Schrecksekunde. Noch bevor Bradford die erste Frage gestellt hatte, war er überzeugt davon, dass mit diesem Mann etwas nicht stimmte.

»Wir ermitteln im Mordfall Anthony Bexley und haben ein paar Fragen an Sie. Sie sind doch Robin Hanks?«

Hanks biss sich auf die Unterlippe. »Ja … ja natürlich, aber ich sehe nicht, wie ich Ihnen da helfen kann.«

Bradford sah sich um. »Können wir irgendwo in Ruhe reden?«

Hanks fuhr sich nervös durch die Haare und sah auf seine Armbanduhr. »Ja, wir könnten das Büro von Mr Stoke benutzen. Er ist unterwegs, kommt aber bald zurück. Wir müssten uns beeilen. Er hat das nicht so gerne, wenn jemand sein Büro benutzt.«

Bradford lächelte. »Es wird nicht lange dauern.«

Hanks führte sie in Stokes geräumiges Büro, und Bradford fragte sich unwillkürlich, wie viel man wohl als Immobilienmakler verdiente.

Hanks setzte sich auf den Schreibtischstuhl seines Chefs, was ihm eine Aura der Wichtigkeit verlieh, während Bradford und Buckley auf den Besucherstühlen davor Platz nahmen. Bradford kam gleich zur Sache und bedeutete Buckley, das Foto auf den Tisch zu legen.

»Dieses Bild haben wir im Nachlass von Anthony Bexley gefunden. Können Sie uns erklären, was es dort zu suchen hatte?«

Hanks bekam große Augen und schluckte. Bradford hatte das Gefühl, er wollte intuitiv danach greifen und es zerreißen.

»Das … woher soll ich das wissen? Das war doch auf diesem Fest in Seaford. Da haben eine Menge Leute viele Fotos gemacht. Das ist doch nichts Besonderes.«

»In diesem Fall schon, denn kurz zuvor, genauer gesagt etwa eine Stunde, wenn man der Kirchturmuhr glauben darf, hatte es auf der Strecke von Beecock nach Seaford einen schweren Unfall gegeben, in den ein weißer Wagen involviert war. Jedenfalls sind weiße Lackspuren am Fahrrad des Unfallopfers gefunden worden. Eine Frau, die mittlerweile an den Folgen gestorben ist.«

Hanks verschränkte die Arme vor der Brust. »Ja und? Es gibt viele weiße Autos.«

»Warum haben Sie dann Ihrer Schwester erzählt, Sie seien

gar nicht in Seaford gewesen, sondern in Eastbourne mit Ihrer Freundin? Und genau so steht es auch im Protokoll der Befragung, die die Polizei damals bei allen Besitzern weißer Autos vorgenommen hat.«

»Ja, und meine Freundin hatte das bestätigt.«

»Dieses Foto sagt, dass Ihre Freundin gelogen hat. Ebenso wie Sie.«

Bradford wartete.

»Die Polizei hat meinen Wagen damals untersucht und keinen Hinweis auf einen Unfall gefunden. Und was ich zu meiner Schwester gesagt haben soll, weiß ich nicht mehr.« Hanks machte den Eindruck, als spielte er soeben ein Ass aus.

»Das müssen Sie nicht«, sagte Bradford. »Das Bild erzählt uns ja die Geschichte. Außerdem sind Sie bekannt dafür, dass Sie gern an Autos herumbasteln. Sie haben die Spuren schnellstmöglich beseitigt.«

Was Bradford nicht sagte, war, dass die Ermittler damals aufgrund der Aussagen von Hanks und seiner Freundin einfach nicht so genau hingeguckt hatten.

Hanks' Sicherheit machte langsam einer anderen Empfindung Platz, die sich hinter der Fassade versteckt gehalten hatte, die Bradford aber durchaus wahrgenommen hatte: Es war blanke Angst.

»Wo waren Sie in der Nacht vom letzten Freitag auf Samstag?«

Hanks rührte keinen Muskel und stierte Bradford an. »Was ist das für ein Datum?«, fragte er leise. »Beantworten Sie einfach die Frage.« Das war Buckley.

»Da muss ich nachdenken.« Er presste den Ballen seiner rechten Hand an die Stirn und schloss die Augen. »Da war ich bei meiner Freundin.«

»Derselben, mit der Sie auch während des Unfalls mit Deborah Grey unterwegs gewesen waren?«

Jetzt ließ Hanks die Fassade fallen und sprang auf. »Ich hab doch dieses Arschloch nicht umgebracht!«, schrie er. »Das müssen Sie mir glauben!«

»Haben Sie diesen Brief verfasst?« Bradford zog den anonymen Brief, den sie bei Bexleys Leiche gefunden hatten, aus der Tasche und legte ihn neben das Foto. Hanks zuckte zurück und ließ sich auf den Stuhl fallen. Dann schien er sich zu besinnen.

»Nein!«, schrie er wieder, und endlich schien sich die junge Dame vom Vorzimmer für die Geschehnisse im Büro des Chefs zu interessieren. Ihr Amy-Winehouse-Kopf schob sich durch den Türspalt.

»Ist was?«, fragte sie und blickte neugierig in die Runde.

»Verschwinde!«, schrie Hanks, woraufhin die Neugier in Amys Gesicht sich in Verärgerung verwandelte. Der dunkle Schopf verschwand, und die Tür knallte zu.

»Das wissen Sie, ohne ihn gelesen zu haben?«, setzte Bradford dort wieder an, wo sie unterbrochen worden waren.

»Ich muss Sie jetzt bitten zu gehen. Mr Stoke wird gleich da sein, und der braucht sein Büro.« Hanks hatte sich wieder unter Kontrolle.

Bradford stand auf. »Ja, wir gehen jetzt. Und Sie kommen mit.«

»Wohin?«, hauchte Hanks.

»Zur Polizeistation Eastbourne. Darf ich bitten.« Bradford wies mit der Hand zur Tür. Buckley packte Foto und Brief wieder ein.

Hanks schien unentschlossen. »Und wenn ich mich weigere?«

Bradford verdrehte die Augen und sah, wie Buckley in freudiger Erwartung die Fäuste in die Hüften stemmte.

»Was, glauben Sie, soll das bringen?«

Hanks' Widerstand fiel in sich zusammen, und er ging voran. »Sag Mr Stoke, ich musste dringend weg«, kommandierte er in Richtung Amy Winehouse, die aber nicht den Eindruck machte, als würde sie die Botschaft wortgetreu weitergeben.

Unter der weiteren Befragung, zu der man auch die Freundin des Befragten, Beverly Hillerson, eingeladen hatte, brach Hanks zusammen. Beverly Hillerson hatte nämlich beschlossen, das Alibi, das sie ihrem damaligen Freund für den Unfall gegeben hatte, platzen zu lassen, weil »dieser bescheuerte Typ« sie doch tatsächlich damit erpresst hatte, als sie ihn verlassen wollte.

Danach schrie Hanks den Polizisten die ganze Wahrheit –

zumindest, wie er sie sah – ins Gesicht. »Diese blöde Kuh ist mir direkt vors Auto gefahren. Ich konnte überhaupt nichts dafür!«

»Warum haben Sie nicht angehalten und sich um die Frau gekümmert?«

»Was weiß ich, ich war einfach in Panik, wusste nicht, was ich tat. Und außerdem ... woher sollte ich wissen, dass diese blöde Kuh sich gleich das Kreuz brechen muss?«

»Richtig«, stimmte Bradford zu. »Woher sollten Sie das wissen, Sie sind schließlich gleich weitergefahren.« Normalerweise ließ Bradford die Leute reden, wenn sie schon redeten, aber in diesem Fall konnte er seinen Zynismus nicht zügeln.

Jetzt drehte Hanks richtig auf. »Genau! Ich war sicher, dass sie gleich wieder aufstehen würde.«

»Okay.« Das wurde Bradford jetzt zu dumm. »Kommen wir zum Freitagabend, dem 6. Juni. Sie haben Bexley getroffen und sich Ihren Erpresser kurzerhand vom Hals geschafft. Wenn man erst mal einen Menschen ins Jenseits befördert hat, ist es beim zweiten schon leichter.«

Hanks holte tief Luft und fing plötzlich an zu kichern wie ein Irrer. Bradford wartete geduldig, bis er sich gefangen hatte, was ganze zwei Minuten dauerte. Sich zwei Minuten lang blödes Gekichere anzuhören empfand Bradford als Zumutung, aber er beherrschte sich.

Hanks rieb sich die Augen. »Das können Sie mir niemals beweisen, weil es einfach nicht stimmt«, stieß er dann hervor.

Bradford änderte die Strategie. »Na also wenn mich jemand erpressen würde, dann könnte ich schon die Nerven verlieren und ihm mal einen Denkzettel verpassen«, murmelte er halblaut und wie unbeabsichtigt vor sich hin.

Hanks war naiv genug, darauf reinzufallen. Er schien Bradford plötzlich als Freund zu betrachten und beugte sich zu ihm hinüber, als hätten die beiden Geheimnisse miteinander.

»Das könnte ich auch, hab ich aber nicht. Okay, den Brief, den hab ich ihm geschickt, einen Tag vorher, aber die Drecksarbeit, die hat ein anderer erledigt.« Er schwieg einen Moment. »Glauben Sie bloß nicht, dass das so ein feiner Kerl war, wie manche meinen. Der hat bestimmt nicht nur mich erpresst.« Hanks guckte versonnen ins Nichts. »Wobei ich mich immer noch frage, wie er dahintergekommen ist. Er hatte doch bloß das Foto. Er muss was von dem Streit mitbekommen haben.«

»Sie haben sich also gestritten. Hatte Ihre Freundin etwa Gewissensbisse?«

Hanks zog die Brauen zusammen und sah Bradford böse an, als wäre er ein Verräter. »Ich hab den Kerl nicht umgebracht«, zischte er und lehnte sich dann in seinem Stuhl zurück wie ein bockiges Kind.

»Sie haben ein Motiv und kein Alibi. Und … Sie werden bald vorbestraft sein. Wir werden natürlich Anklage erheben, wegen Fahrerflucht und unterlassener Hilfeleistung mit Todesfolge. Und Ihre Freundin, oder wohl besser Exfreundin, wird auch nicht ungeschoren davonkommen. Aber für Sie sieht's ganz schlecht aus. Ein umfassendes Geständnis wäre unter diesen Umständen das Beste, was Sie sich noch antun können.«

Hanks hatte die Arme auf dem Tisch verschränkt und seinen Kopf im Ellbogen vergraben. Jetzt sah er auf und blitzte Bradford an.

»Ich gestehe doch nicht was, was ich gar nicht getan habe. Außerdem will ich endlich einen Anwalt.«

»Wie Sie meinen«, sagte Bradford, stand auf und gab Buckley, der die ganze Zeit breitbeinig vor der Tür gestanden hatte, den Auftrag, sich um die Formalitäten zu kümmern und dafür zu sorgen, dass Hanks sein Geständnis unterzeichnete.

Was allerdings den Mord an Bexley betraf, da traten sie auf der Stelle. Ein Motiv und kein Alibi … das reichte wohl nicht für einen Haftbefehl.

Wittmund – Kommissariat – Freitag

Es war wirklich nicht so einfach, an diesen Inspector heranzukommen. Entweder er war unterwegs oder gerade in einer Befragung. Man hatte ihren Anruf höflich entgegengenommen und ihr gesagt, der Inspector würde sich baldmöglichst bei ihr melden. Okay, dann musste sie wohl warten. Sie ging zum Drucker und schnappte sich die Fotos, die die Polizei in Eastbourne in einem Bankschließfach dieses Bexley gefunden und die der Inspector ihr gemailt hatte. Sie verteilte sie auf ihrem Tisch.

Es waren hauptsächlich Fotos vom Watt und vom Strand, Fenja erkannte Harlesiel, den alten Hafen in Carolinensiel, Touristen, die den Fußweg an der Harle entlanggingen, die Schleuse und den Strand mit den Strandkörben. Auf einem war Gerit Krohn im Watt zu sehen. Eine lachende, glückliche Gerit Krohn. Sie trug Ölzeug und Gummistiefel und winkte dem Fotografen zu.

Fenja musste schlucken, weil sie plötzlich das Bild der Toten vor Augen hatte. Dann gab es mehrere Bilder von den zahlreichen Booten, die längs der Harle vertäut waren. Alles sehr nett und unverdächtig, und sie fragte sich, wieso dieser Mensch die Fotos in einem Bankschließfach aufbewahrt hatte. Plötzlich stutzte sie, nahm eines der Fotos vom Tisch, ging zum Fenster und hielt es gegen das Licht.

Das Bild zeigte eine Gruppe von Menschen, die an der Harle entlang Richtung Friedrichsschleuse gingen. Einer dieser Menschen war Greta Werft, und neben ihr stand, die Hand auf ihrer Schulter … Barne Ahlers.

Eastbourne – Polizeistation

»Sir, diese Kommissarin aus Deutschland hat schon zweimal angerufen und wollte Sie sprechen«, sagte Constable Sutton, als Bradford die Polizeistation betrat.

»Ah ja, spricht sie Englisch?«

»Oh ja, sehr gut sogar. Sie hat gesagt, dass Sie seit fast zwei Wochen nach unserem Toten Anthony Bexley suchen. Allerdings hat er dort zeitweise unter dem Namen Jim Brendon mit dieser Gerit Krohn zusammengelebt, die eine Woche vor Bexleys Tod ebenfalls ermordet wurde.«

»Ja, das wissen wir ja bereits. Hat sie sonst noch was gesagt?«

»Allerdings, sie wollte wissen, wie weit wir mit unseren Ermittlungen sind und ob es irgendwelche Hinweise gibt, dass unser Mordopfer etwas mit dem Mord an Gerit Krohn und der Vergewaltigung und dem Mordversuch an einem jungen Mädchen zu tun hat. Kurz gesagt: Sie war sehr neugierig.«

»Kann ich mir vorstellen. Was haben Sie ihr gesagt?«

»Gar nichts. Ich hab gesagt, Sie rufen sie baldmöglichst an.«

»Hat sie was zu den Bildern gesagt?«

»Nein.«

»Na gut, ich ruf da gleich an.«

»Äh, noch was, Sir, da wartet eine Frau aus Beecock auf Sie, mit ihrer Tochter. Sagte, sie müsste dringend mit Ihnen reden. Sie warten auf dem Flur.«

Bradford stutzte. Wer konnte das sein? Er ging durch den Vorraum und sah Erin Roberts und ihre Tochter … wie hieß sie noch … vor seinem Büro auf den Besucherstühlen sitzen.

Als sie ihn erblickten, standen beide auf.

»Hallo«, sagte Bradford, »Sie wollten mich sprechen, bitte kommen Sie rein.«

Er ließ die beiden eintreten.

»Setzen Sie sich.«

Erin knetete nervös ihre Hände. »Eigentlich ist es Freya, die Ihnen was sagen möchte.«

Bradford wandte sich an Freya und lächelte ermutigend. Die junge Dame machte nicht den Eindruck, als würde sie vor Mitteilungsbereitschaft platzen. Jedenfalls schloss er das aus ihren zusammengekniffenen Lippen und den hochgezogenen Schultern. Das Mädchen wirkte wie eine Festung.

»Na los, mach schon«, murmelte ihre Mutter, drückte sie auf den freien Stuhl vor Bradfords Schreibtisch und stellte sich hinter sie, was Bradford durchaus als Botschaft verstand.

Bradford wartete geduldig. Er hatte die Erfahrung gemacht, dass man Jugendliche nicht drängen sollte. Sie brauchten das Gefühl, alles aus freien Stücken zu tun, ohne dabei den Erwartungen der Erwachsenen zu entsprechen. Das war das Wichtigste überhaupt. Man durfte in dieser Lebensphase unter keinen Umständen den Erwartungen der Erwachsenen entsprechen. Bradfords Gewissen meldete sich, und er dachte an seinen Sohn.

Er glaubte zwar nicht, dass Elijah seinen Vater sonderlich vermisste, aber das war keine Entschuldigung. Er hatte das Kind in die Welt gesetzt und durfte sich nicht nur hinter seinen monatlichen Zahlungen verschanzen. Ihm wurde wieder mal bewusst, wie viel mehr Verantwortung doch die Frauen in dieser Hinsicht übernahmen.

Freya saß vor seinem Tisch und klimperte mit den zahlreichen Goldreifen, die ihr Handgelenk schmückten, während ihre Mutter die Augen verdrehte.

»Also«, begann Freya, »anfangs hab ich mir gar nicht viel dabei gedacht, weil … na ja, er wollte es ja bloß mal ausprobieren und dann alles wieder zurückgeben, aber jetzt … hat er plötzlich ein neues Smartphone und … na ja, ich bin mir jetzt nicht mehr sicher, ob er mir die Wahrheit gesagt hat. Und«, sie fing plötzlich an zu schluchzen, »dann ist diese Frau auf dem Picknick einfach umgekippt und … und ich hatte Angst, sie würde sterben. Aber dann ist sie doch nicht gestorben, aber dafür kann sie nicht mehr richtig sprechen und laufen … und … am Ende sind wir an allem schuld …«

Bradford hatte keinen Schimmer, wovon das Mädchen überhaupt sprach, und musste einen Moment nachdenken. Dann kam ihm ein Verdacht.

»Du redest von dem Picknick auf Lessington Park, wo … diese ältere Dame«, an ihren Namen konnte er sich ebenfalls nicht erinnern, »zusammengebrochen ist, stimmt's?«

Freya wischte sich mit dem Handballen über die Augen, ihre Mutter legte ihr die Hand auf die Schulter.

»Ja«, schluchzte sie, »dabei war sie gar nicht schuld, dass das Geld weg ist, aber alle haben ihr die Schuld gegeben, und nun … ist sie krank. Dabei konnte sie gar nichts dafür, weil nämlich … Jay das Geld genommen hat.«

Nachdem sie den Namen ausgesprochen hatte, sank sie in sich zusammen wie eine Luftmatratze, bei der man den Stöpsel herausgezogen hatte. Ihre Mutter klopfte ihr beruhigend auf die Schulter und sah Bradford erwartungsvoll an. Freya lehnte sich seufzend zurück. Erleichterung und ein wenig Sorge machte sich auf ihrem Gesicht breit.

»Ich hab Angst vor Jay. Er kann Petzen nicht ausstehen.« Dann sah sie Bradford an. »Was passiert jetzt?«

»Nun, zuallererst: Du bist keine Petze. Hier hat jemand Schaden genommen, und du willst ihn schützen. Also hast du alles richtig gemacht.«

Er dachte einen Moment nach, dann öffnete er seinen Schreibtisch, nahm einen Aktendeckel heraus, in dem sich unzählige Fotos befanden, und suchte darin herum, bis er gefunden hatte, was er suchte, und ihr das Bild vorlegte.

»Ist das Jays Maschine?«

Freya und Erin beugten sich synchron über den Schreibtisch, und Freya nickte.

»Ja, das ist sein Bike.«

»Weißt du das genau?«

»Klar, das erkenne ich unter Tausenden am Klebedekor, hat er extra anfertigen lassen, weil er das gleiche Tattoo hat.« Freya blickte zu Boden. Diese Aussage in Gegenwart ihrer Mutter war ihr wohl peinlich.

»Wie alt bist du genau?«, fragte Bradford.

»Fünfzehn«, antwortete Erin leicht ungehalten.

»Ja, aber ich werde in zwei Monaten sechzehn.« Freya sah Bradford herausfordernd an.

»Und wie alt ist Jay?«

»Zweiundzwanzig.«

Immerhin, dachte Bradford. Verführung Minderjähriger, damit ließ sich ja schon mal was anfangen. Außerdem hatten sie ganz nebenbei ein weiteres Rätsel gelöst. Sie wussten jetzt, was es mit dem Foto auf sich hatte, auf dem ein Motorrad mit ausgefallenem Tigerdekor vor der Kirche abgestellt war. Leider war das Gefährt so geparkt, dass die Nummer nicht zu erkennen war. Bexley hatte es zwei Tage vor seinem Tod aufgenommen. Es musste der Tag gewesen sein, an dem Phoebe Appleton das gespendete Geld an Bolton-Smythe übergeben hatte. Offensichtlich hatte Bexley etwas gesehen und Verdacht gegen den Biker geschöpft. Ob er ihn erpresst hatte?

»Sag mal, wart ihr am Freitagabend vor zwei Wochen auch zusammen? Du und Jay?«, fragte Bradford.

Freya spielte mit ihrem Goldkettchen, das so gar nicht zu ihrem Leder-Look passen wollte.

»Da müsste ich überlegen. Normalerweise sind wir am Wochenende zusammen. Und vorletzten Freitagabend«, sie zog die Stirn kraus, »da wollten wir auf eine Party nach Seaford, aber ich konnte nicht, weil meine Mutter wollte, dass ich zu einem Treffen von diesem langweiligen Handballclub gehe, bei dem ich sowieso bald austrete.« Sie warf einen vorwurfsvollen Blick über ihre Schulter.

»Also warst du an dem Abend nicht mit Jay zusammen?«, hakte Bradford nach.

»Na ja … ich meine … Jay ist kurz vorbeigekommen. Wir haben uns vor dem Clubhaus ein bisschen … unterhalten. Aber dann ist er wieder weg.«

»Um welche Zeit ist er weg?«

Freya zuckte mit den Schultern. »Weiß ich nicht, so gegen zehn. Ich bin dann wieder zurück ins Clubhaus. Mum wollte mich ja um elf abholen.«

»Aha, und auf dem Picknick? Wie lange wart ihr da zusammen?«

»Ich habe Freya gegen halb elf abgeholt«, mischte Erin sich ein. »Wieso ist das wichtig?«

»Routine«, sagte Bradford. »Aber Jay ist noch dageblieben?«

Langsam schien den beiden Besucherinnen ein Licht aufzugehen. Freya riss die Augen auf.

»Sie glauben doch nicht … dass Jay etwas mit dem Tod von Ms Bexley zu tun hat?«

»Wir glauben gar nichts, wir versuchen nur, den Abend möglichst genau zu rekonstruieren. Da hilft uns jede Aussage.«

»O Gott«, sagte Freya. »Ich hab's ja gesagt, ich hätte nicht kommen sollen. Wenn Jay das rauskriegt, dass ich ihn da reingeritten habe, dann …«

Bradford stand auf. »Du brauchst keine Angst zu haben. Wir haben auch seine Freunde schon befragt. Das wird niemand erfahren. Ich kümmere mich um alles Weitere.«

Erin legte den Arm um ihre Tochter, und Bradford führte die beiden zur Tür. Als sie aus dem Büro traten, verabschiedete sich das Mädchen und ging eilig den Flur entlang. Erin wandte sich an Bradford.

»Hören Sie, ich habe meine Tochter gegen ihren Willen dazu überredet, hierherzukommen, aber ich weiß nicht, wozu dieser Junge fähig ist. Bitte sorgen Sie dafür, dass ihr nichts passiert.«

»Das werde ich. Sie können sich darauf verlassen.« Er versank in ihren dunkelgrünen Augen. Ein wenig zu tief womöglich, denn für einen Moment vergaß er, wo er war.

»Ich danke Ihnen, und ich verlass mich auf Sie.«

Ihre Worte katapultierten ihn wieder in die Gegenwart und auf den kargen grauen Flur der Polizeistation.

»Tun Sie das«, antwortete er. »Wenn es irgendwelche Schwierigkeiten gibt, rufen Sie mich an.«

Sie lächelte, drehte sich um und ging mit kleinen, eleganten Schritten zum Ausgang. Bradford sah ihr bewundernd hinterher. Wann hatte er das letzte Mal in solche Augen gesehen? Laura fiel ihm ein. Nein, ihre Augen waren nicht grün und nicht so groß wie die von Erin Roberts. Und sie funkelten auch nicht so.

Als er wieder an seinem Schreibtisch saß, überlegte er, wie er weiter vorgehen sollte. Dieser Kerl gehörte zum Kreis der Verdächtigen. Er hatte womöglich ein Motiv und wahrscheinlich die Gelegenheit gehabt, sowohl den Mord an Anthony als auch an Violet Bexley zu begehen. Für das Picknick hatte er laut Aussage von Freya ein zuverlässiges Alibi bis halb elf. Danach gaben sich er und seine zwielichtigen Freunde Alibis, auf deren Zuverlässigkeit er aber keinen Penny wetten würde. Leider gab es keinen Beweis dafür, dass Bexley Jay erpresst hatte.

Er würde sich den Mann vorknöpfen, obwohl er nicht recht davon überzeugt war, dass dieser kleine Rocker die Lösung seiner Probleme war. Er hatte zwei Mordfälle zu lösen und einen Überfall. Und er hatte dafür zu sorgen, dass die Familie Bexley nicht vollständig eliminiert wurde. Sie standen allesamt unter Polizeischutz. David und Basil Bexley trugen das Ganze mit Fassung, aber die junge Frau erschien ihm depressiv und apathisch. Offensichtlich kam sie nur schwer über den Tod ihres Vaters und vor allem ihrer Großmutter hinweg.

Und dann war da noch diese Spur nach Deutschland. Vielleicht brachte die Licht in die Sache. Er griff zum Telefon, beauftragte zunächst Sutton, diesen Jay herzubringen, und wählte dann die Nummer der deutschen Kommissarin.

Kommissariat Wittmund – etwa zur selben Zeit

Fenja starrte auf das Foto. Ein fataler Fehler war ihr unterlaufen. Sie hatte etwas versäumt. Etwas Wichtiges. Sie hatte versäumt, Barne Ahlers weiterhin als Verdächtigen zu betrachten. Und nun hatten sie dieses Bild. Ganz harmlos, wenn man es ohne den Kontext ihrer Untersuchungen betrachtete. Aber unter den gegebenen Umständen barg es Sprengstoff.

Wie konnte ihr das nur passieren? Wenn sie ehrlich war, wusste sie, warum ihr das passiert war. Weil sie diesen Kerl mochte. Weil sie selbst es nicht hatte wahrhaben wollen, dass er womöglich eine Vorliebe für kleine Mädchen hatte. Aber die Realität fragte nun mal nicht danach, was ihr recht war. Die Realität arbeitete nach ihren eigenen rücksichtslosen Gesetzen. Und das hatte sie aus den Augen verloren. Unverzeihlich.

Fenja sprang auf und verließ eilig ihr Büro. Das Telefon hörte sie nicht mehr.

»Wo ist Jannes?«, rief sie Gesa zu, die an ihrem Schreibtisch vor ihrem Computer saß.

»In der Kantine, glaub ich«, antwortete Gesa und sah sie verblüfft an.

Fenja rauschte hinaus und eilte zur Kantine, wo Jannes Tiedemann sich gerade ein Stück Sahnetorte in den Mund schob.

»Jannes!«, rief sie und packte ihn gleich darauf am Arm. »Komm, wir müssen uns sofort diesen Ahlers schnappen.«

»Welchen Ahlers?«, fragte Tiedemann mit vollem Mund.

»Na, diesen Lehrer. Wir hätten ihn stärker in die Mangel nehmen sollen. Nun komm schon!«

Sie riss ihren Kollegen, dessen Gabel sich gerade mit einem Stück Torte seinem Mund näherte, so heftig hoch, dass der Kuchen von der Gabel fiel und Tiedemann lauthals protestierte.

»Ich erklär dir alles im Wagen. Du fährst.«

Eine Stunde später saßen sie mit Ahlers, den sie im Lehrerzimmer noch beim Korrigieren einer Matheklausur angetroffen hatten, in Fenjas Büro. Ahlers hatte resigniert seine Hefte zugeklappt und sich sein Jackett übergezogen.

»Hatte mich schon gefragt, wann es wohl so weit ist. Sie haben mich erstaunlich lange in Ruhe gelassen.«

Fenja, die sowieso schon kochte, war durch diese Äußerung nicht gerade gelassener geworden. Ahlers war ihnen widerstandslos und merkwürdig gelassen gefolgt und in den Polizeiwagen gestiegen.

Fenja und Tiedemann saßen Ahlers gegenüber.

Der kräuselte die Stirn. »Mal ehrlich, ich glaube, ich sollte meinen Anwalt anrufen. Wir sollten das hier vielleicht noch ein bisschen aufschieben.«

»Leute, die nichts verbrochen haben, brauchen keine Anwälte«, fauchte Fenja.

»Oder gerade die«, antwortete Ahlers und sah ihr fest in die Augen.

Das brachte Fenja ein bisschen aus dem Konzept. Dieser Kerl wirkte so sicher. Aber vielleicht war das ja alles nur Fassade.

»Sie haben uns nicht alles erzählt, Herr Ahlers.« Sie knallte ihm das Foto und die zugeklappte Aktennotiz hin, die er nur mit einem kurzen Blick streifte, dann lächelte er. Das Foto allerdings schien ihn zu interessieren. Er nahm es und betrachtete es genau.

»Also, was sagen Sie dazu?«

Er zuckte mit den Schultern und warf das Foto wieder auf den Tisch.

»Ehrlich, ich habe keine Ahnung, was das nun wieder soll. Das ist wahrscheinlich ein Foto von dem Tag, als wir mit der Sport-AG zum Wattsegeln waren. Kann mich gar nicht mehr dran erinnern, dass Greta dabei war.« Er zog die Stirn kraus und schien zu überlegen. »Ach ja«, sagte er dann, »sie war auch gar nicht dabei, sie hatte sich nämlich kurz vorher abgemeldet. Wegen Magen-Darm-Problemen, das ist nicht so prall auf einem Segelboot, also hab ich sie nach Hause geschickt. Stimmt, das war mir entfallen.«

Fenja sah keinen Grund, ihm nicht zu glauben, aber sie sah auch keinen Grund, ihm das auf die Nase zu binden, und griff zu der Akte. Ahlers lehnte sich zurück und verdrehte die Augen.

»Das wird mich wahrscheinlich für den Rest meines Lebens verfolgen. Aber na ja, jeder hat sein Pompeji.«

Fenja sah ihn verblüfft an. »Wie meinen Sie das?«

»Jeder hat seine Katastrophen mit sich herumzuschleppen. Sie nicht auch?«

Fenja räusperte sich. Der Mann war clever. Und er hatte eine derart männliche Ausstrahlung, dass sie kurz mit dem Gedanken spielte, Tiedemann die weitere Befragung zu überlassen. Dann riss sie sich zusammen. Das fehlte ja noch, dass sie bei einem Kerl schwach wurde. Aber er hatte recht, auch sie trug an ihrer persönlichen Katastrophe. Und das war ihr Exchef. Aber das war Vergangenheit und tat jetzt nichts zur Sache. Bloßes Ablenkungsmanöver. Wie gesagt, der Mann war clever. Sie zwang sich, ruhig zu werden, und sah ihn eine Weile schweigend an.

»Sie müssen doch zugeben, dass diese Aktennotiz zusammen mit dem Bild Sie verdächtig macht.«

Ahlers seufzte. »Ja, das tut sie wohl in Ihren Augen, aber Sie müssen dann zugeben, dass ich voll rehabilitiert bin und Sie mir daraus keinen Strick drehen können.«

»Immerhin hat die junge Frau Sie bezichtigt, sie genötigt zu haben, auch wenn sie die Anzeige hinterher zurückgezogen hat.«

Ahlers kreuzte die Beine. »Ich sollte mir wirklich einen anderen Beruf suchen«, murmelte er vor sich hin. »Einen, wo ich nur mit Männern zu tun habe.«

»Sie hatten ausgesagt, dass Sie an dem besagten Abend am Campingplatz etwas gehört haben. Plötzlich laute Musik, die sofort wieder verstummte. So als würden sich Leute um den Musikkanal streiten.« Fenja erwähnte nicht, dass einige der Touristen, die sich zu der Zeit auf dem Campingplatz aufgehalten hatten, das bestätigt hatten, aber keine Angaben über die Herkunft des Lärms machen konnten. »Könnte es sein, dass Sie uns einfach auf eine falsche Fährte gelockt haben? Laute Musik kann auch Schreie übertönen.«

Ahlers sah Fenja einen Augenblick schweigend an. »Ich habe gleich gesagt, ich hätte es nicht erwähnen sollen. Aber wenn ich mich recht entsinne, waren Sie ja ganz wild auf Einzelheiten.«

Fenja fühlte, wie sie rot wurde. Das durfte nicht passieren. Was war denn mit ihr los? Natürlich wusste sie, dass Ahlers recht hatte. Sie hatte ihn bedrängt, weil sie unbedingt ein Ergebnis wollte. Etwas. Egal, was. Das hatte ihr Exchef und Geliebter ihr auch immer vorgeworfen. Sie konnte sich nicht damit abfinden, wenn sie nichts tun konnte. Daran musste sie arbeiten. Und dieser Typ würde sie nicht kleinkriegen.

»Warum haben Sie uns nichts von dieser Anzeige erzählt?«

Ahlers legte den Kopf schräg. »Na, was glauben Sie?«

Jetzt kehrte Ahlers den Lehrer heraus, und es gelang ihm tatsächlich, dass Fenja sich wie eine Schülerin fühlte.

»Hören Sie«, fuhr er fort. »Ich habe Greta Werft nicht angerührt, okay – bis auf die Tatsache, dass ich ihr die Hand auf die Schulter gelegt habe, weil es ihr schlecht ging. Und Svenja damals in Bremen bin ich nie nähergekommen, als man einer Schülerin im Klassenraum nun mal kommt. Das Mädchen war verliebt. Ich hab sie abgewiesen, obwohl sie schon neunzehn war und zu dem Zeitpunkt nicht mal mehr eine meiner Schülerinnen. Aber, ob Sie's glauben oder nicht, ich habe meine Prinzipien. Sie wollte sich rächen, und das ist ihr definitiv gelungen. Deswegen bin ich ja wohl hier.« Er machte eine Handbewegung, die den Befragungsraum umfasste. »Leider war sie nicht clever genug, auch dafür zu sorgen, dass ich kein Alibi hatte, was dann glücklicherweise der Fall war. Sie hat die Anzeige zurückgezogen, weil ihre Anschuldigung sowieso vollkommen aus der Luft gegriffen war. Und wer sollte das besser wissen als sie selbst?«

Fenja stützte ihre Ellbogen auf den Tisch und legte ihr Kinn auf die gefalteten Hände.

»Wo waren Sie an dem Samstag nach der Grillparty?«

»Das hab ich doch Ihrem Kollegen bereits gesagt, ich bin nach Hause gefahren und todmüde ins Bett gefallen. Leider war ich allein.«

Die drei Menschen im Raum musterten sich eine Weile schweigend, dann sprach Ahlers wieder.

»Vielleicht sollte ich jetzt doch meinen Anwalt anrufen.«

Fenja stand auf. »Das ist nicht nötig«, sagte sie, während sie die Unterlagen auf dem Tisch zusammenschob. »Sie können gehen, verlassen aber bitte Wittmund nicht und halten sich für weitere Fragen zur Verfügung.«

Ahlers sah sie fast bedauernd an und stand dann auf.

»Ganz wie Sie meinen«, sagte er und verließ den Befragungsraum.

Fenja sah ihm mit gemischten Gefühlen nach und hoffte irgendwo im tiefsten Winkel ihrer komplizierten Seele, dass Ahlers ihr das alles nicht übel nehmen würde.

In ihrem Büro erwartete sie Geert Frenzen.

»Hier«, empfing er sie, »eben ist noch ein Satz Bilder aus Eastbourne gekommen. Und jetzt sieh dir mal an, wen wir da haben.«

Frenzen wies auf den Bildschirm, und Fenja blieb vor Verblüffung der Mund offen stehen.

»Wenn ich die Mail richtig verstanden habe, ist das Bild am 6. Juni, also am Tag der Ermordung dieses Bexley alias Brendon, in einem Pub an den Klippen von East Sussex aufgenommen worden. Und wir haben bereits rausgefunden, dass der Mann am selben Tag von Bremen nach London geflogen und am folgenden Tag wieder zurückgekommen ist. Was sagst du jetzt?«

»Na, das wird die Kollegen in England ja freudig stimmen, die haben dann ihren Mordfall womöglich gelöst. Aber … irgendwas müssen diese beiden ja gemeinsam gehabt haben, wenn sie in Carolinensiel leben – zumindest zeitweise – und sich in Sussex treffen. Was haben die ausgeheckt?« Fenja überlegte. »Ich werde jetzt noch mal in England anrufen, und du holst diesen Kerl hierher, jetzt gleich.«

»Geht klar«, sagte Frenzen und verließ das Büro.

Fenja setzte sich und suchte verärgert nach der Nummer der Polizei Eastbourne. Wieso rief der Mensch nicht zurück? Und was zum Kuckuck hatte das alles zu bedeuten? Sie wollte eben den Hörer abnehmen und diesen Bradford anrufen, als das Telefon klingelte.

Verärgert nahm sie ab. Nie konnte man einen Gedanken oder ein Vorhaben zu Ende führen! Ständig wurde man unterbrochen, weil irgendwer irgendeine dämliche Frage hatte.

»Hallo«, meldete sie sich schlecht gelaunt und schämte sich sofort für ihre Unhöflichkeit, als sie nach einigem Zögern eine sanfte Stimme auf Englisch ansprach.

»Hallo, hier spricht Inspector Bradford von der Polizei Eastbourne, ist dort Ms Fenja Ehlers?«

»Ja«, antwortete Fenja verlegen und verzichtete darauf, die Aussprache ihres Namens zu korrigieren. Der Inspector hatte *Findscha Ihlers* gesagt, was sich eigentlich auch ganz gut anhörte.

»Es geht um unser Mordopfer Anthony Bexley, wir hatten Ihnen einige Bilder gemailt«, fuhr der Inspector fort.

»Ja, sehr freundlich«, Fenja räusperte sich. »Wir haben eine Person auf einem Bild identifiziert. Es handelt sich um einen Mann, der möglicherweise auch in den Mordfall Gerit Krohn verwickelt ist, in dem wir ermitteln. Außerdem haben wir herausgefunden, dass er an dem Wochenende, an dem dieser Bexley ermordet wurde, von Bremen nach London geflogen ist. Von dort aus wird er dann wohl mit einem Leihwagen zu … diesem Pub an den Klippen gefahren sein.« Fenja erinnerte sich an eine Klassenfahrt, die sie nach Brighton geführt hatte, und Eastbourne lag irgendwo auf dem Weg dahin, konnte also nicht so weit sein. Das konnte man locker an einem Wochenende schaffen. »Wir sind uns also sicher, dass es sich um die besagte Person handelt und werden sie befragen.« Für den Moment wusste Fenja nicht weiter und wartete.

Der Inspector sagte ebenfalls nichts. Er schien zu überlegen.

»Okay«, sagte er dann mit dieser dunklen, sanften Stimme, die Fenja so gar nicht mit einem polizeilichen Ermittler in Zusammenhang bringen konnte, »ich werde mich mit meinem Vorgesetzten über die Formalitäten unterhalten und Sie dann wieder anrufen. Einverstanden?«

Natürlich war Fenja einverstanden. Lächelnd legte sie den Hörer auf. Nett war er, dieser Inspector, und er klang noch recht jung, jedenfalls nicht so, wie sie sich einen Detective Chief Inspector aus den englischen Krimis im Fernsehen vorstellte. Wie er wohl aussah?

Aber das war nebensächlich. Er hatte etwas von Formalitäten gesagt, die jetzt auch auf sie warteten, falls dieser Bexley etwas mit dem Tod von Gerit Krohn zu tun hatte. Darüber wollte sie lieber gar nicht nachdenken. Manchmal war es besser, Dinge auf morgen zu verschieben.

Das war eine der wenigen Eigenschaften, die Fenja an Scarlett O'Hara mochte. Sie konnte unangenehme Dinge auf morgen verschieben. Eine weitere war, dass sie vor nichts und niemandem Angst hatte – außer vor der Dunkelheit.

Eastbourne – Polizeistation

DCI Bradford hatte mit Walker gesprochen, und sie waren übereingekommen, die Sache zunächst inoffiziell zu behandeln. Bradford sollte nach Deutschland fliegen, um sich selbst ein Bild zu machen. Schließlich war noch nicht sicher, dass dieser Mensch aus Deutschland Bexley tatsächlich ermordet hatte. Und möglicherweise auch diese Frau in … in diesem Ort an der deutschen Küste. Wenigstens war Walker unbürokratisch, und das war keine Selbstverständlichkeit für einen Chief Constable. Bradford trommelte mit den Fingern auf seinem Schreibtisch herum, schlug dann mit der flachen Hand den Abschlussakkord und stand auf, um der Sekretärin, Sally Lucas, den Auftrag zu geben, für Montag einen Flug nach Bremen zu buchen und dort auch gleich einen Leihwagen anzumieten.

Sally Lucas hatte ihn leicht erschreckt angesehen und auf Bradfords Frage, was sie so beunruhige, nur gemurmelt: »… die fahren da aber rechts.«

»Stimmt«, hatte Bradford grinsend geantwortet. »Machen Sie sich mal keine Gedanken, ich fahre nicht zum ersten Mal auf dem Kontinent Auto.«

Mit diesen Worten war er in sein Büro zurückgekehrt, wo ihn ein junger Mann in Motorradkluft erwartete, den Constable Sutton mit leicht angewidertem Gesichtsausdruck bewachte. Der Junge lümmelte sich breitbeinig auf dem Stuhl vor Bradfords Schreibtisch. Seine Lederkluft knarzte bei jeder Bewegung, und wenn man die Häufigkeit des Knarzens in Betracht zog, schien der junge Mann dieses Geräusch zu lieben, denn er bewegte sich alle paar Sekunden. Bradford setzte sich und nickte Constable Sutton zu.

»Danke, Sutton, warten Sie bitte draußen und sorgen Sie dafür, dass wir nicht gestört werden.« Sutton guckte etwas verwirrt, verließ aber sofort das Büro. Bradford ignorierte den jungen Mann zunächst und rief seine Akte im Computer auf. »Ihr Name ist Jason Hoxten, geboren am 17. Januar 1993 in Matlock, diverse

Vorstrafen wegen Diebstahl und Dealerei, einmal sechs Monate Jugendarrest, zurzeit arbeitslos.« Er blickte Hoxten fragend an. »Oder hat sich da was geändert?«

Hoxten verschränkte knarzend die Arme. »Nein«, antwortete er in einem Ton, als betrachtete er es als Höchstleistung, den britischen Steuerzahler auszunehmen.

Bradford machte es sich in seinem Stuhl gemütlich.

»Wovon leben Sie zurzeit?«

»Von Stütze und 'n paar Nebenjobs.«

»Die wären …«

»Also«, Hoxten schlug die Beine übereinander und grinste höhnisch, »das sag ich Ihnen nicht.«

»Auch manchmal bei den Bexleys?«

Das Grinsen fror ein. »Weiß nicht, was Sie mir anhängen wollen. Bei denen war ich schon ewig nicht mehr.«

»Natürlich nicht, weil Sie sich an der Kasse vergriffen haben und rausgeflogen sind.«

Hoxten schwieg, ebenso wie seine Lederkluft.

»Woher …?«

»Wenn Sie mir nicht sagen wollen, wo Sie das Geld verdienen, das Sie so großzügig in Ihr Motorradhobby investieren, dann werden wir uns wohl etwas intensiver mit Ihnen beschäftigen müssen.«

Diese Aussicht schien dem jungen Mann nicht zu behagen.

»Sie waren am Tag der Ermordung von Violet Bexley ebenfalls auf dem Picknick, und wie ich gehört habe, sogar ziemlich lange. Wann genau haben Sie den Park verlassen, und was haben Sie anschließend gemacht?«

Hoxten nahm seine getönte Brille ab, klappte langsam die Bügel um und schob sie in die Innentasche seiner Jacke, die ein ausführliches Knarzen von sich gab.

»Erstens haben ich und meine Kumpels dazu schon ausgesagt, und zweitens wollen Sie mir doch wohl nicht unterstellen, dass ich die Alte in den Teich geschubst hab, oder? Bloß weil ich in Ihrem blöden Register stehe, bringe ich noch lange keinen um.«

»Ich hatte Ihnen eine Frage gestellt. Antworten Sie bitte.«

»Dürfen Sie das überhaupt, mich hier ohne Anwalt befragen?«

Bradford konnte sich ein Kichern nicht verkneifen. »Wir ermitteln in einem Mordfall, wir dürfen alles.« Das war zwar gelogen, schadete aber keinem.

»Also, ich bin irgendwann mit den anderen zusammen abgehauen und bin dann noch mal zu meiner Freundin. Haben noch'n bisschen rumgemacht.« Knarz, knarz.

»Name, Adresse?«

»Freya Roberts, ihre Mutter führt den Tearoom in Beecock.«

»Sie meinen diese fünfzehnjährige Schülerin?«

Hoxten schluckte.

Bradford fuhr ungerührt fort. »Sie wollen also wirklich ein Schäferstündchen mit einer Minderjährigen als Alibi anführen? Dann müssen Sie es ja verdammt dringend brauchen.«

Hoxten fehlten jetzt gänzlich die Worte.

»Ich denke mir das so«, sagte Bradford. »Violet Bexley hat Sie und Ihre ›Kumpels‹«, Bradford malte Gänsefüßchen in die Luft, »nachts nach dem Picknick noch auf Lessington Park herumlungern sehen, hat sich gedacht, einmal Dieb, immer Dieb, und wollte die Polizei rufen. Daraufhin haben Sie sie umgebracht.«

Hoxten schnappte nach Luft und schrie: »Das können Sie nie und nimmer beweisen, ganz einfach, weil es nicht stimmt!«

Sutton steckte den Kopf zur Tür rein. »Ist alles in Ordnung?«

»Ja, danke«, antwortete Bradford, »warten Sie noch einen Moment draußen, wir sind noch nicht fertig.«

Sutton zog sich zögernd wieder zurück.

Bradford ignorierte Hoxtens Ausbruch und fuhr fort.

»Kurz vor dem Mord an den beiden Bexleys ist aus der Sakristei der Kirche Geld gestohlen worden. Es gibt einen Zeugen, der Sie zur fraglichen Zeit dort gesehen hat.« Das war zwar wieder gelogen, schadete aber auch keinem.

»Wer?« Hoxten wurde blass.

»Das tut nichts zur Sache, der Zeuge hat Sie eindeutig erkannt.«

»Das kann nicht sein! Sie können mich mal.« Hoxten stand auf. »Ich gehe jetzt.«

»Sie setzen sich wieder hin, oder ich werde ungemütlich.« Bradford sprach ruhig, aber so bestimmt, dass Hoxten wieder auf seinen Stuhl sank.

Bradford stand langsam auf, ging um den Schreibtisch herum und setzte sich auf die Ecke, die Hoxten am nächsten war. Er verschränkte die Arme und musterte den jungen Mann von oben herab. Der wich unwillkürlich zurück.

»Jetzt will ich Ihnen mal was sagen. Manchmal …«, Bradford schwieg einen Moment und setzte eine bedrohliche Miene auf, »manchmal ziehe ich es vor, Dinge auf meine … sagen wir … etwas unkonventionelle Art zu regeln, um Zeit und Steuergelder zu sparen.« Er rückte ganz nah an Hoxten heran, schnappte seine linke Hand, umklammerte den kleinen Finger und flüsterte ihm ins Ohr. »Ich war nämlich mal beim Geheimdienst, wenn Sie verstehen, was ich meine.« Noch eine Lüge, aber die schadete höchstens ihm selbst. »Wir haben da so unsere Methoden. Ich kann Ihnen jeden einzelnen Finger der Hand brechen. Ganz leise, und ich bin noch einer von der harmlosen Sorte.«

Bradford entwickelte sich langsam zum Märchenerzähler, aber er wollte die Pädophilie-Keule erst als ultimative Drohung einsetzen. Immerhin hatte er Erin Roberts das Versprechen gegeben, Freya möglichst aus allem herauszuhalten. Seine Drohgebärden zeigten Wirkung. Hoxten schwitzte.

»Ich lasse jetzt Ihren Finger los, und wenn Sie klug sind, erzählen Sie mir alles in Ruhe. Das spart eine Menge Zeit, die wir nicht haben. Ist das jetzt klar?«

»Ja«, kiekste Hoxten und krümmte sich, als Bradford seine Hand losließ.

»Ich höre.«

»Also …« Hoxten räusperte sich. »Freya hat mir erzählt, dass der Pfarrer den Spendenbehälter vom Women's Institute im Sakristeischrank aufbewahrt und dass der Schlüssel immer in der Schublade vom selben Schrank liegt.« Hoxten verzog den Mund. »Wie blöd ist das denn? Selber schuld, außerdem, wen beklaut man denn da eigentlich? Diese Weiber? Was soll's, gehen sie eben noch mal sammeln! Wen interessiert's? Na ja, Bexley hat mich mit diesem Sammelbecher aus der Sakristei kommen sehen. Irgendwie hat er rausbekommen, dass die vom Women's Institute ihre Spendengelder da aufbewahren, und hat mich an dem Abend auf der Straße angehauen und wollte, dass ich ihm das Geld gebe.« Hoxten wurde laut und duckte sich gleichzeitig. »Und wenn Sie das nicht glauben, kann ich's auch nicht ändern! Es war so, dieser reiche Fatzke wollte, dass ich ihm das Geld gebe, dass ich kurz vorher aus der Sakristei geklaut hatte! Hat gesagt, er hätte Fotos gemacht und sie sicher deponiert. Wenn ich also nicht in den Knast wollte, sollte ich ihm am nächsten Tag das Geld bringen. Vor dem Pub wollten wir uns treffen. Na, ich hatte natürlich keinen Bock, für die paar Kröten wieder in den Bau zu gehen, und geh hin. Aber was passiert? Er will das Geld auf einmal nicht mehr! Hat blöd gegrinst und gesagt, ich soll's zurückgeben! Total abgedreht, der Typ! Okay, hab ich gesagt, mach ich, wenn er mir das Foto gibt. Hat er wieder blöd gegrinst und gesagt, er hätte noch was zu regeln. Sobald das erledigt ist, gibt er's mir. Und am nächsten Tag war er tot, und die Sache war erledigt. Aber umgebracht hab ich ihn nicht! Und die Alte auch nicht!«

Bradford spielte gedankenverloren mit einer Büroklammer. Diese Geschichte war so seltsam, dass sie möglicherweise der Wahrheit entsprach.

Er ließ Hoxten noch ein bisschen zappeln und stand dann auf.

»Das Foto haben wir sichergestellt.« Dass es ihnen ohne ein Geständnis nicht viel nützen würde, verschwieg er. »Sie geben jetzt auf der Stelle das Geld zurück. Von mir aus machen Sie es anonym. Andernfalls landen Sie wieder im Knast. Und«, er flüsterte wieder, »lassen Sie die Finger von Minderjährigen. Wenn ich Sie noch einmal in der Nähe von Freya Roberts erwische, kümmere ich mich höchstpersönlich um Sie. Verstanden?« Er öffnete seine Bürotür. »Sie haben vierundzwanzig Stunden. Und jetzt raus hier.«

Hoxten erhob sich knarzend, fischte seine Brille wieder aus der Lederjacke und ging breitbeinig an Bradford vorbei. Der verzog den Mund. Wie er diese Typen verabscheute, Feiglinge waren sie allesamt, mit einem Ego so groß wie ein Flugzeugträger.

Er hätte ihn einbuchten können, aber er hatte die Erfahrung gemacht, dass man Armleuchter, die noch etwas zu verlieren hatten, besser unter Kontrolle hatte. Frustrierte Armleuchter hingegen ließen ihren Frust zu gern an anderen aus, vorzugsweise an

Schwächeren. So war Freya Roberts sicherer. Aber er durfte den Burschen und seine Clique nicht aus den Augen lassen. Er glaubte allerdings nicht, dass dieser Wicht etwas mit seinen Fällen zu tun hatte, auch wenn er für den Mord an einer alten Frau bestimmt mutig genug war.

Er wusste, dass er sich mit seiner unkonventionellen Strategie auf dünnem Eis bewegte, aber er tat so etwas nicht zum ersten Mal.

Allerdings war das Verhalten von Anthony Bexley – wenn Hoxtens Aussage stimmte, und das glaubte Bradford – mehr als rätselhaft. Was war passiert, dass er plötzlich kein Geld mehr haben wollte?

Wittmund – Kommissariat – Samstagvormittag

Fenja besprach mit ihrem Team im Büro von Kriminalrat Haberle die Sachlage. Geert Frenzen, Jannes Tiedemann und Gesa Münte hatten Mühe, in der kleinen Sitzecke vor Haberles liebevoll gepflegtem Gummibaum einigermaßen bequem zu sitzen. Aber der Konferenzraum wurde gerade neu gestrichen. Statt des kühlen Weiß hatte Fenja ein Lindgrün vorgeschlagen. Erstens regte Grün das Denken an, und zweitens fühlte man sich besser, wenn man von dieser Farbe der Hoffnung, Ruhe und Frische umgeben war. Der Konferenzraum eines Polizeikommissariats war normalerweise kein Raum, in dem man über angenehme Dinge sprach.

»Also, wenn ich diesen Bradford richtig verstanden habe, haben sich Bexley alias Brendon und unser sauberer Herr Dr. Petersen in Sussex in einem Pub …«, sie konsultierte kurz ihre Notizen, »namens Beachy Head Inn getroffen. Dieser Pub liegt genau an ebenjenen Klippen, von denen Bexley gestürzt ist beziehungsweise laut Bradford gestürzt wurde. Petersen ist zu dem fraglichen Zeitpunkt nach London geflogen, das haben wir bereits überprüft. Weiterhin hat Kollege Tiedemann«, sie warf Jannes einen lobenden Blick zu, »in dem Wust von Papieren herausgefunden, dass Petersen Gerit Krohn um mehr als zweihunderttausend Euro erleichtert hat. Die Hälfte hat er behalten, und den Rest hat er auf ein Konto bei einer Bank in London überwiesen, und zwar an diesen Bexley, woraufhin der das Geld in eine Windkraftfirma mit Sitz in Hamburg investiert hat, die aber leider Pleite gemacht hat. Das Geld ist also futsch. Außerdem hat Petersen Gerit Krohns Boot verkauft, allerdings zu einem Spottpreis von vierzigtausend Euro, dabei hätte sie locker das Doppelte herausschlagen können. Geert, willst du was dazu sagen?«, bat Fenja ihren Kollegen, der in seiner Freizeit nichts mehr liebte, als auf seiner Jolle durchs Watt zu segeln, und ebenso gerne davon erzählte.

»Also«, antwortete der und hievte sich unauffällig von der engen Sitzfläche des Ledersofas hoch auf die Lehne, »das Boot hätte er auch für siebzig-, achtzigtausend verkaufen können, so wie es ausgestattet ist, allein die Kajüteneinrichtung ist derart luxuriös …«

»Ja, ja, ich glaub's Ihnen.« Haberle winkte ab, wollte wohl verhindern, dass Frenzen ins Schwärmen geriet.

»Tja, da wir davon ausgehen können, dass Petersen ein Faible für schnelles Geld hatte, das man zudem noch an der Steuer vorbeischmuggeln kann, nehmen wir an, er hat mit dem Käufer, diesem Strelow, einen Deal ausgehandelt, so nach dem Motto: Auf dem Papier geb ich dir das Boot für vierzigtausend, die zahlst du brav per Banküberweisung, von den anderen vierzig gibst du mir zwanzig auf die Hand, und zwanzig sind für dich. Schnell verdientes Geld und idiotensicher. Außerdem vermuten wir, dass dieser Strelow das Boot nicht für den Eigenbedarf gekauft hat, sondern um es teuer wieder zu verscherbeln.«

»Aber hat sich denn die Frau Krohn nicht gewundert, dass das Boot so billig weggegangen ist?«

»Petersen wird schon eine Erklärung gefunden haben, warum das Boot nicht mehr wert war. Und Frau Krohn hatte keinen Grund, dem Mann zu misstrauen – obwohl«, Fenja wusste nicht, wie sie sich ausdrücken sollte, »sie natürlich Grund genug gehabt hätte, wenn sie bloß ein bisschen vorsichtiger gewesen wäre. Außerdem wollte sie das Boot loswerden. Aber das können wir bisher nur vermuten. Unser Herr Strelow, dem wir das Ganze natürlich auf den Kopf zugesagt haben, hat daraufhin alle Körperöffnungen zusammengekniffen. Beweisen können wir den beiden das leider bisher nicht.«

»Das ist ja alles schon mal ganz gut«, sagte Haberle, »aber hat das was mit unserem Mord oder dem Überfall auf das Mädchen zu tun?«

»Dazu wollte ich gerade kommen.« Fenja war aufgestanden, kam sich aber jetzt, wo alle zu ihr aufblicken mussten, noch dämlicher vor als vorher eingezwängt zwischen Gesa und Jannes auf dem Sofa und setzte sich wieder. »Die Spurensicherung hat DNA von Greta Werft auf dem Boot von Gerit Krohn gefunden und Blutspuren, die von Gerit Krohn stammen, obwohl jemand das Boot intensiv gereinigt hat. Wir können also davon ausgehen, dass Gerit Krohn auf ihrem eigenen Boot niedergeschlagen worden ist.« Fenja machte eine kleine Pause. »Wahrscheinlich hat sie den Täter mit Greta Werft überrascht, und deshalb musste sie sterben. Leider«, Fenja räusperte sich, »leider haben wir keine DNA von unserem Hauptverdächtigen gefunden. Aber man darf wohl davon ausgehen, dass er gewieft genug war, seine Spuren zu verwischen.«

»Und wieso hat man das Mädchen dann nicht in der Nähe von Frau Krohns Boot gefunden, sondern in der Nähe des Bootes unseres Verdächtigen?«, wollte Haberle wissen.

»Das können wir uns nur so erklären«, sagte Tiedemann, der wieder auf die Sitzfläche gerutscht war, »dass Petersen damit beschäftigt war, Gerit Krohn aus dem Weg zu schaffen. Währenddessen ist Greta abgehauen. Wahrscheinlich hat er sie verfolgt und am Ufer niedergeschlagen, musste sich aber aus dem Staub machen, weil die Zeugin im Anmarsch war.«

»Aber«, Haberle war noch nicht zufrieden, »wie ist dann der Schuh von Greta Werft auf Petersens Boot gekommen?«

Fenja wand sich ein wenig, denn das war der einzige Punkt in ihrer Fallrekonstruktion, den sie nicht recht mit den Gegebenheiten in Einklang bringen konnte. »Das ist in der Tat rätselhaft, wir nehmen an, dass Petersen ihre Kleider zusammengerafft und zunächst mit auf sein Boot genommen hat, um sie später zu entsorgen, und dabei den Schuh verloren hat.«

Alle schwiegen einige Sekunden, bis Fenja wieder das Wort ergriff.

»Greta können wir leider nicht fragen. Sie ist immer noch nicht aussagefähig. Ihr Arzt sagt, er kann keine Prognose abgeben. Wir hoffen also weiter auf eine brauchbare Zeugenaussage. Bis dahin steht das Mädchen unter Polizeischutz. Es sei denn, wir überführen den Mörder vorher.«

Haberle legte den rechten Zeigefinger auf die Lippen und den Daumen unter sein Doppelkinn. »Und was hat jetzt dieser Freund von der Frau Krohn, dieser Amerikaner oder Engländer oder was auch immer, mit der Sache zu tun? War der nicht unser Hauptverdächtiger?«

»Also«, meldete sich Gesa Münte schüchtern, »da sind wir nicht sicher. Fest steht, dass Petersen und dieser Bexley Gerit Krohn um eine große Geldsumme betrogen haben. Ob er jetzt auch etwas mit dem Mord an Gerit Krohn beziehungsweise dem versuchten Mord an Greta Werft zu tun hat, ist unklar. Und Hauke Wilhelm war mit Sicherheit ein unliebsamer Zeuge, der aus dem Weg geräumt werden musste, was Petersen dann noch erledigt hat. Er hat für die Tatzeit kein Alibi. Bestimmt hat Wilhelm versucht, sein Wissen zu Geld zu machen.«

»Vielleicht haben die Verbrechen ja auch gar nichts miteinander zu tun«, sagte Haberle.

»Unwahrscheinlich«, erwiderte Fenja, »drei Gewaltverbrechen in einem kleinen Ort wie Carolinensiel, zur selben Zeit in einem Umkreis von wenigen hundert Metern?« Sie blickte ihren Chef zweifelnd an und fuhr fort. »Einerseits könnte es sein, dass Bexley und Petersen einfach ihren Betrug vertuschen wollten, aber dazu ist die Ermordung der Betrogenen ja nun das denkbar schlechteste Mittel. Bei einer Mordermittlung werden doch die Papiere und Konten des Opfers genau unter die Lupe genommen, das weiß sogar der dämlichste Täter. Nein«, Fenja war wieder aufgestanden und begann in dem kleinen Büro auf und ab zu gehen, »ich bin mir sicher, dass Gerit Krohn unverhofft Zeugin des Verbrechens an Greta Werft geworden ist und deshalb sterben musste. Wahrscheinlich ist sie einfach noch mal zum Boot gegangen, bevor der neue Besitzer es abholen wollte, um ein paar persönliche Sachen aus der Kajüte zu holen, und dabei trifft sie auf Greta und ihren potenziellen Mörder.«

Je mehr Fenja darüber nachdachte, umso plausibler schien ihr dieser Tathergang.

»Dann muss sie aber noch einen Schlüssel gehabt haben«, gab Haberle zu bedenken.

»Wahrscheinlich wollte sie ihn Petersen anschließend geben, damit er ihn dem neuen Besitzer aushändigt«, sagte Fenja. »Da sind wir ebenfalls auf Vermutungen angewiesen. Petersen behauptet, nur von einem Schlüssel gewusst zu haben.«

»Und was ist nun mit diesem Engländer? Wieso hat Petersen den umgebracht? Weil er ein Mitwisser war?«

»Das wissen wir noch nicht«, sagte Tiedemann und versetzte

Frenzen, der mit geschlossenen Augen dasaß, einen Stoß in die Rippen, woraufhin der zusammenzuckte und sich einen Moment umblickte, als müsse er sich orientieren. Fenja warf ihm einen warnenden Blick zu und fragte sich, mit welchem Infekt seine Tochter wohl derzeit den Nachtschlaf ihrer Eltern sabotierte.

»Das hoffen wir in der Befragung herauszubekommen. Dass Bexley etwas mit dem Mord an Gerit Krohn zu tun hat, halte ich aber für unwahrscheinlich. Dieser Inspector Bradford aus Eastbourne hat gesagt, dass Bexley vor seinem Tod versucht hat, Geld zu beschaffen, offenbar, um seinen Betrug vor seiner Freundin zu vertuschen, und das wäre unsinnig, wenn er sie vorher umgebracht hätte. Er hat es wohl mit der Angst zu tun bekommen, als Gerit Krohn vermisst wurde, und hat sich sicherheitshalber aus dem Staub gemacht.« Fenja musterte einen Moment versonnen den gewaltigen Terrakottatopf, der das Wurzelwerk des Gummibaums beherbergte. »Auf jeden Fall wissen wir jetzt, warum er hier unter falschem Namen gelebt hat. Das war bestimmt nicht der erste und einzige Betrug, den dieser Typ auf dem Kerbholz hatte.«

»Ganz zu schweigen von der Arbeit, die er uns damit gemacht hat«, schimpfte Frenzen, der offenbar ausgeschlafen hatte.

Fenja sah auf ihre Armbanduhr. »Petersen müsste jetzt im Befragungsraum sein. Kollege Tiedemann und ich wollen ihn uns vornehmen.« Frenzen traute sie das im Moment nicht zu, aber das behielt sie in Gegenwart ihres Chefs lieber für sich.

»Der Inspector kommt übrigens übermorgen nach Wittmund. Er möchte mit Petersen sprechen und sich ein Bild von dem Leben machen, das dieser Bexley hier geführt hat. Sie haben dort übrigens noch einen zweiten Mord zu bearbeiten. Bexleys Mutter wurde erschlagen, und auf den Schwiegersohn des Toten wurde ein Anschlag verübt.«

»Na herzlichen Glückwunsch.« Haberle erhob sich schwerfällig, Frenzen, Tiedemann und Gesa Münte sprangen gleichzeitig auf, Gesa mit einem Seufzer der Erleichterung. Das war die erste und letzte Besprechung unter Haberles Gummibaum, nahm Fenja sich vor. Man kam sich ja vor wie im Regenwald, nur dass dort mehr Platz war.

Leider mussten sie Petersens Befragung nach zwei Stunden ergebnislos abbrechen. Der gute Mann hatte einen seiner Kollegen zum Händchenhalten herbestellt, und die beiden hatten sich wohl darauf geeinigt, dass es in Petersens Lage vorerst das Beste sei, nur das Offensichtliche zuzugeben, die Taten zu leugnen und ansonsten den Mund zu halten und abzuwarten, was genau ihm denn nachgewiesen werden konnte. Und das war wenig.

Für die Morde an Gerit Krohn und Hauke Wilhelm und den Mordversuch an Greta Werft hatte er kein Alibi, denn niemand hatte ihn zur Tatzeit in dem Hotel in Wilhelmshaven gesehen. Andererseits war er kurz vor dem Mord an Anthony Bexley mit ihm zusammen am Tatort gesehen worden. Dazu kamen seine dunklen Machenschaften mit Bexley. Womöglich war es zwischen den beiden zum Streit gekommen, in dessen Verlauf Petersen Bexley dann aus dem Weg geräumt hatte.

Das alles machte Petersen dringend verdächtig, aber wenn er nicht redete, konnten sie ohne handfeste Beweise wenig machen. Alles, was sie ihm bisher nachweisen konnten, war Betrug. Sie hatten eine gefälschte Unterschrift gefunden, die Petersen dazu ermächtigte, eine große Geldsumme von Gerit Krohns Vermögen auf das Konto einer Londoner Bank zu transferieren. Die beiden Anwälte hatten sich also demonstrativ gelangweilt gegeben.

Fenja hatte die Befragung dann mit dem Hinweis abgebrochen, dass sie einen Haftbefehl beantragen würde. Petersen war daraufhin zwar zusammengezuckt und hatte seinem Busenfreund einen unsicheren Blick zugeworfen, sich aber weiterhin in Schweigen gehüllt.

Am Abend hatte Fenja die Nase gestrichen voll und war heilfroh, sich zumindest heute nicht mit Mord, Vergewaltigung und vor allem renitenten Verdächtigen beschäftigen zu müssen. Sie freute sich auf ihren Dinnerabend mit Marlene, Frieder und Lotte.

In der letzten Zeit waren sie ziemlich selten zusammengekommen. Es wurde immer schwieriger, einen Termin zu finden, der allen passte. Alle waren geschiedene Singles und hielten sich die Samstagabende gerne für eventuelle Dates frei. Nur Lotte hatte am Wochenende meistens Zeit, weil ihr Freund verheiratet war und es vorzog, den Samstag und Sonntag mit seiner Frau zu verbringen. Lotte wurde nicht müde zu beteuern, dass ihr das nicht das Geringste ausmachte. Die anderen glaubten ihr kein Wort, ließen sie aber nach ihrer Fasson glücklich werden. Oder unglücklich, ganz nach Gusto.

Tante Bendine hatte ihnen wie immer ihre Küche überlassen, unter der Bedingung, dass für sie und Nele mitgekocht wurde, womit alle gern einverstanden waren. Heute hatte Marlene den Abend geplant und eingekauft. Marlene war Anlageberaterin bei einer Bank in Wittmund, eine Sportskanone und – zu Fenjas Bedauern – Vegetarierin. Aber wenigstens hatten sie keinen Antialkoholiker in ihrer Runde, und heute Abend hatte Fenja das Bedürfnis, sich am Rotwein festzuhalten, auch wenn sie dazu Tofuburger mit Brokkolisalat und Vollkornnudeln hinunterwürgen musste.

Eastbourne – Polizeistation – Samstag

Bradford hatte Buckley, Sutton und Riley in den Besprechungsraum gebeten.

Die anderen waren zu Befragungen unterwegs.

»Also, um es kurz zu machen, ich werde übermorgen nach Deutschland fliegen und mich mit dieser Kommissarin treffen und versuchen herauszufinden, was Bexley dort getrieben hat und ob dieser Petersen etwas mit seinem Tod und dem seiner Mutter zu tun hat. Wie es scheint, haben Petersen und Bexley gemeinsame Sache gemacht und die Konten dieser Gerit Krohn in den letzten Jahren um etwa zweihunderttausend Euro erleichtert. Obendrein haben wir keine Ahnung, wovon Anthony Bexley sonst noch gelebt hat. Er muss, außerhalb seiner Betrügereien, weitere Einnahmen gehabt haben, wahrscheinlich auch durch kleine Erpressungen, was natürlich den Kreis der Verdächtigen erhöht. Womöglich hat er auch ein paar seiner Aquarelle verkauft. Aber das waren, wenn man dem Sachverständigen glauben will, keine großen Kunstwerke.«

»Glauben Sie denn, dass Petersen der Mörder ist, Sir?«, fragte Sutton.

»Ich bin mir nicht sicher, aber einiges spricht dafür. Immerhin war er am Abend von Bexleys Tod mit ihm zusammen im Beachy Head Inn. Ein Motiv hat er möglicherweise auch. Vielleicht haben sie sich zerstritten. Soll unter Ganoven schon mal vorkommen.«

»Und was ist mit dem Tod von Violet Bexley?«, wollte Buckley wissen. »Zu dem Zeitpunkt war er doch gar nicht in England.«

»Nicht nach unseren Informationen. Auf jeden Fall haben die deutschen Behörden ihn wegen der Morde dort in der Mangel, und ich werde rausfinden, was er mit unseren Fällen zu tun hat. Vielleicht hat er ja auch was gesehen.«

Bradford gab Sutton noch die Anweisung, am Montag beim WI nachzufragen, ob das gestohlene Geld wiederaufgetaucht war. »Wenn es Neuigkeiten gibt, rufen Sie mich an. Wenn ich wieder da bin, sind wir hoffentlich schlauer.«

Er schickte seine Leute nach Hause und machte sich selbst auf den Weg in die Stadt, um noch ein paar Einkäufe zu erledigen. Er brauchte dringend einen neuen Koffer. Seinen alten hatte Laura mitgenommen.

Den Sonntag verbrachte er damit, sich an seinem neuen Schreibtisch einzurichten. Am späten Nachmittag machte er sich auf den Heimweg, um in Ruhe ein paar Sachen zu packen. Als er nach einem ausgedehnten Spaziergang entlang der Strandpromenade endlich vor seiner Haustür stand, wartete seine Mutter auf ihn.

»Mein Lieber«, sagte sie vorwurfsvoll, »ich warte schon seit zwanzig Minuten auf dich. Wieso kommst du denn so spät? Und wo warst du überhaupt? Es ist Sonntag. Hast du denn niemals frei?«

Bradford sah reflexartig auf die Uhr. »Mutter, du weißt, dass meine Arbeitszeiten flexibel sind. Und Verbrecher kümmern sich nicht ums Wochenende.«

»Schon gut, schon gut.« Olivia Bradford war ihrem Sohn entgegengeeilt und drückte ihm einen Kuss auf die Wange.

Wie immer war ihm der Auftritt seiner Mutter unangenehm. Dabei war sie stets tadellos gekleidet und frisiert. Graues, sehr kurz geschnittenes Haar, ein dunkelgrünes Kostüm, Schuhe mit relativ flachen, aber dennoch ansehnlichen Absätzen. In den Ohrläppchen schimmerten Diamanten. Man konnte fast sagen, sie sah gut aus … für ihr Alter.

Bradford friemelte an seinem Schlüsselbund herum und schloss auf. Mit einem Seitenblick registrierte er den großen Koffer, der vor der Tür stand und den seine Mutter jetzt mit Schwung ins Treppenhaus rollte. Er packte ihn mit einigem Widerwillen, trug ihn die Treppe hinauf und stellte ihn in seiner Diele ab. Dunkel konnte er sich daran erinnern, dass seine Mutter etwas von einem Zimmer in einem B&B gesagt hatte, aber da hatte er sich wohl verhört.

»Du meine Güte«, sagte Olivia und tänzelte durch die Wohnung, »na hier ist ja noch einiges zu tun. Ich wusste doch, dass du keine Zeit haben würdest, dich einzurichten, jetzt wo Laura in Amerika ist. Aber das macht nichts. Jetzt bin ich ja da.«

»Mutter, das ist gerade ganz ungünstig, ich fliege morgen früh nach Deutschland, und …«

»Oh, doch nicht etwa an die Küste, oder doch?« Olivia Bradford ließ den Blick durch das Wohnzimmer gleiten, in dem immer noch diverse Kartons herumstanden. »Na ja, irgendwie werden wir es schon schaffen, aus diesem … Durcheinander eine akzeptable Bleibe zu machen, nicht wahr?«

Bradford ging in die Küche, um sich eine Dose Bier aus dem Kühlschrank zu holen.

»Wie geht es Laura?«

Die Stimme seiner Mutter hallte zu ihm herüber, aber er antwortete nicht. Erstens wusste er nicht, wie es Laura ging, jedenfalls nicht genau. Und zweitens war er sicher, dass es seiner Mutter ziemlich egal war. Sie hatte Laura nie gemocht.

»Doch«, antwortete er stattdessen, »ich fahre an die Küste. Irgendwo in die Nähe von … ach, ich weiß nicht, welche Stadt da in der Nähe liegt. Ich fliege nach Bremen.«

»Nach Bremen … oh, das ist wirklich entzückend, diese kleinen Häuser dort in diesem … ach, ich weiß gar nicht mehr, wie das Viertel hieß. Es waren auf jeden Fall alte Fischerhäuschen. Ganz allerliebst.«

Bradford nahm einen Schluck Bier und beobachtete, wie seine Mutter Socken vom Fußboden klaubte und seine Bettdecke aufschüttelte. Er nahm noch einen tiefen Schluck.

»Du könntest Gloria einen Besuch abstatten. Sie wohnt jetzt in Hamburg. Das ist nicht weit von Bremen … glaube ich.« Bradford hatte das Gefühl, dass seine Mutter die Wohnung bereits in Besitz genommen hatte, bevor er selbst überhaupt wusste, wie viele Zimmer er hatte.

»Mutter«, er startete einen schwachen Versuch, »ich muss mich wirklich auf den Tag morgen vorbereiten. Ich schlage vor, du nimmst dir ein schönes Hotel am Pier, was meinst du?«

Seine Mutter blieb stehen und warf ihm über die Diele hinweg einen vorwurfsvollen Blick zu.

»Mein Lieber, ich bleibe natürlich hier. Das ist doch geradezu perfekt. Da kann ich hier alles schön einrichten, während du weg bist.«

Bradford schloss ergeben die Augen und bereitete sich mental auf eine unbequeme Nacht auf dem Sofa vor. Er trank sein Bier aus und griff nach seinem Schlüsselbund.

»Ich muss noch mal weg!«, rief er seiner Mutter zu und verließ die Wohnung, um sich im nächsten Pub zu betrinken.

Am nächsten Morgen saß Bradford mit heftigen Kopfschmerzen im Flieger nach Bremen. Er war am Abend zuvor im Horse and Hen versackt und hatte anschließend eine schlimme Nacht auf dem Sofa verbracht. Seine Mutter hatte um sechs Uhr angefangen in der Küche herumzufuhrwerken und ihn um das bisschen Schlaf gebracht, das er sich nach seinem anstrengenden Besuch im Pub redlich verdient hätte.

Er hatte getrunken und nachgedacht, nein, eigentlich hatte er mehr getrunken als nachgedacht. Immer wenn er sich Gedanken über seinen derzeitigen Fall machen wollte, schob sich Lauras Gesicht vor sein geistiges Auge und, was ihn am meisten verblüffte, war, dass ihr Gesicht zunehmend von einem anderen verdrängt wurde. Einem mit strahlenden grünen Augen und, wenn sich die vollen Lippen zu einem Lächeln verzogen, einem Grübchen an der linken Wange. Nur einem, das verlieh dem Gesicht eine einzigartige und reizvolle Asymmetrie.

Er bestellte sich einen Tomatensaft, denn es stimmte wirklich: Nirgends schmeckte ein Tomatensaft besser als in der luftigen Höhe von dreißigtausend Fuß.

Eigentlich hatte er sich ein wenig auf diesen Termin vorbereiten wollen, aber das war gründlich in die Hose gegangen. Jetzt kam er bei seinen Kollegen in Deutschland mit einem ausgewachsenen Kater an. Diese Kommissarin war so nett gewesen, ihm eine Unterkunft vor Ort zu besorgen, außerdem sprach sie wirklich hervorragend Englisch.

Sie würden also keinen Dolmetscher brauchen. Er trank seinen Tomatensaft und beschloss, seine Aktentasche verschlossen zu halten und lieber einen Teil seines versäumten Schlafs nachzuholen.

Wittmund

Gegen Mittag hatte ihn sein Navigationsgerät – das auch hervorragend Englisch sprach – zum Kommissariat nach Wittmund geführt, wo er von Kommissarin Ehlers in Empfang genommen wurde.

»Wie war der Flug? Möchten Sie vielleicht etwas essen? Oder einen Kaffee?«, fragte sie ihn.

»Ja, einen Kaffee gern«, antwortete er, »vom deutschen Kaffee hab ich schon viel Gutes gehört.«

»Na, dann sollten Sie erst mal unseren ostfriesischen Tee probieren. Der ist noch besser«, Fenja zögerte einen Moment, »besser als der Kaffee natürlich, nicht besser als der englische Tee … obwohl …« Sie zwinkerte ihm zu.

Er nahm lächelnd seinen Kaffee in Empfang. »Na, das werden wir bestimmt noch herausfinden.«

Sie stellte ihm ihre Kollegen und ihren Chef vor und führte ihn in ihr Büro.

»Wir haben den Verdächtigen bereits befragt«, erklärte sie. »Er ist allerdings äußerst störrisch. Nachdem wir ihn mit dem Mord an Anthony Bexley konfrontiert hatten – von dem er übrigens nichts gewusst haben will –, hat er den Mund zugeklappt und seither nicht wieder aufgemacht. Wir können uns gleich das Video der Befragung ansehen, wenn Sie wollen.«

»Gerne«, antwortete Bradford und nahm einen Schluck Kaffee, der wirklich hervorragend schmeckte.

Dann beobachtete er schweigend und konzentriert die Reaktion des Verdächtigen auf die Konfrontation mit der Ermordung Bexleys und dem Foto, das ihn im Beachy Head Inn in der Nähe des Tatortes zeigte. Eines war klar. Wenn diese Reaktion nicht echt war, dann wäre dieser Dr. Petersen als Schauspieler wahrscheinlich erheblich erfolgreicher gewesen als in seinem Beruf als Anwalt. Demnach hatte er von Bexleys Tod nichts gewusst und jede weitere Zusammenarbeit mit der Polizei abgelehnt.

»Er gibt allerdings zu, dass er zur fraglichen Zeit in diesem

Beachy Head Inn gewesen ist und sich mit Bexley getroffen hat, aber das kann er ja schlecht leugnen. Er bestreitet allerdings vehement, mit Bexleys Tod irgendwas zu tun zu haben.«

»Hat er gesagt, warum er sich mit ihm getroffen hat?«

»Nein, aber wir nehmen an, dass es um die Betrügereien ging, die Petersen begangen hatte, und natürlich um das Verschwinden Gerit Krohns. Wir gehen davon aus, dass Bexley Petersen unter Druck gesetzt hat, dafür zu sorgen, dass das unterschlagene Geld unauffällig wieder auf Krohns Konten auftauchen sollte, damit ihre Schwindeleien und vor allem Bexleys falsche Identität nicht auffliegen würden. Aus diesem Grund ist Bexley auch abgehauen, als Gerit Krohn verschwand. Er hatte einfach Angst, dass alles herauskommen würde. Wir nehmen auch an, dass Petersen ihn zum Flughafen gebracht hat. Bexley hatte nämlich kein Auto, und wir konnten, auch als wir endlich seinen echten Namen hatten, in keiner Autovermietung eine Spur von ihm finden. Als Gerit Krohn dann auch in den nächsten Tagen nicht wiederauftauchte, gab es wohl einiges zwischen den beiden zu besprechen, und so ist Petersen kurzerhand nach England gereist. Dass er Bexley umgebracht hat, bezweifle ich allerdings. Warum sollte er? Der war weit weg, und außerdem saßen die beiden ja in einem Boot. Sie wären, wenn einer geredet hätte, gemeinsam untergegangen.«

Bradford nickte. »Da könnten Sie recht haben. Ich würde mich aber gerne noch mal selbst mit dem Mann unterhalten. Ich nehme an, er spricht Englisch. Wären Sie damit einverstanden?«

»Klar«, sagte Fenja, »dient alles der Wahrheitsfindung, und vielleicht ist er bei Ihnen ja gesprächiger.«

»Das ist sehr freundlich«, sagte Bradford, und Fenja verließ kurz das Büro, um Petersen von einem der Beamten herbringen zu lassen.

Wenige Minuten später saßen Fenja und Bradford Petersen im Befragungsraum gegenüber. Tiedemann hatte sich vor der Tür postiert. Bradford stellte sich vor und erklärte, dass er in England mit der Aufklärung der Ermordung von Anthony Bexley und dessen Mutter befasst sei. Petersen musterte den Mann misstrauisch, winkte aber ab, als Fenja übersetzen wollte. »Ich habe Sie schon verstanden«, sagte er, »aber ich lasse mir keinen Mord unterschieben, und ich bin auch nicht verpflichtet, Ihnen irgendwas zu erzählen. Ich habe das Recht, zu schweigen.«

Petersen hatte ruhig gesprochen. Ruhig und sicher, und Bradford antwortete im gleichen Ton.

»Es sind drei Menschen gestorben. Wenn Sie Bexley nicht ermordet haben, dann helfen Sie uns. Ihr Schweigen können wir doch nur als Schuldeingeständnis werten. Sie können also nur gewinnen.«

Fenja bewunderte den Inspector für seine Gelassenheit. Entweder war das einfach nur sein britisches Temperament, oder es war Berechnung.

»Was den Tod von Gerit Krohn angeht«, fuhr Bradford fort, »das müssen Sie mit den deutschen Behörden klären. Mich interessiert nur, warum Sie sich mit Bexley getroffen haben, wenn nicht, um ihn zu töten.«

Petersen musterte Bradford schweigend. Fenja und Tiedemann ignorierte er. Im Raum war es still, und Fenja verschränkte ungeduldig die Arme. Aber sie hatte sich vorgenommen, sich nicht einzumischen, und schwieg ebenfalls. Petersen rieb sich das Kinn, er schien zu überlegen.

»Ich habe mich mit Anthony getroffen, um ihn zu fragen, ob er etwas über Gerits Verschwinden wusste.«

Dieser Aussage folgte sekundenlanges Schweigen.

»Wie kamen Sie zu der Annahme, er könnte etwas wissen?«, fragte Bradford.

Petersen holte tief Luft. »Anthony wusste viel. Zu viel, wenn Sie mich fragen. Er war ein Erpresser, und dann diese plötzliche Abreise, als sie vermisst wurde …«

»Und, wusste er etwas?«, fragte Bradford.

»Nein, er hatte keine Ahnung. Jedenfalls hat er das behauptet.«

»Hat er denn nicht versucht, sie zu erreichen?« Bradford warf Fenja einen fragenden Blick zu, und sie schüttelte unmerklich den Kopf.

Sie hatten Gerit Krohns Telefonlisten überprüft und keinen Hinweis auf einen Anruf Bexleys gefunden. Bradford verstand, wahrscheinlich hatte der Tote diverse nicht registrierte Handys benutzt.

»Das weiß ich doch nicht«, ereiferte sich Petersen.

»Ist Ihnen bei dem Treffen etwas aufgefallen? Hatte Bexley jemanden erwartet, war er in Begleitung?«, fragte Bradford.

Petersen fixierte versonnen einen Kratzer auf dem Tisch. »Wenn Sie mich so fragen … Er sagte, er hätte eine Verabredung. Eine vielversprechende Verabredung, die seine Probleme lösen würde … und …« Petersen schwieg.

Fenja sog geräuschvoll die Luft ein. Es war Zeit, sich einzumischen.

»Dr. Petersen«, sie war bemüht, höflich zu bleiben, was ihr schwerfiel, »was hat er damit gemeint, es würde seine Probleme lösen? Wir wissen, dass auf ein Konto bei einer Londoner Bank einhundertzwanzigtausend Euro überwiesen wurden. Angeblich als Beteiligung an einem Mietshaus in Kensington und einem Windpark in der Nordsee. Der Kontoinhaber war Anthony Bexley, und die Überweisung stammte von Gerit Krohns Depotkonto, für das Sie zwar eine Vollmacht haben, aber für Bewegungen in dieser Höhe brauchen Sie die Genehmigung von Dr. Seilbach, mit dem Sie nicht gerade … na sagen wir auf freundschaftlichem Fuß stehen. Also haben Sie die Unterschrift kurzerhand gefälscht. Das können wir beweisen, und wir haben noch längst nicht alle Unterschriften von Gerit Krohn auf ihre Echtheit überprüft. Was, meinen Sie, finden wir da noch? Warum verkürzen Sie die Sache nicht und erzählen uns die ganze Geschichte? Womit hatte Bexley Sie in der Hand, und warum kannten nur Sie seinen richtigen Namen?«

Sie hatte Englisch gesprochen, wofür Bradford sich mit seinem charmantesten Lächeln bedankte.

Petersen war bei dieser Predigt in sich zusammengesunken. Er drückte seine Finger gegen die Stirn und schien dann zu einem Entschluss zu kommen.

»Also gut«, sagte er und sah Bradford an. »Ich habe Anthony nicht umgebracht, genauso wenig wie Gerit. Und«, er warf Fenja einen eindringlichen Blick zu, »mit diesem Mordversuch an dem Mädchen hab ich erst recht nichts zu tun.« Er malte mit dem

Daumennagel unsichtbare Muster auf den Tisch. »Obwohl Tony mir Grund genug gegeben hatte, ihn zu hassen. Er hat mich erpresst … mit einem Foto.«

Sein Blick wechselte lauernd zwischen den beiden Ermittlern hin und her. Fenja sah Bradford fragend an. Gab es außer dem Foto im Beachy Head Inn noch ein anderes, auf dem Petersen zu sehen war? Bradford schüttelte sachte den Kopf. Nein, gab es nicht, jedenfalls hatten sie keins gefunden. Petersen lachte leise.

»Dann hat er mich ja in dem Fall tatsächlich nicht angelogen. Er hat es mir gegeben. Hat gesagt, er braucht es nicht mehr.«

»Was war das für ein Foto?«, fragte Fenja.

»Das tut hier nichts zur Sache und geht Sie nichts an.« Fenja holte Luft, um Petersen zurechtzuweisen, aber Bradford legte bittend seine Hand auf ihren Arm, was sie verblüfft schweigen ließ.

»Hat Bexley gesagt, warum er es nicht mehr braucht?«, fragte Bradford stattdessen.

»Er hat gesagt, sein Leben würde sich von jetzt an ändern und seine Geldprobleme wären Vergangenheit.«

»Hatten Sie einen Verdacht, was genau er damit meinte?«

»Nein, aber er hat gesagt, sein Bruder würde sich wundern.«

»Das war alles?«

Petersen nickte.

»Wer außer Ihnen kannte seinen richtigen Namen?«

»Ich glaube, niemand. Ich wusste es nur, weil er das Geld wollte, und … von mir hatte er ja nichts zu befürchten«, fügte Petersen leise hinzu.

»Von wem hatte er denn etwas zu befürchten?«

Petersen hörte auf, unsichtbare Muster auf den Tisch zu malen, und faltete die Hände. »Da fragen Sie am besten seine ›Geldgeber‹«, er malte Gänsefüßchen in die Luft. »Ich bin sicher, ich war nicht der einzige.«

»Können Sie Namen nennen?«, fragte Fenja.

»Nein, natürlich nicht.«

»Wann genau haben Sie Bexley an dem Abend verlassen?«

»Es wurde schon dunkel, er hat mich weggeschickt, weil er

noch jemanden erwartete. Ach ja, er hat dann was Seltsames gesagt: Um Gerits Verschwinden würde er sich später kümmern.«

»Was hatte er damit gemeint? Hatte er doch etwas gewusst? Oder hatte er einen bestimmten Verdacht?«, fragte Bradford.

»Keine Ahnung. Ich bin dann gegangen, musste noch zurück nach London. Allerdings habe ich gesehen, dass er zu einem dunklen Wagen gegangen ist.«

»Was war das für ein Wagen?«

»Keine Ahnung, es war ziemlich weit weg und schon fast dunkel. Aber ich glaube, es war ein schwarzer Wagen, nicht übermäßig groß. Mehr weiß ich allerdings nicht.«

Bradford nickte Fenja zu und stand auf. »Vielen Dank, im Moment habe ich keine Fragen mehr.«

Fenja schaltete das Aufnahmegerät aus und stand seufzend auf.

»Warum zum Kuckuck haben Sie das nicht schon bei der ersten Vernehmung gesagt? Es sind doch entlastende Hinweise.«

»Sagen Sie«, Petersen ignorierte Fenjas Frage und wandte sich an Bradford, der schon an der Tür stand, »wie ist er denn … ist er da runtergestürzt … worden?«

»Sieht so aus.«

»Meine Güte, das ist ganz schön hoch«, sagte Petersen schaudernd, »eindrucksvolle Gegend, übrigens.«

Die Beamten verließen ohne ein weiteres Wort den Befragungsraum. Fenja gab Tiedemann ein Zeichen, Petersen abzuführen und dann in ihr Büro zu kommen.

Bevor Bradford sich weiter in Bexleys Doppelleben vertiefen konnte, beschlossen er und Fenja, zuerst zur Pension ihrer Tante zu fahren, denn natürlich hatte Fenja den Gast in deren Pension untergebracht. Als Bradford Fenjas Käfer erblickte, lächelte er.

»Die fahren also auch noch.«

»Natürlich«, antwortete Fenja erstaunt, »die werden in hundert Jahren noch fahren.«

Bradfords Lächeln wurde breiter, und er bestieg seinen Golf, um dem grünen Käfer nach Carolinensiel zu folgen.

Als sie ihn ihrer Tante vorstellte, begrüßte die ihn mit einem fröhlichen »Hey«, das war international, mit Englisch tat Bendine sich schwer.

Fenja führte ihn zu seinem Zimmer, während Bendine Tee kochte. Als Fenja wenig später die Küche betrat, glänzten die Augen ihrer Tante.

»Hui«, sagte sie, »das ist mal ein Mann! Haben wir schon einen Engländer in der Familie?«

»Dinnie«, wies Fenja ihre Tante zurecht, »musst du denn immer gleich an so was denken, wir haben einen Fall zu lösen.« Allerdings musste sie ihrer Tante recht geben. Das war mal ein Mann! Genau wie Barne Ahlers.

Nach einer Weile betrat Bradford den Frühstücksraum, wo Fenja mit dem Tee auf ihn wartete. Sie forderte ihn auf, sich zu ihr zu setzen, gab, ohne zu fragen, ein Kluntje in seine Tasse, goss den duftenden, starken Tee darüber und ließ dann die Sahne in den Tee gleiten. Bradford schien die Zeremonie, die ihr so wichtig war, nicht recht wahrzunehmen. Er nahm nachdenklich seinen Löffel und tunkte ihn in den Tee.

»Nicht«, sagte Fenja und starrte auf seinen Löffel.

»Bitte?«, fragte er verwirrt.

»Machen Sie das nicht.«

»Was?«

»Umrühren.«

»Warum nicht?«

»Das machen wir hier nicht.«

»…«

Fenja fing an zu lachen. »Okay, weil Sie's sind.«

Er legte grinsend den Löffel beiseite, nahm einen Schluck und nickte wohlwollend. »Wirklich gut«, sagte er.

»Sag ich doch«, antwortete Fenja und trank ebenfalls. »Also«, sagte sie und stellte ihre Tasse ab, »was halten Sie von Petersen?«

»Ich glaube nicht, dass er Bexley umgebracht hat. Allerdings erzählt er auch nicht alles, was er weiß. Aber«, Bradford wollte schon wieder nach dem Löffel greifen, legte ihn aber dann wieder hin, »wir haben ja noch ein weiteres Mordopfer, Bexleys Mutter, und wenn wir davon ausgehen, dass die beiden Morde zusammenhängen, und ich neige dazu, dann können wir Petersen wohl ausschließen. Denn zum Zeitpunkt des Mordes an Violet Bexley war er ja nachweislich in Deutschland.« Bradford beobachtete gedankenverloren ein älteres Touristenpaar, das sich an einen Tisch in der Fensternische setzte und Tee bestellte. »Was ich allerdings bemerkenswert finde, sind die Äußerungen Bexleys kurz vor seinem Tod. Immer vorausgesetzt, der Zeuge sagt die Wahrheit.«

»Ja«, stimmte Fenja zu, »das ist aufschlussreich. Was kann er damit gemeint haben, dass seine Probleme gelöst sind und sein Bruder sich wundern würde?«

»Das kann eigentlich nur mit dem Erbe der Bexleys zu tun haben. Seine Mutter Violet hat ihren zwei Enkeln jeweils eine ansehnliche Summe hinterlassen. Anthony und sein Bruder David wurden nach unseren Informationen nicht bedacht. Vielleicht hatte Anthony seinen Bruder im Verdacht, seine Mutter zu manipulieren, oder er war auf etwas gestoßen, womit er seinen Bruder erpressen konnte. Er war ja wohl allgegenwärtig mit seiner Kamera. Man könnte meinen, er hätte sie bloß dazu benutzt, die Schwachstellen der Menschen auszuspionieren, um sie dann zu erpressen. Irgendwann geht so was natürlich nach hinten los. Und dann diese Äußerung, er würde sich später um Gerit Krohns Mörder kümmern. Das hieße ja wohl, dass er zumindest etwas wusste.«

»Oder, dass er ihn finden wollte«, wandte Fenja ein.

»Oder das.«

»Wir sollten noch mal alle Fotos durchgehen. Wenn er was wusste, wird dort die Lösung liegen. Er muss ja sein Material irgendwo aufbewahrt haben. Meinen Sie, es gibt noch ein anderes Versteck?«

»Möglich wäre es natürlich, aber im Moment deutet nichts darauf hin. Wir haben jedenfalls nichts gefunden. Es sei denn, er hatte irgendwo ein Geheimfach, aber in dem Cottage bei Eastbourne haben wir nichts dergleichen entdeckt. Käme höchstens das Herrenhaus in Frage, und das ist wirklich groß.« Bradford trank seinen Tee aus und lehnte sich zurück. »Haben Sie irgendwas gefunden, vielleicht im Haus seiner Freundin?«

Fenja schüttelte den Kopf. »Nein, allerdings haben wir nicht nach Geheimfächern gesucht.« Sie lächelte Bradford an. »Ist aber wohl auch unwahrscheinlich, in einem fremden Haus hält man nichts versteckt, und wenn doch, wird er alles mitgenommen haben, als er abgehauen ist.«

»Ja, das denke ich auch«, sagte Bradford und spielte mit seiner Tasse.

In diesem Moment betrat Nele den Frühstücksraum, stellte sich neben Fenja und musterte Bradford ausgiebig.

»Ist das der englische Inspector, so einer wie bei Miss Marple?«, fragte sie Fenja.

»Ja«, antwortete die lachend, »so einer wie bei Miss Marple. Sag Hallo.«

»Hallo«, grüßte Nele brav und drückte sich schüchtern an Fenjas Schulter.

Bradford, der nur »Inspector« und »Miss Marple« verstanden hatte, grüßte freundlich zurück.

Fenja legte den Arm um Neles Schulter und stellte sie als die Tochter ihrer verstorbenen Cousine vor, die bei ihrer Großmutter, Fenjas Tante Bendine, lebte.

»Wo ist der Vater?«, fragte Bradford.

Fenja zuckte nur mit den Schultern und kam wieder auf ihren Fall zurück. Nele rührte sich nicht vom Fleck und verfolgte mit offenem Mund die Unterhaltung in der Sprache, die auch Harry Potters Muttersprache war.

»Wenn es Ihnen recht ist, würde ich jetzt gerne die Familie Krohn besuchen«, sagte Bradford. »Ich kann mir noch kein rechtes Bild davon machen, was Bexley hier für ein Leben geführt hat.«

»Natürlich.« Fenja drückte Nele einen Kuss auf die Wange und stand auf. »Die Villa steht nicht weit vom alten Hafen entfernt. Wir könnten zu Fuß gehen, das Wetter ist so schön.«

»Gerne.« Bradford erhob sich, und die beiden machten sich auf den Weg.

Unterwegs erzählte Fenja Bradford alles, was sie über Gerit Krohn, ihre Familie und ihre Beziehung zu Anthony Bexley wusste.

Bradford verzog den Mund. »Das passte ja zu ihm, sich eine wohlhabende Frau zu suchen.«

»Ja, und dass er seine Identität so erfolgreich verschleiert hat, spricht dafür, dass er noch ganz andere Pläne hatte.«

»Allerdings, vielleicht hatte er noch einen ganz großen Coup geplant.«

»Ja, womöglich sogar mit Petersen zusammen, aber das werden wir wohl nicht mehr herausbekommen. Bexley ist tot, und Petersen wird den Teufel tun und uns irgendetwas verraten.«

Sie gingen schweigend an der Harle entlang Richtung Hafen.

Als sie eine halbe Stunde später die Villa der Familie Krohn erreichten, wurden sie bereits von Jorit Krohn und Dr. Seilbach erwartet. Fenja hatte sie angekündigt.

Bradford unterhielt sich mit den beiden – ab und zu musste Fenja einspringen und eine Vokabel beisteuern, aber im Großen und Ganzen war die Kommunikation völlig problemlos, was Bradford einige Bewunderung abnötigte. Nur gut, dass die Deutschen so hervorragend Englisch sprachen. Ein bisschen bedauerte er es, dass man umgekehrt von den Briten nicht sagen konnte, dass sie gut Deutsch sprachen. Wenn er ehrlich war, sprachen sie eigentlich überhaupt nichts gut außer Englisch.

Nachdem er Bexleys Aquarelle im Wohnzimmer angesehen hatte, bat er darum, sich sein Zimmer ansehen zu dürfen. Jorit führte ihn hin, aber das Zimmer war so unpersönlich, wie unbewohnte Gästezimmer es nun mal waren. Nichts wies mehr darauf hin, dass hier jemand regelmäßig zu Gast gewesen war.

Kurz bevor die beiden Ermittler sich verabschiedeten, wandte sich Jorit an Bradford. Der hatte schon die ganze Zeit das Gefühl gehabt, dass der junge Mann etwas loswerden wollte.

»Sagen Sie, was ist mit Jims … ich meine Anthonys … Familie, und warum hat er hier unter falschem Namen gelebt? Können Sie mir das sagen?«

Bradford sah Krohn bedauernd an. Der Mann tat ihm leid, offensichtlich hatte er Anthony Bexley sehr gemocht und eine Art Vaterersatz in ihm gesehen, und nun musste er feststellen, dass dieser Mann ihn und seine Mutter all die Jahre betrogen hatte. Bradford sah keinen Grund, Jorit Krohn die ganze Wahrheit über Anthony Bexley wissen zu lassen, was ihn nur noch unglücklicher machen würde. Er entschied sich für die halbe Wahrheit, die schadete in diesem Fall keinem mehr.

»Ich nehme an, Mr Bexley wollte verhindern, dass seine Frau, die übrigens lange krank war, und seine Tochter etwas von seiner … wie soll ich sagen … zweiten Heimat und Ihrer Mutter hier in Deutschland erfahren.«

Jorit Krohn nickte. »Und warum dann der Betrug?«

»Er hatte sich finanziell übernommen. Ich kann Ihnen aber sagen, dass er in England versucht hat, das Geld, das er sich bei Ihrer Mutter … sagen wir, geliehen hatte … wieder zu beschaffen.«

Bradford sah, wie Dr. Seilbach die Augen verdrehte.

»Machen Sie dem Jungen nichts vor, Bexley war ein Tunichtgut.«

Jorit warf Seilbach einen bösen Blick zu, verabschiedete sich höflich von Fenja und Bradford und ließ sie dann einfach alle stehen.

Auf dem Heimweg schwiegen die beiden eine Weile vor sich hin.

»Dieser Dr. Seilbach scheint Bexley nicht gemocht zu haben.«

»Ja«, stimmte Fenja ihm zu. »Das war wohl der einzige Punkt, in dem Gerit Krohn seinem Urteil nicht vertraut hat.«

»Ist Jorit sein Sohn?«

»Ich denke, ja, aber wir wissen es nicht. Frau Krohn hat bei seiner Geburt keinen Vater angegeben, und leider sieht der Junge seiner Mutter sehr ähnlich, sodass wir da keine Spekulationen anstellen können.«

»Könnte es sein, dass Seilbach eifersüchtig war auf Bexley?«, mutmaßte Bradford. »Und dass der Mord an Gerit Krohn eine Eifersuchtstat war?«

»Das haben wir überprüft, aber Seilbach hat ein Alibi. Er war an dem besagten Wochenende bei seinem Vater in Oldenburg. Und ob irgendwann eine Liebesbeziehung zu Gerit Krohn bestand, wissen wir nicht. Er bestreitet es, und sie können wir nicht mehr fragen.«

»Wie lange braucht man von Oldenburg bis hierher?«

»Eine knappe Stunde«, erwiderte Fenja, »aber sein Vater schwört, dass sein Sohn die ganze Nacht in seinem Haus war.«

»Ist das glaubwürdig?«

»So glaubwürdig, wie ein Alibi, das ein Vater seinem Sohn gibt, eben ist. Aber Seilbach hat kein Motiv, Eifersucht wäre reine Spekulation, und es deutet auch sonst nichts darauf hin, dass er irgendwas mit Krohns Tod oder mit Greta Werft zu tun hat.«

Bradford nickte. »Die Aquarelle im Wohnzimmer stammen von Bexley.«

»Ja. Gar nicht mal schlecht, finde ich, aber wir haben einen Fachmann befragt, der sie für wertlos hält. Wahrscheinlich hat Bexley sie sich bezahlen lassen. Seilbach hat beobachtet, wie sie ihm einen Umschlag zugesteckt hat.«

»Bargeld. Das würde passen«, meinte Bradford. »Wir können uns immer noch nicht genau erklären, wovon der Mann gelebt hat. Anscheinend kann man mit Betrug, Erpressung und dem Verkauf vermeintlicher Kunstwerke gute Geschäfte machen. Bis eines der Opfer die Nase voll hat.«

Sie gingen zur Schleuse und weiter nach Harlesiel an den Strand, wo Bradford sich unbedingt mal in einen Strandkorb setzen wollte und überhaupt nicht begreifen konnte, dass man für den Strand Eintritt bezahlen musste.

Dann wanderten sie zurück zur Pension. An einem Hinweisschild hielten sie an.

»Täidschiskörbiträi…«, versuchte er sich auf Deutsch.

»Tageskurbeitragsautomat«, half Fenja ihm auf die Sprünge.

»Ist das *ein* Wort?«

»Ja.«

Oha, dachte Bradford, vielleicht doch ganz gut, dass alle Englisch sprachen.

Fenja grinste. »Ich weiß, was Sie denken.«

Er warf ihr einen unschuldigen Blick zu, lachte dann und legte ihr kurz eine Hand auf die Schulter. »Ich habe gerade gedacht, dass ich ohne Ihre Sprachkenntnisse in diesem Land verloren wäre.«

»Da könnten Sie recht haben«, erwiderte Fenja, die es plötzlich traurig fand, dass sie sich unter solch unliebsamen Umständen kennengelernt hatten und dass er morgen schon wieder abreisen würde.

Als sie in der Pension ankamen, trafen sie auf Heini Sammers. Als Fenja ihn Bradford vorstellte, machte er einen Bückling vor dem Inspector. Fenja warf ihrer Tante, die das Ganze von der Küchentür aus beobachtete, einen vielsagenden Blick zu. Leider hatte Heini Sammers auch Bradford nichts, absolut gar nichts – genau so drückte er sich aus – über Jim zu erzählen. Der hätte ja auch kein Deutsch gesprochen, oder nur wenig. Wie sollten sie sich da unterhalten? Er hatte eben nur ab und zu neben ihm auf der Bank gesessen, geredet hätten sie da aber nicht viel. Eigentlich hätte er ihn ganz gern gemocht, den Jim, aber dass der nun unter falschem Namen hier gelebt hätte und damit alle betrogen hätte, das wär ja nun kein feiner Zug gewesen.

Am nächsten Morgen betrat Bradford um kurz vor sieben Uhr den Frühstücksraum. Er hatte wunderbar geschlafen, nachdem er gestern Abend mit der Kommissarin am Alten Sielhafen Fisch und Chips – hier nannten sie das komplizierter – gegessen und die wirklich schönen alten Schiffe bewundert hatte, die dort vor Anker lagen. Sie waren gar nicht so anders als die Engländer, diese Ostfriesen. Jedenfalls servierten sie guten Tee, und der Fisch war ebenfalls hervorragend gewesen, ebenso wie das Bier. Was allerdings ihre Sprache anbelangte … Na ja, man konnte nicht alles haben. Und diese Kommissarin war ausgesprochen hübsch.

Er bedauerte es, dass sein Besuch einen so unschönen Anlass hatte und dass er heute schon wieder abreisen musste. Leider hatte sein Aufenthalt nicht die erwünschten Resultate gebracht. Insgeheim hatte er gehofft, dass dieser Petersen, wenn er schon nicht selbst der Mörder war, ihm wichtige Hinweise hätte geben können. Und irgendwie hatte er das ja auch. Er musste sich noch mal intensiv mit David Bexley unterhalten. Irgendwas musste der wissen, und das hatte er bisher für sich behalten.

Warum? Und dann war da noch diese andere Sache, die ihn so irritiert hatte und ihm keine Ruhe ließ. Er war noch unschlüssig, wie er handeln sollte, und beschloss, erst mal abzuwarten.

Auf dem Flur war er auf Fenja gestoßen, die ihrer kleinen – was war das, Cousine zweiten Grades? – die langen Locken bürstete, was diese mit lautem Gequengel begleitete. Fenja hatte ihn angelächelt.

»So ist das, Haare bis auf den Popo, aber keine Lust zum Kämmen.«

Er hatte genickt und musste wieder an seinen Sohn denken. Sobald er diesen Fall gelöst hatte, würde er ihn in Cornwall besuchen.

Sie setzten sich gemeinsam an einen Tisch in der Ecke, denn trotz der frühen Stunde waren schon Gäste anwesend, die wohl zu einer Fahrradtour aufbrechen wollten. Das jedenfalls ließ ihre Uniform vermuten.

Bradford wollte nach dem Frühstück noch einen Blick in die Akte Gerit Krohn werfen, was Fenja ihm ganz unbürokratisch gestattete, und dann zum Flughafen zurückfahren. Als er seinen letzten Schluck Tee getrunken hatte, fiel ihm die E-Mail, die er gestern Abend von Sutton bekommen hatte, wieder ein.

»Ach ja«, sagte er und kramte sein Smartphone aus der Jackentasche, »meine Kollegin hat mir gestern noch ein Bild geschickt. Es war per Post an die Firmenadresse von Anthony Bexleys Bruder geschickt worden und dort in Vergessenheit geraten, weil die Sekretärin nichts damit anfangen konnte.« Er öffnete den Mail-Anhang und hielt Fenja das Foto hin.

Sie stellte ihre Tasse ab, nahm das Smartphone entgegen und starrte sekundenlang darauf.

»Das kann ja wohl nicht wahr sein«, murmelte sie auf Deutsch, sodass Bradford sie nicht verstand.

Dass das etwas Wichtiges sein musste, verstand er aber trotzdem, denn Fenja sprang so heftig auf, dass ihr Stuhl umkippte und die Touristen verstört zu ihnen herübersahen. Aber das schien Fenja nicht zu bemerken, sie ließ den Stuhl liegen, rannte aus dem Frühstücksraum, und Bradford hörte sie im Flur rumoren und Anweisungen geben. Jedenfalls glaubte er, das aus ihrem Ton schließen zu können. Er hob den Stuhl auf und folgte Fenja, denn sie hatte in ihrem Eifer sein Smartphone mitgenommen.

Im Flur war Fenja gerade dabei, in ihre Jacke zu schlüpfen, während sie mit einer Hand ihr Handy hielt und weiterplapperte. Dann beendete sie das Gespräch, guckte Bradford an, drückte ihm zuerst sein Smartphone in die Hand, das sie auf der Kommode abgelegt hatte, und dann spontan einen Kuss auf die Wange.

»Sorry«, sagte sie, »aber das war nötig. Kommen Sie!«

»Kein Problem«, murmelte Bradford erfreut und folgte Fenja hinaus.

Sie standen in einer Seitenstraße im östlichen Ortsteil von Carolinensiel und warteten. Fenja hatte ihren Käfer unter diesen Umständen in der Garage gelassen und Bradford gebeten zu fahren. Fenja sah auf die Uhr. Es waren nicht mal fünfzehn Minuten vergangen, seit sie die Pension verlassen hatten. Zehn Minuten würde sie ihren Kollegen noch geben, um aus Wittmund herzukommen. Sie beobachteten das Haus, das friedlich in der Morgensonne lag.

Noch wussten die Bewohner nicht, dass ihr Leben in wenigen Minuten ein gänzlich anderes sein würde. Bradford musterte seine deutsche Kollegin, die gerade ihre Hand an die Waffe unter ihrer Jacke legte. Sie war angespannt, natürlich. Vor einem Zugriff war man immer angespannt. Sie griff zu ihrem Handy, drückte eine Taste und wartete.

In diesem Moment hielt ein Polizeiwagen neben ihnen. Sie steckte ihr Handy weg und gab dem Fahrer des Wagens Zeichen, vor dem Haus zu parken. Zwei Uniformierte stiegen aus. Einer ging um das Haus herum, der andere ging mit der Kommissarin zur Haustür. Nachdem sie geklingelt hatten, wurde die Tür von einer Frau geöffnet. Es wurde eine Weile palavert.

Fenja sah auf die Uhr, und die Tür wurde wieder geschlossen. Die drei Beamten kamen langsam zurück. Fenja gab einem der Uniformierten eine Anweisung, woraufhin der sich in den Streifenwagen setzte. Dann stieg sie wieder in Bradfords Golf ein und bat ihn, nach Wittmund zu fahren. Der Verdächtige war nicht zu Hause gewesen, seine Frau hatte gesagt, er sei vor einer Stunde weggefahren. Sie wisse nicht, wohin. Fenja hatte den beiden Polizisten aufgetragen, das Haus im Auge zu behalten, und dann eine Fahndung eingeleitet, während Bradford Richtung Wittmund fuhr.

Außerdem rief sie Polizeikommissar Wilmes an, der vor

Gretas Zimmer Wache hielt. Er meldete keine besonderen Vorkommnisse. Frau Werft sei gerade für eine halbe Stunde in die Cafeteria gegangen, und Greta sehe fern. Alles im grünen Bereich.

Fenja war beruhigt und beendete das Gespräch.

»Vielleicht eine gute Gelegenheit, ein paar Worte mit Greta zu sprechen«, dachte sie laut und dirigierte Bradford zum Krankenhaus.

Bradford stellte den Wagen auf dem Parkplatz ab und begleitete Fenja bis zur Station. Als sie den Flur, der zu Gretas Zimmer führte, betraten, war niemand zu sehen. Fenja blieb stehen und sah sich um.

»Wo ist Wilmes?«, raunte sie, zog ihre Waffe und begann zu laufen.

Sekunden später riss sie die Tür zu Gretas Zimmer auf und blieb abrupt stehen, Bradford war hinter ihr. Noch bevor sie ihre Waffe benutzen konnte, hatte der Mann im Morgenmantel, der eben noch versucht hatte, Greta mit einem Kissen zu ersticken, sie an den Haaren aus dem Bett gezerrt und ihr ein Messer an die Kehle gesetzt. Das Mädchen rang nach Luft. Wilmes lag bewusstlos am Boden.

»Tür zu«, zischte Barthel, »und keine falsche Bewegung. Ich hab nichts mehr zu verlieren.«

Fenja ließ Bradford eintreten und schloss die Tür.

»Und jetzt fassen Sie Ihre Waffe am Lauf an und legen sie aufs Bett, ganz langsam. Und das Gleiche machen Sie mit den Handys, beide.«

Barthel sprach leise und besonnen. Er war offensichtlich zu allem entschlossen.

Fenja gehorchte, auch Bradford legte sein Handy aufs Bett. Barthel ergriff die Waffe, drückte sie dem wimmernden Mädchen an die Schläfe, warf das Messer weg und steckte beide Handys in die Tasche seines Morgenmantels. Dann packte er Greta, die sich kaum auf den Beinen halten konnte, und bewegte sich mit ihr Richtung Tür. Die beiden Polizisten rührten sich nicht.

»Herr Barthel«, begann Fenja, »was soll denn das bringen? Sie haben doch keine Chance. Das Mädchen wird sowieso gleich zusammenbrechen …«

»Still! Ich werde jetzt dieses Krankenhaus verlassen und Greta mitnehmen. Wenn ich einen von Ihnen in der Nähe sehe, erschieße ich sie langsam. Mit den Armen fange ich an. Verstanden?«

Die beiden Beamten rührten sich nicht.

Kaum hatte sich die Tür geschlossen, stürzte Fenja zum Telefon, drückte auf den Tasten herum und fluchte, als sie sah, dass das Kabel aus der Wand gerissen war.

Bradford prüfte Wilmes' Puls. Er lebte, blutete aber aus einer Kopfwunde. Dann öffnete er leise die Tür und spähte auf den Flur. Barthel und Greta verschwanden gerade im Fahrstuhl. Bradford setzte sich langsam und leise in Bewegung. Als er sicher war, dass sich die Fahrstuhltüren geschlossen hatten, rannte er los, gefolgt von Fenja, die mit einer Krankenschwester zusammenprallte, die gerade ein Zimmer verließ. Eine Bettpfanne flog zu Boden.

»Scheiße!«, schrie die Schwester und wandte sich wütend Fenja zu.

Die ließ sie aber gar nicht weiter zu Wort kommen und brüllte: »Polizei! Ich brauch ein Telefon!«

Die Schwester wies verdutzt mit dem Finger in das Zimmer, aus dem sie gerade gekommen war, und Fenja stürmte hinein.

»In Zimmer 224 liegt ein Verletzter! Kümmern Sie sich um den!«, rief sie von drinnen in Richtung Flur.

Bradford sprang unterdessen die Treppe hinunter. Im Erdgeschoss angekommen, sah er, wie Barthel und Greta gerade das Krankenhaus verließen. Sie wirkten ganz harmlos, wie Vater und Tochter. Er hatte seinen Morgenmantel, den er über seiner Straßenkleidung getragen hatte, ausgezogen und den Arm um sie gelegt. Greta trug einen Jogginganzug. Die Menschen gingen an ihnen vorbei, ohne Verdacht zu schöpfen. Bradford folgte den beiden unauffällig bis zum Parkplatz, wo Barthel auf einen einsam parkenden weißen Mercedes zusteuerte.

Bradford überlegte. Die beiden hatten einen Vorsprung von etwa vierzig Metern, und rund um den Wagen gab es keine Deckung. Bradford schlich sich geduckt zu seinem Golf, öffnete leise die Tür und stieg ein. Er hörte Sirenengeheul. Aha, dachte er, Fenjas Truppe.

Mittlerweile waren die beiden beim Mercedes angekommen. Barthel öffnete die Tür und schleuderte Greta auf den Asphalt. Das Mädchen schrie zwar, kam aber sofort auf die Füße und rannte zu den parkenden Autos, wo sie sich verstecken konnte, während Barthel den Mercedes anwarf. Bradford hatte seinen Golf ebenfalls gestartet und wartete, während der Mercedes Fahrt aufnahm.

Kurz bevor er hinter ihm war, schoss Bradford aus der Parklücke, sodass der Mercedes krachend in sein Hinterteil donnerte.

Und dann ging alles sehr schnell. Barthel war nicht zu sehen, entweder hatte er vergessen, sich anzuschnallen, und war verletzt, oder er suchte nach der Waffe. Glücklicherweise blieb ihm nicht viel Zeit, denn mittlerweile stoppte vor den beiden demolierten Fahrzeugen ein dunkler Van, dem mehrere schwer bewaffnete Beamte in Schutzanzügen entsprangen, die Barthel im Handumdrehen aus dem Wagen gezogen und überwältigt hatten.

Bradford stieg an der Beifahrerseite des Golfs aus. An der Fahrertür war zu viel Betrieb. Jetzt stand er mit brummendem Schädel vor seinem lädierten Leihwagen. Was das wieder für einen Papierkram nach sich ziehen würde.

Fenja, die ihre Waffe wieder eingesammelt hatte, kam mit erleichtertem Lächeln auf ihn zu. »Danke. Wenn der mit Greta abgehauen wäre … und dann auch noch mit meiner Waffe. Ich will gar nicht drüber nachdenken. Der Kerl hat völlig den Verstand verloren.«

Bradford sah sich suchend um. »Wo ist denn das Mädchen?«

»Eine Kollegin bringt sie zu ihrer Mutter. Die hat mittlerweile auch Alarm geschlagen.«

Ein Beamter kam und drückte Fenja zwei Handys in die Hand. »Das hat jemand im Fahrstuhl gefunden.«

»Na Gott sei Dank.« Fenja nahm, ebenso erleichtert wie Bradford, ihr Smartphone in Empfang.

»Kommen Sie«, sagte sie und musterte die Schwellung an seinem Kopf, der bei dem Unfall an das Seitenfenster geprallt war. »Wir sollten ins Kommissariat fahren, aber vorher müssen wir uns um Ihre … kümmern.«

Sie tippte sich an die Schläfe, wusste wohl nicht, was Beule auf Englisch hieß. Dann begutachtete sie den Schaden am Auto. »Bis nach Carolinensiel schafft er es noch«, sagte sie. »Nur gut, dass wir nicht mit dem Käfer hergekommen sind. Wenn Sie den als Bremsklotz missbraucht hätten … Ich weiß nicht, ob ich Ihnen das hätte verzeihen können.«

Eine knappe Stunde später saßen Fenja und Tiedemann Enno Barthel im Vernehmungsraum im Wittmunder Kommissariat gegenüber. Bradford war zunächst in der Pension geblieben, um seine Sachen zu packen und einen Eisbeutel gegen seine Schläfe zu drücken.

Bendine hatte ihm eine Kanne Tee gekocht und ein Leberwurstbrot in die Hand gedrückt, das er zunächst verwirrt betrachtete, sich dann aber höflich bedankte, bevor er mit gemischten Gefühlen hineinbiss. Bendine hatte ihn erwartungsvoll angesehen und gestrahlt wie eine Supernova, als er ihr durch Nicken und einen gehobenen Daumen zu verstehen gegeben hatte, dass es ihm schmeckte. Dann bezahlte er die Rechnung und verabschiedete sich, nicht ohne eine Art Souvenir mitzunehmen, was ihm ein ziemlich schlechtes Gewissen verursachte, aber dieser kleine Diebstahl würde keinen Schaden anrichten. Hoffte er zumindest.

Dann fuhr er mit seinem verbeulten Golf nach Wittmund, wo möglicherweise der Mörder von Anthony Bexley auf ihn wartete.

Als er im Kommissariat ankam, wurde er von Frenzen in Empfang genommen, der ihn in einen Raum führte, von dem aus er die Vernehmung von Barthel verfolgen konnte. Das nützte ihm allerdings nicht viel, weil er kein Wort verstand. Aber er konnte sich den Mann immerhin noch mal ansehen.

Fenja hatte Bradford im Auto bereits über das Foto aufgeklärt. Es war während der Dämmerung aufgenommen und zeigte Enno Barthel und Greta Werft zusammen in einem Strandkorb. Die Situation war eindeutig. Barthel hatte die Hand unter Gretas T-Shirt geschoben, während das Mädchen schwärmerisch zu ihm aufblickte. Es war das klassische Erpresserfoto. Man konnte meinen, dass der Fotograf es darauf angelegt hatte, die beiden zu erwischen. Und Bradford war überzeugt davon, dass Bexley genau das beabsichtigt hatte. Womöglich war es dieses Foto, das ihn das Leben gekostet hatte.

Er saß mit Frenzen und Haberle vor dem Monitor und beobachtete, was sich im Vernehmungsraum abspielte. Die Kommissarin hatte einen Ausdruck des Fotos auf den Tisch gelegt, aber der Verdächtige saß nur da, die Ellbogen auf den Knien und die Handballen auf die Augen gepresst. Seine Schultern zuckten. Fenja sprach leise und eindringlich, aber der Mann wandte sich ab. Die beiden Polizisten warfen einen Blick in die Kamera und warteten, bis Barthel sich beruhigt hatte.

Nach einer Weile hob er den Kopf und wischte sich mit dem Unterarm über die Augen. Als sein Blick auf das Foto fiel, fing er wieder an zu heulen. Bradford sah, wie Fenja die Augen verdrehte. Dann fing Barthel an zu reden, vielmehr, er fing an zu jammern und hörte volle zwanzig Minuten lang nicht mehr damit auf.

Haberle verließ nach zehn Minuten den Raum, und Bradford hatte nicht übel Lust, ihm zu folgen. Der Mann war eine Zumutung. Er sah auf die Uhr. Sein Flug ging in dreieinhalb Stunden. Nach weiteren fünf Minuten schwieg Barthel endlich und starrte nur noch dumpf vor sich hin.

Fenja beendete die Befragung und betrat wenig später den Raum, in dem Frenzen und Bradford warteten. Sie sah den Inspector ernst an.

»Er hat den Mordversuch an Greta Werft und die Morde an Gerit Krohn und Hauke Wilhelm gestanden. Aber mit Bexleys Tod, den er übrigens nur als Brendon kennt, will er nichts zu tun haben. Er sagt, er hat Brendon alias Bexley seit Wochen nicht gesehen, und bestreitet, dass der ihn erpresst hat. Außerdem hat er ein Alibi für den Mordtag. Er war zu Hause bei seiner Frau, und sie bestätigt das, obwohl sie aus allen Wolken gefallen ist, als ich ihr das Bild gezeigt habe. Aber dass er ihre Cousine erschlagen hat, das glaubt sie immer noch nicht. Wird ein schwerer Schlag für sie sein.«

»Natürlich hat er ihn erpresst«, sagte Bradford. »Warum sollte er das Foto nach Eastbourne geschickt haben, wenn nicht, um es in Sicherheit zu wissen. Aber … vielleicht hatte er das ja auch noch vor.« Bradford sah auf die Uhr. »Ich muss zum Flughafen.«

»Ich bringe Sie hin«, sagte Fenja. »Dann können wir das mit der Leihwagenfirma auch gleich regeln. Hier ist ja so weit alles erledigt. Ihren Wagen lassen wir erst mal hier stehen.« Ein breites Lächeln flog über ihr Gesicht. »Sind Sie schon mal in einem Käfer gefahren?«

»Äh, nein«, antwortete Bradford und wusste nicht recht, ob von ihm jetzt so was wie Begeisterung erwartet wurde. Sie strahlte jedenfalls wie ein Kind, das gerade Mamas lange vermisstes Portemonnaie wiedergefunden hat. »Das ist wirklich sehr freundlich, wenn es Ihnen nichts ausmacht.«

»Aber nicht doch. Das macht Spaß!«

Bradford verabschiedete sich von den Beamten des Kommissariats, nicht ohne sie alle nach Eastbourne einzuladen, was zumindest Tiedemann auch zusagte.

Sie fuhren Landstraße, und nachdem Bradford sich an die Lautstärke und den leichten Benzingeruch, der ihn umwehte, gewöhnt hatte, erzählte ihm Fenja, was bei der Vernehmung herausgekommen war.

»Barthel hat behauptet, das Mädchen geliebt zu haben«, erklärte sie, während der Wind ihre blonden Haare aus dem Pferdeschwanz zerrte. »Aber eine Trennung von seiner Frau kam nicht in Frage.« Sie wandte sich Bradford kurz zu, der den Reißverschluss seiner Jacke hochzog. »Ich schätze, des Geldes wegen. Seine Schwiegermutter ist die Tante von Gerit Krohn und hat ein beträchtliches Vermögen zu vererben. Obendrein ist sie schwer krank, sie wird wohl nicht mehr lange leben. Dummerweise hatte Greta das anders gesehen und wollte seiner Frau alles sagen, was er auf jeden Fall verhindern wollte … musste, nach seinen Worten. Sie haben sich immer auf Gerit Krohns Boot getroffen. Einen Schlüssel hatte er schon seit vielen Jahren, davon wusste niemand mehr.«

Fenja bremste scharf vor einer Ampel, warf dann ziemlich rücksichtslos den ersten Gang ein und gab wieder Gas. Bradford stemmte seine Füße gegen das Bodenblech und prüfte unauffällig den Sicherheitsgurt. Fenja sah ihn an und grinste.

»Keine Sorge, es gibt kein stabileres Auto als den Käfer«, sagte sie und trat das Gaspedal durch.

»Na hoffentlich«, murmelte Bradford und verschränkte instinktiv die Arme vor der Brust.

»Na ja«, fuhr Fenja fort, »jedenfalls wollte sich Gerit Krohn an dem Abend noch mal auf dem Boot umsehen, bevor der neue Besitzer es abholte, und hat Barthel dabei überrascht, wie er die bewusstlose Greta gewürgt hat. Da muss er komplett durchgedreht sein und hat Gerit mit einem Eiskübel aus der Kombüse niedergeschlagen. Er hat gewartet, bis draußen alles still war, und währenddessen das Boot so gut es ging gereinigt. Dann musste er sich beeilen, hat ein paar Müllsäcke aus der Kombüse genommen, sie mit mehreren Ziegeln von einer Baustelle am Uferweg beschwert und Gerit, von der er dachte, sie sei tot, damit versenkt. Die Steine haben unsere Taucher im Schlick gefunden und Teile von den Plastiksäcken. Wahrscheinlich hat sie auch unter den Booten festgehangen. Später hat Wellengang, vielleicht durch den Raddampfer verursacht, die Leiche dann an die Oberfläche gespült. Das Gleiche hatte er wohl auch mit Greta vor, aber die war zwischenzeitlich aufgewacht, abgehauen und über den Steg ans Ufer gelaufen, wo er sie dann erwischt hat und sie endgültig aus dem Weg räumen wollte. Und das wäre ihm beinahe gelungen, wäre die Passantin nicht aufgetaucht. Dass Greta überlebt hat, ist ein Wunder. In ihrer Blutprobe haben wir Alkohol und Reste von Barbituraten gefunden.« Fenja tätschelte den Knauf ihres Schalthebels. »Natürlich haben wir ihn überprüft, aber er hatte kein Motiv und ein Alibi. Ein falsches, wie sich ja nun herausgestellt hat.« Sie fragte sich, was Barthel seiner Frau wohl erzählt hatte, dass die ihm so blind vertraute und ihm ein Alibi gegeben hatte.

Fenja überholte einen Trecker, und sie schrammten haarscharf an einem Frontalzusammenstoß mit einem Smart vorbei, der hupend auswich. Mit der Geschwindigkeit erhöhte sich auch die Lautstärke des Motors, doch Fenja fuhr ungerührt fort.

»Den Mord an Wilhelm werden wir ihm wohl nicht nachweisen können. Aber Jorit hatte Antje Barthel an jenem Abend angerufen und ihr von der Sache mit Wilhelm erzählt. Entweder ist Barthel daraufhin in Panik geraten, oder Wilhelm hatte tatsächlich was gesehen und versucht, ihn zu erpressen. Ich hoffe, das werden wir noch aus ihm rausquetschen.«

Bradford kuschelte sich ein bisschen tiefer in seine Jacke. »Und was hatte dieser Petersen mit der Sache zu tun?«, schrie er.

Fenja schob sich ihre wirbelnden Haare hinter die Ohren und lachte.

»Tja, Barthel wollte einfach nur eine falsche Spur legen und hat einen von Gretas Schuhen auf eines der anderen Boote geworfen. Pech für Petersen. Andererseits, ein Waisenknabe ist der auch nicht gerade.«

»Nein«, entgegnete Bradford, der es ein wenig bedauerte, dass seine Mordfälle immer noch ungeklärt waren, aber er hatte zumindest eine weitere Spur. Und dann war da noch diese andere Sache. Aber er war sich noch nicht im Klaren darüber, wie er das handhaben sollte.

Nach fast eineinhalb Stunden hatten sie den Flughafen erreicht. Sie trennten sich etwas wehmütig voneinander und äußerten beide den Wunsch, sich wiederzusehen. Dieser Wunsch sollte schon bald in Erfüllung gehen, aber das wussten die beiden noch nicht.

Eastbourne - am Abend desselben Tages

Bradford war nur kurz im Labor vorbeigegangen, um etwas abzugeben. Glücklicherweise hatte er dort Sergeant Baker noch angetroffen. Dann hatte er sich zögerlich auf den Heimweg gemacht. Als er leise und in der absurden Hoffnung, sie wäre leer, seine Wohnung betrat, saß seine Mutter neben ihrem gepackten Koffer im Wohnzimmer und empfing ihn mit vorwurfsvollem Blick.

»Mein Lieber«, sagte sie und meinte es garantiert nicht so, »du hattest doch gesagt, dass du um sechs zurückkommst. Also hab ich mich beeilt. Linda hat angerufen, sie braucht mich, muss zu einer Tagung, und Will hat ja sowieso immer was vor. Also, der nächste Zug nach Bristol geht in einer halben Stunde.« Sie sah demonstrativ auf ihre Armbanduhr. »Ich weiß nicht, ob wir das noch schaffen.« Dann schnappte sie nach Luft. »Himmel, was ist denn mit deinem Kopf passiert?«

»Ich habe mich geprügelt«, sagte Bradford grinsend, und bevor er weiterreden konnte, unterbrach ihn seine Mutter. »Sag nichts weiter! Ich will es gar nicht wissen. Es regt mich nur auf, und wir haben keine Zeit.«

Bradford verspürte so etwas wie einen Energieschub in seinen Muskeln und griff nach dem Koffer.

»Tut mir wirklich leid, dass es später geworden ist, aber ich musste noch ins Labor. Wir schaffen das schon.« Dass er selbst das wahrscheinlich mehr hoffte als seine Mutter, verschwieg er vorsichtshalber. Stattdessen trieb er sie zur Eile an, verfrachtete sie ins Auto und drückte aufs Gaspedal.

»Mein Lieber, wie war es denn in Deutschland? Du hast ja gar nichts erzählt. Ist die Küste nicht allerliebst?«

Bradford fand nicht, dass »allerliebst« der richtige Ausdruck für diesen Landstrich war. Er fand ihn eher herb, aber er hatte auch keine Lust, das mit ihr zu diskutieren, und stimmte ihr zu.

»Und diese Strandkörbe, ganz wundervoll!«, schwärmte seine Mutter weiter, bis sie vor dem Bahnhof ankamen, Bradford sich ins Halteverbot stellte und seine Mutter mitsamt ihrem Koffer zum richtigen Gleis und in den Zug bugsierte, der bereits auf seine Passagiere wartete. Er atmete erst auf, als sich die Zugtüren schlossen und er ihr zum Abschied zuwinkte.

Als er wenig später erneut seine Wohnung betrat, überkam ihn ein schlechtes Gewissen. Sein neues Heim war in geradezu vorbildlichem Zustand. Alle Umzugskartons waren ausgeräumt und standen sauber gefaltet in der Diele. Ihr Inhalt fand sich geordnet in den Schränken und Regalen wieder. Im Kühlschrank stand ein Sixpack Bier, und seine Mutter hatte Cheddar und Sellerie gekauft, Butter, Eier, Schinken und Brot. Immerhin, das war nicht zu verachten.

Bradford beschloss großzügig, es hier und heute zu tolerieren, dass seine Mutter sich ständig in sein Leben einmischte. Ausnahmsweise. Er öffnete eine Dose Bier – deutsches –, Geschmack hatte sie ja, dachte er anerkennend und trank.

Am nächsten Morgen erwarteten Constable Sutton und Sergeant Buckley ihn bereits im Konferenzraum. Riley und Bush waren noch mit Befragungen beschäftigt. Bradford grüßte, ließ sich auf seinen Stuhl fallen und informierte dann die beiden über die eher dürftigen Ergebnisse aus Deutschland.

»Ich bin zu der Überzeugung gekommen, dass wir den Mörder von Anthony und Violet Bexley – und ich gehe davon aus, dass es sich um ein und dieselbe Person handelt – hier in Eastbourne, beziehungsweise in Beecock, suchen müssen. Also werden wir uns auf die Suche nach dem Besitzer des dunklen Wagens begeben müssen. Und wir müssen herausfinden, was Bexley damit gemeint haben könnte, dass sich seine finanziellen Probleme bald lösen würden, und vor allem, worüber David Bexley sich wundern würde. Vorschläge?«

»Äh«, Sutton meldete sich, »vielleicht hat es was mit dem Testament vom alten Bexley zu tun. Vielleicht ist Tony Bexley da auf etwas gestoßen, und er hat irgendwie zu wenig geerbt.«

»Oder«, sagte Buckley, »Anthony Bexley wusste etwas über seinen Bruder und wollte ihn erpressen.«

»Beides möglich«, sagte Bradford, »und was folgern wir daraus?«

Betretenes Schweigen. »Dass Bexley seinen Bruder umgebracht hat«, platzte Buckley heraus.

»Genau«, erwiderte Bradford. »Und dafür brauchen wir Beweise. Sutton, Sie kümmern sich bitte um das Testament des alten Bexley, und Buckley, Sie graben noch mal in den Akten. Vielleicht gibt es da was, das wir übersehen haben.«

»Aber …«, Sutton machte ein ungläubiges Gesicht, »kann man denn seinen eigenen Bruder umbringen? Und seine Mutter?«

Buckley überlegte einen Moment. »Wieso nicht?«, sagte er dann.

»Was ist mit Basil?«

»Der ist genauso verdächtig«, antwortete Bradford. »Also, wir graben weiter, bis wir was gefunden haben.«

Dann entließ er seine Mitarbeiter und ging zur Berichterstattung zu Chief Constable Walker. Danach setzte er sich an seinen Schreibtisch und fuhr den Computer hoch, um seinen Bericht zu schreiben und sich nochmals in die Protokolle zu vertiefen, bis er am späten Nachmittag vom Surren seines Smartphones unterbrochen wurde. Buckley.

Es hatte einen erneuten Überfall gegeben. Jemand hatte Dorian Lake auf Lessington Park in einem der Gewächshäuser einen Blumenkübel über den Schädel gehauen. Eine der Angestellten, Jenna Banks, hatte ihn glücklicherweise noch gefunden, bevor sie sich auf den Heimweg gemacht hatte. Sie war dann sofort zum Herrenhaus gelaufen, wo sie David Bexley aber nicht angetroffen hatte. Ivy Debenham hatte dann den Notarzt gerufen und die Polizei alarmiert. Lake lag im Krankenhaus in Eastbourne und war nicht ansprechbar, es gab bisher keinerlei Hinweise auf den oder die Täter und auch keine Zeugen, da die Belegschaft schon Feierabend gemacht hatte. Bradford stöhnte. Das nahm ja kein Ende. Blieb nur zu hoffen, dass dieser Überfall wirklich Lake galt und nicht auch den Bexleys.

Bradford machte sich also auf den Weg nach Lessington Park, wo ihn Buckley, David und Emma Bexley sowie Ivy Debenham erwarteten. Emma Bexley saß stumm und lethargisch im Sessel vor dem Kamin, während ihr Onkel und die Sekretärin ziellos durch den Raum wanderten.

»Sind alle versammelt, Sir«, empfing ihn Buckley, »außer Steve Morgan. Der ist noch in Seaford bei einem Firmenjubiläum.«

Ivy Debenham blieb stehen und sah Bradford an, als sei er an allem schuld.

»Wie lange soll das noch so weitergehen?«, herrschte sie ihn an. »Was machen Sie eigentlich den ganzen Tag?«

Bradford reagierte nicht auf ihre Frage und wandte sich an Bexley, der nervös hin und her lief und die Hände knetete.

»Darf ich fragen, wo Sie waren, als Dorian Lake gefunden wurde?«

»Ich war auf dem Weg nach Eastbourne. Herrgott, ich habe schließlich zwei Todesfälle in der Familie.« Seine Stimme zitterte, und er drehte sich abrupt um. Die Sekretärin schaute ihren Boss verdutzt an. Bradford wartete, bis Bexley sich wieder gefangen hatte. »Dann hat mich Ms Debenham angerufen, und ich bin natürlich sofort umgekehrt.« Er funkelte Bradford an. »Und ich habe keine Ahnung, was hier passiert ist!«, sagte er lauter als nötig.

Bradford nickte und sah dann Ivy Debenham fragend an.

»Ich kann Ihnen auch nichts sagen. Um halb sechs kam eine völlig hysterische Jenna Banks in mein Büro gestürmt. Ich hatte meine liebe Mühe damit, rauszufinden, was überhaupt los war, und dann habe ich den Notarzt und die Polizei angerufen. Seitdem stehen wir hier dumm rum.«

»Ich möchte eine Liste der Mitarbeiter, die heute Abend hier waren.«

»Jetzt?« Die Sekretärin sah auf ihre Armbanduhr.

»Wenn ich bitten dürfte«, sagte Bradford kurz angebunden und richtete dann den Blick auf Emma Bexley, die von all der Aufregung nichts mitzubekommen schien.

»Emma brauchen Sie nicht zu fragen. Sie ist völlig weggetreten seit diesem ... ganzen Unglück.« Bexley flüsterte nur und wandte sich ab.

»Wo ist Ihr Sohn?«

»In Brighton.«

»War Mr Morgan den ganzen Tag in Seaford?«

»Seit heute Nachmittag.«

Ivy Debenham betrat den Raum und drückte Bradford einen Zettel in die Hand.

»Die Liste. Kann ich jetzt gehen? Ich habe eine Verabredung.«

»Ja.« Bradford nickte Buckley zu, und die beiden verließen den Salon. Als sie vor der Tür standen, fuhr Bradford aus der Haut. »Verdammt noch mal, was ist hier eigentlich los? Die Leute werden wie am Fließband zusammengeschlagen, und wir finden nichts: keine Zeugen, keine Tatwaffen, nicht mal ein Motiv!«

Buckley duckte sich.

»Haben Sie diese Ms Banks befragt?«

»Ja, Sir, aber sie hat niemanden gesehen und gehört. War schwierig, überhaupt eine vernünftige Aussage von ihr zu bekommen. Die war völlig durchgedreht. Hat andauernd gesagt, Lessington Park sei mit einem Fluch belegt und sie würde es nicht wieder betreten.«

»Ist die Spurensicherung fertig?«

»Ja, aber viel war da wohl auch nicht zu holen«, sagte Buckley kleinlaut. »Tut mir leid, Sir.«

»Mir auch«, brummte Bradford. »Sie trommeln das ganze Team zusammen und sorgen dafür, dass alle Mitarbeiter, die heute hier waren, befragt werden.«

»Ja, Sir«, salutierte Buckley verbal, »und oh«, die Miene des Sergeants hellte sich auf. »Dieser Morgan hat doch behauptet, in seiner Firma gewesen zu sein, als Bexley starb. Das war er auch, zumindest bis zehn Uhr, und dann nach Mitternacht wieder. Dazwischen hat ihn aber keiner gesehen.«

»Interessant«, antwortete Bradford, »dann werde ich mir jetzt den Tatort ansehen und anschließend mit Steve Morgan reden. Hier stimmt was nicht«, murmelte er vor sich hin und fragte sich, ob Buckley es auch bemerkt hatte.

Warum waren alle so verdammt nervös? Irgendwas hatte sich verändert, und es wurde sorgfältig verborgen. Aber zumindest einer Sache war er sich jetzt sicher, und alles andere würde er auch noch herausfinden.

Buckley hatte recht gehabt, am Tatort gab es nichts Bemerkenswertes zu entdecken. Bradford ging zum Cottage, wo Steve Morgan mittlerweile eingetroffen war und ihn in die Küche führte. Er trug eine Baseballkappe, um seinen mittlerweile komplett rasierten Schädel zu verdecken.

»Können Sie mir vielleicht mal verraten, was Sie den ganzen Tag machen? Wofür werden Sie bezahlt? Mein Schwiegervater wird ermordet, dann versucht jemand, mich zu ermorden, anschließend wird die Großmutter meiner Frau ermordet! Und gucken Sie sich meine Frau an!« Er wies mit dem Kopf in Richtung Wohnzimmer, wo Emma Bexley jetzt genauso lethargisch dasaß wie vorhin im Salon des Herrenhauses. »Und sehen Sie sich *mich* an!« Er riss sich die Kappe vom Kopf. Zum Vorschein kam ein kahl rasierter Schädel mit einer fingerdicken Narbe, die seitlich über dem Ohr verlief. »Was glauben Sie, was das für einen Eindruck macht bei der Kundschaft? Würden Sie einem Typen, der so aussieht, das Catering für Ihre Party anvertrauen? Ha, bestimmt nicht, da vergeht einem ja beim Hingucken schon der Appetit!«

Bradford hörte sich Morgans Tirade schweigend an und schoss dann unvermittelt zurück. »Wo waren Sie wirklich an dem Abend, als Ihr Schwiegervater ermordet wurde?«

Morgan blieb abrupt stehen. »In meiner Firma, das hab ich doch schon gesagt.«

»Zwischen zehn und zwölf hat Sie aber niemand gesehen.«

Morgan schluckte. »Das heißt ja nicht, dass ich nicht da war.«

»Nein, das heißt nur, dass Sie kein Alibi haben.«

Morgan verschränkte die Arme. »Das ist doch lächerlich. Welchen Grund sollte ich denn haben, meinen Schwiegervater umzubringen?«

»Das weiß ich nicht, aber wenn Sie ein Alibi hätten, könnten wir Sie doch schon mal ausschließen.«

Morgan schwieg einen Moment und schloss dann die Tür zum Wohnzimmer. »Ich war nur kurz bei … einer Freundin. Und ich wäre Ihnen dankbar, wenn Sie das für sich behalten könnten. Das würde Emma jetzt nicht auch noch verkraften.«

Bradford zückte seinen Notizblock. »Name? Adresse?«

Morgan schwieg zunächst, gab dann einen Namen und eine Adresse in Eastbourne an. »Könnten Sie bitte diskret sein? Sie ist verheiratet.«

»Kennen Sie Dorian Lake?«

»Flüchtig.«

»Haben Sie eine Ahnung, wer ihn niedergeschlagen haben könnte?«

»Tz, fragen Sie mal im Dorf nach, da gibt's einige, die ihn nicht mochten.«

»Zum Beispiel?«

»Ich weiß niemand Bestimmten!«, sagte Morgan laut. »Ich weiß nur, dass er sich gern geprügelt hat, unter anderem auch mit meinem Schwiegervater. Jedenfalls hat das Dylan vom Foxhole Inn erzählt.«

»Sie waren heute den ganzen Nachmittag in Eastbourne in Ihrer Firma?«

»Jaaa.«

»Wirklich, oder muss ich Ihre Freundin auch danach fragen?«

»Nein, fragen Sie doch meinen Koch! Wir haben ein Catering vorbereitet, den ganzen Nachmittag!«

»Danke, das wäre zunächst alles.« Bradford klappte sein Notizbuch zu und wandte sich zur Tür.

»Das will ich hoffen!«, rief Morgan ihm hinterher.

Mittlerweile war es kurz nach zehn, und Bradford konsultierte sein Smartphone. Sutton hatte eine Nachricht hinterlassen, mit der Bitte um Rückruf. Sie meldete sich sofort.

»Gut, dass Sie sich so schnell melden, Sir. Ich habe hier eine Zeugin, die kurz vor ihrem Feierabend ein dunkles Audi-Cabrio hinter dem Gewächshaus gesehen haben will.«

»Ja und?«, fragte Bradford ungeduldig. »Was ist daran besonders?«

»Nun, Sir, die junge Frau will sich nicht festlegen, aber genauso ein Auto fährt Basil Bexley.«

Bradford schwieg einen Moment. »Sollte der nicht in Brighton sein?«

»Eben, Sir.«

»Wo sind Sie gerade?«

»In der Polizeistation in Eastbourne, Sir, ich wollte gerade Feierabend machen.«

»Das müssen Sie noch ein bisschen verschieben. Suchen Sie

Bexleys Adresse in Brighton heraus, und dann kommen Sie nach Beecock. Ich warte auf dem Parkplatz vor dem Gartencenter auf Sie. Wir fahren nach Brighton.«

»Ja, Sir.«

Auf der etwa fünfzigminütigen Fahrt berichtete Sutton Bradford von der Befragung der Zeugin, die möglicherweise Basil Bexleys Audi gesehen hatte. Einer Eve Sheridan, die sich aber nicht festlegen wollte, immerhin war Basil Bexley der Sohn vom Boss. Aber der kam ja normalerweise nicht über den Weg durch den Wald zu den Gewächshäusern gefahren. Sie hatte den Wagen auch nur kurz gesehen und konnte nicht beschwören, dass es der von Basil Bexley war. Gab ja auch andere Leute, die so ein Auto fuhren. Und außer Eve Sheridan hatte das Auto niemand gehört oder gesehen.

Basil Bexley bewohnte ein Apartment im ersten Stock eines Gebäudes im Empirestil an der Strandpromenade von Brighton. Sein Wagen parkte auf einem zum Haus gehörenden Parkplatz direkt vor der Tür.

Bradford legte die Hand auf die Haube. Sie war lauwarm. Dann untersuchte er die Wagenräder und nahm eine Erdprobe von der Innenseite des Kotflügels.

Bexley empfing sie mit einem Glas in der Hand. Er schien betrunken zu sein. Als er die beiden Polizisten sah, grinste er und prostete ihnen zu.

»Hey, das ist ja mal eine Überraschung, zu so später Stunde«, sagte er mit schwerer Zunge und warf Sutton einen überheblichen Blick zu. »Immer hereinspaziert.« Er führte sie mit unsicheren Schritten in ein modern eingerichtetes, peinlich sauberes Apartment, wo sie in der Diele stehen blieben.

»Setzen Sie sich doch und erzählen Sie mir, was Sie hier wollen …«, er warf einen demonstrativen Blick auf seine Armbanduhr, »… um diese Zeit.«

Bradford hielt sich nicht mit Geplänkel auf. Dazu war er zu müde. »Mr Bexley, in einem der Gewächshäuser Ihres Vaters wurde ein Mann überfallen: Dorian Lake. Ich nehme an, Sie kennen ihn.«

»Oh«, Bexley kippte den Inhalt seines Glases hinunter. »Was Sie nicht sagen.«

Bradford wurde laut. »Wir wollen nicht lange um den heißen Brei herumreden. Es gibt eine Zeugenaussage, nach der Sie heute zur fraglichen Zeit hinter dem betreffenden Gewächshaus geparkt haben.«

»Tatsächlich?« Bexley kicherte. »Wer hat das gesagt?«

Bradford sah den jungen Mann eine Weile schweigend an. »Mr Bexley, ich darf Sie bitten mitzukommen.«

Bexley schien plötzlich nüchtern zu werden. »Und wenn ich das nicht tue?«

»Dann werde ich sofort einen Streifenwagen anfordern, der Sie abholt, falls Ihnen das lieber ist.« Er zückte zur Bekräftigung sein Smartphone. »Auf jeden Fall werden Sie mir in Eastbourne ein paar Fragen beantworten müssen.«

Bexley wankte. Nicht nur körperlich. Dann schien er zu einem Entschluss zu kommen.

»Na gut, dann kann mein Vater gleich seinen Rechtsanwalt einschalten.« Er beugte sich schwankend nach vorn. »Falls Ihnen das lieber ist.«

»Von mir aus. Kommen Sie, packen Sie ein paar Sachen ein.«

Bradford ließ Bexley keine Sekunde aus den Augen, bis sie endlich im Wagen saßen, die beiden Männer im Fond und Sutton am Steuer.

Als sie kurz nach Mitternacht in Eastbourne eintrafen, hatte Bradford Mühe, seine Augen offen zu halten. Bexley hatte die Fahrt genutzt, um seinen Rausch auszuschlafen, und war mittlerweile wieder so weit zu Kräften gekommen, dass er sich lauthals beschwerte und seinen Anwalt zu sprechen wünschte.

Bradford übergab ihn dem wachhabenden Constable und ließ ihn einsperren.

»Wir sehen uns morgen früh.«

Die Befragung am nächsten Tag verlief einigermaßen turbulent, zumindest nachdem Bexley beschlossen hatte, die Polizei im Allgemeinen und Bradford im Besonderen mit wüsten Flüchen zu belegen. Selbst sein Anwalt konnte ihn nicht beruhigen. Die

Erdprobe, die Bradford von Bexleys Wagen genommen und ins Labor gebracht hatte, wurde untersucht und mit Proben vom Feldweg hinter dem Gewächshaus verglichen.

Als Bexley sich endlich ausgetobt hatte, verlegte er sich aufs Schweigen und musste wenig später wieder entlassen werden, bis neue Beweise vorliegen würden, die Bradford stündlich aus dem Labor erwartete. Bexley bestieg ein Taxi, das ihn nach Lessington Park bringen sollte, und drohte mit Vergeltung.

Unterdessen liefen die Ermittlungen in den beiden Mordfällen weiter auf Hochtouren. Buckley hatte sich das Alibi für Steve Morgan bestätigen lassen. Die Dame habe ihn um Diskretion gebeten. Ihr Mann neige zu Gewalttätigkeit, besonders wenn er eifersüchtig sei. Und das sei er ständig. »Wird wohl gute Gründe haben«, hatte Buckley gemeint.

Sowohl David als auch Basil Bexley hatten kein Alibi für den Mord an Anthony. Für Violets Tod konnte ebenfalls so gut wie jeder verantwortlich sein, denn sie waren zum fraglichen Zeitpunkt alle auf Lessington Park gewesen. Eine Tatwaffe war bisher ebenfalls nicht gefunden worden, aber Lessington Park war groß, und sie konnten schließlich nicht von heute auf morgen das ganze Anwesen umgraben, entschuldigte sich Buckley. Beim Beachy Head Inn hatten sie versucht herauszufinden, ob jemand vom Personal sich an einen dunklen Wagen erinnern konnte. Leider ohne Erfolg.

Bradford setzte sich in sein Büro und wartete auf den Anruf vom Labor. Sobald das Ergebnis da war, konnte er diesen arroganten Schnösel einbuchten. Und wer weiß, womöglich hatte er noch viel mehr Dreck am Stecken. Als das Telefon endlich klingelte, schrak Bradford zusammen und griff zum Hörer. Das Labor. Bradford hörte sich an, was Sergeant Baker zu sagen hatte, legte auf und lächelte.

»Na endlich«, murmelte er. War das der Durchbruch?

Er stand auf und ging zu Chief Constable Walker ins Büro, um ihm die gute Nachricht zu überbringen.

Dann schnappte er sich Buckley, der sich gerade auf den Weg machen wollte, um die Suche nach der Tatwaffe zu unterstützen.

Als Brenda Foster ihnen die Tür öffnete und Bradford Basil Bexley zu sprechen wünschte, warf sie den Ermittlern einen bösen Blick zu und marschierte wortlos zum Salon.

»Warten Sie hier. Ich werde ihn holen.«

»Ich werde mich solange mit Mr Bexley senior unterhalten«, sagte Bradford. »Der Sergeant wird warten.«

Brenda Foster öffnete zwar den Mund zum Protest, klappte ihn aber wieder zu und verzog sich. Buckley ging in den Salon und Bradford zum Büro der Sekretärin, die ihn misstrauisch über den Rand ihrer Brille hinweg musterte, als er nach kurzem Klopfen eintrat.

»Mr Bexley ist in einer wichtigen Besprechung«, sagte sie, ohne abzuwarten, was Bradford zu sagen hatte.

»Das macht nichts«, antwortete der, »dann warte ich hier.« Er setzte sich in einen der Sessel und griff nach einer Zeitschrift. Das war ja wie im Wartezimmer hier.

Ivy Debenham wartete einige Minuten, erhob sich dann und ging in Bexleys Büro. Bradford hatte nichts anderes erwartet. Nach einer Minute kam sie wieder heraus, und nur wenige Sekunden später öffnete sich die Tür, und Bexley trat heraus.

»Haben Sie noch nicht genug Unheil angerichtet?«, fragte er an Bradford gerichtet. »Wie wär's, wenn Sie endlich den Mörder meines Bruders und meiner Mutter überführen würden?«

Bradford erhob sich. »Können wir uns kurz unterhalten?«

»Kurz«, antwortete Bexley und sah auf die Uhr. »Ich habe in zehn Minuten eine wichtige Telefonkonferenz.«

»So lange brauchen wir nicht«, sagte Bradford. »Ich habe nur eine einzige Frage.«

Bexley nickte kurz und ging dann wieder in sein Büro. Bradford folgte.

»Stellen Sie Ihre Frage und dann gehen Sie«, sagte Bexley matt.

»Kurz vor seinem Tod hat Ihr Bruder gesagt, dass seine finanziellen Probleme bald ein Ende haben würden und dass Sie, sein Bruder, sich noch wundern würden.« Bradford ließ diese Aussage einen Moment sacken.

Bexley, der sich gerade wieder hatte hinsetzen wollen, hielt kurz in der Bewegung inne. Aber nur kurz, dann hatte er sich wieder in der Gewalt und ließ sich ruhig in seinen bequemen Schreibtischstuhl sinken. Bradford bot er keinen Platz an.

»Haben Sie eine Ahnung, was genau er damit gemeint haben könnte?«

»Nein«, antwortete Bexley, »war das Ihre Frage?«

»Ja.«

»Also, Sie haben Ihre Antwort. Dann darf ich Sie jetzt bitten zu gehen.«

Bradford wartete einen Moment schweigend, aber Bexley schien sich über die Aussage seines Bruders überhaupt nicht zu wundern. Bradford war sicher, dass David Bexley genau wusste, was sein Bruder gemeint hatte, aber er wollte es um jeden Preis für sich behalten. Bradford verabschiedete sich.

»Ach übrigens«, er drehte sich noch mal um, »wir müssen Ihren Sohn mitnehmen. Er steht unter dem dringenden Verdacht, Dorian Lake niedergeschlagen zu haben.«

Bexley sprang auf. »Haben Sie Beweise für diese ungeheuerliche Behauptung? Ich werde sonst gerichtlich gegen Sie vorgehen.«

»Wir haben Beweise, aber tun Sie, was Sie nicht lassen können.« Damit verließ er Bexleys Büro.

Ivy Debenham sah ihm nach.

Draußen im Wagen warteten Buckley und Bexley junior, der erstaunlich still war, bereits auf ihn. Bexley sollte während der folgenden zweistündigen Befragung kein einziges Mal den Mund aufmachen. Als Bradford ihn mit dem Laborergebnis konfrontierte, stierte er ihn einen Moment wütend an und schwieg dann weiter. Bradford ließ ihn wieder in seine Zelle bringen.

Erin saß mit Doris in ihrer kleinen Küche bei einer Tasse Tee und Sandwiches zusammen. Das Mittagessen sparten sie sich, denn die Damen vom Women's Institute wollten am Nachmittag hier zusammentreffen, um zu beraten, wie das erwirtschaftete Geld des sehr erfolgreichen Picknicks – so hatte Daisy Henderson sich ausgedrückt – optimal anzulegen sei. Die Küchenzeile war schon bezahlt, und nachdem sich auch das gestohlene Geld wieder angefunden hatte, könnte man jetzt vielleicht darüber nachdenken, auf dem Village Green eine Tischtennisplatte aufzustellen. Damit die Jugend einen Anreiz hatte, sich im Dorf und an der frischen Luft zu betätigen, anstatt ständig in den eigenen vier Wänden zu hocken und mit irgendwelchen Bildschirmen zu kommunizieren.

Dieser Vorschlag – Prentiss Bolton-Smythe hatte ihn in seine Predigt am letzten Sonntag einfließen lassen – rief bei einigen Dorfbewohnern, hauptsächlich bei den unter Zwanzigjährigen, Heiterkeit hervor, bei anderen, der Mehrheit der Kirchgänger, verursachte er Proteste. Wie lange das Village Green wohl noch seinen Namen verdienen würde, wenn ganze Horden von Halbwüchsigen sich dort zusammenrotten würden? Der Rasen wäre erledigt. Ganz davon abgesehen, dass Jugendliche doch sowieso immer und überall, wo sie zusammentrafen, Müllberge hinterließen. So hatte sich James Henderson geäußert. Die meisten Dorfbewohner neigten dazu, sich seiner Meinung anzuschließen.

Auf jeden Fall hatte Daisy Henderson die Flucht nach vorn angetreten und die Damen zu einem Brainstorming – wie sie es nannte – in Erins Tearoom eingeladen. Wobei die Formulierung der Einladung eher an eine Vorladung denken ließ.

Erin nahm tief in Gedanken versunken einen Schluck Tee, während Doris in ein Käse-Sandwich biss und ihre Freundin und Nachbarin über den Rand ihrer Brille hinweg beobachtete.

»Worüber machst du dir Sorgen, Kindchen?«, fragte sie mit vollem Mund und leckte sich über die Lippen.

Erin lächelte, obwohl ihr nicht zum Lächeln zumute war, aber Doris entging wirklich nichts.

»Du merkst wirklich alles«, sagte sie und drehte ihre Teetasse in der Hand.

»Nun sag schon. Bist du etwa verliebt?«

Erin wurde rot. »Nein, ich hab im Moment wirklich andere Sorgen«, antwortete sie vielleicht etwas zu hastig.

»Das eine schließt das andere nicht aus«, erwiderte Doris und biss erneut in ihr Sandwich.

Erin seufzte. »Es geht um Vater.«

Über den Vorfall mit Jay hatte Erin mit niemandem gesprochen, und das sollte auch so bleiben. Das Geld war jedenfalls wieder aufgetaucht, und der Bengel hatte mit Freya Schluss gemacht. Schließlich sei sie noch ein Baby. Freya hatte diese Begründung erstaunlich ruhig aufgenommen. Ja, Erin hatte sogar den Verdacht, dass ihre Tochter erleichtert war. Offensichtlich hatte der Inspector die Sache schnell und diskret geregelt. Wie er das wohl angestellt hatte?

»Ich weiß wirklich nicht, wie das weitergehen soll«, sagte Erin, »wenn du ihn nicht rechtzeitig gefunden hättest …«

»Ich habe ihn aber rechtzeitig gefunden«, unterbrach sie ihre Freundin, »aber solche Situationen werden immer wieder vorkommen, und du kannst ihn nicht vierundzwanzig Stunden am Tag bewachen.«

»Nein.«

Erin schüttelte sich bei dem Gedanken, dass ihr Vater sich um ein Haar mit seinem eigenen Gürtel erdrosselt hätte, wäre Doris nicht rechtzeitig zur Stelle gewesen. Erin hätte sich das nie verziehen. Sie hatte daraufhin alle gürtel- und bandähnlichen Gegenstände im Haushalt zusammengesucht und weggesperrt. Aber wer wusste schon, auf welche abstrusen Ideen ihr Vater noch kommen würde.

»Ich kann aber keinen Heimplatz bezahlen, auch nicht mit seiner Rente«, murmelte Erin. »Allerdings …« Sie zögerte.

»Was?«, hakte Doris nach. »Nun sag schon.«

»Ich glaube, er hatte noch einen Sparvertrag. Jedenfalls hat er das gesagt, als er noch ein bisschen klarer im Kopf war. Den müsste ich suchen. Vielleicht reicht es ja damit.«

»Natürlich, such ihn. Du hast doch die Vollmacht von ihm.«

»Schon, aber … irgendwie möchte ich nicht in seinem Geld rumfingern, bevor es mir gehört.«

»So ein Quatsch«, entrüstete sich ihre Nachbarin, »du brauchst es schließlich für ihn.«

Erin schloss die Augen, trank den letzten Schluck Tee und stand auf.

»Du hast recht. Ich werde mich darum kümmern.«

Am nächsten Morgen tauchte Ivy Debenham in der Polizeistation auf und wartete vor Bradfords Büro.

»Kann ich mit Ihnen sprechen?«, fragte sie. »Allein?«

Bradford, der sich schon gefragt hatte, wann die Sekretärin ihr Wissen wohl nicht mehr für sich behalten konnte, nickte und bat sie herein.

Bradford setzte sich an seinen Schreibtisch und bot Ivy Debenham den Besucherstuhl an.

»Es … ist nicht leicht für mich, Ihnen das zu sagen, was ich zu sagen habe.«

Bradford wartete geduldig. Endlich kramte Ivy Debenham ein Blatt Papier aus ihrer Tasche hervor und reichte es Bradford.

»Dieser Brief war an David Bexley adressiert.«

Bradford klappte ihn mit Hilfe eines Bleistiftes auseinander und las.

Sie sind kein Bexley! Wenn Sie nicht wollen, dass es publik wird, sollten Sie überlegen, wie viel es Ihnen wert ist, weiterhin ein Bexley zu sein.
Ich melde mich wieder.

Dann klappte er den gewöhnlichen Computerausdruck ebenso sorgfältig wieder zusammen und steckte ihn in eine Plastikhülle.

»Wann ist dieser Brief gekommen?«

»Vor fünf Tagen.«

Also nach dem Tod der beiden Bexleys.

»Und wie sind Sie darangekommen?«

Die Besucherin lächelte unmerklich. »Ich bitte Sie«, sagte sie nur, und Bradford fragte nicht weiter.

»Und wieso sind Sie nicht sofort hergekommen?«

Ivy Debenham sah Bradford an, als wäre er ein Wesen aus einer anderen Welt.

»Wissen Sie, was Loyalität ist?«, fragte sie dann.

Natürlich wusste Bradford, was Loyalität war, er glaubte aber nicht, dass sie der Grund für die Diskretion der Sekretärin war. Er glaubte etwas ganz anderes, aber das behielt er für sich. Vorerst.

»Wissen Sie, was das bedeutet?«, fragte sie.

Natürlich wusste Bradford, was das bedeutete.

»Haben Sie eine Ahnung, wer ihn geschrieben hat?«

»Nein«, sagte Ivy Debenham.

»Warum bringen Sie mir den Brief, wenn Sie damit ein Loyalitätsproblem haben?«

»Das fragen Sie?« Die junge Frau verschränkte die Beine. Lange, schlanke Beine, dachte Bradford. »Andauernd werden Leute zusammengeschlagen. Das muss doch mal ein Ende haben … obwohl es um Dorian Lake nicht mal schade ist.«

»Wieso nicht?«

Ivy Debenham machte große Augen. »Na, das ist doch wohl offensichtlich, oder?«

»Wieso?«

»Wenn Sie das nicht wissen, tut's mir leid. Lake ist ein Dieb und ein Schläger. Ich hätte ihn längst entlassen an Bexleys Stelle.«

»Und warum, glauben Sie, hat er's nicht getan?«

Sie schüttelte den Kopf. »Was weiß ich. Wer soll diese Familie verstehen«, murmelte sie.

Bradford dachte nach. »Mal angenommen, diese Anschuldigung stimmt, und David Bexley ist gar kein Bexley. Das würde heißen, er ist auch nicht der rechtmäßige Erbe des Vermögens von Henry Bexley.«

»Genau.«

»Das wäre dann Anthony gewesen. Vorausgesetzt, *der* ist ein echter Bexley«, fuhr Bradford fort.

»So ist es wohl.«

»Anthony Bexley hat kurz vor seinem Tod davon gesprochen, dass seine Geldprobleme Vergangenheit seien und dass sein Bruder sich wundern würde. Haben Sie eine Ahnung, ob er vom Inhalt dieses Briefes wusste oder was er sonst damit gemeint haben könnte?«

Ivy Debenham wischte einen imaginären Fleck von ihrem Rock und überlegte eine Weile. Dann schien sie zu einem Entschluss gekommen zu sein.

»Ich glaube nicht, dass Tony eine Ahnung davon hatte, was dieser Brief da behauptet. Nach meinen Informationen ging es bei dem Streit vielmehr um eine … Steuerangelegenheit. Leider«, sie schwieg einen Moment, »habe ich selbst Tony von … der Sache erzählt. Allerdings hätte ich niemals gedacht, dass er seinen Bruder erpressen würde. Er muss wirklich ziemlich in der Klemme gesteckt haben.«

»Konnten Sie verstehen, was bei dem Streit gesprochen wurde?«

»Nicht richtig, aber … ich habe mitbekommen, dass David Bexley seinen Bruder einen gierigen, nichtsnutzigen Schuft genannt hat, der vor nichts zurückschreckt, um an Geld zu kommen.«

»Haben Sie sich denn gar nicht gewundert, als Anthony Bexley kurz danach die Klippen hinabgestürzt ist und die Polizei einen Mord vermutete? Jedenfalls haben Sie diese Informationen bei unserem ersten Gespräch mit keinem Wort erwähnt.«

Sie zupfte an ihrem Blusenärmel. »Warum hätte ich das tun sollen? David Bexley hat sich immer fair verhalten, es wäre undankbar gewesen, ihn so einem Verdacht auszusetzen. Außerdem ist es absurd, zu glauben, er hätte mit dem Tod seines Bruders etwas zu tun.«

Bradford überlegte kurz, stand dann auf und reichte seiner Besucherin die Hand. »Ich danke Ihnen, dass sie gekommen sind.«

Ivy Debenham zuckte mit einer Schulter. »Was zu viel ist, ist zu viel. Ich werde sowieso kündigen. Dieser Job ist mir … zu gefährlich.«

Als sie gegangen war, übergab Bradford den Umschlag dem diensthabenden Constable, um ihn ins Labor bringen zu lassen, und rief dann Sergeant Buckley und Constable Sutton zu sich, um sie über die Neuigkeiten aufzuklären und David Bexley zur Befragung abzuholen.

Dann besprach er sich mit Chief Constable Walker. Sie hatten endlich ein Motiv und zwei Hauptverdächtige. Basil und David Bexley. Wenn der Inhalt des Briefes zutraf, dann war Anthony der einzige Sohn und wahre Erbe des Vermögens seines Vaters. Die Frage war nur, wer war der Verfasser des Briefes, und woher wusste derjenige davon? Und wieso kam der Brief erst jetzt? Alles Fragen, die Ihnen David Bexley hoffentlich beantworten konnte.

Als dieser dann endlich im Befragungsraum saß, war er allerdings weit davon entfernt, irgendeine Aussage zu machen. Nachdem Bradford ihm den Inhalt des Briefes vorgelesen hatte, riss er die Augen auf, sagte aber zunächst nichts.

»Mr Bexley«, versuchte es Bradford erneut, »warum reden Sie nicht endlich? Sie und Ihr Sohn stehen im Verdacht, Ihren Bruder und Ihre Mutter ermordet zu haben. Haben Sie dazu nichts zu sagen?«

»Mein Sohn hat damit nichts zu tun«, sagte Bexley heiser. »Dieser Brief ist eine Unterstellung. Ich bin zwei Jahre nach der Hochzeit meiner Eltern geboren. Meine Mutter hätte niemals …«

Bradford antwortete nicht darauf, und Bexley merkte wohl selbst, wie dünn sich das anhörte. Er senkte den Kopf und schwieg.

»Haben Sie eine Ahnung, wer diesen Brief geschrieben haben könnte?«

Schweigen.

»Glauben Sie, es war Lake?«

Bexley wand sich. »Ich weiß es nicht«, sagte er. »Lassen Sie mich. Mein Leben ist kaputt. Meine Mutter ist tot, mein Bruder ist tot, mein Sohn und ich stehen unter dem Verdacht, beide ermordet zu haben. Mein Erbe wird mir streitig gemacht, und meine Frau … will nichts von mir wissen. Sie können mich mal. Machen Sie mit mir, was Sie wollen. Ist mir egal.«

Bradford blickte Bexley an. »Haben Sie Ihren Bruder und Ihre Mutter umgebracht?«

»Nein«, antwortete Bexley und starrte Bradford an. »Und mein Sohn hat das genauso wenig getan.«

Bradford brach die Befragung ab und ging in sein Büro. Er wusste nicht, wieso, aber Bexley tat ihm leid, und er wusste erst recht nicht, wieso er ihm glaubte, dass er unschuldig war. Und selbst, wenn es anders war. Beweise hatten sie keine.

Alles, was sie tun konnten, war, das Ergebnis des DNA-Tests abzuwarten. Aber eigentlich war Bradford gar nicht so neugierig auf das Ergebnis. Er war sich ziemlich sicher, was dabei herauskommen würde. Und er dachte auch daran, wie gut es war, dass es solche Tests gab. Tests, die einem Beweise lieferten. Er mochte nicht darüber nachdenken, was so ein Brief noch vor fünfzig

Jahren für eine Ehe bedeutet haben mochte. Auch, wenn er eine glatte Lüge war.

Basil Bexley war mittlerweile überhaupt nicht mehr ansprechbar. Er lag in seiner Zelle und heulte.

Bradford beschloss, einen Spaziergang an den Klippen zu machen. Vielleicht würde ihm der Wind den Kopf freipusten.

Bald darauf stand Bradford am Beachy Head in sicherem Abstand zum Klippenrand und schaute aufs Meer. So viele Menschen suchten und fanden hier den Tod. Natürlich, es gab ganz sicher schlimmere Arten, zu sterben, als hier hinabzustürzen. Es war kurz und schmerzlos, und der Blick, den man mitnahm in die Ewigkeit, war einzigartig. Aber war es nicht schöner, diesen Anblick zu genießen und zu leben?

Bradford verstand es nicht. Wenn diese Schönheit einen nicht dazu brachte, auf dieser Erde bleiben zu wollen, was denn dann? Die Dämmerung senkte sich über das Meer, und das unaufhörliche Rauschen der Wellen übte eine fast hypnotische Wirkung auf Bradford aus.

Laura fiel ihm ein. Aber seltsamerweise war er nicht unglücklich, als er an sie dachte. Er war ganz ruhig. Ruhig und zufrieden. Der Wind brauste in seinen Ohren. Laura war in Amerika, und er war hier. Hier, auf dem Gipfel Südenglands, und er wollte nirgendwo anders sein.

In dieser Nacht schlief er so gut wie lange nicht. Und als er erwachte, hatte er das Gefühl, zu Hause zu sein.

Er frühstückte und machte sich auf den Weg zur Polizeistation. Er fühlte, dass sie der Lösung ihres Falles ganz nahe waren.

Als Erstes fuhr er zum Krankenhaus, wo Dorian Lake aufgewacht war und Basil Bexley als seinen Angreifer genannt hatte. Mit dieser Aussage konfrontiert brach Bexley zusammen und redete endlich. Danach hatte ihm sein Vater von dem Erpresserbrief erzählt, und Basil war überzeugt davon, dass Lake der Verfasser war, denn der hatte Basil schon früher erpresst, wegen eines Drogenvergehens. Basil hatte ihm tausend Pfund gezahlt und ihn zum Teufel geschickt. Und als sein Vater ihm den Brief gezeigt hatte, war für ihn irgendwie klar, dass Lake der Urheber war. Ganz davon abgesehen, dass der Inhalt natürlich eine unverschämte Lüge war. Und ihm war außerdem klar, dass sein Vater um jeden Preis den guten Familiennamen schützen würde. Da hatte er Lake eine Abreibung verpassen wollen.

Sie hatten ein bisschen gerangelt, und er hatte dann nach dem erstbesten Topf gegriffen, ihn dem Blödmann über den Schädel gezogen und war dann einfach wieder gegangen. Er hätte doch keinen Moment daran gedacht, dass der Typ so schwer verletzt gewesen war. Dann wäre er natürlich geblieben und hätte sich gekümmert!

Natürlich, hatte Bradford gedacht und auch Basil Bexley die alles entscheidende Frage gestellt: »Haben Sie Ihre Großmutter und Ihren Onkel umgebracht, weil Sie um Ihr Erbe fürchteten?«

»Neiiiin!«, hatte Basil geschrien und sich dann wieder aufs Schweigen verlegt.

Nun saß Bradford in seinem Büro und fragte sich, wie sie dem einen oder anderen der beiden den Mord an Anthony und Violet Bexley nachweisen sollten. Wenn sie kein Geständnis bekamen, standen sie wieder ganz am Anfang.

Bradford stand auf. Er hatte das Bedürfnis, sich zu bewegen, einen Spaziergang an der Strandpromenade zu machen oder sich sonst irgendwie abzulenken.

Er hatte gerade die Polizeistation verlassen, als jemand seinen Namen rief.

Es war Erin Roberts, die ihm da entgegeneilte, bis sie ziemlich atemlos vor ihm stand.

»Verzeihen Sie«, japste sie, »könnte ich Sie kurz sprechen?«

»Natürlich«, sagte er, »gehen wir einen Tee trinken.«

Sie gingen in einen nahe gelegenen Tearoom, wo Erin erstaunlicherweise Kaffee bestellte und sich sogleich dafür entschuldigte. »Verzeihen Sie, aber … ich brauch jetzt was Stärkeres als Tee.«

»Aha«, antwortete er, »vielleicht sollte ich dann auch Kaffee trinken.«

Sie lächelte. Ein hinreißendes, schüchternes und gleichzeitig offenes Lächeln, das Bradford faszinierte.

»Gibt es Schwierigkeiten mit Jason?«

»Nein, nein, ich glaube, Freya hat mit ihm Schluss gemacht, und bis jetzt gibt es noch keinen Racheakt.«

»Wenn es Probleme gibt, sagen Sie mir Bescheid«, meinte Bradford ernst.

»Ja, das ist sehr nett von Ihnen«, erwiderte Erin und sah ihn dankbar an. »Aber nein, ich … ich habe … Ich meine, ich musste …« Sie stockte und sank in sich zusammen.

»Ja«, sagte er ruhig, »was mussten Sie denn?«

»Also, ich habe in den Papieren meines Vaters das hier gefunden«, sagte sie und reichte ihm einen Briefumschlag.

Er nahm ihn entgegen und sah sie fragend an. »Und warum geben Sie ihn mir?«

»Weil«, sie rührte in ihrer Tasse und trank einen Schluck, »weil etwas drinsteht, was ich ziemlich … erstaunlich finde.«

Bradford nahm ebenfalls einen Schluck von seinem Kaffee. »Wer hat ihn geschrieben und warum an Ihren Vater?«

»Nicht an meinen Vater. Er hat ihn nur aufbewahrt. Er stammt aus dem Nachlass meiner Mutter. Sie war mit Violet Bexley befreundet und starb vor einem Jahr.« Erin senkte den Blick. »Ganz plötzlich, an einer Embolie. Sie hat meinen Vater gepflegt.«

Bradford begann zu lesen. Als er fertig war, versuchte er, sich seine Aufregung nicht anmerken zu lassen.

»Wenn wir den Brief ernst nehmen, und das sollten wir, ist Emma Bexley in Gefahr.«

Er rief Constable Sutton an und gab ihr einen Namen und eine Adresse.

»Machen Sie Druck! Mit der Aussage stimmt etwas nicht. Sagen Sie, dass es um Mord geht, und denken Sie daran: Wir brauchen ein Ergebnis.«

Zwei Minuten später waren Erin und Bradford in Bradfords Wagen unterwegs nach Beecock. Der Constable, der als Bewachung auf Lessington Park bleiben sollte, war abgezogen worden, nachdem ihm Bexley gesagt hatte, er solle endlich verschwinden und mit dem Spionieren aufhören. Offensichtlich hatte Bexley die Anwesenheit des Polizisten nicht als Schutz, sondern als Überwachung empfunden. Bradford hoffte, dass das keine bösen Folgen haben würde. Er hatte im Cottage angerufen, aber da meldete sich niemand, also waren sie sofort losgefahren.

Als sie in Lessington Park ankamen, war alles verwaist. Linus Grey hatte allerdings beobachtet, dass Morgan vor einer Viertelstunde im Lieferwagen weggefahren war. Emma Bexley hatte er nicht gesehen, aber ihr Auto war ebenfalls nicht da.

»Wissen Sie, wo Mr Morgan hinwollte?«, fragte Bradford.

»Keine Ahnung.«

Bradford und Erin sahen sich an. Bradford zückte sein Handy und gab die Beschreibung von Emma Bexley und ihrem Wagen an die Polizei in Eastbourne und die Coastguards durch. Außerdem forderte er einen Hubschrauber an. Er winkte Erin heran, ihn zu begleiten. Immerhin war sie für Emma Bexley eine Vertrauensperson. Vielleicht wurde sie gebraucht.

Bradford startete den Motor und gab Gas. Sie rasten die Küstenstraße entlang, bis sie auf dem Parkplatz beim Beachy Head Inn den Lieferwagen und den schwarzen Beetle von Emma Bexley stehen sahen. Sie stellten den Wagen ab, überquerten die Straße und rannten weiter den grasbewachsenen Hang hinauf bis nahe an den Abgrund und dann den Klippenrand entlang. Das Wetter war trübe. Dichte graue Wolken verdunkelten den Himmel, und es wehte ein scharfer Wind. Sie waren die einzigen Menschen weit und breit. Bei diesem Wetter war es hier oben recht ungemütlich – und so waren keine Touristen mehr unterwegs. Sie liefen weiter, im sicheren Abstand zum Abgrund. Weit unter ihnen toste das Meer.

»Da!«, schrie Erin gegen den Wind. »Da sind sie!«

Bradford erblickte die beiden ebenfalls. Sie standen beängstigend nahe am Abgrund. Morgan hielt Emma, die verzweifelt mit den Armen ruderte, fest. Als Morgan Bradford entdeckte, ließ er Emma abrupt los. Sie schwankte, als wäre sie betrunken, und blieb wenige Zentimeter vor dem Klippenrand stehen. Bradford schnappte nach Luft. Er konnte es kaum ertragen, die junge Frau so nahe am Abgrund stehen zu sehen.

»Emma!«, schrie Erin und legte die Hände an die Wangen. Emma drehte sich um und suchte nach dem Ursprung der

Stimme. »Emma!«, schrie Erin wieder gegen den Wind, und Emma Bexley sah ihre Freundin und ging einen Schritt auf sie zu.

Dann streckte ihr Mann, der einen knappen Meter von ihr entfernt stand, die Hand nach ihr aus, was Emma so erschreckte, dass sie stolperte und buchstäblich nach den Grashalmen griff, um sich festzuhalten.

Erin und Bradford rannten zu ihr. Erin erwischte eine Hand, und Bradford stieß Morgan zur Seite. Emma strampelte über dem Abgrund.

»Halt fest!«, rief Erin, die ebenfalls abzurutschen drohte, bis Bradford die andere Hand ergriffen hatte und die junge Frau hochzog.

Wenige Sekunden später lagen sie alle am Rand der Klippen. Erin und Emma heulten um die Wette, und Bradford versuchte, die Übelkeit niederzukämpfen und zu funktionieren. Er zog die beiden Frauen weiter vom Abgrund weg. Morgan war abgehauen, nachdem er etwas über den Klippenrand geworfen hatte. Bradford nahm die Verfolgung auf. Morgan war sehr schnell, aber dumm genug, sich umzusehen, ob ihm jemand folgte. Das gab Bradford genau die Sekunde, die er brauchte, um sich auf ihn zu stürzen.

Mittlerweile waren auch die Coastguards eingetroffen, und zwei Streifenwagen parkten am Straßenrand. Bradford übergab Morgan den beiden Constables, bestellte den Hubschrauber ab und gab seinen Leuten den Auftrag, mit Hilfe der Coastguards am Fuß der Klippen nach dem Gegenstand zu suchen, den Morgan weggeworfen hatte. Dann blieb er einen Moment stehen, bückte sich und stützte die Hände auf die Knie. Er hasste Höhen. Das würde sich auch nie ändern.

Anderthalb Stunden später saßen Bradford, Buckley und Steve Morgan im Befragungsraum. Emma war ins Krankenhaus gebracht worden, und Erin begleitete sie. Mit Erin hatte es leider noch einen kurzen Zwischenfall gegeben. Sie hatte sich nämlich in einer Art hysterischem Anfall auf Morgan gestürzt und auf ihn eingeprügelt. Bradford konnte sie gerade noch wegziehen, bevor Morgan ihr einen Kopfstoß versetzen konnte.

»Was mache ich hier?«, fragte Morgan und verdrehte die Augen.

»Sie sollen mir erklären, warum Sie versucht haben, Ihre Frau zu töten.«

»Wie bitte?«, fragte er. »Ich habe versucht, sie zu retten. Sie seh'n doch, dass sie depressiv ist. Sie ist weggefahren, und ich bin ihr nach und konnte sie gerade noch abhalten, runterzuspringen.«

Bradford staunte nicht schlecht über die Dreistigkeit des Mannes. »Sie wissen schon, dass es zwei Augenzeugen Ihrer … sogenannten Lebensrettungsaktion gibt?«, grollte er. »Und Ihre Frau ist alles andere als depressiv. Sie haben sie unter Drogen gesetzt.«

»Wie kommen Sie darauf? Das habe ich nicht!«

»Mr Morgan«, erklärte Bradford geduldig, »wir haben eine Blutprobe Ihrer Frau genommen und werden bald wissen, welchen Cocktail Sie ihr gemixt haben. Außerdem haben wir in Ihrem Cottage ein Glas mit Alkohol und Resten von Medikamenten sichergestellt. Wenn wir Ihre Fingerabdrücke darauf finden, haben Sie ein weiteres Problem.«

»Quatsch. Natürlich hat sie Medikamente genommen, weil sie seit dem Tod ihrer Großmutter und ihres Vaters vollkommen neben der Spur ist. Ist ja wohl verständlich.«

»Außerdem haben wir die Aussage Ihrer Frau, nach der Sie sie gegen ihren Willen im Lieferwagen zu den Klippen gefahren, sie zum Abgrund gezerrt haben und sie hinunterstoßen wollten.«

»Die ist ja völlig durchgeknallt. Ich behaupte das Gegenteil! Sie ist selbst gefahren. Ihr Auto war doch da. Ich bin ihr nur nachgefahren.«

»Der Wirt vom Beachy Head Inn sagt aber, dass der Wagen dort schon seit dem frühen Morgen gestanden hat, und zwar ohne Unterbrechung. Wie erklären Sie sich das?«

»Ph, dann irrt sich der Wirt eben. Soll vorkommen.«

»Das tut er nicht, denn der Wirt hat auch gesehen, wie Sie den Wagen abgestellt haben und dann weggegangen sind. Er hätte sich noch gewundert, war kein Wetter zum Spazierengehen. Und Sie sind auch nicht zurückgekommen. Er hatte noch gedacht, hoffentlich ist der nicht auch einer von diesen Selbstmördern. Aber wahrscheinlich sind Sie einfach in den Bus gestiegen. Und jetzt erklären Sie mir mal, wie Ihre Frau mit ihrem Wagen allein losfahren kann, wenn er doch schon hier gestanden hat. Ganz davon abgesehen, dass sie in ihrem Zustand gar nicht in der Lage gewesen wäre, ein Steuer zu halten.«

Steve Morgan verzog den Mund. »Der Typ spinnt doch! Ich war nicht dort.«

»Mr Morgan«, Bradford seufzte gelangweilt, »hören Sie auf mit dem Blödsinn. Sie haben weder ein Alibi für den Mord an Anthony Bexley noch für den an Violet Bexley. Sie haben für beide Morde ein Motiv. Und jetzt haben Sie auch noch versucht, Ihre Frau umzubringen. Sie haben sie schon seit dem Tod ihrer Großmutter mit Psychopharmaka vollgestopft, um das Märchen vom Selbstmord, das sie dann hinterher allen auftischen wollten, glaubwürdiger zu machen. Dummerweise hatten Sie immer diesen Constable vor der Nase, der auf Lessington Park für die Sicherheit der Familie sorgen sollte. Aber glücklicherweise hatte ihr Onkel den Constable weggeschickt, weil er ihn für einen Schnüffler hielt.« Bradford zögerte. »Womöglich haben Sie ihm das sogar eingeredet. Da haben Sie Ihre Chance ergriffen und in aller Eile Ihren Plan in die Tat umgesetzt. Sie haben den Wagen Ihrer Frau zum Beachy Head Inn gefahren, ihr zusätzlich zu den Medikamenten Alkohol eingeflößt, gewartet, bis sie völlig weggetreten war, und sie in einem unbeobachteten Moment in den Lieferwagen gelegt, wo sie geschlafen hat und niemand sie sehen konnte. Und dann ist Ihnen die Mordwaffe eingefallen, die immer noch in ihrem Versteck auf dem Dachboden des Cottages lag. Bisher hatte sie keiner gefunden, aber wenn Emma jetzt auch noch starb, würde man vielleicht noch mal alles auf den Kopf stellen. Also wollten Sie gleich beides loswerden. Ihre Frau und den Kerzenständer, das einzige Beweisstück, das Sie des Mordes an Violet Bexley überführen konnte. Dann wollten Sie warten, bis es dunkel wird, aber das war problematisch. Der Klippenrand ist nicht gesichert, und schließlich wollten Sie nicht selbst auch noch aus Versehen abstürzen. Womöglich haben Sie bei dem Mord an Ihrem Schwiegervater schlechte Erfahrungen gemacht. Da war zwar Vollmond, aber vielleicht war die Situation brenzlig. Wissen wir nicht, ist auch nicht wichtig. Auf jeden Fall wollten

Sie auf Nummer sicher gehen und haben das letzte Tageslicht ausgenutzt. Glücklicherweise war heute wenigstens das Wetter schlecht. Da würden sich am Beachy Head die Touristen nicht gerade auf die Füße treten. Was für ein Pech, dass Linus Grey immer noch auf dem Gelände war und Sie gesehen hat, als Sie in den Lieferwagen stiegen. Aber am Ende vielleicht doch kein Pech, denn er hatte Emma Bexley anscheinend nicht gesehen, also würde er dann wenigstens aussagen, dass Sie allein losgefahren waren, das passte wunderbar in Ihren Plan.«

Bradford machte eine Pause und musterte Morgan, der still dasaß und keinerlei Reaktion zeigte.

»Im Grunde war es ganz einfach«, fuhr Bradford fort, »ein leichter Stoß würde genügen, und die Theorie vom Selbstmord hätte keiner widerlegen können. Das hatte bei Ihrem Schwiegervater schon geklappt, warum sollte es bei Ihrer Frau nicht auch funktionieren? Dass Ihr Schwiegervater einen verräterischen Drohbrief in der Tasche hatte, war dann doch Pech, aber das konnten Sie ja nicht wissen. Eigentlich war der Plan perfekt. Und Sie waren ja völlig unverdächtig.«

Jetzt regte sich Morgan. »Sie erzählen doch nur Scheiß«, sagte er. »Und ich habe ein Alibi. Ich war am Todestag meines Schwiegervaters bei meiner Freundin. Hab ich Ihnen doch gesagt.«

»Ach ja, Ihr Alibi, da haben wir ja ein weiteres Problem«, erwiderte Bradford, »das heißt, eigentlich ist es Ihr Problem, denn Ihre Freundin hat Ihr Alibi platzen lassen. Anfangs war sie zwar noch felsenfest von Ihrer Unschuld überzeugt, aber dann ist sie unter der Beweislast gegen Sie zusammengebrochen. Wenn Sie wirklich ein Mörder sind, will Sie nichts mit Ihnen zu tun haben. Das soll ich Ihnen bestellen.«

Morgan schluckte und kniff die Augen zusammen.

»Sie lügen doch.«

»Wollen wir Verena Longfield anrufen?«, fragte Bradford.

Morgan zuckte mit den Schultern, als wäre es ihm egal.

Bradford beugte sich über den Tisch. »Lassen Sie es mich so ausdrücken, Mr Morgan. Sie haben keine Chance. Alles, was Ihnen bleibt, ist ein Geständnis, dann können Sie vielleicht auf ein milderes Urteil hoffen. Ansonsten sind Sie am Arsch.«

Damit verließ Bradford den Raum und gab dem Constable ein Zeichen, Morgan abzuführen.

»Hey!«, rief Morgan. »Wo wollen Sie hin? Und was wird aus mir?«

»Ich gehe jetzt nach Hause, und Sie gehen ins Gefängnis, und da werden Sie sehr lange bleiben.«

»Das glauben Sie doch selbst nicht.«

»Doch, dafür wird Ihre Frau schon sorgen.«

Bradford beschloss, tatsächlich ins Bett zu gehen. Er rief noch im Krankenhaus an, wo man ihm mitteilte, dass Emma Bexley wohlauf sei und ihre Freundin sich ebenfalls von ihrem Schock erholt hatte. Dann erkundigte er sich nach Dorian Lakes Zustand. Ihm ging es ebenfalls besser. Erleichtert drückte Bradford das Gespräch weg.

Anschließend ließ er David Bexley auf freien Fuß setzen, Basil saß noch in seiner Zelle.

Eine knappe Stunde später schlief der Inspector tief und fest bis spät in den nächsten Morgen. Kein Handysurren weckte ihn, alle ließen ihn in Ruhe, und er nutzte diesen Sonntag dazu, um in der Polizeistation ungestört den Papierkram zu erledigen, der sich in den letzten zwei Wochen angehäuft hatte.

In seinem Büro erwartete ihn am Montagmorgen die gute Nachricht, dass es Emma Bexley besser ging, sie wieder zu Hause war und dass Erin und ihr Onkel bei ihr waren. Bradford würde sie später besuchen. Er hatte ihr noch etwas zu sagen.

Zuvor galt es, Chief Constable Walker Bericht zu erstatten und dann das Team zur abschließenden Besprechung zusammenzurufen. Bradford würde Constable Sutton in seinem Bericht ausdrücklich belobigen. Sie hatte Morgans falsches Alibi geknackt.

Im Konferenzraum herrschte gelöste Stimmung. Alle waren glücklich, dass der Mörder gefasst war und höchstwahrscheinlich auch verurteilt werden würde. Zumindest den Mordversuch an seiner Frau und den Mord an Violet Bexley konnten sie ihm nachweisen. Die Spurensicherung hatte an dem Kerzenständer Blutspuren sichergestellt, und keiner bezweifelte, dass es sich um

Violet Bexleys Blut handelte, denn die Mordwaffe passte exakt zur Kopfwunde.

Auch die DNA-Probe, die man David Bexley mit seinem Einverständnis abgenommen hatte, wurde untersucht, aber auch hier waren sich alle einig, dass Violet Bexley vor über fünfzig Jahren ein Verhältnis mit Steve Morgans Großvater gehabt haben musste und schwanger wurde. So stand es in dem Brief, den Erin Bradford gegeben hatte. Danach war Richard Morgan damals ebenfalls verheiratet gewesen, und beide hatten offenbar beschlossen, die Sache auf sich beruhen zu lassen. Violet bekam das Kind, und David Bexley wurde unrechtmäßig Erbe eines großen Vermögens, denn das Bexley-Testament besagte ausdrücklich, dass der Besitz jeweils an das erstgeborene leibliche Kind des Erblassers übergehen sollte.

Als Richard Morgan vor knapp drei Jahren starb, übernahm sein Enkel den Nachlass und fand ein Dokument, das sein Großvater verfasst hatte und in dem er diesen Passus des Testamentes erwähnte und behauptete, David Bexley sei in Wahrheit sein Sohn und nicht der Henry Bexleys. Daraufhin hatte Steve Morgan wohl beschlossen, Emma Bexley zu heiraten, sich unentbehrlich zu machen und zu gegebener Zeit die Bombe platzen zu lassen.

Wieso es dann zu den Morden kam, war im Grunde noch unklar, aber das würde Bradford Morgan schon noch entlocken. Bradford nahm an, dass Morgan mit Anthony Bexley zunächst einen Deal aushandeln wollte. Er würde ihm den Beweis liefern, dass er, Anthony, der rechtmäßige Erbe von Lessington Park war, wenn Anthony seinen Schwiegersohn als seinen Erben einsetzte. Womöglich hatte Bexley sich quergestellt, und Morgan hatte zu Plan B gegriffen und ihn aus dem Weg geräumt.

Nach einer knappen halben Stunde ging das Team auseinander und wandte sich wieder den Alltagsgeschäften zu. Bradford winkte Buckley heran, und die beiden gingen in den Vernehmungsraum, wo Morgan bereits auf sie wartete. Es gab noch einige Dinge zu klären.

Die Zeit in der Zelle hatte ihre Spuren hinterlassen. Morgan wirkte um einiges weniger selbstsicher und blickte den beiden Ermittlern misstrauisch entgegen.

Bradford setzte sich, las ein paar Notizen durch, die ihm Sutton hereinreichte, und begann dann mit der Befragung.

»Also, fangen wir mit Violet Bexley an. Wieso haben Sie sie getötet?«

Morgan stierte Bradford an, als zweifle er an seinem Verstand.

»Hören Sie, Mr Morgan, wir können beweisen, dass Sie es waren. Wir haben an dem Kerzenständer, den Sie über die Klippen geworfen haben, Blutspuren gefunden. Blut, das von Violet Bexley stammt. Und bei dem Mordversuch an Ihrer Frau werden Sie sich auch nicht rausreden können. Sie haben im Grunde keine Wahl, als jetzt endlich reinen Tisch zu machen. Vielleicht ist der Richter dann gnädiger.«

Morgan saß da und klemmte seine gefalteten Hände zwischen die Knie. Dann sah er zur Seite. In seinen Augen glitzerte es. Aber Bradford hatte kein Mitleid mit Leuten wie Steve Morgan, die sich nur selbst leidtaten.

»Wissen Sie, mein Großvater war so ein Esel! Er hätte reich sein können, wenn er diese Information zu Lebzeiten vernünftig genutzt hätte.«

»Und das wollten Sie jetzt nachholen?«, fragte Bradford, der Mühe hatte, ruhig zu bleiben.

»Ach, es ist doch alles schiefgegangen. Und ich stehe derzeit finanziell unter Druck.«

Morgan saß da, als läge die Last der Erde auf seinen Schultern. »Es hätte keine Toten geben müssen, wenn … wenn mein Schwiegervater nicht der gewesen wäre, der er war. Aber wenn der das Vermögen von Henry Bexley in die Finger gekriegt hätte, wäre für mich … für Emma nichts übrig geblieben.«

»Also musste er weg«, sagte Bradford und wartete.

Aber Morgan kniff die Lippen zusammen, hatte wohl schon zu viel gesagt.

»Und er musste weg, bevor Sie David Bexley den ominösen Erpresserbrief geschrieben haben«, fuhr Bradford fort. »Wieso haben Sie den geschrieben, wo Sie doch wussten, dass Ihre Frau nach dem Tod ihres Vaters sowieso alles erbt?«

»Ja, irgendwie musste ich das Ganze ja publik machen, ohne in Erscheinung zu treten.«

»Stimmt, und auf diese Weise konnten Sie sich als unwissender Glückspilz präsentieren. Aber David Bexley hätte den Brief doch einfach wegwerfen können.«

Morgan grinste hinterhältig. »Dann hätte ich der Zeitung einen anonymen Hinweis geschickt und einfach abgewartet. Auf Dauer kann auch ein Bexley so was nicht ignorieren. Und Reporter lassen sich eine gute Story auch nicht entgehen. Mich hätte jedenfalls keiner verdächtigt, wenn ich von nichts wusste. Bexley hätte sich einem Bluttest auf Dauer nicht entziehen können. Dann wäre alles rausgekommen, und Emma hätte geerbt. Und den richtigen Vater hätten sie nicht mehr rausfinden können. Der ist ja tot.«

»Und jetzt kommt Violet Bexley ins Spiel.«

Morgan lachte kurz auf. »Ja, die Alte hat wirklich alles drangesetzt, mich auszubooten. Sie war es übrigens, die mich niedergeschlagen hat. Die gute Violet«, fuhr Morgan seufzend fort, »hat irgendwie geglaubt, ich wäre schuld am Tod ihres Sohnes, und hat vor nichts zurückgeschreckt. Hat damals schon immer gegen die Heirat gewettert. Natürlich, ich hatte ihr schon vor der Hochzeit gesagt, dass ich Bescheid wüsste. Musste ja irgendwo auch sichergehen, dass mein Großvater keinen Scheiß geschrieben hat.« Er lächelte böse. »Und ihre Reaktion hat mich dann vollends überzeugt. Sie hat geflüstert, ich soll nicht so schreien, und mich dann nicht wieder angeguckt! Ha, da war alles klar.« Er lachte wieder. »Aber Emma hat mich trotzdem geheiratet, obwohl sie sonst immer auf ihre Großmutter gehört hat.«

»Was ist in der Nacht des Picknicks dort am Teich passiert?«

Morgan betrachtete versonnen seine Fingernägel. »Diese Hexe wollte mir ein Geschäft vorschlagen. Sie hat doch tatsächlich geglaubt, sie könnte mich mit einer Viertelmillion abspeisen.« Morgan gluckste. »Warum hätte ich das tun sollen? Leider wollte sie dann mit Emma sprechen und ihr die Wahrheit sagen, woraufhin die dann womöglich die Scheidung eingereicht hätte. Denn es gibt da ja noch die liebe Verena, dieses Miststück, das mich jetzt hängen lässt. Aber wer hätte denn gedacht, dass irgendwer Zweifel an der Selbstmordtheorie haben würde? Da stürzt sich doch jede Woche einer in den Tod. Also musste ich improvisieren.«

Morgan schwieg eine Weile nachdenklich. »Sagen Sie, wie haben Sie Emma und mich eigentlich gefunden? Hat Grey es Ihnen gesagt?««

Bradford erhob sich. »Das können Sie alles in der Akte nachlesen.« Er gab Buckley ein Zeichen, ihm zu folgen. Für den Moment hatte er genug gehört.

»Sie können nachher mit Sutton weitermachen«, sagte er auf dem Weg zu seinem Büro. »Und bringen Sie ihn dazu, den Mord an Anthony Bexley zu gestehen.«

»Natürlich, Sir«, sagte Buckley freudestrahlend.

»Ich fahre nach Lessington Park.«

Das Herrenhaus lag friedlich im Sonnenschein. Auf dem Kundenparkplatz vor den Gewächshäusern war reger Betrieb.

Als Brenda Foster ihm öffnete, lächelte sie, was ihn wunderte. Gab es denn einen Grund zur Freude? Sie führte ihn in den Salon, wo Erin mit Emma auf dem Sofa saß. Vor ihnen auf dem Tisch standen eine Kanne Tee, Tassen und eine Schokoladentorte.

Bradford grüßte und setzte sich. Emma erhob sich langsam und gab ihm die Hand.

»Chief Inspector. Ich danke Ihnen, Sie haben mir das Leben gerettet.« Sie fing an zu schluchzen. »Dabei weiß ich gar nicht, ob es das wert war. Vielleicht hätte ich springen sollen.«

Bradford antwortete nicht, umarmte sie einfach. »Sie haben eine gute Freundin, und Ihr Onkel ist immer noch da.«

»Ja«, schniefte Emma und setzte sich wieder. »Erin ist die Beste, und Onkel David ist wirklich lieb, obwohl es für ihn doch schrecklich sein muss.«

Bradford setzte sich ebenfalls.

»Entschuldigung, möchten Sie Tee?«, fragte Emma.

»Nein, danke. Meinen Sie, Sie können mir erzählen, was sich in den letzten Tagen bei Ihnen zu Hause abgespielt hat?«

Emma sah Erin an, und die nickte ihr aufmunternd zu. »Natürlich«, sie schluckte. »Eigentlich … kann ich's gar nicht glauben.« Sie fing wieder an zu weinen.

»Wir können auch später darüber reden«, sagte Bradford und erhob sich.

»Nein«, erwiderte Emma sofort, als wolle sie ihn davon abhalten, zu gehen. »Es muss ja gesagt werden. Aber, wenn ich ehrlich bin, ich kann mich gar nicht so genau erinnern. Ich hab das Gefühl, ich habe die letzten Tage, seit Grannys Tod, nur geschlafen.« Sie stockte. »Wahrscheinlich habe ich die Jahre vorher auch schon geschlafen«, murmelte sie. »Jedenfalls hat Steve versucht, mich die Klippen hinunterzustoßen.« Sie drückte ihr Taschentuch auf den Mund. »Und er hat meine Großmutter umgebracht und meinen Vater, nur um an das Vermögen zu kommen!« Sie stand auf. »Mein Gott, wie blind muss ich eigentlich gewesen sein! Deswegen hat er kurz nach unserer Hochzeit auch so großzügig auf diesem Testament bestanden, in dem er mich als seine Alleinerbin eingesetzt hat und ich im Gegenzug natürlich ihn. Und damals dachte ich auch noch, wie selbstlos er doch ist. Bei mir war ja nicht viel zu holen, dafür hatte mein Vater gesorgt. Ich ... ich werde mir das nie verzeihen. Wenn ich ihn nicht geheiratet hätte, würden sie alle noch leben.«

»Dann hätte er zu anderen Mitteln gegriffen«, erwiderte Bradford, »und was dabei herausgekommen wäre, wissen wir nicht. Sie trifft keine Schuld.«

Sie sah ihn dankbar an. »Erin hat mir von dem Brief erzählt. Dass ... dass Granny nicht wollte, dass das Vermögen Dad in die Hände fällt.« Sie schüttelte sachte den Kopf. »Wahrscheinlich hatte sie sogar recht damit. Mein Vater hätte es verschleudert!« Emma schritt jetzt wütend durchs Zimmer. »Trotzdem, wie konnte sie bloß all die Jahre mit dieser Lüge leben!«

»Sie haben jetzt eine große Verantwortung«, sagte Bradford. »Sobald es Ihnen möglich ist, möchte ich Sie bitten, Ihre Aussage zu Protokoll zu geben.«

»Natürlich«, antwortete Emma. »Aber, wissen Sie, ich werde Onkel David natürlich zu meinem Teilhaber machen. Er kennt sich ja mit allem aus, und ohne ihn wäre Lessington Park nicht das, was es heute ist. Außerdem war er auch mir und meiner ... Familie gegenüber immer sehr großzügig.«

Genau damit hatte Steve Morgan wahrscheinlich gerechnet,

dachte Bradford, und beschlossen, seine Frau aus dem Verkehr zu ziehen, bevor sie das Vermögen mit jemandem teilen konnte.

Jetzt blickte Bradford Erin an. »Könnte ich Sie noch einen Moment sprechen?«

»Ja, selbstverständlich.« Erin sprang auf. »Ich bin gleich wieder da«, sagte sie an Emma gewandt und folgte Bradford hinaus.

In den nächsten Tagen konnte Bradford den Fall formal abschließen. Buckley und Sutton hatten Morgan tatsächlich dazu gebracht, den Mord an Anthony Bexley zu gestehen. Bradford hatte das Gefühl, dass die beiden sich etwas besser verstanden. Vielleicht wurde aus ihnen ja noch ein richtig gutes Team.

Am Abend fuhr er nach London zum Flughafen, um zwei Gäste abzuholen. Er hatte sich die Entscheidung nicht leicht gemacht, aber Erin hatte ihn auf Lessington Park in seinem Vorhaben bestärkt. Und sie hatte ihm auch erzählt, was sie bisher für sich behalten hatte. Nämlich, dass sie an dem Abend des Überfalls auf Steve Morgan, nachdem sie Emma verlassen hatte, Violet Bexley hatte wegfahren sehen. Und nun war natürlich klar, wohin sie gefahren war. Die alte Dame hatte wohl tatsächlich beschlossen, den Mann ihrer Enkelin aus dem Weg zu räumen, und als das nicht geklappt hatte, versucht, ihn zu bestechen. Morgan hatte also nicht gelogen.

Bradford hatte später ein längeres Telefongespräch mit Deutschland geführt, und jetzt waren er und seine beiden Gäste unterwegs nach Eastbourne. Als sie auf Lessington Park ankamen und aus dem Wagen stiegen, kam Emma gefolgt von Erin aus dem Haus gelaufen. Sie blieb auf der Treppe stehen und blickte den Ankömmlingen entgegen.

»Darf ich Ihnen Fenja Ehlers vorstellen, eine Kollegin aus Deutschland. Und das …«, er wies auf die staunende Sechsjährige, die sich an Fenjas Bein klammerte, »ist Ihre Halbschwester Nele.«

Emma und Nele starrten sich eine Weile an, bevor Emmas Mund sich zu einem frohen Lächeln verzog. Nele sah fragend zu Fenja empor, und als die ihr ermutigend zunickte, löste sie sich von ihr und ging zögernd auf Emma zu.

»Hi«, sagte sie und reichte ihr die Hand.

»Hi«, erwiderte Emma und ergriff die Hand. Dann ging sie zu Fenja und hieß sie willkommen.

Erin war unterdessen zu Bradford gegangen. »Die Ähnlichkeit ist verblüffend.«

»Allerdings, nicht zu übersehen«, murmelte Bradford, der sich mit Unbehagen an das Gespräch mit Fenja erinnerte.

Nach der guten Nachricht, dass Greta Werft sich auf dem Weg der Besserung befand und angefangen hatte zu sprechen, hatte er ein Geständnis abgelegt. Die Ähnlichkeit der kleinen Nele mit Emma Bexley, die ihm in Deutschland sofort aufgefallen war, hatte ihn verblüfft. Und als Fenja ihm nichts über den Vater des Mädchens hatte sagen können, hatte er eins und eins zusammengezählt und war auf drei gekommen.

Wieso sollte Anthony Bexley, dieser alte Haudegen, kein Techtelmechtel mit Fenjas Cousine gehabt haben? Die beiden hatten ja zur fraglichen Zeit im selben Ort gewohnt, und zu Bexleys Charakter hätte es gepasst. Bradford hatte einfach nur sichergehen wollen und schließlich gehandelt.

Fenja hatte ihn zunächst mit Vorwürfen überschüttet. Natürlich, er hatte nicht das Recht gehabt, die Haarbürste zu klauen, aber er hatte einfach nicht widerstehen können. Und nach einer Weile hatte Fenja das auch eingesehen und gesagt, sie würde Nele einsammeln und sie mit nach England bringen. Dann würde man weitersehen.

Bradford war froh, es schien sich alles zum Guten zu wenden. Emma und Nele waren jetzt reich und hatten einander. Beide hatten alle charakterlichen Vorzüge, um das Beste aus der Situation zu machen.

Was sollte daran falsch sein?

Erin wischte sich eine Träne aus dem Gesicht.

»Gott, das ist ja wie bei Rosamunde Pilcher.« Und dann fiel sie ihm einfach um den Hals.

Bradford zuckte kurz, aber nur kurz. Dann dachte er, der Fall ist abgeschlossen. Es spricht nichts dagegen, sie zu küssen.

Danksagung

Mein Dank gilt wie immer allen, die mich in meinem Schaffen in vielfältiger Weise unterstützen: meiner Familie, meiner Lektorin Dr. Marion Heister und natürlich dem engagierten Team im Verlag. Ganz besonders danke ich auch dem freundlichen Team im Beachy Head Visitor Centre in Eastbourne, Südengland, für die bereitwillige Auskunft.

Marion Griffiths-Karger
TOD AM MASCHTEICH
Broschur, 224 Seiten
ISBN 978-3-89705-711-1

»Marion Griffiths-Karger sind lebendige, kontrastreiche Milieustudien gelungen. Die Handlung ist nüchtern und präzise formuliert, die Dialoge sind lebensnah.« Hannoversche Allgemeine

Marion Griffiths-Karger
DAS GRAB IN DER EILENRIEDE
Broschur, 256 Seiten
ISBN 978-3-89705-797-5

»Spannender Krimi um einen packenden Fall, mit sehr menschlichen Ermittlern und Lokalkolorit.« ekz

www.emons-verlag.de

Marion Griffiths-Karger
DER TEUFEL VON HERRENHAUSEN
Broschur, 256 Seiten
ISBN 978-3-89705-923-8

»Teuflisch gut.« Ciao! Magazin für individuelles Reisen

Marion Griffiths-Karger
DIE TOTE AM KRÖPCKE
Broschur, 240 Seiten
ISBN 978-3-95451-147-1

»Im neuesten Roman der hannoverschen Schriftstellerin Marion Griffiths-Krager hat die Ermittlerin alle Hände voll zu tun. Geschickt baut die Autorin die Handlung auf und nimmt den Leser mit auf eine Reise zu Hannovers dunkle Seiten. Ein spannender Krimi, nicht nur für Hannoveraner.« Norddeutsches Handwerk

www.emons-verlag.de

Marion Griffiths-Karger
WENN DER MÄHDRESCHER KOMMT
Klappenbroschur, 288 Seiten
ISBN 978-3-95451-074-0

»Köstliche Charaktere, sehr viel Lokalkolorit und viel zu lachen. Wer sagt denn, dass Krimis immer ernst sein müssen?«
NDR 1 Niedersachsen

Marion Griffiths-Karger
EIN PFERD IM KORNFELD
Klappenbroschur, 256 Seiten
ISBN 978-3-95451-432-8

»In ›Ein Pferd im Kornfeld‹ gelingt es Autorin Marion Griffiths-Karger, eine spannende Atmosphäre zum Mitfiebern zu schaffen.«
Freizeit Momente

www.emons-verlag.de

Lesen Sie weiter:

Marion Griffiths-Karger
DIE TOTE AM KRÖPCKE

Leseprobe

Die Räder des Koffers ratterten über das Pflaster. Wenn sie sich beeilte, würde sie den Zug noch erwischen. Sie beschleunigte ihre Schritte. Dass ihre Tochter aber auch immer alles auf die letzte Minute organisieren musste. Sie war schließlich nicht mehr die Jüngste. Als ob ihr das so leichtfiele, in aller Herrgottsfrühe die Koffer zu packen und zum Bahnhof zu hetzen. Na wenigstens regnete es nicht.

Das war ja schon fast ein Geschenk, wenn man an das Wetter der letzten Tage dachte. Es hatte nur geschüttet, und die Straße war immer noch feucht, obwohl die Nacht doch trocken gewesen war. Sie sah auf die Uhr. Nur noch knapp fünfzehn Minuten, aber sie war schon fast am Kröpcke. Das war wirklich eine gute Idee gewesen, in die Innenstadt zu ziehen. Da war sie nah an allem dran, vor allem am Bahnhof. Konnte von hier aus gleich nach Berlin fahren und musste nicht mal umsteigen.

Wenn sie denn nach Berlin fahren wollte, dazu kam sie ja gar nicht, und wenn sie ehrlich war, machte ihr so eine riesige Stadt auch Angst. Früher, als Leopold noch gelebt hatte, da hatten sie manche Reise unternommen, sogar bis nach Südtirol waren sie gefahren, allerdings mit dem Bus.

Sie überquerte den Opernplatz und warf einen flüchtigen Blick in die Auslagen von Peek & Cloppenburg. Die Stadt war noch leer, nur einer von diesen Pennern kam gerade die Treppe der Passerelle, oder wie die jetzt hieß, herauf. Und – Gerlinde Vormbeck blieb einen Moment stehen und kniff die kleinen grauen Augen zusammen – an der Kröpcke-Uhr saß jemand und schlief. War das etwa eine Frau? Meine Güte, wie tief konnte man sinken.

Gerlinde beschloss einen großen Bogen um die Kröpcke-Uhr zu machen. Am Ende hatte die noch irgendeine ansteckende

Krankheit, und das fehlte ihr ja gerade noch, wo sie doch ihren Enkelsohn hüten sollte. Eine ganze Woche lang. Katjas Tagesmutter war krank geworden.

Tja, als Gerlinde noch jung war, war das alles einfacher gewesen. Da wohnten Oma und Opa noch mit im Haus und konnten gut mal auf die Kinder aufpassen. Aber wenn sie ehrlich war, das war auch nicht immer das Gelbe vom Ei gewesen. Gerlinde ratterte an der Uhr vorbei und warf der Frau einen scheuen Blick zu.

Du lieber Gott, das war ja noch ein halbes Kind, und bewegt hatte sie sich auch noch nicht. Ob die irgendwas genommen hatte? Drogen oder was? Und was hatte die für'n komischen Umhang um? Das sah ja aus wie ein Badetuch, und das bei diesen Temperaturen. Na gut, es war Frühling, und sie selbst war vielleicht ein bisschen empfindlich, aber es waren doch höchstens fünfzehn Grad.

Gerlinde wurde unsicher. Ob die Hilfe brauchte? Sie sah sich um. War denn kein Mensch unterwegs, der sich darum kümmern konnte? Nein, aber es war ja gerade mal halb sechs. Gerlinde brummte ärgerlich und blieb unschlüssig stehen. Man konnte sie einfach wecken und dann verschwinden. Sie ließ ihren Koffer fallen, war keiner da, der ihn klauen konnte, und ging bis auf drei Meter zu dem Häuflein Mensch, das bewegungslos vor der Kröpcke-Uhr hockte, hinüber.

»Hallo!«, rief sie aus sicherer Entfernung. »Brauchen Sie Hilfe?« Keine Reaktion. Das war wirklich ein Badetuch. Ein großes rosa Badetuch, das das Häuflein fast vollständig verdeckte. Nur ein kleines Gesicht mit strähnigem dunklem Haar war zu sehen. Die Augen waren geschlossen. Menschenskind, dachte Gerlinde, das Mädchen konnte höchstens sechzehn oder siebzehn sein. Und sie vertrödelte hier ihre Zeit. Sie ging auf das Kind zu und stupste an seine Schulter.

»Hallo, was …« Gerlinde kam nicht mehr dazu, ihre Frage auszuformulieren, denn das Häuflein kippte sachte zur Seite. Zum Vorschein kamen nackte Füße mit schmutzigen Sohlen. Gerlinde legte erschrocken die Hände an die Wangen, blickte auf das reglose Bündel Mensch. Sah sich dann noch mal um und kam zu dem Schluss, dass es angebracht wäre, um Hilfe zu rufen. Und das tat sie dann auch.

In der Wohnung im dritten Stock der Hausnummer 14a in der Gretchenstraße im hannoverschen Stadtteil List herrschte tiefer Friede. Aus dem geräumigen Schlafzimmer drangen gleichmäßige Atemzüge, die nur teilweise geschlossenen Jalousien malten ein Streifenmuster aus Licht an die Wand. Eine antike Standuhr aus Rosenholz, der ganze Stolz der weiblichen Bewohnerin, nährte diesen Frieden vom gegenüberliegenden Wohnzimmer aus mit unermüdlichem freundlichem Ticken, das durch die geöffneten Türen ins Schlafzimmer drang und eine fast hypnotische Wirkung auf die Bewohner ausübte.

Der dunkle Gongschlag verkündete die sechste Stunde dieses Montagmorgens im Mai, und im selben Moment surrte ein Handy. Jemand verschluckte sich und begann zu husten. Charlotte Wiegand erhob sich langsam und fuhr im Halbdunkel mit ihrer Hand über ihr Nachttischchen. Ein Glas fiel klirrend um, glücklicherweise leer. Sie erwischte ihr Handy.

»Ja«, sagte sie heiser und ließ sich wieder aufs Bett fallen. »Hm«, brummte sie, und »okay, in einer halben Stunde.«

Sie erhob sich und rieb sich über die Augen. »Wieso immer am Montag?«, murmelte sie.

»Was ist los?«, fragte eine Männerstimme.

»Eine Tote an der Kröpcke-Uhr«, erwiderte Charlotte und griff sich an die Stirn. Meine Güte, konnten die Leute nicht mehr im Bett sterben? Und am Dienstag oder Mittwoch? Sie stand auf und ging über die knarzenden Dielen ins Bad.

Es gab Momente, da beneidete sie Rüdiger, ihren Kollegen und Lebensgefährten, um sein momentanes Handicap. Dies war so einer. Er plagte sich nämlich seit fünf Wochen mit einem Bänderriss herum, den er sich bei einer wenig rühmlichen Verfolgungsjagd zugezogen hatte. Er selbst wollte allerdings nicht darüber sprechen, war mit seiner Behinderung und sich selbst höchst unzufrieden und denkbar schlecht gelaunt. Stakte ruhelos auf seinen Krücken durch die Wohnung auf der Suche nach Beschäftigung – zugegeben, er war erstaunlich flink damit unterwegs –, aber im Haushalt ließ sich nicht so leicht eine Beschäftigung finden, wenn man Krücken mit sich herumschleppte.

Charlotte schlurfte ins Bad. Als sie sich die Zähne putzte, musterte sie im Spiegel eine übermüdete dunkelhaarige Frau mit blauen Augen. Sie strich die Haare an den Schläfen zurück und schätzte mit herabgezogenen Mundwinkeln die Länge des grauen Haarabschnitts am Ansatz ab. Das Ergebnis war nicht dazu angetan, ihre Laune zu heben. Sie brauchte unbedingt eine neue Tönung.

Wenig später stand sie in Jeans und T-Shirt – vielleicht sollte sie einen Blazer überziehen, es war ziemlich kühl – in ihrer geräumigen Küche und nippte an einem Kaffee. Rüdiger kam hereingehüpft und hielt sich am Türrahmen fest.

»Soll ich mitkommen?«, fragte er und fuhr sich durch die Haare.

Charlotte stand an der Arbeitsfläche und musterte ihren Freund lächelnd. Er war gerade aus dem Bett gestiegen und lehnte nun in Boxershorts, den geschienten Fuß angehoben, im Türrahmen. Die leicht angegrauten, vollen Haare reckten sich in alle Richtungen, und die Figur … mmh – immer noch lecker.

»Nee«, sagte Charlotte und stellte ihre Kaffeetasse weg, »das schaff ich schon alleine.«